www.bbulmedia.com

www.bbulmedia.com

사
소
한

연
애

사소한 연애

김유나
장편 소설

DAHYANG_

ROMANCE_

STORY_

Contents

프롤로그

사람은 살면서 숱한 착각에 빠지곤 한다. 그중 하나가 이성 관계에서 오는 착각이다. 아무개가 내게 관심이 있는 것 같다든지, 혹은 날 좋아하는 것 같다든지와 같은.

물론 착각은 자유라는 말도 있는 만큼, 살면서 겪는 무수한 착각이 딱히 문제가 될 건 없다. 다만, 그 착각이 더 이상 착각이 아닐지도 모른다는 생각이 머릿속을 지배하게 되고, 그것이 곧 일상생활에 지장을 초래해 감당키 힘든 결과를 낳는다면 경우가 달라지겠지만.

바로, 지금처럼.

"서 대리님, 왜 자꾸 저 쳐다보세요?"

다짜고짜 던진 첫 질문이 이따위라니. 당당히 뱉으면서도 한편으론 창피해 잠시 두 눈을 질끈 감았다. 상대방에게 황당하기 짝이 없을 질문이라는 것은 충분히 알고 있다. 지나치게 저돌적이라는 것 또한 안다.

하지만 이로써 내 오랜 착각이 그저 혼자만의 착각일 뿐인지 아닌지가 그의 입을 통해 분명해진다면, 후에 감당해야 하는 쪽팔림 정도는 그냥 감수하지 싶었다.

옆에서 겪으면서 지켜본 바, 사내의 다른 남자들처럼 새털 같은 입을 가진 스타일도 아니니, '오해'라고 대답한다면 지금의 무례함에 대하여 진중하게 사과하고 다소 도끼병이 있는 여사원의 착각으로 인한 가벼운 해프닝쯤으로 넘어가면 될 것이었다. 그렇게 답을 내리고 저지른 일이었다. 그런데…….

"그러는 주인희 씨는요?"

"네?"

뜻밖에 돌아온 반문에 목소리가 발작적으로 튀어나왔다. 남자가 뱉은 말이 무슨 뜻인지 쉽게 가늠이 되질 않아 당황한 기색이 역력한 표정으로 그를 올려다보았다.

한참 동안 공명하던 남자의 낮은 음성이 단둘뿐인 비상계단 벽 곳곳에 부딪혀 내 귀로 돌아온다. 먼저 던졌던 질문을 부정하는 것도, 그렇다고 긍정하는 것도 아닌 말로 받아친 남자는 먼저 그를 추궁하려 들었던 나를 외려 추궁이 깃든 시선으로 내려다보고 있었다.

"주인희 씨도 나 계속 쳐다봤잖아요. 아니에요?"

"그, 그야……."

쳐다보긴 했지. 당신이 자꾸 날 쳐다봤으니까.

그렇게 말하고 싶은 마음은 굴뚝같았지만 방심한 채로 되레 습격을 받은 터라 쉽사리 말문이 트이지 않았다. 분명 먼저 질문을 던진 건 나였는데 이건 무슨 경우인지. 그를 불러내면서 했던 숱한 계산과 고뇌 속에는 존재치 않은 상황에 당혹스러워하며 할 말을 찾지 못하고 있을 무렵, 서 대리가 먼저 입을 열었다.

"주인희 씨, 혹시 나 의식해요?"

"네…… 네?"

"내가 자꾸 신경 쓰이나?"

"아니, 무슨……."

"난 그런데."

마치 몰아붙이듯 질문을 쏟아 내던 남자가 불현듯 말에 마침표를 찍었다. 조용한 비상계단, 비좁은 창틈으로 새어 들어오는 오후의 빛 속에서 무겁게 내게로 뻗어 오는 숨 막힐 정도로 짙고 검은 눈동자.

폭풍 후 찾아온 고요처럼 기습적인 침묵에 문득 숨이 막힌다. 잠시 소리가 소거된 채 마주하고 있는 그와 나의 공간 사이로, 의식이 느리게 흘러갔다. 비상계단에 들어서면서 첫 번째로 던졌던 내 질문 뒤로 그가 방금 뱉은 말들이 준비된 답지처럼 따라붙었다.

그리고 그가 다시 한 번 분명하게 말했다.

"난 그래요, 주인희 씨가."

비상계단을 가득 울리는 낮고 곧은 목소리. 그렇게 혼자만의 착각이라 여겼던 것이 더 이상 착각이 아니게 되는 순간. 착각의 종결과 동시에, 그와 나 사이에 또 다른 무언가가 시작되었다.

사소한 연애

딱히 도끼병이 있는 건 아니었다. 상대의 조그마한 호의를 과대해석하며 유난을 떠는 스타일도 아니었다. 오히려 과대망상과 착각을 가능한 한 자제하는 편이었다. 인간관계에 있어 괜한 오해와 엮임은 쓸데없는 구설수만을 낳을 뿐이니까.

그렇다고 그가 내게 드러내 놓고 착각할 만한 행동을 했느냐면,

그 또한 아니었다. 그는 옆에서 그냥 보기에도 지루할 정도로 말이 없는 과묵한 남자였다. 주변의 남직원들에 비해 수려한 외모가 아니었다면 존재감조차 느껴지지 않을 만큼 조용한 사람이었다, 그는.

그래서였는지, 그저 조금 신경이 쓰였다.

찰나에 마주친 시선이, 대수로울 것 없는 그의 호의가.

분명, 시작은 그러했다.

1장
사소한 시작

회사에 입사한 지 어느덧 만으로 2년이 다 되었지만, 많지도 적지도 않은 사람들로 이루어진 부서에서 함께 생활을 하면서도 그와 대화를 나눈 횟수는 손으로 꼽을 정도밖에 되지 않았다. 맡은 업무 간에 접점이 없기도 했고, 그렇다 하여 사적으로 대화를 나눌 이유도, 필요성도 느끼지 못했기 때문이다.

하지만 모두가 나와 같진 않은지 가끔 보면 없는 일도 만들고, 안할 실수도 하면서 수시로 그에게 말을 붙이려 노력하는 여직원들도 있는 것 같긴 했다. 그럴 때마다 옆자리에 앉은 주연은,

"저 여우 좀 봐. 괜히 서 대리님 옷에 물 흘려서 어떻게 해 보려는 거. 속이 훤하다."

"어머어머, 쟤 뭐니? 저걸 왜 서 대리님한테 물어? 옆에 앉은 윤 대리가 담당인데."

라며 귓가에 대고 속사포처럼 중계를 해 댔다. 덕분에 그에게 그다지 관심이 없는 나조차 자의와 상관없이 그에게 호감을 가진 여성들의 존재를 알 수밖에 없었다.

그는 그런 남자였다. 사내에 있는 다른 누구보다 조용하지만, 그러면서 또 다른 누구보다도 존재감이 큰. 다수의 여성들이 호시탐탐 그와 엮일 만한 기회를 노리고 있지만, 그렇기에 내겐 좀 꺼려지는 그런 존재.

그런데 그런 그가 요즘 들어 자꾸 신경이 쓰인다.

계기는 아주 사소한 데서 시작되었다.

아마 일주일 전쯤이었을 것이다. 여느 때처럼 기획팀 여직원들과 구내식당에서 점심을 때운 나는 사무실로 다시 돌아오고서야 핸드폰을 잃어버렸음을 깨달았다. 주연과 함께 찾아보겠다고 발길이 닿았던 궤적을 따라가 보았지만 그 어디에서도 핸드폰을 찾을 수가 없었다. 워낙에 구형이라 누가 가져갔을 리는 만무했다. 이대로 포기하고 새 핸드폰을 장만해야 하나 고민하고 있던 때였다.

"주인희 씨."

도대체 어디에 떨어트린 걸까. 책상에 앉아 머리를 쥐어짜 내고 있는데 정수리 위에서 불현듯 누군가의 목소리가 들려왔다. 익숙한 듯 생소한 음성에 고개를 들자 조금 전 귓가에 닿았던 음성과 마찬가지로 익숙한 듯 의외인 남자가 눈앞에 서 있었다.

다름 아닌, 서태호 대리.

그는 특유의 무표정한 얼굴로 나를 내려다보고 있었다. 마주친 시선 또한 표정을 알 수 없긴 마찬가지였다. 이름이 불렸기에 눈이 마주친 것이지만, 그조차도 당황스러울 만큼 그때의 그와 나 사이에는 그 어떤 교류도 존재치 않았었다.

서태호 대리는 지금 보이는 그 모습처럼, 사무실에 있을 때는 오직 일에만 집중할 뿐 타인에겐 관심조차 두지 않는 사람이었다. 여사원들과 말을 섞는 모습은 사무적인 것을 제외하고는 좀처럼 보기 힘들었다. 그야말로 과묵과 무심이라는 두 단어가 그 누구보다도 잘 어울리는 남자. 그런 남자가 지금 내 눈앞에 서서, 내 이름을 부르고 있었다. 과연 내 이름을 제대로 알고는 있을지, 그조차 의문인 남자가.

"이거, 주인희 씨 핸드폰이죠."

무슨 일이냐고 묻기도 전에 그가 먼저 손을 내밀었다. 나는 마주친 시선에서 눈을 떼지 못한 채 연신 눈꺼풀을 깜박였다. 그때의 난, 약간의 코마 상태에 빠졌던 듯싶다. 핸드폰을 잃어버렸다는 충격과 말 한번 섞어 본 적 없는 이와의 갑작스러운 대화가 준 당혹스러움에. 그때, 그가 섬세한 고갯짓으로 자신이 내민 손을 가리켰다. 그제야 정신이 들어 그의 손으로 시선을 내렸다. 거기에는 내 닳고 닳은 핸드폰이 놓여 있었다.

아마 그때부터였을 것이다. 그가 의식되기 시작한 것이.

평소 말 한마디 제대로 나눠 본 적 없는 사람이 내 이름 석 자를 정확히 부르고, 내 것임을 알아차리기 힘든 내 물건을 찾아 줬다는 것에 신경이 쓰였다. 워낙에 스마트 스마트를 외치는 세상이라 그에 비해 한참 덜 스마트한 내 핸드폰이 그에겐 기억에 남을 정도로 생소했을 수도 있겠구나, 하는 생각이 들기도 했지만 그러기엔 내가 아는 서태호라는 사람은 타인에게 너무도 무관심한 사람이었다.

하나가 신경 쓰이니 괜한 생각들이 머릿속을 비집고 들어왔다. 쓸데없는 오해와 착각에 휩싸이고 싶지 않아 고개를 내저었다.

내가 겉모습만 보고 사람을 잘못 판단한 것일 수도 있지. 생각 외로 관찰력이 뛰어난 사람일 수도.

그렇게 애먼 곳으로 뻗어 나가는 생각의 가지를 잘라 냈다. 하지만 그날을 계기로 뻗어 나간 가지는 아주 작은 외부의 자극에도 쉽사리 흔들리고 말았다.

옆자리에 앉은 주연과 대화를 나눌 때면 가끔씩 느껴지는 타인의 시선. 그리고 돌아본 곳에 서 있는 그. 무심코 시선을 돌렸다가 일순간 마주치는 검은 눈동자.

평상시의 나였다면 그저 우연으로 치부하고 신경 껐을 일에 불과한 것들이 묘하게 마음을 울렁거리게 했다. 애써 마음을 가라앉히고 도리질을 쳐 보지만, 그날 이후 줄곧 가슴속에 머물고 있던 바람은 이젠 지극히 사소한 것들 앞에서조차 문득문득 존재를 드러내며 금방 마음을 들추어낸다.

그렇게 사소한 계기로 시작된 아주 사소한 바람이 입사 2년 차의 평온하던 내 생활을 송두리째 흔들어 오고 있었다.

* * *

아침부터 기승인 불볕더위는 여전히 에어컨이 말썽인 내 마티즈를 차가 아닌 압력밥솥으로 트랜스폼시켜 놓았다. 덕분에 출근길부터 땀을 쫙 뺀 나는 기운 없는 걸음걸이로 회사 안으로 들어설 수밖에 없었다. 높은 온도에 안은 바짝 말랐는데 습한 공기 탓에 겉만 축축하게 젖은 꼴이 꼭 반건조 오징어 같았다. 아주 건어물이 따로 없구나. 한숨을 푹 쉬며 엘리베이터에 올라탔다. 그리고 그곳에서 서 대리와 마주쳤다.

까딱, 그가 먼저 묵례를 했다. 같은 사무실에 근무하면서 인사 정도야 당연한 일이지만 어째서인지 그 당연한 것조차 그가 하면 당연하지 않게 느껴졌다. 정말이지 지나칠 정도의 의식이다. 나는 스스로의 유난스러움을 질책하며 그를 향해 가벼이 묵례를 했다. 그러곤 뒤따라 엘리베이터에 올라타는 사람들에 떠밀려 안쪽으로 밀려 들어갔다.

출근 시간의 엘리베이터는 같은 시간대의 지하철과 마찬가지로 치열했다. 가끔 그냥 기다렸다 탈까 싶을 때도 있었지만, 층마다 엘리베이터가 서는지라 한 번 보내고 나면 한참을 기다려야 해서 쉽게 포기가 되질 않았다. 덕분에 같은 생각을 가지고 빽빽하게 올라타는 사람들에 떠밀려 몸이 안으로, 안으로 밀려 들어갔다. 그러다 자리를 잡고 선다는 것이 하필 그의 바로 앞이었다. 무표정한 그의 얼굴이 바로 한 뼘 앞에 있었다. 실로 부담스러운 거리이다.

하다못해 몸을 그와 반대되는 방향으로라도 틀고 싶었다. 하지만 여백 없이 들어찬 인파로 사방팔방이 꽉 막힌 탓에 방향 전환조차 쉽지 않았다. 이대로 가다간 그의 가슴에 얼굴이 닿을 것만 같아 나는 서둘러 발끝에 힘을 주었다. 그러다 미처 나를 보지 못한 뒷사람으로 인해 몸이 앞으로 기울고 말았다. 아차 싶어 황급히 몸을 틀려는데, 붙잡을 곳이 없어 허공을 짚으려던 손목이 낯선 온기에 붙들렸다. 서 대리의 손이었다.

"고맙습니다."

얼른 몸을 바로잡으며 그에게서 손목을 빼내었다. 하지만 자꾸만 밀어 대는 뒷사람으로 인해 몸은 어쩔 수 없이 그에게로 다시 기울어졌다. 그냥 나 몰라라 하고 기댈 수도 있는 상황인데, 상대가 상대인지라 편히 되질 않아서 하이힐을 신은 발끝에 잔뜩 힘을 주고 고집스레 버티고 있을 때였다.

"아."

불현듯 손목이 붙잡히며 몸이 당겨졌다. 손목에 이어 움츠러든 어깨 부근으로 낯선 온기가 닿았다. 몸이 의지와는 상관없이 단단하게 고정되었다. 화들짝 놀라 올려다보자 무심히 앞을 향하고 있는 남자가 나직이 입을 열었다.

"그냥 편하게 있죠, 잠깐이면 되는데."

뜨끈해진 이마 위로 그의 숨결이 생생하게 훑고 지나갔다. 눈이 마주치지 않았는데도 어쩐지 그대로 눈을 들고 있기가 민망해서 얼른 고개를 떨구었다. 손목을 더욱 단단히 붙잡는 남자의 온기가 느껴졌다. 덥지만 마른 손의 강인하고 견고한 마디마디가 살갗 위로 새겨지는 듯했다.

조금만 기다리면 서서히 사람들이 내릴 테고, 그의 말대로 잠깐만 버티면 될 일이다. 같은 사무실에 근무하는 사이끼리 으레 베풀 수 있는 친절이며 호의이다. 얼마 전 사소한 바람으로 시작돼 틈만 나면 들추어지려는 마음을 그렇게 애써 다잡고 있을 때였다.

"아침은 챙겨 먹고 다닙니까?"

기습적인 질문에 나를 향한 것이 맞나 싶어 고개를 들었다. 약간 각이 져 고집스러워 보이는 턱 끝이 눈에 들어왔다. 이번에도 역시 시선은 정면인 채로 그가 말했다.

"다리 힘이 영 부실한 것 같아서요. 아니면."

잠시 말을 멈춘 그가 흘깃 시선을 내려 나를 보았다. 내 손목을 붙잡고 있는 자신의 손으로 시선을 유연하게 움직였다가 다시금 나와 눈을 맞추며 속삭이듯 내게 물었다.

"이런 상황을 의도한 거든가."

"네?"

지금, 이 남자가 뭐라는 거야?

그를 향한 눈동자가 당혹감을 감추지 못한 채 커졌다. 차마 받아칠 말이 생각나질 않아 붕어처럼 입을 뻐끔거리자 커다래진 동공 위로 언뜻 웃음기가 스쳐 지나갔다. 본 적 없는 표정으로, 본 적 없는 미소를 지은 남자가 비긋이 입꼬리를 올린 채 내 손목을 놓았다.

"농담이에요."

엘리베이터 문이 열리고 사람들이 하나둘씩 내려 섰다. 만원이었던 엘리베이터에 비교적 공간이 생겼음에도 불구하고, 나는 비어 있는 자리로 움직일 생각조차 못한 채 그만을 올려다보고 있었다. 남자가 내게 던진 그저 농담일 뿐인 말이, 언뜻 스친 미소가 뇌리에서 지워지질 않아 혼란스러웠다. 그러다가 어느 순간,

"그만 내리죠."

그가 부드럽게 미소를 지으며 먼저 엘리베이터에서 내렸다. 그러곤 성큼성큼 걸어 저만치 멀어져 갔다. 시야에서 사라지는 서 대리를 두 눈에 가득 담은 채로, 나를 실은 엘리베이터 문이 닫혀 버렸다.

* * *

"어이, 주 사원."

"……."

"인희야."

"……."

"야, 주인희!"

귓전을 훑고 뇌리로 파고든 날카로운 음성에 화들짝 놀라 고개를 돌렸다. 동시에 내 옆에 바짝 다가와 서 있던 타인의 배에 얼굴이 묻혀 버렸다. 그대로 올려다보자 검정색 블라우스에 묻어난 분가루

를 어이없다는 듯 내려다보고 있는 주연과 눈이 마주쳤다. 이런.

"가지가지 한다."

눈살을 구긴 채 날 내려다보는 주연의 표정을 담자마자 눈이 감겼다. 낭패다.

"미안. 세탁비는 오늘 점심값으로 퉁 치자."

필요 이상으로 쏟아질 잔소리에 대비해 얼른 선수를 쳤다. 잠시 흘겨보는가 싶던 주연이 더 이상의 잔소리 없이 분가루를 털어 내며 말했다.

"구내식당 식권 따위로 때울 생각은 안 하는 게 좋을 거야."

계집애가, 눈치는 귀신이다.

"그럼. 당연하지. 근데 무슨 일이야?"

"무슨 일은. 작년 각 지역별 매출 현황 오늘 점심 전까지 부장님께 올리기로 했잖아. 몇 번을 불러도 대답 없더니, 설마 너 부장님이 보낸 팝업도 아직 못 봤어?"

"팝업?"

주연의 고갯짓을 따라 컴퓨터 모니터를 보자 미처 확인치 못한 메시지가 깜박이고 있었다. 또 한 번 눈이 질끈 감긴다. 엘리베이터에서 있었던 그 짧은 사건의 여운이 이 정도로 혼을 빼 놓다니. 제정신이 아니었다.

"안 그러던 애가 오늘 왜 이래? 너 어디 아프니?"

"그런 거 아니야. 좀 피곤해서. 작업한 파일 나한테 보내 줘. 내가 수합해서 한 파일로 보낼게."

아무래도 수상한데, 라고 혼잣말처럼 중얼거린 주연이 단호히 컴퓨터 모니터로 몸을 돌리는 날 보곤 마지못해 자리로 돌아갔다. 과부하 상태로 인해 아침부터 뜨끈해져 있는 이마를 손으로 쓸어내리다 정면 회의실 안에 서 있는 익숙한 실루엣에서 시선을 멈추었다.

아침부터 내 머릿속을 엉망진창으로 만든 남자, 그런 주제에 정작 본인은 믿기 힘들 정도로 태연한 남자, 바로 서 대리였다.

'아니면, 이런 상황을 의도한 거든가.'

'농담이에요.'

남자가 했던 말이 이명처럼 귓가를 맴돌았다. 여느 때와 다름없이 딱딱한 표정으로 서서 업무를 처리하고 있는 남자의 얼굴 위로 아침에 날 내려다보며 짓던 장난기 어린 미소가 문득 떠올랐다. 주연의 등장으로 잠시 가라앉았던 머릿속이 아침의 기억으로 다시금 뜨거워졌다.

농담이라고? 저 남자가 어디 그렇게 아무에게나 쉽사리 농담을 던질 스타일이던가?

찔러도 피 한 방울 나올 것 같지 않은 남자가, 농담이라곤 받아치기는커녕 정색하며 튕겨 내기만 할 것 같은 남자가, 오늘 아침 날 상대로 농담을 했다. 그것도 다분히 묘한 뉘앙스를 풍기는 농담을.

그가 왜? 대체 뭐 때문에?

그와 함께 기획팀에서 근무하는 동안 단 한 번도 그가 여직원들과 웃으면서 이야기하는 모습을 목격한 적이 없었다. 물론 가까운 곳에서 직접 겪어 온 건 아니지만, 그럴 사람인지 아닌지는 그간의 행실만 보아도 쉽게 파악할 수 있는 것이었다. 만약 그가 내 생각과 다른 사람이었다면 그를 흠모하는 여직원들 사이에서 '얼음 훈남'이라는 별명으로 불리지도 않았을 테니까.

나는 눈초리를 가자미처럼 가늘게 뜬 채 계속해서 의문이 가득한 눈길로 그를 노려보았다. 그러다 생각들이 또다시 애먼 곳으로 흘러가는 걸 인식하며 두 눈을 감아 버렸다.

확인하기 전까진 괜한 억측과 오류를 범해선 안 되었다. 그가 내 선입견과는 달리 여직원들에게 친절하고 또한 장난기가 다분한 사람일 수도 있는 거니까. 그래, 그런 거니까.

어지러운 머릿속을 애써 가라앉히곤 모니터로 시선을 옮겼다. 그 사이 주연이 보낸 파일이 도착해 있었다. 파일을 확인하고 내가 작성한 파일과 하나로 수합해 부장의 컴퓨터로 전송했다. 다시금 일에 몰두하자 어느 정도 상념이 사라지는 듯했다. 이래서 사람은 일을 해야 한다고 하는 모양이었다. 쉴 틈이 없으면, 헛생각도 자연히 사라지는 법이었다.

내친김에 뭐라도 더 해야겠다 싶어 자리에서 일어났다. 주변을 둘러보던 눈에 온갖 잡동사니와 파일들이 널브러져 있는 캐비닛이 들어왔다. 어쩐지 저걸 정리하다 보면 어지러운 내 머릿속도 같이 정리가 될 것 같았다.

사무실 곳곳에 사람들이 보다가 내려놓은 갖가지 자료들과 파일 홀더들을 한 아름 모아 안고 캐비닛 쪽으로 걸어갔다. 손에 담긴 파일들을 하나둘 캐비닛에 꽂아 넣었다.

세상사 모든 것이 생각하기에 달려 있다. 당연하다 생각하면 한없이 당연해지고, 수상하다 생각하면 한없이 수상해지는 것이 사람 간의 관계였다. 제아무리 무관심한 사람이라도 어떤 상황에선 호의를 베풀 수 있는 것이고, 거기에 꼭 특별한 의미를 부여할 필요까진 없었다. 그 사람만은 예외야, 나에게만큼은 특별한 것 같아. 그와 같은 생각에서 과대망상의 끝판왕인 도끼병이 시작되는 것이다.

그러니 잊어버리자. 그간의 일 따윈. 불필요한 의심 따위 털어 버리고, 서 대리를 향한 지나친 의식도 여기서 안녕하고 다시 예전의 나로 돌아가는 거다.

오래간만에 찾게 될 마음의 평안을 꿈꾸며 파일들을 깨끗이 정리한 뒤 남은 잡동사니들을 품에 안은 채 의자 위로 올라갔다. 비좁은 캐비닛을 차지하고 있던 불필요한 잡동사니들과 함께 내 머릿속을 차지하고 있던 불순물들 또한 마음속 깊숙한 곳으로 집어넣어 버리기 위해서.

나는 심호흡을 크게 하며 의자 위에서 까치발을 들고 캐비닛 위로 손을 올렸다. 그리고 손과 마음에 들린 불필요한 것들을 놓으려던 그때,

"어?"

다리 아래를 받쳐 주고 있던 의자가 휘청했다. 그 위에 서 있던 몸 또한 휘청, 하고 기운다. 캐비닛 위로 뻗고 있던 손이 타이밍을 놓치며 거기에 있는 물건들이 우수수 쏟아졌다. 맙소사. 이대로 몸이 떨어지려나 보다, 하고 두 눈을 질끈 감았다.

"……."

주위를 떠돌던 모든 소음이 사라지고 숨죽인 듯 조용한 침묵만이 귓속을 맴돌았다. 질끈 감긴 속눈썹 끝이 파르르 떨린다. 디딜 것을 벗어난 몸이 어쩐지 공중에 떠 있는 것 같았다.

떨어지다가 어디에 걸렸나? 열려 있던 캐비닛 문에 옷이라도 걸린 건가? 그렇다고 하기에는 몸에 닿는 기운이 지나치게 따뜻하다 생각하며 천천히 눈을 떴다. 동시에 허공이 아닌 누군가의 눈동자와 시선이 마주쳤다.

"괜찮아요, 주인희 씨?"

나를 걱정하듯 굽어보고 있는 눈동자. 요 며칠 나를 끈질기게 신경 쓰이게 했던 서 대리의 눈동자가 나를 지그시 내려다본다. 의자

에서 떨어질 때 한 번 덜컥거렸던 심장이 그를 마주하자 또 한 번 덜컥, 거렸다.

손에서 이탈해 땅바닥을 뒹굴고 있는 잡동사니들처럼, 머릿속도 또다시 엉망진창이 되어 버렸다.

2장

이상한 남자

"인희 너 정말 서 대리님 아니었으면 어쨌을 뻔했니?"

시작됐다. 최주연의 호들갑. 사내의 가십이라면 두 팔 걷어붙이고 달려드는 주연에게 오늘의 일은 그야말로 덫에 걸린 먹잇감이었다. 나는 주연이 진정하라며 사 준 달달한 바닐라라떼를 마시며 당사자인 나보다도 진정하지 못하고 있는 그녀의 말을 묵묵히 듣고 있었다.

"너 이 치마 바람인 채로 바닥에 떨어졌어 봐. 팬티 다 보이고 시집 다 갈 뻔했다, 너."

"우리 나이에 팬티 좀 보인 걸로 무슨 시집까지 다 가냐."

"말이 그렇다는 거지. 그나저나 서 대리님 진짜 멋있으시더라. 거기서 널 척!"

서 대리가 의자에서 떨어지는 날 받던 모습을 주연이 왕자가 공주 안는 모양으로 재연해 냈다. 여기서 단언컨대, 서 대리는 절대 날 저런 식으로 받지 않았다. 그저 의자에서 내 발이 떨어지기 직전, 내 양팔을 잡아 안전하게 받쳐 줬을 뿐. 뭐 그래. 날 바닥에 내려놓을 땐 양팔로 약간 안아 들듯이 했던 것 같기도 하다. 근데 정말, 그게 전부다.

"사람들 다 그 장면 보고 완전 숨죽이고 집중했잖아. 난 무슨 영화의 한 장면인 줄 알았다니까."

"에이. 그게 무슨 영화의 한 장면이냐."

주연이 자꾸 호들갑을 떠는 통에 되레 겸연쩍어져서 어색한 웃음을 지었다. 그러자 주연이 내 말 끝에 나직이 덧붙인다.

"뭐. 그렇다 치기엔 여주인공이 좀 구리긴 하지만."

저런 망할.

"근데 너 되게 말 많다."

"나? 나 원래 말 많아. 몰랐어?"

"어."

지금 내 입술 끝이 씰룩거리는 건 결코 '여주인공이 좀 구리다.'라는 말 때문이 아니다. 난 그렇게 옹졸한 인간이 아니야, 라고 스스로를 비호하며 주연이 사 준 바닐라라떼를 빨대 없이 벌컥벌컥 들이켰다.

"그건 그렇고 나도 너 거기서 정리하고 있는 줄 몰랐는데, 서 대리님은 어떻게 알고 널 받아 준 거야?"

라떼를 원샷하고 남은 얼음을 우적우적 씹다가 사레가 들렸다. 잔기침이 발작처럼 기도를 빠져나온다.

"어, 어떻게 알긴! 그냥 우연이었겠지. 아까 하는 말 못 들었어? 지나가다가 위태해 보이길래 잡아 준 거라잖아."

그래. 분명 그렇게 말했었다. "뭐 찾을 게 있어서 지나가던 길이었는데 인희 씨가 좀 위험해 보여서요."라고. 그런데 왜 나는 자꾸 기침이 나오지? 꼭 도망치다가 뒷덜미가 잡힌 사람처럼.

"흠. 서 대리님이 그렇게 말했어?"

"그래. 그리고 너도 아까 봤잖아? 나 내려놓자마자 캐비닛에서 자료 꺼내 가는 거."

"그야 모르지. 정말 자료를 가지러 간 건지. 아니면……."

커피 잔에 담긴 빨대를 뱅그르르 돌렸다가 입에 문 주연이 묘한 눈빛으로 날 쳐다봤다.

"네가 넘어질까 봐 일부러 자료를 가지러 간 척한 건지."

"뭐?"

짧게 뱉어 낸 목소리 끝이 약간 갈라졌다. 나를 응시하는 주연의 시선이 내 머릿속을 캐내기라도 할 듯 가늘어진다. 주연의 매서운 눈초리에 괜히 심장이 따끔거렸다. 얘도 뭔가 이상한 낌새를 느꼈나? 이렇게 계속 혼자서 속앓이할 바에야 차라리 속 시원하게 털어놔 버릴까?

"그게 있지, 주연아."

"농담이지롱."

막 운을 떼려던 찰나, 주연의 빨간 혀가 날름 눈앞에 나타났다가 사라졌다. 이게, 길지도 않은 혀로 사람을 들었다 놨다 한다.

"하긴 그래. 서 대리님이 뭐하러 일부러 네 주변을 서성거리겠냐? 너한테 관심 있지 않은 이상."

뱉으려던 말이 쏙 들어가며 이마가 뜨거워졌다. 말투를 보아하니 서 대리가 내게 관심을 갖는 일은 하늘이 두 쪽이 나고 천지 개벽이 되도 없을 거라 장담하고 있는 모양이었다. 여기서 또 한 가지가 분명해졌다. 나는 꽤나 사람 보는 눈이 있는 여자라는 것. 역시 최주연은 날 도끼병 환자로밖에 여기지 않을 인물이었다.

"그래. 고맙다. 그렇게 말해 줘서."

마지막 얼음까지 우적우적 씹어 먹고 남은 빈 잔을 휴지통에 버리곤 자리에서 일어났다. 뒤에서 삐졌냐고 외쳐 대는 소리가 들려왔지만 돌아보지 않았다. 삐지긴, 그게 뭐 삐질 일이라고 삐지냐. 다만, 네가 더 이상 내 고민 상담의 상대는 돼 주지 못할 것이라는 걸 이번 기회로 확신했을 뿐.

나는 휴게실을 빠져나와 터덜터덜 복도를 걸어갔다. 그러다 문득 모양 사납게 걷고 있는 내 발을 내려다보았다. 아침부터 이게 꼭 문제였다. 힐도, 아까 의자에서 떨어질 뻔한 것도.

이젠 별게 다 문제구나 생각하며 사무실 쪽으로 향하다가 서 대리를 발견했다. 그가 기획팀 동료들과 함께 내 쪽으로 걸어오고 있었다. 아니. 내 쪽이 아니라 휴게실 쪽이다. 이제부턴 하나부터 열까지 언어 선택을 적절히 해야겠다. 요 며칠간의 난, 너무 내 중심적으로만 생각해 왔으니까.

"좀 전엔 감사했습니다."

서 대리가 내 옆을 스쳐 지나기 전에 냉큼 고개를 숙여 인사했다. 감사 인사란 감사한 일이 있고 난 직후에 해야 순서에 맞는 것이었지만, 좀 전에는 경황이 없다 보니 그 기회를 놓쳐 버렸다. 물론 그는 그런 것쯤 별로 개의치 않는 것 같았지만 적어도 난 그런 것에 개의하는 사람이었다.

기획팀 남직원들이 먼저 내 옆을 스쳐 지나갔다. 그가 잠시 걸음을 멈추고 나를 물끄러미 내려다본다. 음료수라도 하나 건네면서 말할 걸 잘못했나? 생각하던 찰나, 그가 말했다.

"괜찮아요. 생각보다 가벼웠으니까."

입꼬리가 살짝 곡선을 띤 상태로 말을 맺은 그가 내 옆을 스쳐 지나갔다. 그의 향이 밴 바람 끝이 내 몸을 훑는다. 발바닥이 그 자리에 붙어 버렸다. 불현듯 뺨이 화끈거렸다.

뭐야. 꼭 날 두고 무거울까 가벼울까 생각이라도 해 봤다는 듯이 말하잖아?

정말이지 수상하다. 아무리 마음을 다잡아 본들 이젠 별게 다 문제고, 별게 다 의심스럽다.

그래. 요즘 난 그 사람 때문에 별게 다, 신경이 쓰인다.

＊　＊　＊

매일같이 업무와 상사에게 시달리는 회사원들에게 있어서 한 달에 한 번 있는 회식은 어쩌면 사막의 오아시스와도 같은 것일지도 모른다. 분명 어떤 이들에겐 그러할 것이다. 다 함께 모여 먹고 마시는 것만이 그간의 스트레스를 풀 수 있는 유일한 방법인 사람들에게는 말이다. 하지만 나처럼 꼭 그런 방법으로 스트레스를 풀지 않아도 되는 사람에게는 회식이란 오히려 스트레스 유발 요인이 되기도 했다.

"어이 인희 씨, 술 한 잔 받지!"

어깨를 툭 치는 묵직한 손길과 함께 빈 맥주잔 하나가 내 앞으로 불쑥 내밀어졌다. 목소리만 들어도 알 수 있다. 맥주잔을 내미는 손의 주인이 자칭 양조장 댁 아들이라는 양 과장이라는 것을. 걸렸다 하면 술을 먹이기 일쑤라 눈에 띄지 않으려 일부러 노래방의 가장 구석진 곳에 가서 앉아 있었는데, 그런 노력이 무색하게도 오늘의 타깃은 나로 정해진 모양이다. 젠장.

"네, 과장님. 과장님께서 주시는데 당연히 받아야죠."

살다 보면 속으론 욕하면서도 겉으론 호호거리며 비위를 맞춰야 할 때가 종종 있었다. 바로 지금처럼. 이런 걸 보고 바로 가식이라고 하는 거지만 가식적인 편이 때로는 솔직한 것보다 편리할 때가 있었다. 술 한 잔 마셔 주고 마음에도 없는 아부 한 번 떨어 주는 것이 괜히 눈 밖에 나서 철야로 일을 하는 것보다는 백배 나았으니까. 그런데, 오늘은 내가 좀 생각을 잘못한 모양이다.

"인휘 쒸, 남자 친구 없쒀?"

"네, 뭐. 아직은."

"아니, 이렇게 젊고 예쁜데 왜 아쥑 남자 친구가 없쒀? 끅."

"글쎄요. 하하."

차라리 좀 더 일찍 눈에 띌 걸 그랬다. 이미 술이 들어갈 대로 들어간 양 과장이 내 옆에서 떠날 줄을 몰랐다. 거기다가 자꾸 내 애꿎은 무릎을 쓰다듬는 통에 왼쪽 무릎의 주름이 없어지기 일보 직전이었다. 안주로 먹은 오징어 냄새가 폴폴 풍기는 입으로 침까지 튀겨 대니 그야말로 설상가상이다. 이건 철야로 일하는 것보다도 더한 고통이다. 이래 놓고 내일 아침이면 기억 안 난다고 딱 잡아뗄 텐데 이걸 확 내던져 버릴 수도 없고. 이 위기를 어찌 극복해야 하나 고민을 하던 찰나, 무릎을 쓰다듬던 양 과장의 손이 내 어깨로 넘어왔다. 맨살이 드러난 팔뚝 위로 쫙 소름이 인다.

"인휘 쒸, 분위기도 죠은데. 끅. 우리 부루수나 한 곡 출까?"

이 무슨 바퀴벌레 더듬이 춤추는 소리란 말인가! 블루스를 추자니. 날더러 블루스를 추자니!

"저 과장님. 제가 좀 몸치라."

나는 내게로 꼭 붙어 있는 양 과장에게서 한 뼘 정도 물러앉으며 정중히 말했다. 술도 좋고 말 상대도 좋지만 춤은 싫었다. 게다가 그 춤이 블루스라니. 이건 엄연한 직장 내 성희롱이다.

"이거 왜 이래. 다 아는 사람들끼리. 좀 몸치면 어떤가. 나만 따라 오면 되지. 원래 블루스는 기술이란 게 필요 없는 춤이야. 그냥 몸 맞대고 뺄 맞춰서 흔들면 되거든."

'그게 싫은 거라고!' 라는 새된 비명이 목구멍까지 치밀었다. 하지 만 그런 말을 했다간 여태껏 술 마시고 아양 떤 게 수포로 돌아간 다. 이렇게 될 줄 알았다면 진즉에 때려치웠어야 했다.

이럴 때 누가 눈치껏 제지해 주면 딱 좋겠다고 생각하며 신속히 주위를 둘러보았다. 하지만 이미 취할 대로 취한 사람들에게 나와 양 과장은 안중에도 없었다. 이럴 때 가장 만만하게 부를 수 있는 최주연마저도 지금은 화장실에라도 갔는지 도통 보이질 않는다. 아, 정말 환장하겠다. 발을 동동 구르고 있는데 양 과장이 급기야 내 손 을 끌어 잡고 자리에서 일어났다.

"자, 나갑시다. 인희 씨. 내가 근사하게 한 바퀴 돌려 줄 테니."

"아니. 저기 있잖아요, 양 과장님!"

"아! 뭐야!"

양 과장이 느닷없이 소리를 질렀다. 내가 나가지 않으려 버티던 순간 들려온 목소리라 나는 화들짝 놀라 두 눈을 질끈 감았다. 역시 너무 뺐나? 이쯤에선 그냥 따라 나가 줬어야 했던 건가? 겁에 잔뜩 질려 감았던 눈을 떴는데, 그런 내 눈앞에 전혀 예상치 못한 상황이 벌어지고 있었다.

"죄송합니다. 과장님."

"아, 누구야! 바지가 다 젖었잖아!"

아랫도리를 매만지며 길길이 날뛰는 양 과장 앞에 웬 남자 한 명 이 서 있었다. 갑작스러운 대치 구조에 나는 어리둥절한 표정으로 눈앞에 있는 두 사람을 번갈아 바라볼 수밖에 없었다. 그러다가 살짝 비켜선 양 과장의 앞에 서 있는 남자의 얼굴을 확인하곤 이윽고 머릿속이 하얘지고 말았다.

"술잔을 가지고 자리를 옮긴다는 게 그만. 많이 젖으셨습니까?"

"아니, 서 대리 아니야? 자네가 이런 실수를 다 하나?"

다름 아닌 서태호 대리였다. 나는 할 말을 잃은 얼굴로 양 과장 앞의 그를 바라보았다. 서 대리는 과장의 바지에 술을 쏟는 실수를 한 사람이라 믿기 힘들 정도로 차분한 표정을 짓고 있었다. 그래. 그는 지나치게 차분했다. 마치 실수가 아니었던 것처럼.

"많이 젖으신 것 같은데. 어떻게 하시겠습니까?"

"괜찮네. 뭐 바지야 말리면 되지. 내 알아서 할 테니 신경 쓰지 말고 즐기게."

느닷없이 술벼락을 맞는 바람에 마침내 술이 깬 건지 양 과장이 제법 근엄한 음성으로 서 대리를 향해 말했다. 그러곤 후처리를 하려는 모양인지 물수건을 하나 쥐고 화장실 쪽으로 걸어갔다. 주변에 있던 남자 직원 중 한 명이 그런 양 과장의 뒤를 따랐다. 그런 그를 지켜보고만 있던 서 대리가 이마에 살짝 흐트러진 머리카락을 쓸어넘기며 몸을 틀었다. 정면을 바라보던 그와 눈이 마주쳤다.

서 대리는 그를 빤히 바라보고 있는 날 향해 아무 말도 하지 않았다. 그렇다고 내 시선을 피하지도 않았다. 그저 말없이 묵묵히, 자신을 응시하고 있는 내 시선을 마주하고 있을 뿐이었다.

얼마간 시선을 주고받은 뒤, 그는 물수건으로 자신의 손을 한 번 훔쳐 내고 내 옆을 스쳐 지나갔다. 노래방 안에는 에어컨 바람이 가득했는데, 그가 내 옆을 스쳐 지나가자 더운 바람이 시린 살갗을 간질이고 지나갔다. 조금씩 익숙해지고 있는 그의 향기가 바람에 실려 내 코끝을 더듬었다.

내 가슴속에서도 바람이 불고 있었다.

* * *

누군가가 날 의식하고 있을 거라고는 딱히 생각해 본 적이 없었다. 못난 외모는 아니지만, 그렇게 타인의 이목을 끌 만큼 예쁘지도 않았다. 음침한 성격은 아니지만, 그렇다고 해서 남들의 주목을 받을 만큼 활발한 사교성을 지니고 있지도 않았다. 그저 조용히, 평범하게, 남들에게 묻어가는 삶에 익숙한 스타일이었다. 그게 편했다. 남들 눈에 튀어 봤자 괜한 구설수의 희생양이 될 뿐이라는 것을, 사회생활을 하는 동안 보고 들으며 간접적으로 체험해 왔으니까.

그야말로 있지만 없는 듯이, 그렇게.

그것이 나 주인희가 살아가는 생의 좌우명이자 방식이었다. 그런데, 어느 순간 불현듯 존재감을 드러낸 남자가 자꾸만 내 머릿속을 어지럽게 만들고 평범하던 내 일상을 위태롭게 만들고 있었다.

"주인희, 너답지 않게 밥 먹는 게 왜 그래? 오늘 식단 별로야?"

입 안에 넣는 건 없이 밥알 사이를 뒤적거리기만 하던 손길이 주연의 말에 움직임을 멈췄다.

"식단이 문제가 아니라 내 입맛이 문제야. 구내식당 밥이야 맛없기는 맨날 똑같은데 뭘."

"그건 그래."

고기란 좀처럼 찾기 힘든 식판을 내려다보며 주연이 나직이 맞장구를 쳤다. 물론 채식뿐인 식판을 눈앞에 두고 불평을 해 본들 맛난 고기반찬이 뚝 떨어지는 것도 아니었지만, 이렇게 맛없다 한 마디라도 하고 나면 속은 좀 후련해졌다. 그런데 이상하게도 오늘은 좀처럼 속이 후련해지지 않는다. 그건 아마도…….

"하하. 태호 네가 어제 양 과장 바지에 술 쏟았을 때 내가 얼마나 통쾌했는데."

"그런 말 마라, 임수현. 양 과장님께서 들으시면 정말 일부러 그런 걸로 오해하시겠다."

같은 식탁의 가장 끄트머리에 앉아 있는 저 남자, 서태호 대리 때문일 것이다.

나는 간 따윈 전혀 배어 있지 않은 심심한 시금치 하나를 우적우적 씹어 삼키며 서 대리를 뚫어져라 바라보았다.

어제 회식 자리에서 잠시 마주했던 시선이 온종일 끈질기게 머릿속을 떠돌았다. 양 과장의 바지에 술을 쏟은 게 온전히 실수로 인한 것이 맞는지 의구심이 깃든 눈길로 바라보던 날, 한 치의 흔들림도 없이 마주 보던 곧고 검은 시선. 딱히 변명할 의지 따위 없어 보이는 눈동자로 한동안 날 마주하던 그는 결국 아무 말 없이 내 옆을 지나갔지만, 그로써 분명해졌다. 내 착각이라 여겼던 생각이 그저 착각만은 아니라는 것을.

어제와 같은 상황을 마주하고도 더 이상 의문을 품는다면 그건 신중한 게 아니라 극성과 결벽이었다. 그리고 분명 그 또한 내가 눈치챘음을 알고 있을 터였다. 그런데도 그는 어떻게 된 일인지 조금도 무색해하는 기색 없이 평소처럼 행동하고 있었다. 아니, 평소 이상이었다. 그간 문득 느껴지는 시선에 고개를 돌렸을 때 곧장 내 눈을 피했던 것과는 달리, 이제는 노골적으로 시선을 맞춰 오기까지 했다. 엘리베이터에서도, 사무실을 왔다 갔다 하는 길목에서도, 심지어는…….

"!"

이곳 식당에서마저도.

나는 그와 마주친 눈을 냉큼 돌리며 허겁지겁 밥알을 입에 넣었다. 밥이 코로 들어가는지 입으로 들어가는지 알 수도 없었으나 어쩔 수 없었다. 손이라도 움직이지 않으면, 입이라도 뭘 씹지 않으면 정말이지 그대로 눈이 마주친 채 숨이 막혀 버릴 것만 같았으니까.

대체 그가 내게 왜 이러는 것인지. 나는 여전히 알 수 없었다. 그저 내가 그의 신경에 거슬릴 만한 뭔가가 있어서 이러는 것인지. 아니면 정말 무슨 마음이라도 가지고 있는 것인지. 알면 속이라도 시원할 것 같은데 도통 저 사람 마음을 알 수가 없었다. 어제까지만 해도 그에 대한 나의 의식이 그저 착각일 뿐인 것인지가 문제였는데, 그 모든 것들이 그저 착각과 우연만은 아니라는 결론에 닿고 보니 이번에는 그 행동들의 의도가 문제였다.

대체 어떡하면 좋냐.

울상을 지으며 고개를 들었는데, 또 그와 눈이 마주쳤다. 눈이 마주치기 무섭게 반사적으로 고개가 숙여지려 했다. 하지만 이윽고 든 생각과 함께 나는 살짝 숙여진 고개를 빳빳하게 들고 그를 마주 보았다.

더 이상 저 남자 때문에 내 행동에 제약을 둬선 안 됐다. 오히려 피해야 하는 쪽은 내가 아니라, 서 대리였으니까.

부딪쳐 오는 눈동자를 피하지 않으며 그를 올곧게 바라보았다. 이미 다 들켰는데 무색해서라도 먼저 피하겠지 생각하며, 일부러 더욱 뚫어져라 쳐다보았다. 하지만 오늘 하루 종일 보란 듯이 시선을 마주쳐 온 저 남자에게 무색함을 바랐던 내가 미련했던 모양이다. 그는 외면하지도 의아해하지도 않은 채 그런 나의 시선을 받아들이고 있었다.

뭐 저런 남자가 다 있어?

라고 경악스러워하고 있던 순간, 서 대리가 불현듯 자신의 입가 쪽을 손가락으로 톡톡 두드렸다. 뭐 하는 짓이지? 라고 생각하면서도 어느새 손은 그의 손가락이 가리키는 곳을 따라 움직이고 있었다. 손이 어느 지점엔가 닿자 그가 고개를 끄덕한다. 뭔가 붙은 것 같아서 떼고 보자, 밥풀이었다.

이런 젠장.

"뭐야, 서태호. 밥 먹다가 갑자기 왜 웃냐? 뭐 재밌는 거 있어?"

냉큼 밥풀을 떼어 식판에 붙이고 고개를 들자 그가 큭큭거리며 웃고 있었다. 얼굴이 순식간에 타오를 듯 빨개졌다. 이런 줄 알았음 안 쳐다보는 건데, 라고 수십 번도 더 후회하며 남은 밥과 반찬을 국그릇으로 재빨리 쓸어 넣었다. 오늘 하루만 밥 남기는 죽일 년 되겠습니다. 두 눈 꼭 감고 기도하며, 나는 식당을 뛰쳐나와 버렸다.

* * *

사무실이 있는 15층 맨 끄트머리에 있는 비상계단에 쪼그려 앉은 나는 초조한 마음으로 시계를 내려다보았다. 현재 시간, 정확히 1시 28분. 앞으로 딱 2분 남았다.

점심을 먹다 말고 식당을 빠져나온 나는 그길로 사무실에 올라와 분노의 양치질을 했다. 그 분노가 그를 향한 것인지 나를 향한 것인지 정확히 알 수는 없었으나, 차인표를 능가하는 분노의 양치질 후 내 잇몸 상태를 확인한 나는 이대로 가다가는 어쩌면 매일같이 이렇게 잇몸에서 피를 철철 흘리며 살아야 할지도 모른다는 생각이 불현듯 들었다. 해서 결심했다. 그와 담판을 짓기로.

「저 주인희입니다. 1시 반에 잠깐 15층 비상계단에서 뵀으면 합니다.」

　문자메시지를 보내기가 무섭게 그로부터 답장이 왔다. 네, 라고. 마치 예상이라도 했다는 듯 왜냐고 묻지도 않고 간결하게 날아든 그 답장에 나는 더욱 기가 막힐 수밖에 없었다. 현실 세계에서 말이 없는 건 모바일상에서도 똑같이 반영되는 모양이라고 합리화시켜 본들 이해 불가인 건 마찬가지였다. 어디, 나랑 두 눈을 똑바로 마주치고도 그렇게 무덤덤하게 굴 수 있는지 보자. 이를 득득 갈고 있던 그때, 굳게 닫혀 있던 비상계단 문이 열렸다.

　"미리 와 있었나 보네요."

　'먼저 문자를 보냈으니까 당연하죠!' 라고 말하고 싶은 걸 꾹 참고서 대리와 마주 섰다. 항상 힐끔거리기만 하다가 마주 보려니 기분이 묘했지만, 이럴 때일수록 당당해져야 했기에 숨을 깊게 들이마시고 몸에 밴 긴장감을 떨쳐 버렸다. 눈도 마주쳤고, 긴장감도 떨쳐 버렸으니, 이제 남은 건 본론을 이야기하는 것이다.

　"서 대리님, 왜 자꾸 저 쳐다보세요?"

　다짜고짜 던진 첫 질문이 이따위라니. 당당히 뱉으면서도 한편으론 창피해 잠시 두 눈이 질끈 감겼다. 상대방에게 황당하기 짝이 없을 질문이라는 걸 충분히 알고 있었다. 지나치게 저돌적이라는 것 또한 안다. 하지만 이로써 내 오랜 착각이 그저 혼자만의 착각일 뿐인지, 아닌지 여부만 그의 입을 통해 분명해진다면 후에 감당해야 하는 쪽팔림 정도야 그냥 감수하고 싶었다.

　옆에서 겪으면서 지켜본 바, 남자는 새틴 같은 입을 가진 스타일도 아니니 묻는 말에 '오해' 라고 대답한다면 지금의 무례함에 대하여 진중하게 사과하고 다소 도끼병이 있는 여사원의 착각으로 인한 가벼운 해프닝쯤으로 넘어가면 될 일이겠거니. 그렇게 답을 내리고 저지른 일이었다. 그런데…….

"그러는 주인희 씨는요?"

"네?"

뜻밖에 돌아온 반문에 목소리가 발작적으로 튀어나왔다. 남자가 뱉은 말이 무슨 뜻인지 쉽게 가늠이 되질 않아 당황한 기색이 역력한 표정으로 그를 올려다보았다.

한참 동안 공명하던 남자의 낮은 음성이 단둘뿐인 비상계단 벽 곳곳에 부딪혀 내 귀로 돌아온다. 먼저 던졌던 질문을 부정하는 것도, 그렇다고 긍정하는 것도 아닌 말로 받아친 남자는 먼저 그를 추궁하려 들었던 나를 외려 추궁이 깃든 시선으로 내려다보고 있었다.

"주인희 씨도 나 계속 쳐다봤잖아요. 아니에요?"

"그, 그야…….'

쳐다보긴 했지. 당신이 자꾸 날 쳐다봤으니까.

그렇게 말하고 싶은 마음은 굴뚝같았지만 방심한 채로 되레 습격을 받은 터라 쉽사리 말문이 트이지 않았다. 분명 먼저 질문을 던졌던 건 나였는데 이건 무슨 경우인지. 그를 불러내면서 했던 숱한 계산과 고뇌 속에는 존재치 않은 상황에 당혹스러워하며 할 말을 찾지 못하고 있을 무렵, 서 대리가 먼저 입을 열었다.

"주인희 씨, 혹시 나 의식해요?"

"네. 네?"

"내가 자꾸 신경 쓰이나?"

"아니, 무슨…….'

"난 그런데."

마치 몰아붙이듯 질문을 쏟아 내던 남자가 불현듯 말에 마침표를 찍었다. 조용한 비상계단, 비좁은 창틈으로 새어 들어오는 오후의 빛 속에서 무겁게 내게로 뻗어 오는 숨 막힐 정도로 짙고 검은 눈동자. 폭풍 후 찾아온 고요처럼 기습적인 침묵에 문득 숨이 막힌다. 잠시 소리가 소거된 채 마주하고 있는 그와 나의 공간 사이로, 의식이 느리게 흘러갔다. 비상계단에 들어서면서 첫 번째로 던졌던 내 질문 뒤로 그가 방금 뱉은 말들이 준비된 답지처럼 따라붙었다.

그리고 그가 다시 한 번 분명하게 말했다.

"난 그래요, 주인희 씨가."

오늘 이 시간 이후로 더 이상 착각 따위에 휘둘리지 않으리라. 원대한 포부를 안고 마련한 자리였다. 이러든 저러든 묻는 말에 대답을 듣고 나면 편해질 수 있을 거라 생각했다. 그런데 그러기 전에 한 가지 간과한 것이 있었다. 착각이 아니라는 것을 알게 되더라도 충분히 휘둘릴 수 있다는 사실을.

"그러니까 지금……"

한참 동안 침묵한 끝에 천천히 입을 열었다. 그러다가도 막상 뱉으려니 쉽게 입이 떨어지지 않아 잠시 말을 멈추고 숨을 골랐다. 그러곤 그와 나눈 대화의 요지를 한 문장으로 정리해 조심스레 읊었다.

"서 대리님이 절 자꾸 쳐다보신 이유가 제가 의식되고 신경 쓰여서라는 건가요?"

"네."

조심스럽게 물은 것치곤 돌아온 대답이 지나치게 단호박 같은지라 하도 기가 차서 되묻고 말았다.

"왜요? 왜 제가 신경 쓰이는 건데요?"

그러자 고작 한다는 말이.

"글쎄요."

란다. 그랬다. 남자는 꽤나 심각한 표정을 하고 있는 나와는 달리 마치 이런 나의 상태를 관망하듯 여유로운 표정으로 그렇게 말했다.

글쎄요, 라니. 글쎄요, 라니? 대체 뭐야, 이 남자. 지금 나랑 말장난이라도 하자는 건가?

"아니, 제가 자꾸 신경 쓰이셨다면서요. 이유가 있으실 거 아니에요. 제가 뭔가 서 대리님 눈에 거슬렸다든지. 아님……."

"아니면요?"

잠시 무슨 말을 해야 할까 고민하는 내게 남자가 물었다.

"네?"

"주인희 씨가 단순히 눈에 거슬려서 그런 게 아니라면, 뭐 때문일 것 같은데요?"

"그야……."

정말 뭐 때문일까. 그런 게 아니라면, 뭐 때문에 그는 날 신경 쓰여 하는 것일까.

"궁금해요? 왜 내가 주인희 씨를 의식하고 신경 쓰는지."

고민하고 있는 내게 그가 또 한 번 질문을 던졌다. 당연한 거 아니냐고 따져 묻고 싶었다. 당신 같으면 궁금하지 않겠느냐고 소리치고 싶었다. 하지만 나보다 더 대처가 빠른 남자는 내가 미처 따져 묻기도 전에 다른 말로 내 말문을 가로막았다.

"인희 씨 질문에 대답하기 전에 한 가지만 물을게요. 내가 어떤 대답을 하건……."

의도적으로 말끝을 늘어트린 남자가 잠시 허공으로 돌렸던 시선을 곧게 돌려 날 바라보았다. 조금 전, 약간의 장난기가 실려 있던 눈동자와는 확연히 달라진 시선이었다. 그러곤 한 발자국 내게로 다가온다. 그것은 흡사 덫에 걸린 먹잇감에게 다가서는 육식동물의 걸음 같았다. 동시에 나는 반사적으로 뒤로 한 걸음 밀려나듯 물러섰다. 알 수 없는 긴장감이 그와 나 사이를 팽팽하게 당겼다.

"주인희 씨는 아무렇지 않을 자신이 있나요?"

겨우 그의 어깨까지밖에 차지 않는 나를 지그시 내려다보며 서대리가 물었다.

"그게 무슨."

아무렇지 않을 자신이 있느냐고? 왜 내 자신에 대해서 그쪽이 운운하느냐고 되물으려는데, 그가 웃었다. 유려한 입매 끝을 비긋이 당기며 아찔할 정도로 근사하게. 그 의미를 알 수 없는 미소에 시선이 뺏겨 미처 할 말을 다 하지 못하고 있던 찰나, 그가 내 귓가로 천천히 고개를 숙였다. 그러곤 은밀함을 조장하기라도 하듯 그 어떤 때보다도 나직한 목소리로 내 귓가에 대고 속삭였다.

"아마 내 대답을 듣게 되면, 그땐 정말로 아무렇지 않게 지낼 수 없을 텐데."

고개가 그의 음성에 이끌리듯 그를 향해 움직였다.

"그래도 괜찮겠어요?"

가깝게 밀착해 있는 그의 숨결이 고스란히 내 피부 위로 퍼진다. 눈이 마주치자 그가 또다시 웃었다. 심장 밑바닥부터 스멀스멀 기어오르는 묘한 감각이 머릿속을 집어삼켰다. 동시에 빠르게 울리는 경고등.

"그, 그냥 모를래요."

그를 향해 집요하게 따져 묻던 생각들이 송두리째 모습을 감춘다.

"그냥 모른 채로 지낼래요."

내가 뱉은 질문이 내 말 한마디에 그렇듯 허무하게 사라진 순간,

입술 위를 핥듯 번져 가던 그의 열기 또한 천천히 내게서 멀어졌다. 여전히 웃고 있는 그의 눈동자가 내 경직된 시선을 뭉근하게 쓸어내린다. 그러곤 그는 마치 이 모든 결정이 전적으로 나 본인에 의한 것이라는 듯, 단조로운 어조로 짤막하게 말하였다.

"그래요 그럼."

그의 말을 끝으로 비상구 문이 닫히고, 우리의 대화도 끝이 났다. 그런데도 내 머릿속에 자리 잡은 잡념들은 끝을 맺지 못하고 계속해서 제자리를 맴돌고 있었다. 그가 비상구에서 나갔다는 것도 잊은 채 멍하니 서 있기를 한참. 아플 정도로 힘이 들어간 주먹을 깨닫고서야 나는 가까스로 현실로 돌아왔다. 땀이 잔뜩 밴 손바닥이 습했다. 마치 잠시 내 입술을 스쳤던 그의 뜨거운 숨결처럼.

나는 아직도 감각이 생생한 입술을 가만히 손끝으로 더듬었다. 심장이 아플 정도로 세차게 방망이질을 치고 있었다. 입술을 매만지던 손끝을 내려 내 왼쪽 가슴 부분을 꽉 짓이겼다. 도무지 가슴이 진정되질 않는다.

이상하다.

정말, 이상한 남자다.

3장
마음먹은 대로 되기란 쉽지 않다

아무리 생각해 봐도 이건 아니었다. 그냥 모른 채로 지내겠다니. 내가 신경 쓰이고 의식된다는 소리까지 들은 마당에 모른 체해 본다 한들 그런 게 가능할 리가 없었다. 그런데 대체 어쩌자고 그런 바보 같은 대답을 한 것인지.

"등신, 머저리."

스스로를 향한 질책과 함께 나는 애꿎은 머리를 벽에 박았다. 뒤늦은 후회를 해 보지만 때는 늦었다. 이미 다 종료된 마당에 다시금 그를 불러내어 '그냥 내가 다 알아서 감당할 테니, 속 시원히 말해 보시오!' 하고 외칠 수도 없는 노릇이지 않은가. 사실 그때로 다시 돌아간다 하여도 좀 전과 다른 대답을 했을 거라고 장담할 수 없었지만.

'아마 내 대답을 듣게 되면, 그땐 정말로 아무렇지 않게 지낼 수 없을 텐데. 그래도 괜찮겠어요?'

그가 그렇게 물은 순간, 나는 절대 괜찮을 리가 없을 거라 확신했다. 아주 짧은 시간에 지나지 않았지만 온몸을 잠식할 듯 가깝게

41

밀착했던 온기와 내 시야를 앗아 버린 검은 시선에 온 신경이 압도된 상태였다. 그런 남자가 '아무렇지 않게 지낼 수 없을 것'이라 장담하며 물어 오는데, 어찌 괜찮을 수 있단 말인가? 이유가 무엇이건 나로선 절대 저 남자를 감당할 수 없었을 것이다.

그래도 그런 식으로 상황을 마무리 짓는 건 아니었나?

하는 후회가 치고 빠지는 물살처럼 반복적으로 밀려들었다. 그러다 과연 그는 어쩌고 있나 문득 궁금해져 힐끗 고개를 들었다. 어쩌면 그도 그렇게 괜찮지만은 않을 수도 있겠다 생각하며. 하지만 파티션 너머로 보이는 남자는 나의 우려가 무색하게 얄미울 정도로 태연한 얼굴을 한 채 동료와 이야기를 나누고 있었다. 결국 이러든 저러든 괜찮지 않은 건 나뿐이었던 것이다.

나는 득— 갈리려는 어금니를 앙다물며 고개를 내렸다. 그러곤 체념하듯 컴퓨터 모니터로 시선을 옮겼다.

기왕지사 벌어진 일, 뱉은 대로 실천하고 사는 수밖에 없었다. 모른 채로 지내겠다고 했으니, 그렇게 지내면 될 일이다. 그를 의식하기 전으로, 그가 날 의식하고 있다는 것을 알기 전으로 돌아가, 있어도 없는 듯이 그렇게 지내보자. 뭐든 시간이 해결해 주는 법이니까.

나는 내 굳은 다짐을 되새기듯 쓰다 남은 이면지 뒷면에 '서태호' 세 글자를 적어 내렸다. 그러곤 그것을 꼬깃꼬깃하게 구겨 쓰레기통으로 던져 넣어 버렸다.

내 평온하던 일상에 돌을 던진 주제에 믿기 힘들 정도로 태연한 저 얄미운 인간 때문에라도 꼭 모른 채로 지내고 말 것이다. 그렇게 다짐에 또 다짐을 거듭하며.

*　*　*

혼자서 애써 다짐을 해 본들, 세상사가 모두 그렇게 마음먹은 대로만 될 리가 없다는 것을 깨닫게 되기까지는 그리 긴 시간이 걸리지 않았다.

차도 주인을 닮아 가는 것인지. 며칠 전까진 에어컨 때문에 나를 힘들게 했던 마티즈가 어제는 드디어 길을 가다 서 버리는 대형 사고를 쳤다. 다행히 인적이 드문 골목길이었기에 망정이지 안 그랬으면 크게 사달을 냈을 내 마티즈는 그길로 공업소에 들어갔고 덕분에 나는 오래간만에 대중교통을 이용해 퇴근을 하게 되었다.

"어제 저녁쯤에 마티즈 맡긴 사람인데요, 네. 18고에 6405요. 언제쯤 찾으러 가면 될까요?"

어제 차를 맡긴 공업소로 전화를 걸며 나는 내가 타야 할 버스 정류장 맞은편의 횡단보도 앞에서 걸음을 멈추었다. 때마침 우리 집으로 가는 버스가 정류장을 쌩하니 지나가고 있었다. 이런 걸 보고 지랄맞다고 하던가. 신호 하나만 건너면 되는데 왜 하필 이 신호에 거길 지나가느냔 말이다. 엎친 데 덮친 격으로 공업소 직원으로부터 오늘은 안 되고 모레나 찾으러 오라는 소리까지 듣자 짜증이 나서 "네."라고 신경질적으로 답하곤 핸드폰을 접어 버렸다.

집이 워낙 외진 곳에 있는 터라 한 대 있는 버스는 그나마도 배차 간격이 긴 데다가 노선까지 꼬여 있어서 자가용으로는 15분이면 갈 길도 1시간이 걸려야 도착할 수 있었다. 그런데 그것을 눈앞에서 놓치게 되니 안 그래도 무더운 여름 날 짜증지수가 머리끝까지 상승하는 게 당연했다. 비가 오려는지 공기도 꽤 습했다. 끈적끈적한 설탕

물이 덕지덕지 살갗에 감기는 기분.

이렇게 된 마당에 택시를 타야 하나. 택시비 한 번에 내일 점심 메뉴가 초라해질 텐데.

신호가 바뀌기를 기다리며 그렇게 박봉의 월급쟁이에 어울리는 소시민스러운 고민을 하고 있을 때였다. 신호 대기 중인 횡단보도를 막 지나치던 차가 저만치에서 달리기를 멈추더니 유연하게 내가 있는 쪽으로 후진했다. 이윽고 멈춘 차에서 창문이 열렸다.

"인희 씨?"

낯선 차창 너머로 내 이름이 들려오자 자동적으로 시선이 향했다. 무심히 옮긴 시선 끝엔 다름 아닌 서 대리가 있었다.

"여기서 뭐 해요? 차 안 가지고 왔어요?"

지난번 비상계단에서의 일 이후로 첫 대면이었다. 그는 어땠는지 모르지만, 내 쪽에선 의도적으로 그와 마주칠 기회를 피해 온 덕에 그간 그와 일적으로든 사적으로든 대화를 나눌 일이 없었다. 그런데 그간의 노력이 무색하게도 남자는 아무렇지 않게 내 앞에 차를 세우고 내게 말을 걸어오고 있었다. 서 대리의 생각지 못한 등장에 일순 머릿속이 까매져 대답할 생각을 못하고 있는 날 향해 그가 다시 한 번 내 이름을 불렀다.

"인희 씨."

나는 그제야 뒤늦게 정신을 차리며 그의 말을 받아쳤다.

"아, 차가 고장이 나서요."

"그럼 버스로 움직이는 거예요?"

"네. 그래야죠, 뭐……."

"그러지 말고 내 차 타요."

"네?"

갑작스러운 그의 제안에 눈이 절로 커졌다.

"내 차 타라고요. 어차피 퇴근하던 길이니까, 집까지 바래다줄게요."

"아뇨, 괜찮습니다. 그냥 버스 타고 가면 되는데요."

"버스는 또 기다려야 되잖아요. 괜찮으니까 타요."

그런 일이 있고도 믿기 힘들 정도로 태연한 당신이야 어떨지 모르지만, 내가 안 괜찮으니까 그러지.

하고 싶은 말을 꾹 눌러 참으며 재차 거절의 의사를 밝히려던 때였다.

"정말로 괜찮은데."

── 빵!

날카로운 경적이 말허리를 가로질렀다. 반사적으로 돌아보자, 주차장을 빠져나와 서 대리의 차 뒤에 기다리고 있던 차 한 대가 재촉하듯 클랙슨을 누르고 있었다.

"이러다 뒤차한테 한 소리 들을 것 같은데."

소리를 따라 고개를 돌려 뒤차를 확인한 그가 차창 쪽으로 더욱 몸을 기울였다. 그러곤 굳은 듯이 선 날 향해 말했다.

"그만 못 이기는 척 타는 게 어때요?"

지그시 말려 올라간 입매에 어쩐지 뺨이 달아올랐다. 못 이기는 척, 이라는 말에서 지금껏 태연한 척하던 마음을 들킨 것만 같아 얼굴이 화끈거렸다. 결국 나는 뒤차로부터 두 번째 경적 소리가 울리기 전에 두 눈을 질끈 감고 답하고 말았다.

"그럼 신세 좀 지겠습니다."

그리고 차 문이 열렸다.

*   *   *

차를 얻어 타지 않았으면 정말이지 큰일 났을 뻔하였다. 오늘따라 유난히 습도가 높다 싶더니, 차가 출발하기 무섭게 차창 위로 한두 방울 떨어지던 빗줄기가 어느새 양동이로 퍼붓듯 쏟아지고 있었다. 무섭도록 퍼붓는 비를 보며 나는 이 비를 맞고 집으로 가는 나의 모습을 상상해 보았다. 딱 물에 빠진 생쥐 꼴. 이래서 사람이 너무 무턱대고 튕기기만 해도 안 되는 거다. 나는 그런 식으로 내가 서 대리의 차를 얻어 타게 된 것을 합리화시키고 있었다.

불행 중 다행인지 때아닌 소나기로 인해 정체구간이 길어져 차는 거북이 행렬 중이었지만, 앞이 안 보일 정도로 빗줄기가 퍼부어 준 덕에 운전에 집중해야 하는 터라 단둘뿐인 차 안에서의 시간이 썩 어색하진 않았다. 거기엔 틀림없이 적막했을 차 안을 가득 채우는 요란한 빗소리도 한몫했다. 이대로라면 집으로 가는 길이 좀 길어도 견딜 만할 것 같았다.

"저 그럼 이만 가 볼게요."

어느새 집 앞에 차가 다다르고, 도착하기 무섭게 간결한 인사를 끝으로 내리려던 찰나 그가 말했다.

"잠깐만요."

돌아보자 그가 우산을 펼쳐 들고 차에서 내리고 있었다. 그러더니 차를 돌아 내가 앉아 있는 조수석까지 달려와 문을 열었다.

"쓰고 가요."

생각보다 비가 세차게 내리고 있었다. 열린 차 문 안으로 비가 들어올세라 나는 황급히 차에서 내려 그가 펼친 우산 속으로 걸어 들어갔다. 시원하게 내리붓는 빗줄기가 내 발끝을 적신다.

"저한테 우산 주시면 서 대리님은요?"

"난 괜찮아요."

"저 우산 주시고 서 대리님께서는 비 맞고 가시면 우산 빌려 쓴 전 괜찮겠어요?"

"당연히 안 괜찮겠죠."

"네?"

예상 밖의 대답에 내가 황당한 표정으로 바라보자 그가 웃었다.

"안 괜찮으라고 빌려주는 거예요."

이렇게 사악할 수가. 겪어 볼수록 말재주가 기가 막힌 남자였다. 하, 하고 입 밖으로 헛웃음이 절로 터진다.

"그런 거라면 더더욱 사양하겠습니다."

나는 단호하게 서 대리를 향해 말한 뒤 그로부터 등을 돌렸다. 그러곤 우산의 방어 범위 밖으로 발을 뻗었다. 하지만 미처 비가 옷깃에 닿기도 전에 그가 내 팔을 붙잡았다.

"어쩔 수 없네요. 그럼 이렇게 하죠."

내가 아무 말 없이 올려다보자 그가 졌다는 듯 차선책을 내놓았다.

"나랑 같이 이 우산 쓰고 주인희 씨 집 앞까지 가는 겁니다. 그리고 난 이 우산을 쓰고 다시 내 차로 돌아오는 거고. 그건 괜찮죠?"

물어 오는 말에 내가 더 이상 아무런 반발도 하지 않자, 긍정의 뜻으로 받아들인 그가 붙잡고 있던 내 팔을 잡아끌어 자신의 옆으로 오게 했다. 그러곤 시선을 정면으로 향한 채 내 어깨 위로 손을 올렸다. 갑작스러운 그의 행동에 놀란 기색을 감추지 못하고 고개를 들자 그가 어깨를 감싼 내 몸을 이끌며 태연하게 말하였다.

"우산이 작아서요."

쏟아지는 빗소리 가운데서도 또렷한 그의 음성이 내 귓속을 적셔 왔다. 내가 의식되고 신경 쓰인다고 했던 사람이니 지금 내 어깨를 감싸 안은 이 손길에 어찌 사심이 없을 수 있겠느냐만, 어깨를 감싸 안은 손길이 생각보다 안락해서인지 나는 이번만큼은 그냥 모른 척 넘어가도 괜찮겠다는 생각이 들었다.

분명 있어도 없는 듯이, 모른 척 지내겠다고 했었는데. 어느 틈에 이렇게 되어 버린 것인지. 그의 이름까지 새겨 넣으며 반복했던 다짐이 무색해지는 순간이었다. 생각해 보면 경계심이라는 것은 연필로 그어 놓은 선처럼 그리는 것도 지우는 것도 참 쉬운 것 같았다. 어쩌면 정말 단순한 건 그가 아니라 나일지도 몰랐다.

그리 멀지 않은 길인데도 꽤 긴 것 같은 거리감을 느끼며 그의 보조에 맞춰 집까지 왔다. 대문이 따로 없이 문 열면 바로 방으로 이어지는 내 허름한 전세방 덕분에 나는 본의 아니게 서 대리에게 방문 앞까지 에스코트를 받고 말았다. 이 사람에게 이렇게나 급속도로 나의 일상의 한 부분을 보여 주게 되었다는 것이 당혹스럽기도 했다. 하지만 한편으로는 신기하기도 해서, 나는 어색한 표정을 감추지 못한 채 그와 함께 있었던 좁은 우산을 벗어나 짧게 처마가 내린 문 밑으로 껑충 뛰어갔다.

"그럼 조심히 가세요."

어색하건 어색하지 않건 간에 내가 할 수 있는 유일한 한마디를 그렇게 건넨 뒤 나는 그로부터 몸을 돌렸다. 여기까지 왔으니 차라도 한 잔 대접해야 하는 건가, 뒤늦게 생각이 들었지만 혼자 사는 여자 집에 외간 남자를 들인다는 것이 그다지 바람직하지는 않다는 것을 깨닫곤 그대로 문손잡이를 돌렸다. 문손잡이를 돌리는 순간에도 여전히 움직이지 않고 내 등 뒤에 서 있는 그를 느끼며 문을 열던 때, 열린 문틈 아래서 재빠르게 움직이는 뭔가가 내 눈에 포착되었다. 내 손가락 두 마디 정도 크기의 검은 생명체.

뭐지?

그가 내 등 뒤에 있다는 사실도 까맣게 잊은 채 나는 내 집 안으로 들어가고 있는 그 생명체를 빤히 쳐다보았다. 그러다 그것의 정체를 파악함과 동시에 비명을 지르고 말았다.

"까! 바, 바퀴, 바퀴벌레다!"

그랬다. 내 집 안으로 기어 들어가던 그 까만 생명체는 다름 아닌 바퀴벌레였던 것이다. 그다지 깨끗하게 산 건 아니었지만 이날 이때 껏 바퀴벌레와 이렇듯 직접적으로 대면을 한 적이 없었던 나는 집 안으로 보란 듯이 기어 들어가고 있는 그것을 보자 경악을 금할 수가 없었다.

"주인희 씨, 왜……."

"어, 어떡해요! 서 대리님! 바퀴벌레예요! 바퀴벌레가 우리 집 안으로 들어갔어요!"

"네?"

"까악!"

바퀴벌레가 현관에 아무렇게나 벗어 던져 놓은 내 신발 사이로 들어가는 것을 보며 나는 또 한 번 자지러지게 비명을 질렀다. 이 세상이 쑥대밭이 되어도 살아남는 게 바로 바퀴벌레라던데, 이러다가는 순식간에 우리 집도 바퀴벌레 소굴이 될 터였다. 이걸 어쩌지. 정말 어떡하면 좋지? 바퀴벌레를 시야에 담은 순간 패닉 상태에 빠져서 발만 동동 구르며 악을 쓰고 있는데 그 순간, 내 뒤에 서 있던 서 대리가 성큼 집 안으로 들어갔다.

"뭐, 뭐 하세요, 서 대리님?"

"잡아야죠."

"자, 잡다니요? 뭘요?"

"바퀴벌레요."

말이 떨어지기 무섭게 집 안으로 발을 들여놓은 서 대리가 거실로 걸어 들어가 TV 위에 있던 두루마리 휴지를 들고 왔다. 그러곤 아무렇게나 널브러져 있는 신발들을 들추어내더니 휴지를 쥔 손으로 재빠르게 현관 바닥을 눌렀다.

"잡았다."

"자, 잡았어요, 바퀴벌레?"

"네. 여기요."

확인시켜 주듯 그가 휴지 뭉치를 들이밀자 화들짝 놀란 나는 벽에 납작 붙으며 또 한 번 꺅 소리를 내질렀다. 흉측하게 까딱거리는 바퀴벌레의 더듬이가 내 시야를 가득 채웠다. 차마 치우라는 소리도 못 하고 얼어 있자 서 대리가 마저 풀어 낸 휴지로 바퀴벌레의 모습이 보이지 않게 꽁꽁 싸매며 내게 말했다.

"어떻게 할까요? 변기에 버릴까요?"

"네. 네? 아니요!"

놀란 마음에 엉겁결에 그러라고 답했던 나는 뒤늦게 떠오른 생각과 함께 양손을 세차게 저었다.

"변기는 안 돼요! 바퀴벌레를 변기에 버리면 바퀴벌레가 변기 속에 알을 낳아서 나중에 변기를 타고 바퀴벌레가 올라온대요! 그러니까 변기는 안 돼요! 절대!"

"그럼요?"

서 대리는 바퀴벌레가 든 휴지 뭉치를 든 채 골똘한 표정으로 나를 바라보았다. 잠시 생각에 잠긴 나는 얼마 지나지 않아 결단을 내리며 단호하게 말하였다.

"부, 불로 태워야 돼요."

"불요?"

"불로 태워 죽여야 알까지 완전히 소멸시킬 수 있어요."

"밖에 비 오는데."

"빨리 태워야 돼요. 빨리."

갑작스럽게 출몰한 바퀴벌레가 나 자신도 모르던 적극성을 일깨워 낸 것일까. 어디서 그런 용기가 났는지 나는 멀뚱히 서 있는 서 대리에게로 성큼 다가가 다짜고짜 그의 팔을 붙잡았다. 그에게 행하고 있는 나의 행동이 얼마나 대담한지 충분히 알고 있었으나, 때아닌 바퀴벌레의 등장은 나의 이성을 뿌리까지 좀먹어 버리기에 충분했다. 마음이 다급해진 나는 필요에 따라 준비되어 있던 라이터 하나를 집어 들곤 가만히 서 있는 서 대리를 억지로 앉히며 그와 함께 내 집 문 앞에 쪼그려 앉았다.

"여기요."

"이게……."

"라이터예요. 이걸로 불 붙이시라구요."

라이터를 서 대리 앞으로 내밀며 서 대리를 빤히 쳐다보았다. 눈앞의 라이터를 물끄러미 바라보고 있던 그가 고개를 들어 날 본다. 그와 마주하게 된 이래로 가장 정확하게 시선이 맞은 순간이었다. 어떤 의미의 시선인지는 알 수 없었으나 지금의 내게 있어서는 그 시선의 의미보다도 바퀴벌레를 어떻게 박멸할 것인지가 더 중요하였다. 마주한 내 눈동자 속에서 확고한 뜻을 느낀 듯, 이윽고 그가 말 없이 라이터를 받아 들어 돌돌 말린 휴지에 불을 붙였다.

비가 내리는 습한 바깥 공기에도 불구하고 휴지는 어느새 짙게 깔린 어둠도 밀어 낼 만큼 활활 타올랐다. 그의 손에서 떨어진 불덩이가 축축한 땅바닥에서 까맣게 사그라진다. 죽은 바퀴벌레도 다시 보자고, 나는 그가 내려놓은 라이터를 들어 완전히 타지 않은 휴지 위에 다시금 불을 붙였다. 그러곤 휴지가 다 타고 그 안에 있었을 바퀴벌레가 한 줌 재가 되어 사라진 것을 두 눈으로 직접 확인하고서야 뒤늦게 안도의 한숨을 내쉴 수 있었다.

정말 싫다. 바퀴벌레는.

"이제 다 됐나요?"

휴지가 다 타 버린 것을 보고도 여전히 안심이 되지 않아 완전히 눈을 떼지 못하고 있는데, 그가 물어 왔다. 나는 멍한 시선을 바퀴벌레의 잔재에 고정시킨 채 기계적으로 답했다.

"네. 다 된 것 같네요."

"다행이네요."

웃음 섞인 음성이 패닉 상태에 빠져 있던 뇌리를 일깨웠다. 아뿔싸, 서 대리. 그제야 지금 누구와 집 문 앞에 쪼그려 앉아 바퀴벌레를 불태워 죽였는지를 깨달은 나는 화들짝 몸을 일으키고 말았다.

"죄송합니다. 서 대리님. 제가 바퀴벌레 때문에 너무 놀라서."

차마 말을 다 잇지 못하고 두 눈을 질끈 감아 버리고 말았다. 너무 창피한 나머지 더 이상 말이 나오질 않았다. 집까지 바래다준다는 것도 마다할 땐 언제고 집 앞까지 배웅을 받아 놓곤 그것도 모자라 졸지에 그를 세스코 기사 취급하다니. 쥐구멍이 있다면 당장 가서 고개라도 처박고 싶은 심정이었다.

"괜찮아요. 덕분에 바퀴벌레는 불태워 죽여야 한다는 새로운 사실도 알게 됐고 재밌는 경험도 했으니까."

서 대리의 무덤덤한 목소리가 귓가에 닿고서야 나는 다시금 눈을 뜨고 그를 쳐다볼 수 있었다. 나였다면 절대 재밌는 경험이라 할 수 없었겠지만, 작게나마 미소를 짓고 있는 그의 얼굴을 보아하니 아주 맘에 없는 소리는 아닌 모양이었다. 그래도 부끄러운 마음은 여전해서 선뜻 눈도 못 마주친 채 말을 못 꺼내고 있는데 그가 넌지시 나를 향해 말했다.

"주인희 씨 반응을 보니 또 그런 일이 일어나서는 안 되겠지만, 혹시나 또 바퀴벌레가 집으로 침입하려 들거든 연락해요."

귓속으로 흘러드는 다정한 음성과 함께 고개가 들리고 시선이 마주쳤다. 쌍꺼풀 없이도 시원하게 긴 눈매 끝이 유연하게 휘어든다. 심장이 울렁거릴 정도로 낮고도 부드러운 목소리로 그가 속삭였다.

"또 불태워 줄 테니까."

까맣게 타고 남은 재처럼, 바로 오늘까지 굳게 자리 잡고 있던 다짐이 함께 타들어 간다. 세상사, 마음먹은 대로 되는 것은 쉽지만은 않은 일이었다.

4장

무어식이라 무섭다

"대체 차를 맡긴 게 언젠데 여태 감감 무소식이에요?"

수리 중인 마티즈 때문에 아침부터 땀을 뻘뻘 흘리며 만원 버스와 씨름을 해야 했던 나는 더위에 한껏 오른 열을 식히려 공업소에 전화를 걸어 닦달을 해 댔다. 요즘 부쩍 고장 접수가 많아 차가 밀린 탓에 좀 늦어졌다는 사장님으로부터 내일 오후에 찾으러 오라는 답변을 받고서야 그나마 분이 풀렸다.

바쁜 이 시대에 비해 신속하지 못한 서비스 태도에 대한 열변을 토해 냈더니 문득 갈증이 밀려들었다.

"아직도 차 못 찾았어?"

주연이 자판기에서 막 뽑아낸 일회용 커피 잔을 내 앞에 내밀며 물었다. 휴게실에 새로 들어왔다던 아이스커피 자판기에서 뽑았는지 작은 종이컵 안에 조각난 얼음이 둥둥 떠다니고 있었다. 참 세상 좋아졌지. 자판기로 아이스커피를 다 마시고.

"내일 가지러 오라네. 꼭 이렇게 닦달을 해야 서둘러 한다니까."

표정 가득 번진 짜증스러움을 가라앉히며 잔을 받아 들고 휴게실

벤치에 자리를 잡았다. 이른 아침 사원 휴게실은 비교적 한산했다. 버스를 타고 출근해야 했기에 다른 날보다 일찍 회사에 도착한 탓도 있었다.

커피를 마시며 잠시 담소를 나누던 다른 부서 사람들마저 나가자 휴게실에는 주연과 나 단둘만이 남았다. 휴식이 필요한 사람들로 항상 붐비는 휴게실에 둘만 있는 이 광경이 낯설기도, 한편으론 좋기도 했다.

"수리하는 게 생각보다 오래 걸리네. 그러다 수리비 많이 나와서 배보다 배꼽이 더 커지는 거 아니야?"

파우치에서 화장품을 꺼낸 주연이 아침 일찍 출근하느라 미처 다 하지 못한 화장을 마저 하며 말했다. 배보다 배꼽이 더 커진대도 당장은 커진 배꼽 그대로 살 수밖에 없었다. 그것이 배꼽이 없는 편보다는 나았으니까. 착잡한 마음으로 난생처음 맛보는 자판기 아이스커피는 네 맛도 내 맛도 아닌 밍숭맹숭한 맛이었다.

"뭐야, 이게?"

나는 혀를 길게 빼며 인상을 찌푸렸다.

"차라리 그냥 커피를 마시는 게 낫겠다."

"이게. 비싼 돈 들여서 아이스커피 뽑아 주니까. 호강에 겨웠지?"

"고작 백 원 더 쓴 걸 가지고."

"땅 파면 백 원이 나오는 줄 알아?"

"글쎄. 난 안 파 봐서 모르겠다."

내가 생각하기에도 한 대 쥐어박고 싶도록 밉살스럽게 받아치면서도 맛없다는 커피를 버리지 않고 아쉬운 대로 들이켰다. 오른쪽 눈썹을 그리다 말고 날 흘겨보던 주연이 입술 끝을 씰룩이며 거울로 시선을 옮겼다.

"그러지 말고 이참에 차 한 대 사라. 그렇게 가다 서다 반복하다가 어느 순간 훅 가는 게 차야. 그러다 네 인생도 대로변에서 훅 가는 수가 있어."

"꼭 같은 말을 해도 재수 없게."

눈썹 그리다가 확 삑사리나 나 버려라. 저주가 절로 나왔다.

"그니까 하루 빨리 처분하고 번변한 차 새로 장만하라고. 그만하면 오래 탄 거야. 이제 그만 보내 줄 때도 됐다. 보내 줄 때를 알아야 진정한 사랑이다. 이런 말 몰라?"

진정한 사랑은 무슨. 돈 없어 못 보내는 거지. 만년 골골거리는 마티즈 따위에 내 순정을 갖다 붙이는 주연을 조금 어이없다는 듯 바라보았다. 그러다 위험한 걸 알면서도 처분하지 못하는 사정을 떠올리며 한숨을 내쉬었다. 새끼손톱만큼 작아진 얼음이 혀 안에서 뒹군다.

사정만 된다면 언제 어떻게 비명횡사할지 모르는 마티즈를 처분하고 당장에 새 차를 마련하고 싶다. 하지만 가을이면 또 전세방 재계약일이 다가올 것이고, 집주인은 여지없이 전세금을 올리려 들 것이 뻔했다. 얼마를 올려 달라고 할지도 모르는데 덜컥 차를 샀다가, 오빠나 언니한테 또 손을 벌릴 수는 없는 노릇이었다. 이런 고민을 하고 있을 때마다, 아버지 뜻을 어기고 서울로 온 것이 사무치게 후회되었다.

차야 조금 더 이따가 바꿔도 되고 정 안 되겠으면 버스를 타고 다니면 될 일이다. 애써 현실을 받아들이고 있는데 그새 화장을 마친 주연이 내 앞에 불쑥 뭔가를 꺼내 들었다.

"자자, 그런 세상에 찌든 표정 그만 짓고 모처럼 일상의 소소한 재미나 찾아볼까? 짜잔!"

"그게 뭐야?"

사람들의 얼굴이 잔뜩 프린팅 된 종이 한 장을 손에 쥐고 흔드는 주연을 의아한 눈으로 쳐다보았다.

"얘가 이렇다니까. 이 빛나는 사진들을 보고도 감이 딱 안 와?"

그렇게 사정없이 흔들어 대는데 보일 턱이 있나. 나는 알아보기 힘들게 흔들고 있는 주연의 손에서 종이를 낚아채 들여다보았다. 웬 남자 연예인 사진인가 했더니 낯익은 얼굴들이 보인다. 자세히 보니 같은 회사 남직원들이었다.

"이게 요즘 여직원들 사이에서 유행하는 사내 훈남 이상형 월드컵이라는 거 아니야."

참으로 할 일이 없는 모양이었다. 하다하다 이젠 별걸 다 하네. 기가 찬 웃음을 뱉으며 나는 들고 있던 종이를 바닥으로 내팽개쳤다.

"야, 그걸 왜 던져!"

누가 볼세라 주연이 바닥에 떨어진 종이를 부랴부랴 챙겼다.

"하고 싶음 너나 해. 난 별로 흥미 없으니까."

"그러지 말고 한번 해 보자. 재밌잖아."

"그런 걸 왜 하냐? 것도 같이 근무하는 사람들 가지고."

"그냥 심심풀인데 뭐 어떠냐? 후보군도 짱짱하다고. 봐. 총무팀 박용우, 홍보팀 윤승현, 물류팀 김현수, 인사팀 강민우……."

나의 구박에도 불구하고 의지가 굳은 주연이 사내 훈남 월드컵 후보군을 읊기 시작했다. 앤 대체 이런 걸 어디서 가져온 거야? 어처구니없는 표정으로 주연을 한참 보다가 관심 없다는 듯 고개를 돌렸을 때였다.

"마지막으로 기획팀 서태호."

심드렁하게 허공을 향해 있던 시선이 귓속으로 파고든 익숙한 이름에 주연에게로 되돌아갔다. 의외라는 표정을 숨기지 않은 채.

"서 대리님도 그중에 있어?"

"이거 왜 이래? 서 대리님이 우리 회사 대표 훈남인 건 다들 아는 사실인데 이제 와 왜 모르는 척이야? 이 쟁쟁한 후보들 중에서 제일 득표율 높은 게 서 대리님이라고."

"에에?"

그 사람이 훈남 후보에 들어갔을 거라 예상은 했지만, 그중 최고 득표자라니. 말은 안 했지만 이미 입 안에서는 "말도 안 돼." 라는 말이 맴돌고 있었다.

"네가 아직 남자를 몰라서 그래. 내가 누차 말하지만 서 대리님처럼 뭔가 묵직한 스타일이 여자들한테 잘 먹히는 법이라니까."

그동안 자신이 숱하게 말해 온 서 대리의 매력에 대해 좀처럼 동의하지 않았던 나를 또 한 번 설득하듯 주연이 말했다.

"외모는 준수하지만 바람기가 다분해 보이진 않고, 예의에 어긋나는 법은 없지만 그렇다고 아무한테나 친절을 남발하지도 않고. 차갑긴 한데 왠지 알고 보면 따뜻할 것 같기도 하고. 모든 여자가 아니라 자기 여자한테만 잘할 것 같은 그런 남자. 서 대리님이 딱 그렇잖아."

"참 여자들의 판타지란."

나는 혀를 끌끌 차며 빈 종이컵을 구겨 휴지통에 던졌다. 항상 유행을 놓치지 않는 주연은 요즘 20대 여자들을 대표하는 표본이나 마찬가지니 이 시대를 살고 있는 대부분의 20대 여성들이 저런 남자를 이상형으로 삼고 있다 보아도 무방했다.

아니, 어쩌면 20대 여성뿐만 아니라 모든 여자들의 로망일지도 모른다. 나만 바라보고, 나만 사랑해 주는 남자. 그런데 다른 누구도 아닌 서 대리가 바로 그런 남자로 여자들의 기대를 한 몸에 받고 있다는 것이 내겐 참으로 의외였다.

대체 그의 어떤 면이 따뜻할 것 같다는 것인가? 서 대리가 다른 여자들한텐 그저 그래도 자기 여자한테만은 잘할 것 같다는 그 밑도 끝도 없는 기대는 대체 어디서 나온 것인가?

주연이 한 말에 의문을 품고 있는데 문득 간밤의 일이 떠올랐다. 손수 바퀴벌레를 잡아 준 것으로도 모자라 라이터로 바퀴벌레를 태워 주던 그의 모습이. 그러고 보니 회사에서 봐 왔던 평소의 그라면 상상할 수 없는 일이긴 했다. 다른 건 몰라도 간밤의 그가 꽤 친절했던 건 인정할 수밖에 없었다.

그것 말고도 많이 있었지. 양 과장과 블루스 출 뻔한 날 구해 줬고, 만원인 엘리베이터에서 사람들에 떠밀려 어쩔 줄 몰라 하는 날 붙잡아 주기도 했다. 그리고 우산이 없어 비에 쫄딱 맞을 뻔했던 날 차에 태워 준 것으로도 모자라 자기 어깨를 다 적셔 가며 집에 데려다주기도 했었다.

그렇게 서 대리와 있었던 몇 가지의 일들을 떠올리며 되짚어가다 보니, 어느새 어쩌면 서 대리가 자기 여자한텐 잘할 수도 있지 않을까 하는 생각이 들었다. '그래. 그럴 수도 있겠지.' 라고 나도 모르게 고개를 끄덕이다가 뒤늦게 든 생각에 그만 소스라치게 놀라고 말았다.

말도 안 돼. 마치 서 대리가 친절하게 구는 그 유일한 여자가 나라는 듯이 생각하고 있잖아. 드디어 미쳤구나, 주인희!

스스로의 착각에 경악하며 얼른 이성을 되찾으려 하고 있을 때였다.

"자, 그럼 시작해 볼까. 주인희 이상형 월드컵."

주연이 동의도 없이 제멋대로 이상형 월드컵인지 뭔지를 강행하기 시작했다.

"아, 글쎄, 안 한다니까."

"뽑아 온 사람 성의를 생각해서 일단 그냥 해 봐. 제일 먼저 윤승현이랑 서태호."

다짜고짜 두 사람의 이름을 말한 주연이 얼른 대답하라는 듯 들고 있던 볼펜을 딸깍였다. 이걸 꼭 해야 되느냐는 눈초리로 주연을 바라보았으나 그런 내 시선은 안중에도 없는 듯했다. 누구? 하고 묻는 말에 한참을 침묵으로 일관하자 기어코 대답을 받아 내야겠는지 볼펜 끄트머리로 옆구리를 푹 찔렀다.

홍보팀 윤승현이라면 아이돌처럼 생긴 외모에 다소 수다스러운 남자였다. 과묵한 남자보다는 차라리 가벼운 남자가 낫다지만 아무리 그래도 홍보팀 윤승현은 지나치게 가벼웠다.

한참을 망설이다가 결국 마지못해 답했다.

"서태호."

"음, 그럼 이번엔 김현수랑 서태호."

물류팀 김현수는 회사 물류란 물류는 본인이 다 나르는 듯 근육이 우락부락했다. 그런 단백질 덩어리만 섭취할 것 같은 남자는 취향이 아니다.

"서태호."

"오호?"

주연이 의외라는 듯 반응하며 볼펜으로 엑스 자를 그려 넣었다.

"한진우랑 서태호."

한진우는 너무 기생오라비처럼 생겼다. 곱상한 남자보다는 선이 좀 굵고 남자다운 사람이 좋았다.

"서태호."

지익, 엑스 자를 긋는 소리가 둘뿐인 휴게실 안에 경쾌하게 울려 퍼졌다.

"강민우랑 서태호."

여기저기 여자 후릴 것 같은 바람둥이도 싫지만 너무 샌님 같은 스타일도 별로.

"서태호."

주연이 엑스 자를 그리다 말고 잠시 내 얼굴을 빤히 쳐다보는 듯했다. 그러다 느리게 엑스 자를 마저 그려 넣으며 후보군을 읊었다.

"박용우랑 서태호."

개인적으로 쌍꺼풀 진한 남자는 싫었다. 느끼한 쌍꺼풀보다는 담백한 외까풀 쪽이 훨씬 매력적이지.

"서태호."

그렇게 생각 없이 심드렁하게 대답하길 한참. 엑스 자를 그려 가며 정리하던 주연이 갑자기 고개를 들어 나를 바라보았다.

"뭐야?"

"뭐가?"

"너 말이야. 좀 전엔 서 대리님이 후보에 오른 것도 의외라는 듯이 말하더니. 결론은 서 대리님이잖아?"

"뭐? 무슨."

무슨 헛소리냐는 듯 인상을 쓰며 최주연이 표시하던 종이를 내려다보았다. 동시에 나는 곧 경악하고 말았다.

"더 안 남았어? 이게 끝이야?"

다 엑스 표시 되고 마지막으로 남아 있는 것은 바로 서 대리였다.

스스로의 무의식이 만든 결과에 경악을 금치 못하며 나는 망연자실한 얼굴로 서 대리의 사진을 내려다보았다.

"이거 완전 내숭 대마왕이네."

"야, 이거 뭔가 잘못된 거야. 다시 해, 다시."

"다시 하긴 뭘 다시 해. 이 종이 가지고 가서 서 대리님한테 보여 줘야지."

"뭐?"

주연이 테이블 위에 놓여 있던 종이를 홱 낚아채 들었다.

"그 목석같은 얼굴이 네가 자기 이상형으로 자길 뽑은 걸 알면 어떻게 바뀔지 기대되는데?"

"미쳤어? 그냥 심심풀이로 한 걸 누구한테 보여 줘!"

"그냥 심심풀이니까 보여 주는 거지. 뭐 어때서?"

이게 미쳐도 단단히 미친 모양이다. 혀를 빼꼼 내밀며 뱅글 몸을 돌리는 주연의 뒤를 황급히 쫓았다. 아무렴 최주연이 진짜 그런 짓을 할 리는 없겠지만, 혹시라도 이 사실이 서 대리의 귀에 들어간다면 이 무슨 망신인가. 생각이 거기까지 미치자 창피함에 시뻘겋게 달아오른 몸이 다급해졌다.

"야, 절대 안 돼. 그거 서 대리님한테 보여 주면 절대 안 돼!"

"뭔데 저한테 보여 주면 안 돼요?"

느닷없이 등 뒤에서 들려온 목소리에 주연을 쫓아가려던 몸이 그대로 굳어 버렸다. 설마.

"어? 서 대리님?"

이 무슨 운명의 장난인가. 황급히 뒤를 돌아보자 때마침 임 대리와 같이 휴게실로 들어오던 서 대리가 의아한 표정으로 나와 최주연을 번갈아 보고 있었다.

이런 젠장.

"때마침 잘 오셨네요. 저희가 심심해서 뭐 하날 했는데."

"아무것도 아니에요!"

사악한 미소를 지으며 서 대리의 앞으로 다가가는 최주연의 앞을 얼른 막아섰다. 그러곤 그녀의 손에 들린 종이를 아슬아슬하게 낚아챘다. 그가 볼세라 다급히 등 뒤로 숨기며 말했다.

"정말 아무것도 아니에요. 신경 쓰지 마세요."

태연하게 그를 향해 말하면서도 손을 분주히 움직이며 증거물을 처리하고 있었다. 서 대리의 미심쩍은 눈초리를 피하며 손에 쥔 종이를 갈기갈기 찢었다. 뒤에 선 주연이 쿡쿡거리며 웃는 소리가 들리는 듯했다.

이 휴게실에서 나가기만 해 봐라. 갈기갈기 찢은 이 종이를 네 주둥이에다 쑤셔 넣어 주마.

찢긴 종이를 움켜쥐고 있는 손이 당장에라도 주연의 입으로 직행할 것처럼 바들바들 떨렸다.

"그럼 커피 맛있게 드세요."

서 대리와 임 대리를 향해 어색하게 입가를 당기며 인사한 뒤 나는 주연을 향해 싸늘하게 시선을 돌렸다.

"넌, 입 다물고 조용히 따라 나와."

도통 나갈 생각이 없어 보이는 주연의 손목을 잡아채 억지로 끌고 나가는데 뭐가 그렇게 재밌는지 주연이 끌려 나가면서도 연신 킥킥대며 남자들을 향해 인사했다.

"그럼 이따 사무실에서 뵐게요, 서 대리님. 임 대리님."

드디어 정줄을 놨네, 놨어. 내가 오늘 집 나간 네 정신줄을 제자리로 꼭 돌려주마.

다짐 또 다짐을 하며 나는 주연을 끌고 얼른 휴게실을 빠져나왔다. 최주연을 챙기느라 미처 살피지 못한 내 발 뒤에 찢기다 만 종잇조각 하나가 떨어졌다는 사실도 알지 못한 채.

*　*　*

드디어 미쳤냐는 내 말에 "왜? 재밌잖아."라는 갈아 먹어도 시원치 않을 말로 반응한 주연의 입에 막 바른 립스틱이 다 지워지도록 종잇조각을 쑤셔 넣고서야 상황은 마무리되었다. 애초에 그딴 걸 하는 게 아니었다. 할 일도 없는 모양이다, 한심하다며 혀까지 차 놓곤 무심결에 주연의 꼬임에 넘어간 게 화근이었다. 게다가 그 한심한 노릇의 결과가 다른 누구도 아닌 서 대리라니.

"미쳤지. 미쳤어. 진짜 단단히 미쳤어."

떠올리자 다시금 얼굴이 빨개졌다. 요즘 들어 그 남자와 가깝게 지냈더니 뇌가 잠시 갈 길을 잃고 이런 어처구니없는 오류를 범한 모양이었다. 주연이 설마하니 서 대리에게 진짜 이 사실을 전할 리는 없겠지만, 적어도 1년은 주연의 놀림감이 되리라는 것은 확실했다.

"웬일로 아침부터 아이스커피를 다 사 주나 했더니."

400원짜리 아이스커피 값의 대가라 치기엔 너무 혹독했다. 이래서 공짜를 좋아하면 안 되는 법이다. 후회에 후회를 거듭하며 화장실을 나서고 있는데 막 휴게실에서 나온 서 대리가 저만치에서 내가 있는 쪽으로 걸어오고 있었다.

이런.

몸을 홱 돌리려다 곧 있으면 아침 회의가 시작된다는 사실이 뒤늦게 머릿속에 떠올랐다. 어떻게 해도 그를 마주쳐야 하는 이 상황을 피할 수가 없었다. 대체 어떻게 해야 하지. 한참을 고민 끝에 결론을 내렸다. 이렇게 해도 저렇게 해도 피할 수 없다면 정면 돌파가 답이다.

화장실 방향으로 반쯤 돌아간 몸을 다시 되돌리며 마음을 가다듬었다. 휴게실을 나설 때 좀 미심쩍은 눈초리로 바라보긴 했지만, 평소의 그라면 그다지 대수롭게 여기지 않았으리라.

괜히 뭐 있는 것처럼 굴지 말고 차라리 태연하게 굴어 버리자.

축축하게 젖은 손바닥을 치마에 문지른 뒤 길게 심호흡을 뱉어 내곤 서 대리가 오는 방향으로 걸음을 옮겼다.

"안녕하십니까."

얼굴은 제대로 보지도 않은 채 꾸벅 고개 숙여 인사를 하곤 얼른 사무실 문 쪽으로 걸어갔다. 이대로 자리에 가서 앉으면 한 고비는 넘기는 셈이다. '잘했어, 주인희.'를 마음속으로 외치며 막 사무실 문을 열려던 그때였다.

"아까 이거 떨어트리고 나가던데."

생각지 못한 서 대리의 말이 나의 발목을 붙잡았다. 애써 그를 외면 중이던 고개를 돌려 바라보자 서 대리가 웬 종잇조각을 내 앞에 내밀고 있었다. 설마…… 침을 꿀꺽 삼키며 서 대리의 손을 내려다보았다. 그리고 그 순간, 얼굴이 빨개지다 못해 파랗게 질리고 말았다.

그가 내민 손에는 그의 얼굴 부분만 절묘하게 남긴 채 찢어진 종잇조각이 쥐어져 있었다.

"불러서 줄까 하다가, 감추고 싶어 하는 것 같기에."

당신한테 감추고 싶었던 거라고! 라는 말이 목구멍까지 올라왔다.

얼른 뺏어서 입 안에 넣어 씹어 버리고 싶은 걸 간신히 참아 내며,
애써 태연하게 말했다.

"그냥 버리셔도 되는데."

"그래도 내 얼굴인데 내 손으로 버리기엔 왠지 찜찜하잖아요."

그럼 내 손으로 버리기엔 안 찜찜하겠어요? 라고 되묻고 싶었다.
하지만 그러기엔 난 그다지 뻔뻔하지 못했고, 그보다 당장 눈앞에
놓인 이 상황을 해결하는 데 급급했다. 나는 이러지도 저러지도 못
하는 난감한 표정으로 앞에 내밀어진 그의 사진을 바라보고 있었다.
남의 사진을 그 사람 손을 통해 받아 들어야 하는 묘한 상황이라니.

이걸 받아, 말아?

한참을 고민하다 결국 복도를 오가는 사람들의 시선을 의식해 받
아 들고 말았다.

"근데 내 사진 가지고 뭐 한 거예요?"

"제가 뭘 한 게 아니고, 최주연 씨가."

변명을 하려다가 어쩐지 제 무덤을 파는 기분이라 말을 멈추고
말았다.

"죄송합니다."

두 눈을 질끈 감은 채 고개를 숙이고 입술을 잘근 깨물었다. 차마
그의 얼굴을 마주 볼 자신이 없었다. 때문에 그가 지금 어떤 표정을
하고 있는지도 알 수가 없었다. 아니, 알고 싶지 않았다. 어떤 표정
을 짓든 나의 이 참혹할 정도로 부끄러운 마음은 조금도 나아지지
않을 테니까.

"죄송할 것까진 없는데."

웃음기 섞인 낮은 목소리가 귀 끝에 닿았다.

"그럼 수고해요."

간결한 인사말과 함께 그가 어깨를 스치며 내 옆을 지나갔다. 셔츠에 감싸인 따뜻한 어깨가 맨살이 드러난 팔과 스치는 감촉이 생경했다. 그제야 나는 줄곧 감고 있던 두 눈을 뜨고 고개를 들었다. 서 대리가 희미하게 입가를 당기며 사무실로 들어가고 있었다. 희미했지만, 그는 분명 웃고 있었다.

대체 무엇을 의미하는 웃음일까? 설마, 눈치챈 건가? 내가 이른 아침부터 그를 상대로 한 그 한심한 짓을? 아닐 거야. 눈치챘을 리 없어. 근데 그게 아니면 방금 지나가면서 웃은 건 뭐라고 설명할 거야?

수많은 의구심들이 동시다발적으로 터져 나왔다. 그가 이상형 월드컵의 결과를 눈치챘을지도 모른다는 생각이 들자, 사진을 들켰을 때와는 비교도 할 수 없는 크기의 무색함과 창피함이 온몸을 뒤덮었다.

이런 망할.

"어? 아직도 안 들어갔어?"

번뇌에 휩싸인 채 차마 그를 뒤따라 사무실로 들어서지 못하고 있는 사이, 화장실에서 입술을 새로 덧칠하고 나온 주연이 내 굳은 어깨를 툭 치며 물었다. 동시에 날카롭게 치켜 올라간 눈매가 매섭게 주연에게로 향했다.

"아까 그렇게 쥐 패 놓곤 뒤끝 작렬하는 것 좀 봐. 아직도 분이 안 풀렸어?"

최주연, 너 때문에 내가! 라는 말이 목구멍 끝까지 올라왔지만 이내 체념하듯 삼켰다. 이제 와 소리를 질러 본들 아침의 일을 동네방네 소문내는 꼴밖에 되지 않았다.

영문을 모르겠다는 듯 날 바라보고 있는 최주연을 마주하고 있자니 저 보기 싫은 핑크색 주둥이를 손에 쥐고 있는 서 대리의 얼굴만 남은 종잇조각으로 마저 틀어막아 버리고 싶은 충동이 용솟음치듯 들끓었다. 하지만 사람들의 눈이 있어 차마 행동으로 옮기지 못한 나는 결국 긴 망설임 끝에 서 대리의 사진을 치마 주머니에 쑤셔 넣었다.

버리긴 찝찝하니 일단 이렇게라도 하는 수밖에.

그나저나 정말 눈치챈 건 아니겠지?

의미를 알 수 없는 그의 미소를 다시 한 번 떠올리다 이내 절레절레 고개를 저었다. 그가 알아차렸다고 한들 자신이 할 수 있는 일은 없었다.

오해라고 발뺌할 수도, 무의식적으로 대답하다 보니 당신이었다고 궁색한 변명을 늘어놓을 수도 없는 노릇이니까. 차라리 서 대리가 알아차렸을 리 없다고, 맘 편히 그렇게 단정 지어 버리는 편이 나았다.

모를 거야. 아니, 알아도 모르는 거야, 난.

불길한 예감을 애써 부정하며 그가 있는 쪽을 피해 사무실 안으로 들어갔다.

그건 그렇고 어쩌다가 그를 내 이상형으로 선택하게 된 것일까. 나도 모르던 내 무의식 깊은 곳에 그가 존재하고 있는 건가?

에이, 설마.

절대 그럴 리가 없다는 듯 나는 또 한 번 고개를 내저었다.

5장
흔들리는 인생

아침부터 푹푹 쪄 대던 날씨는 오후가 되자 마치 한증막 안에 들어가 있는 착각마저 불러일으킬 만큼 무더워졌다. 습하면서도 후덥지근한 공기는 호흡곤란을 일으키기에 충분했고, 뜨겁게 작렬하는 태양빛은 정수리를 태우고도 남을 지경이었다.

부서의 가장 막내인 탓에 허드렛일을 도맡아 하고 있는 나는 점심시간에 있을 기획 회의 때 먹을 도시락을 가지러 근처 식당으로 가는 중이었다. 하필 점심 식사 시간과 맞물려 배달은 안 되고 포장만 가능하다는 연락에 부아가 치밀었으나, 아쉬운 대로 직접 움직일 수밖에 없었다.

"아까 전화드렸던 도시락 15개요."

"여기 있습니다."

"음료수도 잊지 않고 넣으셨죠?"

"네. 거기 같이 넣었습니다."

도시락을 절반씩 나누어 담은 커다란 비닐봉지를 양손에 하나씩 받아 들고 부랴부랴 회사로 발걸음을 옮겼다. 인원수만큼의 음료수

캔이 들어서 그런지 비닐봉지를 쥔 양손이 더욱 묵직하게 느껴졌다. 회의 시간까지 고작 5분밖에 남지 않았다. 양 과장에게 돈 받아먹으면서 시간 약속 하나 제대로 못 지키느냐는 소리를 듣지 않으려면 최대한 서둘러야 했다.

신호도 무시하며 잰걸음으로 횡단보도를 건넜다. 뛰면서도 음식들이 뒤섞이면 안 되기에 봉지를 든 손의 움직임은 가능한 절제하며 회사 로비까지 왔다. 사우나를 방불케 하는 무더위에 땀은 뻘뻘 났고, 음료수까지 더해져 꽤 무게감 있는 도시락 탓에 평소 운동 부족이던 두 팔이 후들거렸다.

조금만 더 참자. 저 앞에 엘리베이터만 타면 된다.

바닥에 잠시 내려놓았던 비닐봉지를 다시 쥐며 호흡을 가다듬고 막 로비로 들어서려던 그때였다.

"이리 줘요."

불쑥 옆에서 나타난 손이 왼손에 들고 있던 짐을 가져갔다. 요즘 들어 많이 듣게 되는 목소리. 누구인지 눈으로 확인하기도 전에 심장이 먼저 반응했다. 갑자기 나타나 오직 나에게만 집중되어 있던 내 삶의 포커스를 뒤흔든 남자.

"서 대리님이 어떻게……."

서태호.

"힘 좋네요, 주인희 씨. 이 무거운 걸 혼자서 다 들고 오고."

유려한 입매를 부드럽게 당기며 말한 그가 내 오른손에 들려 있는 나머지 도시락마저 가져갔다. 의도한 건지, 어쩌다 보니 그렇게 된 건지, 그의 손가락이 깍지를 끼듯 내 손가락 사이를 훑고 지나갔다. 그와 닿았던 손가락 끝이 순식간에 오그라들었다.

"무거워요. 이리 주세요."

"내가 주인희 씨보다 힘세요."

도시락을 달라며 손을 뻗는 날 지나쳐 앞서 걸어간 서 대리가 회전문 안으로 쏙 들어갔다. 정말이지 신출귀몰하다. 대체 어디 있다가 이렇게 불쑥불쑥 나타나는 거야? 도깨비가 따로 없다 생각하며 서둘러 그의 뒤를 따라 들어갔다. 하나라도 내가 들어 볼까 싶어 그의 옆으로 따라붙었으나 도통 넘겨줄 생각이 없어 보였다. 매번 신세를 지는 것 같아 찝찝하지만 하는 수 없지.

"어디 다녀오시는 길이세요? 아침부터 안 보이시긴 하던데."

생각지도 못한 타이밍에 도움을 받게 되자 민망한 마음에 먼저 말을 붙였다. 그러자 정면을 보고 걷고 있던 그가 내 쪽을 흘깃 내려다보며 말했다.

"나 찾았어요?"

"네?"

"아침부터 내가 있나 없나 살핀 사람처럼 이야기하길래."

무표정하던 얼굴이 동요를 띠며 순식간에 달아올랐다.

"아, 아니요! 제가 뭐하러 아침부터 서 대리님을 찾겠어요? 부서 직원 몇 명 되지도 않는데 그중에 빈자리가 있으니까 우연찮게 안 거지."

벌건 대낮부터 생사람을 잡고 난리다. 어이없다는 듯 두 눈을 부릅뜨며 그의 착각에 대해 정면으로 반박했다. 안 그래도 더워 죽겠는데 당황스러운 말만 골라서 하는 남자 때문에 진땀이 났다.

시뻘게진 얼굴에 분주히 손부채질을 했으나, 한번 달아오른 얼굴이 쉽사리 가라앉질 않았다. 그러게 왜 애먼 사람을 잡느냐 말이다. 기가 차서 손부채질에 박차를 가하며 씩씩대고 있는데 서 대리가 두 눈을 가늘게 뜨며 예리한 시선으로 날 내려다봤다.

"농담한 건데. 반응이 남다르네요."

필요 이상의 과민 반응이 오히려 수상쩍다는 듯, 그가 말했다. 얼굴이 더 시뻘겋게 달아오른다.

뭐 저런 사악한.

뭐라 대꾸도 못 하고 붉으락푸르락 변하는 내 얼굴을 흘깃 쳐다보더니 고개를 돌리곤 키득거린다. 상사만 아니면 뒤통수를 한 대 쥐어박고 싶었다.

"이 부장님 지시로 잠깐 근처 거래처에 다녀오던 길이에요. 점심때 회의가 있대서 서둘러 오던 중인데 주차하다가 주인희 씨를 봤어요."

날 내려다보며 부드럽게 웃음 짓는 서 대리의 미소에 잠시 힘을 실었던 주먹이 나도 모르게 풀어졌다. 저 사람만 등장하면 뭔가 자꾸 의도치 않은 쪽으로 꼬이고, 내 마음대로 안 되는 기분이 든다. 소위 말해 말려드는 기분이랄까? 지금껏 수많은 사람들과 지내 오면서도 한 번도 이런 적이 없었는데, 서 대리가 다른 사람들과는 달리 도통 속을 알 수 없는 남자라서 그러는 걸지도 몰랐다.

'아마 내 대답을 듣게 되면, 그땐 정말로 아무렇지 않게 지낼 수 없을 텐데.'

언젠가 그가 했던 말이 문득 머릿속에서 리플레이되었다.

그 말은 즉, 그 대답을 듣지 않으면 '아무렇게나' 지낼 수 있을 거라는 의미이기도 했을 텐데……. 곰곰이 생각해 보니 그 대답을 듣지 않은 지금도 아무렇지 않게 지내지 못하는 건 마찬가지였다.

이럴 바에야 차라리 속 시원하게 물을 걸 그랬나 보다. 그랬다면 적어도 이렇게 일방적으로 그를 의식하고 있는 상황까지는 오지 않았을지도 모르니까. 적어도 서 대리가 지금처럼 태연하게 나를 대하진 못하겠지. 그나저나 이 남자는 정말 아무렇지 않은 건가?

그와 관련되어 있는 일련의 사건들에 대한 숱한 후회와 의구심들에 휩싸여 있는 사이, 엘리베이터가 도착했다. 점심 식사를 하러 밖으로 나가는 사람들이 엘리베이터에서 우르르 쏟아져 나왔다. 내리는 사람은 많아도 타는 사람은 없어서 불행히도 이 비좁은 엘리베이터에 그와 나, 단둘만이 남게 되었다. 괜스레 겸연쩍어져서 또 한 번 말을 붙였다.

"정말 안 무거우세요?"

"별로. 주인희 씨보다는 가벼운데요."

그렇게 말한 그는 쌍꺼풀 없이 긴 눈매를 휘며 장난스러운 미소를 띠었다. 얼마 전 의자에서 떨어질 뻔한 날 그가 받아 줬던 일이 머릿속을 스친다. 이번에도 얼굴이 빨개졌다.

하는 말마다 말문을 막히게 하는 남자 때문에 미치고 팔짝 뛸 것 같았다. 보기엔 과묵한데, 어쩌다 받아치는 말들이 하나같이 장난스러워서 당최 종잡을 수가 없었다. 도통 캐릭터를 모르겠다.

"서 대리님, 원래 그렇게 농담을 잘하세요?"

"왜요?"

"사무실에선 좀처럼 말도 없고 농담도 잘 안 하시잖아요."

"글쎄요. 딱히 그럴 필요성을 못 느꼈으니까요."

마치 지금은 꼭 필요해서 그런다는 듯이 서 대리가 말했다. 뉘앙스가 묘하다. 뭔가 오해하기 딱 좋은 말만 골라서 하는 느낌이다. 무심한 듯 치밀한, 한편으론 계산적인. 그래서 상대로 하여금 생각이 많아지게 하고, 결국엔 그에 대한 생각으로 머릿속을 가득 차게 만드는 그런 남자였다, 서 대리는. 다시 말해, 내 정신 건강에 하등 도움 될 것이 없는 남자.

"자꾸 그러시니까 사람들이 오해하죠. 얼음남이라고."

나 또한 교묘하게 그가 의도하는 방향을 피해 가며 대꾸했다. 이 정도면 그가 한 말을 무시한 것도, 그렇다고 곡해해서 삽질하는 것도 아니니 비교적 적당한 대답이 될 것 같았다. 하지만 그건 나의 착각이고, 오판이었다.

"오해해도 별로 상관없는데. 어차피 주인희 씨는 알고 있잖아요."

엘리베이터 정면을 향해 있던 그의 고개가 내 쪽으로 향했다. 내가 고개를 들기를 기다렸다가 정확히 눈을 맞춰 왔다. 속내를 알 수 없는 검은 눈동자가 시선을 사로잡았다. 마주한 눈동자가 생각보다 검고 깊어서, 나는 눈을 깜박거리는 것도 잊고 그를 바라보고 있었다.

"내가 얼음같이 차갑지만은 않다는 거."

그 순간, 심장이 뛰는 듯했다. 손끝부터 발끝까지 뜨거운 기운이 혈관을 타고 확 퍼지는 것 같았다. 원인을 알 수 없는 뜨거움이 온몸을 잠식해 입이 바싹 타고 머릿속이 어질거렸다. 뭐라 대꾸할지 답을 찾지 못해 입술을 그저 달싹거리기만 했다.

옅은 웃음기가 어린 검은 눈동자가 전혀 차갑지 않은 온도로 날 내려다보고 있었다. 정확히는 더운 온도였다. 엘리베이터 안에 분명 에어컨이 가동하고 있는데도 나는 더운 기운이 느껴졌다. 내게로 닿는 그의 시선이 품은 그 더운 온도가 둘뿐인 엘리베이터 안을 가득 채워 문득 숨이 막혔다. 때마침 엘리베이터가 멈추지 않았다면 그대로 숨이 멈춰 버렸을지도 모를 일이었다.

"그만 내리죠."

문이 열리고 사람들의 소음이 엘리베이터 속으로 밀려들자 그가 내게로 향해 있던 녹진한 시선을 떼고 먼저 내렸다. 그제야 비로소 참고 있던 숨을 토해 낸 나는 차마 그를 뒤따르지 못하고 우뚝 서서 앞서 가는 서 대리의 뒷모습을 바라보았다.

대체 무슨 의도로 그런 말을 한 걸까. 애초에 무슨 의미가 있긴 했을까.

믿기 어려울 정도로 태연한 남자가 혼란 가운데 날 홀로 둔 채 멀어져 가고 있었다. 모르는 사이 땀이 밴 손바닥이 습했다. 둥둥 울리는 심장의 고동 소리가 왼쪽 가슴이 아닌 귓전에서 울리는 듯했다. 혼란에서 벗어나 현실감을 되찾자 이유를 알 수 없는 신체의 반응에 짜증이 나기 시작했다. 날이 잔뜩 선 눈동자가 얄밉기 그지없는 남자의 등 뒤로 날카롭게 날아가 닿았다.

"저 인간 진짜 뭐야?"

도대체가 종잡을 수 없는 남자. 정말이지 서 대리는 내 정신 건강뿐만 아니라 심장에도 하등 좋을 것이 없는 남자였다.

* * *

"수리 다 된 거 맞죠? 네. 지금 찾으러 갈게요."

공업소에 확인 전화를 하곤 택시를 잡아타기 위해 회사 앞 대로로 나왔다. 여름이라 확실히 해가 길어져서 저녁 6시가 넘었는데도 하늘이 대낮처럼 밝았다. 퇴근 시간과 겹친 탓에 택시비가 꽤 나올 것 같았지만, 공업소의 위치가 버스를 타고 가기엔 애매한지라 어쩔수 없이 택시를 잡아타기로 결정을 내렸다.

무엇보다도 오늘은 오빠와 얼마 후면 새언니가 될 사람을 만나 저녁 식사를 하기로 되어 있었기 때문에 길바닥에서 시간을 지체할수가 없었다. 올해로 정형외과 레지던트 3년 차인 오빠는 부쩍 많아진 업무에 결혼 준비까지 겹쳐서 얼굴을 보는 게 쉽지 않았다. 상견례 때 이미 보았지만, 결혼을 앞두고 인사차 어렵게 시간을 낸 것임을 알기에 되도록 시간을 맞추고 싶었다.

"응. 오빠. 나 지금 차 찾으러 가는 길이야. 차 찾고 가면 아마 7시쯤 될 거야. 그래. 거기서 봐."

전화를 통해 대략적인 시간 약속을 잡고 택시가 오는지 살피려 목을 쭉 뺐다. 평소엔 그렇게 많다가도 꼭 마음이 바쁠 때는 안 잡히는 것이 택시였다. 콜택시라도 불러야 하나. 핸드폰으로 근처 콜택시를 검색하며 망설이고 있을 때였다. 저만치서 달려오던 은색 세단 한 대가 내 앞에 미끈하게 멈춰 서더니 창문을 열었다.

"어디 가는 길이에요?"

서 대리였다. 거듭되는 우연이 이제는 놀랍지도 않았다. 이쯤 되면 우연이 아니라 일상이었다. 같은 곳에서 근무하고 같은 시간에 퇴근하니 이렇듯 퇴근길에서 마주치는 건 어쩌면 그냥 자연스러운 일일지도 몰랐다. 얼마든지 있을 수 있는 일인데, 그가 관련되어 있으면 자꾸 의미를 부여하려 드는 나 자신에게 조금 짜증이 나려 했다.

"차 수리 다 끝났대서 공업소에 가려구요. 퇴근하시는 길이세요?"

"네. 공업소가 어디에 있는데요?"

"우신 빌딩 맞은편에 있는 공업소요."

"가깝네요. 타요. 바쁜 일 없으니까 태워다 줄게요."

됐습니다, 라고 말하려다 어차피 얻어 탄 것이 이번이 처음도 아니라서 바쁜 마당에 굳이 사양하지 않기로 했다.

"그럼 실례 좀 하겠습니다."

이제는 그의 옆자리에 타는 것이 그다지 낯설지 않았다. 그와 옆이지 않기 위해 남몰래 고군분투해 왔던 것이 무색할 정도로 이젠 아무렇지 않게 그의 옆자리에 앉아 벨트를 착용하는 스스로의 모습에 좀 어이가 없기도 했다. 타인에게 신세 지는 것을 무엇보다 싫어했던 나인데, 모르는 사이 그에게 너무 많은 신세를 지고 있었다. 오늘 점심때의 일도 그렇고. 자꾸 이래도 되나 싶어 문득 한숨이 흘러나왔다.

이왕 모른 채로 지내겠다고 한 거, 이 남자처럼 아무렇지 않게 쿨하게 행동할 수는 없는 거야? 넌 대체 왜 그렇게 복잡하게 사는 거야?

쿨하지 못하고 자꾸 지난 일과 지난 감정에 얽매이는 스스로를 자책하는 사이 차가 공업소 앞에 다다랐다.

"이 공업소 맞죠?"

차가 도착한지도 모르고 멍하니 앉아 있자 서 대리가 의아한 얼굴로 날 들여다보며 물었다. 동시에 잠시 집을 나갔던 정신이 황급히 제자리를 찾아 돌아왔다. 쓸데없는 생각이여 물렀거라, 훠이! 고개를 내저은 뒤 재빨리 안전벨트를 풀고 차에서 내렸다.

"번번이 신세를 지네요. 다음에 차 한잔 살게요, 서 대리님. 그럼 안녕히 가세요."

"잠깐만요."

차 문을 닫고 막 돌아서려는데 창문을 열어 날 멈춰 세운 서 대리가 운전석 뒷자리로 몸을 기울였다. 뭘 하나 싶어 몸을 숙인 채 열린 창틈 사이를 바라보고 있는데, 서 대리가 웬 종이가방 하나를 내 앞에 내밀었다.

"자요."

"이게 뭐예요?"

선뜻 받아 들지 못하고 의구심이 깃든 눈으로 그를 바라보았다.

"바퀴벌레약이에요."

"네?"

그를 바라보는 두 눈이 커졌다.

"생각나서 하나 샀어요. 지난번 그 일 있고 바로 전해 준다는 게 기회가 없어서 깜박했네요."

"뭐 이런 걸……."

생각지 못한 그의 행동에 말문이 막혔다. 일단 받아 들긴 했는데 뭐라 해야 할지 몰라 우물쭈물하고 말았다. 머릿속이 새하얘진다.

"인희 씨가 바퀴벌레를 많이 무서워하는 것 같길래. 혹시 또 비슷한 상황이 생겼을 때 도움이 될까 해서요. 그때처럼 내가 가서 불태워 주면 좋겠지만, 그럴 때마다 제가 갈 순 없잖아요."

서 대리가 가볍게 미소 지으며 그렇게 말했다. 뭐라 해야 할지 입이 떨어지질 않아 머뭇거리고 있는데, 그가 난감한 내 마음을 알아차렸는지 먼저 마지막 인사를 건넸다.

"그럼 조심해서 들어가요."

고맙다는 말을 뱉을 틈도 없이 창문이 닫히고 그가 떠났다. 저만치 멀어져 가는 그의 차를 한참 동안 말없이 바라보던 나는 그가 눈앞에서 완전히 사라지고 나서야 종이가방을 쥐고 있는 내 손으로 눈길을 옮겼다.

태어나 아빠와 오빠 이외의 남자에게 선물을 받아 본 것도 처음이었지만, 그 선물이 다름 아닌 바퀴벌레 퇴치약이라는 것이 황당하기도 하고 한편으로는 우습기도 했다. 물론 이 바퀴벌레 퇴치약이 선물의 개념을 지니고 있지 않다는 건 알고 있었지만 말이다.

별걸 다 선물로 받아 본다.

종이가방을 내려다보며 나도 모르게 웃다가 그가 사라진 지 오래인 도로에 다시 한 번 눈길을 돌렸다. 밤이 되기엔 아직 먼 하늘은 여전히 푸르고, 저만치 기울어 버린 햇볕은 변함없이 뜨거웠다. 왠지 오늘, 서 대리가 사라진 곳을 응시하고 있는 내 마음도 쉽사리 밤에 닿지 못할 것만 같은 예감이 들었다.

　내가 정말로 퇴치해야 하는 건 어쩌면 바퀴벌레가 아니라 자꾸 내 일상으로 걸어 들어오는 바로 당신, 서태호일지도 몰라.

　진한 한숨이 입술 새로 빠져나온다.

　신경 쓰지 않기엔, 아무렇지 않은 척 지내기엔…… 이미 너무 많은 게 신경 쓰이고, 너무 많은 게 달라져 버렸다.

6장

술렁인다

"요즘 회사 생활은 좀 어때?"

"늘 똑같지, 뭐."

음식을 기다리는 동안 시원한 물로 갈증이 난 목을 축이며 오빠의 말에 답했다. 3월에 있었던 상견례 이후로 처음이니 꽤 오랜만에 보는 오빠는 날 보자마자 걱정스러운 눈초리로 얼굴을 훑으며 언제 나처럼 일장 연설을 늘어놓을 준비를 하고 있었다.

"밥은 잘 챙겨 먹고 다니는 거냐? 어째 점점 야위는 것 같다."

"다이어트 중이라 그래."

"네가 뺄 살이 어디 있다고."

"내가 뺄 살이 있는지 없는지 오빠가 어떻게 알아? 초등학교 이후로는 내 속살까지 본 적도 없으면서. 그리고 난 야윈 게 아니라 그냥 보통이거든. 내 보기엔 새언니가 더 야위었구만. 언니, 혹시 우리 오빠가 결혼 준비로 속 썩여요?"

"이게 무슨 생사람 잡는 소리야? 나처럼 잘하는 남자가 어디 있다고."

"세상 모든 남자들이 그런 착각 속에 빠져서 살지."

쯔쯧, 혀를 차며 새언니에게로 눈길을 돌렸다.

"힘든 언니 마음, 같은 여자인 제가 알지 누가 알겠어요."

"아가씨도 참."

천생 여자인 새언니가 입을 가리며 수줍게 웃었다. 옆에 있던 오빠가 기가 찬다는 듯 추임새를 넣어 말했다.

"아이고, 연애도 제대로 안 해 본 게 무슨."

"참나. 오빠가 어떻게 알아? 내가 연애를 해 봤는지 안 해 봤는지?"

"딱 보면 사이즈 나오지. 넌 암만 봐도 양기가 부족해 보여."

"인하 씨, 자기는 여동생한테 못하는 소리가 없어."

오누이의 대화를 잠자코 듣고 있던 새언니가 양기를 운운하는 오빠의 말에 어깨를 툭 치며 핀잔했다. 그러자 오빠는 "다 컸는데 뭐 어때?"라고 능청스럽게 받아치며 능글맞게 웃는다. 서른 줄에 가까워지면 남자는 다 저렇게 되나? 고개를 내저으며 심드렁하게 받아쳤다.

"오빠란 사람이 저런다니까. 오빠 한의사도 아닌데 양기가 눈으로 보이나 보지? 내가 양기로 꽉 채워져서 나타나면, 오빠 기분 참 좋겠다. 그치?"

"이 쬐끄만 게 말하는 것 좀 봐라."

여동생의 도발에 금방 붉으락푸르락하는 오빠의 얼굴을 보며 새언니가 쿡쿡거리며 웃었다. 한 번을 못 이기면서 꼭 이렇게 시비를 건다.

"먼저 양기 운운할 땐 언제고."

혀를 빼꼼 내밀며 밉살맞게 대꾸하곤 대화를 나누는 사이 하나둘씩 들어온 반찬거리에 젓가락을 얹었다. 요즘 외식이 뜸해서 맛없는 구내식당 밥과 인스턴트가 주메뉴인 집 밥으로만 연명했더니, 정갈하게 놓인 식당 반찬들을 보자마자 벌써 입맛이 도는 듯했다.

"너 혹시라도 연애하는 놈 생기면 제일 먼저 오빠한테 데리고 와야 하는 거 알지?"

"남이사 연애를 하건 말건 관심 끄세요. 이제 곧 가정도 생기는 남자가."

아삭아삭한 숙주나물을 씹으며 눈짓으로 새언니의 납작한 배를 가리켰다.

"지금 몇 개월이라고 했죠, 언니?"

"4개월요."

볼을 발그레하게 물들인 새언니가 쑥스러운 얼굴로 배를 매만지며 말했다. 오빠 쪽을 흘깃 보는 표정이 사랑스럽기 그지없었다. 9월, 결혼을 앞두고 있는 그들은 식을 올리기에 앞서 예비 엄마 아빠가 되어 있었다. 민망한 듯 큼, 거리며 물 잔을 들이켜는 오빠의 귀 끝이 조금 빨갰다.

"우리 조카가 부디 언니를 많이 닮아야 할 텐데."

"뭐야?"

발끈하는 오빠를 옆에 있던 새언니가 말렸다. 나는 보란듯이 얄미운 표정으로 오빠를 바라보며 웃은 뒤 앞에 놓인 식사로 눈길을 돌렸다. 새언니가 말리는 통에 마지못한 척 내게서 시선을 뗀 오빠는 언제 장난꾸러기처럼 굴었냐는 듯 세상에 둘도 없을 다정남으로 변신해 새언니 앞에 놓인 굴비를 살뜰히 발라 언니의 밥 위에 올려 주었다. 말없이 식사를 하며 흘깃 그들을 보고 있는 내 얼굴 위로 기분 좋은 웃음기가 번졌다.

만년 철없는 소년일 것만 같았던 오빠가 어느새 어엿한 남자가 되어 결혼을 하고 한 아이의 아빠가 된다는 사실이 낯설기도, 한편으로는 부럽기도 했다. 생을 사는 누구나가 다 밟아 가는 수순. 행복해 보이는 오빠 내외를 보며 종종 연애를 하고 싶다는 생각을 한 적도 많았다.

사실 오빠의 말처럼 나는 딱히 이렇다 할 연애를 해 본 적이 없었다. 엄연히 따지자면 못 한 것이 아니라, 안 한 것이었다. 연애를 할 기회야 충분히 있었고, 대학 시절에 나 좋다며 따라다닌 남자도 없진 않았다. 다만 관심이 없었을 뿐이다. 타인에게 내 시간을 내어주는 것이. 타인과 내 일상의 일부분을 공유하는 것이.

"그나저나 집엔 가끔 전화드리는 거야?"

"……어쩌다 한 번씩."

조기가 들어간 얼큰한 탕을 한술 뜨며 머뭇머뭇 답했다. 잠시 말을 멈춘 오빠가 내 표정을 살피더니 조심스럽게 말을 꺼냈다.

"그러지 말고 자주 전화드려. 아버지가 너 많이 보고 싶어 하셔."

"다음 달이면 또 볼 거잖아. 추석도 있고, 오빠 결혼식도 있고."

"인희야. 이제 와 하는 말인데 엄마가 돌아가신 건……."

순식간에 굳어지는 내 표정을 알아차린 오빠가 하던 말을 멈추고 나직이 한숨을 쉬며 물 잔을 들었다. 옆에 앉아 눈치를 살피던 새언니가 가라앉은 분위기를 전환하듯 게장이 든 접시를 내 앞에 내밀었다.

"아가씨, 이것도 좀 먹어 봐요. 짜지 않고 맛있네요."

한참을 말없이 상 위만 바라보고 있다가 굳은 표정을 가다듬곤 씩 웃으며 고개를 들었다.

"고마워요, 언니."

젓가락을 느리게 움직여 음식들로 향한다. 태연하게 간장 게장을 들어 먹고 숟가락에 밥을 크게 한술 떠먹는데 문득 체할 것만 같아서 벨을 눌러 음료수를 시켰다. 잠시 서먹했던 분위기는 새언니의 노력에 금방 나아졌고, 오빠와 나는 평소처럼 농담을 주고받으며 즐겁게 식사를 마쳤다. 그럼에도 그날 밤 나는 결국 약국에 들러 소화제를 사 먹어야 했다.

* * *

엄마는 내가 고등학교 1학년 때 돌아가셨다. 스물둘 어린 나이에 종갓집에 시집을 온 엄마는 억척스러운 시어머니의 시집살이와 종부로서의 책임감을 짊어진 채 20여 년을 살다가, 세상을 떠나기엔 아직 젊은 나이에 결국 생을 마감했다.

사람들은 오랫동안 앓아 온 지병 때문이라 했지만, 나는 알고 있었다. 엄마가 죽은 건 지병 때문이 아니라 화병 때문이라는 것을.

뼈대 있는 가문의 종갓집 며느리로 살아간다는 것은 세상 사람들이 생각하는 것처럼 그리 녹록지 않았다. 모르는 사람들은 그저 명절이나 제사가 닥치면 남들보다 좀 신경 쓸 게 많겠지, 정도로 생각하고 있을 테지만 종부의 삶을 옆에서 직접 지켜본다면 그런 말을 쉽게 내뱉을 수 없을 것이다.

하루 종일 장을 담그고, 갖가지 음식들을 배우고 나르고 살피며, 몸가짐 마음가짐 하나하나까지 구속받으며 살아가는 이의 스트레스를 직접 겪어 보지 않으면 짐작조차 할 수 없다. 거기에 하루가 멀다 하고 며느리를 쥐 잡듯이 잡는 시어머니와 그런 시어머니로부터 어떤 방패막이도 되어 주지 못하는, 고고한 종갓집 장손의 마인드로

중무장한 과묵하기 이를 데 없는 남편과 살아가는 그 삶이 얼마나 퍽퍽할지는 굳이 설명하지 않아도 알 수 있을 것이다.

그 넓디넓은 집 안에 혼자 있는 듯한 기분. 엄마는 20여 년 동안 매일같이 그 기분을 느끼면서도 늘 참고 살았다.

오랫동안 앓아 온 지병에 결국 못 견디고 죽은 거라 했던가. 그 지병이 어디서 온 것인데.

착하디착한 엄마를 그렇게나 못살게 굴었으면서도 죽은 며느리 영정 앞에서조차 죄책감 하나 느끼지 못한 얼굴로 꼿꼿하게 서 있던 할머니의 얼굴을 똑똑히 기억한다. 상복을 입은 채 그 옆에서 눈물한 방울 흘리지 않고 무표정하게 앉아 있던 아버지의 얼굴도 기억하고 있다. 그것이 내가 제대로 본, 마지막으로 마주 본, 할머니와 아버지의 얼굴이었다.

침대 옆 서랍 속에 넣어 둔 낡은 사진을 오랜만에 꺼내어 보았다. 빛바랜 사진 속에 환하게 웃고 있는 엄마의 얼굴이 눈 속으로 파고들었다. 이미 오래 지난 일이라 새삼 눈물 따윈 흐르지 않았다. 아프지도 않다. 다만 되새기게 될 뿐이다. 바보같이 살다 간 엄마를 통해 깨달은 삶의 교훈을.

"난 절대 엄마처럼은 안 살아. 그렇게 다 희생하면서. 다 양보하면서. 다 참으면서. 그렇게는 절대 안 살 거야."

대학생이 되자마자 집 대문을 박차고 나오며 했던 다짐을 엄마의 사진을 들여다보며 다시 한 번 되새긴다. 엄마는 나의 이유다. 내가 여태껏 단 한 번도 연애를 하지 않았던 이유. 타인을 내 삶의 테두리 안으로 받아들이길 극히 꺼리는 이유. 내가 오직 나 자신에게만 초점을 맞춘 채 살아가고픈 이유, 그 전부다.

＊　＊　＊

"내 말 들을 걸 그랬지?"

최주연이 혀를 끌끌 차며 심기 불편한 내 옆으로 따라붙었다.

"1절만 해라. 1절만. 안 그래도 기분 엉망이니까."

"그러게 차 고치지 말고 그냥 폐차시키라고 했잖아. 고치자마자 이게 뭔 고생이냐?"

그랬다. 아침부터 내 기분이 이렇듯 엉망인 이유는 바로 어제 공업소에서 찾아온 마티즈 때문이었다. 분명 어제 공업소에서 끌고 나와 저녁 식사를 마치고 집으로 돌아올 때까지만 해도 멀쩡했는데, 아침에 시동을 걸 때부터 덜덜덜 불길한 소리를 내는가 싶더니 결국 집 앞 골목도 빠져나오지 못하고 시동이 꺼지고 말았다. 심지어 보닛에서 연기까지 올라온 덕에 나는 남들 다 자는 이른 시간부터 오리를 방불케 하는 소리를 꽥꽥 질러 대며 호들갑을 떨어야 했다.

"그래도 그만했길 망정이지 큰 도로였어 봐. 출근길에 큰일 날 뻔했다, 너."

"내 말이. 보닛에서 연기 나는 거 본 순간 눈앞이 아찔하더라."

당시의 상황을 떠올리며 고개를 절레절레 흔들었다. 생각하는 것만으로도 식은땀이 죽 흐르는 것 같았다.

"차는 어떻게 해야 된대? 수리는 가능하대?"

"몰라. 고치자마자 이러는 거 보니 아무래도 폐차해야 될 것 같아."

"잘 생각했어. 그럼 출퇴근은 어떻게 하고. 새 차 뽑을 거야?"

"전세금 때문에 안 돼. 불편하더라도 당분간은 버스 타고 다니든가 해야지."

입가로 씁쓸함이 번졌다. 어떻게든 타 보려 그렇게 안간힘을 썼는데, 결국엔 폐차 신세라니. 앞으로 출퇴근이 불편해질 것도 근심거리였지만, 막상 내 든든한 다리가 되어 준 정든 마티즈를 떠나보낸다는 것이 한편으론 아쉽기도 했다. 그래도 목숨을 내걸고 계속 타고 다닐 순 없으니 나로선 어쩔 수 없는 선택이었다.

"그건 그렇고 오늘 처총회 있다던데. 어떡할 거야?"

뇌가 발랄한 덕에 근심 걱정 따윈 금방 날려 버리는 주연이 들뜬 목소리로 내게 물었다.

"처총회? 그게 뭐야."

"못 들었어? 기획팀 처녀총각모임 말이야. 임 대리님 주관하에 오늘 퇴근하고 모이기로 했잖아."

이상형 월드컵이나 하는 여자들만 할 일 없는 줄 알았더니 할 일 없는 사람이 남자 중에도 있었다. 임 대리라면 기획팀의 분위기 메이커 역할을 하고 있는 임수현 대리를 말했다. 임 대리가 평소 술자리를 즐겨하는 건 알고 있었지만, 회식 이외에 자리까지 만들어 적극적으로 판을 벌일 줄이야. 참 열정이 대단하시구나, 생각하며 딱 잘라 대답했다.

"난 됐다. 너나 재밌게 놀다 와."

"왜? 기분도 꿀꿀한데 같이 가지?"

"됐어. 기분 꿀꿀할 땐 집에 가서 혼자 치킨에 맥주 마시는 게 짱이야."

"기왕 마실 거 혼자가 아니라 여럿이면 더 좋잖아."

"아쉽지만 사양할게. 오늘은 술이 좀 많이 들어갈 것 같아서, 괜히 험한 꼴 안 보이려면 혼자 마시는 게 나을 것 같다."

재차 꼬시려 드는 주연의 말을 일언지하에 거절하곤 사무실 안으로 걸어 들어갔다. 처총회건 뭐건 간에 사람들 득실거리는 자리는 딱 질색이었다. 게다가 여자들만 모이는 것도 아니고 남자들까지 있는 자리라면 분위기야 뻔했다. 말이 친목 도모지, 결국엔 짝짓기 분위기로 몰아갈 게 뻔했다. 내가 갈 만한 자리가 아니다— 생각하며 자리로 가 앉으려는데 때마침 옆을 지나가던 임 대리가 새삼 알은척을 했다.

"어? 인희 씨, 굿모닝."

"아, 네. 굿모닝, 임 대리님."

어색한 웃음을 지으며 그를 따라 인사했다. 매번 생각하는 거지만 참 넉살과 붙임성이 좋은 사람이었다. 특유의 서글서글한 성격 탓에 회사 사람들과도 두루두루 친했다. 그다지 친한 사람이 없어 보이는 듯싶은 서 대리도 유일하게 임 대리와는 가깝게 지내는 것 같았다.

성격이 워낙 상반되어서 오히려 잘 맞는 건가. 임 대리를 보고 문득 그를 떠올리다, 무심결에 서 대리를 생각하고 있는 스스로를 자각하곤 얼른 도리질을 쳤다. 이젠 별것에다 다 그를 갖다 붙이고 있었다.

"오늘 처총회에 인희 씨도 오죠?"

지나쳐 갔다고 생각했던 임 대리가 내 책상 쪽으로 몸을 기울이며 물었다. 조금 전에 막 주연이한테 대답하고 오는 길인데 귀찮게 왜 또 묻는담. 책상 위에 흐트러져 있는 파일을 정리하며 나는 또 한 번 어색하게 웃었다.

"아, 저는 아쉽지만 다른 일이 있어서."

"무슨 일인데요? 많이 급한 일 아니면 잠깐이라도 들렀다 가요. 기획팀 싱글들은 다 올 텐데."

"글쎄요. 시간이 날지 모르겠네요."

"그러지 말고 오세요. 서 대리도 올 텐데."

임 대리의 입을 통해 거론된 뜻밖의 이름에 내내 무심조로 일관하던 눈이 커졌다.

"네?"

임 대리가 무슨 비밀스러운 얘기라도 하듯 내 쪽으로 더 깊게 몸을 기울이며 작은 소리로 속삭였다.

"서태호 대리도 올 거라구요."

대체 지금 이 사람이 뭐라는 것인가? 서 대리가 그 자리에 나오는 게 무슨 중요한 얘기라고 내게 귓속말까지 하며 속삭이는 것일까?

의도를 알 수 없는 임 대리의 행동에 황당한 표정으로 두 눈을 끔벅거리고 있는데, 그가 다시 말했다.

"실은 제가 며칠 전에 인희 씨가 휴게실에 떨어뜨린 사진을 봤거든요."

"무슨 말씀이신지."

"아, 그 있잖습니까."

답답하다는 듯 대꾸한 임 대리가 잠시 주변을 살피는가 싶더니 손을 들어 입술을 가리고는 조심스럽게 말했다.

"이상형 월드컵."

의아한 빛을 띠던 얼굴이 경악으로 물들었다. 다짜고짜 서 대리를 언급하기에 대체 뭔 소리를 하려는 건가 싶었더니, 얼마 전의 그 일을 말하고 있는 것이었다. 숨을 곳을 찾지 못한 얼굴이 새빨갛게 달아오르고 할 말을 찾지 못한 입이 공기가 모자란 붕어처럼 뻐끔거렸다.

"이 기회에 서 대리랑 좀 친해져 보는 것도 괜찮지 않겠어요?"

"아, 아니……."

"그러니까 되도록 꼭 참석하세요. 잠깐이라도 꼭요."

약속을 받아 내듯 했던 말을 연거푸 반복한 임 대리가 일방적으로 말을 마치고 내게서 돌아섰다. 당혹스러움에 할 말을 잃고 있던 입이 돌아서는 그를 보고 나서야 뒤늦게 트였다.

"잠시만요, 임 대리님. 지금 뭔가 오해를 하고 계신 것 같은데. 임 대리님! 임 대리님!"

감당키 버거운 당혹스러움과 창피함에 핏기마저 가신 얼굴로 자리에서 벌떡 일어나 서둘러 임 대리를 불렀다. 하지만 사무실 사람들을 의식한 탓에 속삭임에 가까운 작은 소리로 아우성치는 내 목소리를 듣지 못한 그는 이미 저만치 멀어져 있었다. 장소가 장소인지라 목소리를 더 높일 수도, 그렇다고 쫓아가 멱살을 잡아끌 수도 없는 난 결국 제자리에 선 채 발만 동동 구르며 임 대리가 있는 쪽을 바라볼 수밖에 없었다.

한 고비 넘겼다 싶었는데, 또 다른 고비가 생기고 말았다.

기막힌 한숨이 무겁게 입술 사이로 빠져나왔다.

일이 꼬이려니, 이젠 별게 다 골을 때렸다.

* * *

"아, 글쎄. 안 간다니까 왜 이래?"

"너 없이 내가 무슨 재미로 술을 마셔. 얼른 들어가자, 인희야."

정말이지, 이런 자리 내 취향 아닌데. 더욱이 괜한 오해 때문이라도 피하고 싶었는데.

"나 진짜 이럴 기분 아니라고."

"그러지 말고 기왕 온 거 즐겁게 한잔하고 기분 풀고 들어가."

억척스럽게 손목을 잡고 이끄는 주연이 덕에 나는 복날 끌려가는 개처럼 처총회 장소로 들어오고 말았다. 상황이 내가 의도치 않은 쪽으로 자꾸만 꼬이고 있었다.

"어? 인희 씨!"

주최자답게 먼저 자리에 와 있던 임 대리가 날 보며 반가운 듯 외쳤다. 아차, 싶어 뒤늦게 고개를 숙여 봤지만 소용없었다. 옆에 있던 주연이 잠시 화장실을 다녀오겠다며 자리를 뜨는 바람에 그마저도 드러나 버려서 멋쩍은 표정으로 고개를 들었다.

"안 올 줄 알았는데, 정말 잘 왔어요, 잘 왔어."

잘 오긴 뭘 잘 왔다는 것인지. 타들어 가는 사람 속도 모르고 임 대리가 내 옆으로 다가와 넉살 좋게 웃었다. 그러더니 한다는 말이.

"근데 아직 서 대리가 안 와서 어쩌죠. 아마 곧 올 것 같긴 한데, 혹시 서 대리 오면 그 옆에 앉게 해 줄까요?"

이 사람이 자꾸 뭔 소리를 하는 거야.

지금 임 대리는 주연의 억지 덕에 어쩔 수 없이 처총회에 참석하게 된 나의 뜻을 다른 쪽으로 오해하고 있는 게 분명했다.

"저기요. 임 대리님. 그게요. 지금 뭔가 오해를 하고 계신 것 같아서."

"맨정신에 그건 좀 쑥스러운가? 그럼 좀 이따 술 한 잔 들어가고 나서 말해요. 내가 자리 바꿔 줄게요."

"그게 아니라요, 임 대리님!"

"어이구, 다들 시간 맞춰서 나왔네요. 이리로들 오세요!"

뭐 저런 답 안 나오는 사람이 다 있어? 최주연만 골 때리는 캐릭터인 줄 알았더니 더 골 때리는 캐릭터가 바로 여기 있었다. 제멋대로 판단을 내리며 제 할 말만 하고 돌아서는 임 대리를 경악스러운 표정으로 바라보고 있는데, 그가 저만치에서 들어오는 서 대리를 발견하더니 날 향해 또다시 소곤거렸다.

"어? 인희 씨. 왔네요, 왔어. 어이, 서태호!"

아, 글쎄. 그게 나랑 대체 무슨 상관이냐구요! 비명에 가까운 외침이 목구멍 바로 앞까지 치고 올라왔다.

"이리로 와, 이리로!"

서 대리의 옆자리 사수를 약속한 임 대리가 내 맞은편을 손으로 가리키며 그를 향해 말했다. 갈수록 태산이다. 술도 마시기 전에 벌써부터 머리가 지끈거렸다. 차마 눈을 뜨고 서 대리 쪽을 볼 수가 없어서 나는 결국 두 눈을 질끈 감고 고개를 돌려 버렸다.

생각지 못한 세계 최강 오지라퍼의 등장. 임 대리의 오지랖이 나를 한층 더 큰 혼란 가운데로 밀어 넣고 있었다.

* * *

"젊은 사람들끼리 모이니까 좋네. 우리 종종 이런 자리 마련하자구요. 자, 다 같이 건배!"

임 대리의 우렁찬 건배사가 들뜬 분위기 사이로 울려 퍼졌다. 막무가내 오지라퍼 임 대리의 시야를 피해 술자리 제일 끄트머리로 자리를 옮긴 나는 바짝바짝 타들어 가는 속을 시원한 맥주로 간신히 달래고 있었다.

"오, 주인희. 오늘 꽤 달릴 태센데?"

옆에 앉아 벌써 네 잔째 원샷을 때리는 나를 잠자코 지켜보던 주연이 방울토마토 하나를 건네며 말했다.

"속이 타서 그런다. 속이."

"속이 왜?"

"그런 게 있어."

주연으로부터 받아 든 방울토마토를 우적우적 삼키며 임 대리를 흘겨보다 그 옆에 무료한 표정으로 앉아 있는 서 대리를 잠시 바라보았다. 이런 모임에는 절대 나타나지 않을 것만 같은 남자는 역시나 무심하기 이를 데 없는 얼굴로 말없이 술잔을 기울이고 있었다.

조금 전 서 대리 옆에 잽싸게 자리를 잡고 앉은 여직원 하나가 그에게 살갑게 말을 붙이는 모습이 보였다. 하지만 서 대리는 그 또한 예의 무표정으로 대꾸한 채 상대 여직원이 다시 말을 걸어올 수 없도록 차갑게 얼음 장벽을 치며 고개마저 돌려 버렸다. 요 근래 회사 안과 밖에서 문득 문득 마주쳤던 장난스럽던 모습이 거짓이었나 싶을 정도로 냉정한 모습이었다.

저럴 거면서 이 자리엔 왜 온 것일까.

주연이 마저 채워 준 잔을 드문드문 기울이며 거품이 낀 맥주잔 너머로 그를 바라보고 있던 나는, 이내 이 또한 불필요한 관심이라 결론을 내리며 시선을 돌렸다.

술자리는 임 대리의 적극적인 진행 아래 한층 무르익어 가고 있었다. 과장, 부장님과 함께하는 회식 자리 이외에는 처음 갖는 자리라 어색해하던 사람들도 어느새 능숙한 임 대리의 분위기에 휩쓸려 서로 술잔을 주고받으며 모임을 즐기기 시작했다.

술자리 진행 능력이 거의 전문 진행자 뺨치는 수준인 임 대리는 물 만난 고기처럼 시시때때로 주의를 집중시키며 분위기를 띄우고 있었다. 저런 사람한테 걸려들었으니 일이 이 모양이 되었지. 지난 실수를 문득 후회하며 또 한 번 맥주를 들이켰다.

"자자, 어느 정도 분위기도 달아오른 것 같으니 지금부터 본격적으로 친목 도모를 한번 해 보겠습니다. 술자리에서 빠질 수 없는 게 있죠. 바로 게임! 그중에서도 서로를 알아가기에 가장 좋다는 진실 게임! 한번 가 보는 게 어떻겠습니까?"

중, 고등학교 수학여행도 아니고 유치하게 무슨 진실게임이야, 싶은 마음에 인상을 찌푸리고 있는데 여기저기서 환호성이 터져 나왔다.

"좋습니다!"

"재밌겠다!"

맙소사. 사회에 나와도 중학교, 고등학교 때 가졌던 습성들은 변하질 않는구나. 입을 떡 벌리며 주변을 둘러보았다. 옆에 있던 주연이도 좋다며 박수를 치고 있었다. 그 많은 사람들 중 임 대리의 진행에 호응하지 않는 사람은 나와 서 대리. 단둘뿐이었다. 아니, 정확히 말해 서 대리는 무엇을 하든 관심조차 없는 표정이었다. 그저 흥미 없는 표정으로 앉아 이 상황을 관망하고 있었다.

그나마 이런 쪽에서는 취향이 맞는구나— 싶어서 새삼 동질감을 느끼며 오징어 다리 하나를 들었다.

"자, 그럼 진실게임을 시작해 볼까요. 룰은 이 맥주병에 꽂힌 숟가락이 향하는 방향 끝에 앉은 사람이 상대방의 질문에 진실하게 답변하는 겁니다. 답변을 피할 시에는 이 앞에 있는 소맥을 한 잔 마시면 됩니다. 진실을 말하기도 싫고, 벌주 마시기도 싫어서 거짓말을 하시면 3년 동안 애인 없는 거 아시죠?"

"좋아요!"

"자, 그럼 우선 첫 타자는 진행자인 제가 맡겠습니다."

임 대리가 숟가락이 꽂힌 맥주병을 테이블 위에 엎어 놓고 뱅글뱅글 돌렸다. 시끌벅적하던 사람들이 일제히 침묵을 지키며 긴장감이 감도는 표정으로 맥주병의 끝을 주시했다. 진짜 이 유치한 게임을 하려는 모양이다. 애먼 불똥이 튀기 전에 이 자리를 떠야 되겠다, 하고 심각하게 고민하고 있을 때였다.

"어? 최주연 씨!"

"야, 어떡해. 어떡해!"

이름이 불림과 동시에 여기저기서 환호성이 터지자 주연이 내 어깨를 치며 호들갑스럽게 소리를 질렀다. 아무래도 이 유치한 게임의 첫 희생자로 선택된 모양이었다. 당황스러운 얼굴로 어떡해, 어떡해를 외치고 있었지만 어쩐지 들떠 보였다. 임 대리가 사람들의 시선을 집중시키며 주연에게 말했다.

"최주연 씨, 그럼 첫 번째 질문 나갑니다. 나는 최근에 키스를 한 적이 있다?"

"오오."

진실게임의 질문이란 꼭 저딴 식이었다. 나는 경악스러움을 감추지 못한 얼굴로 주연을 바라보았다. 어떡하면 좋으냐며 내 어깨를 치면서 앙탈을 부리던 주연은 자신을 흥미롭게 바라보는 사람들의 시선을 쭉 훑다가 망설이듯 천천히 입을 열었다. 설마 진짜 대답을 하려는 건 아니겠지.

"Yes."

"뭐야, 너."

"오오."

애인도 없는 애가 누구랑 키스를 해? 임 대리의 질문에 대답을 한 것에도 놀랐지만, 그 질문에 주연이 답한 내용이 더 놀라워 유치하다 비난을 했던 것도 잊고 주연을 바라보았다. 그러자 주연이 내 귓가에 대고 조용히 속삭였다.

"탑 시크릿."

이런 앙큼한 계집애. 대체 어떤 남정네랑 키스를 한 거야? 배신당한 표정으로 두 눈을 부릅뜨자 주연이 혀를 살짝 빼며 상큼하게 웃는다. 다행히 맥주병 한 번에 질문 하나라 더 상세한 질문은 넘어오지 않았다. 임 대리가 맥주병을 주연의 앞에 갖다 놓자, 주연이 몸을 세워 맥주병을 돌렸다.

"오오, 이번엔 이민석 대리!"

돌아가던 맥주병이 멈추고 사람이 지명되자 또 한 번 환호성이 터졌다. 이민석 대리가 고개를 젖혀 웃으며 쑥스럽다는 표정을 지어 보였다. 주연의 옆에 있던 윤희 씨와 다른 여직원들이 여기저기서 훈수를 뒀다. 흥미진진하다는 표정으로 주연이 질문을 던졌다.

"나는 지금 연애 중이다?"

"아쉽지만 No."

싱거운 대답이라는 듯 사람들이 야유를 보냈다. 거짓말 아니냐며 잠시 추궁이 이어졌으나 평소 친한 윤 대리가 없는 것 맞다며 아픈 사람 괜히 잡지 말라고 하는 통에 다들 깔깔거리며 웃을 수밖에 없었다.

그 뒤로도 두세 번쯤 더 맥주병이 돌아가며 "나는 평소에 이를 잘 안 닦고 잔다."부터 시작해 의미 없는 질문들이 오고 갔다. 슬그머니 화장실을 핑계 삼아 일어나려는데 그런 날 귀신같이 알아차린 임 대리가 큰 목소리로 외쳤다.

"어어, 주인희 씨. 게임 도중에 자리 뜨는 거 없습니다."

"그래, 어디 가. 재미없게. 얼른 앉아."

덩달아 들든 최주연이 집중된 이목에 민망해하는 날 자리로 끌어앉혔다. 이 죽일 놈의 임 대리. 조만간 당신의 이름 석 자를 꼭 내 데스노트에 적어 주마. 이를 갈며 막 자리에 앉았을 때였다.

"어? 서태호!"

호명된 그의 이름에 여직원들이 크게 술렁였다. 진실게임이 진행되는 동안 시종일관 관심 없는 표정으로 자리를 지키고 있던 서 대리가 심드렁하게 고개를 들었다. 신이 난 임 대리가 박수를 쳐 대며 서 대리를 가리켰다.

"걸렸네, 걸렸어. 서태호! 자자, 윤지 씨. 질문하세요, 질문! 아주 치명적인 걸로다가."

어쩐지 맥주병을 돌린 윤지 씨보다 임 대리가 더 신이 난 듯 보였다. 옆에 있는 여직원과 숙덕거린 윤지 씨가 자신이 걸렸음에도 표정 변화 하나 없이 앉아 있는 서 대리를 보며 조심스럽게 질문을 던졌다.

"나는 지금 연애를 하고 있거나, 관심 있는 사람이 있다?"

윤지 씨의 질문과 동시에 여직원들의 시선이 일제히 서 대리에게로 꽂혔다. 평소 알게 모르게 서 대리에게 사심을 가진 여직원들이 많았기에, 질문을 던진 윤지 씨뿐만 아니라 다른 여직원들에게도 서 대리의 답은 큰 관심사가 되는 모양이었다.

과연 서 대리가 저 질문에 답을 할까?

자리를 피하려 했던 것도 잊고, 나는 덩달아 긴장한 표정으로 서 대리를 바라보았다. 예민하다면 예민한 질문과 함께 사람들의 이목이 집중되었음에도 서 대리의 표정엔 변화 하나 없었다. 질문을 받은 건 그인데 왜인지 내가 더 긴장이 되었다.

"뜸 들이지 말고 얼른 말해, 서태호."

답 없이 앉아 있는 서 대리가 답답한 지 임 대리가 재촉하자 서 대리가 피식 웃으며 임 대리 쪽을 바라보았다.

"질문한 건 이윤지 씬데, 왜 네가 오바야?"

"어? 자꾸 그렇게 뜸 들이면 너 벌칙으로 질문 하나 더 들어간다."

임 대리의 응수에 주변에서 좋다며 환호성이 흘러나왔다. 여기저기서 재촉하는 소리도 들렸다. 어이 없이 돌아가는 상황에 웃음 섞인 한숨을 뱉은 서 대리가 잠시 침묵하는가 싶더니 무미건조한 어투로 말했다.

"연애는 No. 관심 있는 사람은 Yes."

그 순간 질문이 나왔을 때보다도 더 크게 술렁였다.

"대박. 서 대리님이?"

최주연이 내 어깨를 툭 치며 믿을 수 없다는 듯 말했다. 나는 두 눈을 크게 뜬 채 그런 서 대리를 바라보고 있었다. 조금 전 벌칙을 운운했던 임 대리가 과열된 분위기를 진정시키며 말했다.

"다음 추가 질문은 여성분들의 의견을 반영하여 진행자의 권한을 가진 제가 하는 걸로."

박수 치는 사람들 사이로 서 대리를 향한 임 대리의 두 번째 질문이 나갔다.

"그 관심 있는 사람이 같은 회사 사람이다?"

어수선한 분위기 속에서 여직원들이 숨 쉬는 것도 잊은 채 서 대리를 바라보았다. 사람들 참 짓궂다 생각하면서도 어느새 나는 흥미조차 못 느낀다는 진실게임에 완전히 몰입하고 있었다. 사람들의 집중에도 불구하고 한참 동안 말이 없는 서 대리를 보며 이번엔 그냥 술을 마시지 않을까 생각하던 찰나.

"!"

그를 바라보고 있던 내 시선과 고개를 든 서 대리의 시선이 마주치고 말았다. 사람들이 미처 눈치채지 못할 아주 짧은 순간이었지만 그 마주침은 정확했다. 그는 속을 알 수 없는 깊고 검은 눈동자로 정확히 나를 응시한 뒤 허공으로 시선을 돌리며 답했다.

"Yes."

"대박!"

떡 벌어진 최주연의 입에서 모든 여직원들의 마음을 대변하는 말이 흘러나왔다. 모든 이들이 서 대리의 그 짧은 대답에 술렁이는 가운데, 나는 입도 뻥긋 하지 못하고 뭐에 홀린 사람처럼 서 대리를 바라보고 있었다. 누구야, 누구야? 라는 말소리가 여기저기서 터져 나왔고 맥주 병을 돌려서 추가 질문을 해야 된다는 요청이 물밀듯이 밀려들었다.

"잠깐, 여기까지. 진실게임은 약간의 비밀이 존재해야 더 재밌는 거니까요. 서 대리에 대한 질문은 여기까지만 하는 걸로 하죠."

예상을 뛰어넘게 과열된 상황을 임 대리가 나서서 중재시켰다. 그럼에도 불구하고 서 대리의 대답으로 인해 한번 술렁거리기 시작한 분위기는 쉽사리 가라앉지 않았다. 그리고 웅성거리는 사람들 속에서 한마디도 하지 못한 채 서 대리만 바라보고 있는 내 마음도 덩달아 술렁거렸다. 대답을 하기 직전 마주쳤던 그 눈빛이 집요하게 뇌리에 남아, 머릿속도 가슴속도 모두 술렁거렸다.

무슨 의미였을까. 그 시선은.

거친 파도에 휩쓸린 듯 술렁이는 가슴속으로 서 대리가 밀고 들어온다. 둥근 부표처럼 마음 한가운데 자리 잡은 그의 존재와 함께 오랜 시간 다짐해 온 모든 것이 흔들리고 있었다.

7장

센세이션(Sensation)

아침부터 사무실 분위기는 붕 떠 있었다. 지난밤 처총회 자리에서 있었던 진실게임의 여파 탓이었다. 정확히 말하자면 다른 누구도 아닌 서 대리의 대답이 불러일으킨 센세이션의 여파였다.

"어제 술자리에서 재미있는 일 있었다며?"

유부녀인 탓에 처총회에 참석하지 못함을 아쉬워했던 안 대리가 휴게실에 옹기종기 모여 앉아 있는 여직원들 쪽으로 귀를 기울이며 물었다. 발 없는 말이 천 리를 간다고, 그새 소문이 난 모양이었다.

"어서 오세요, 안 대리님. 어제 진짜 완전 대박 사건 있었잖아요."

"안 그래도 사무실 들어서자마자 난리도 아니더라. 서 대리 그렇게 안 봤는데, 의외네."

"아니. 남자니까 여자한테 관심 있는 거야 당연한 거지만 서 대리님이 거기서 그런 대답을 할 줄 누가 알았겠어요. 그것도 일 말곤 관심도 없어 보이던 서 대리님이."

사람들의 떠드는 소리에 어젯밤 일이 머릿속에서 다시 되살아나려 했다.

'주인희 씨 혹시 나 의식해요? 내가 자꾸 신경 쓰이나?'

'난 그런데. 난 그래요, 주인희 씨가.'

깊은 밤, 술을 마셨음에도 불구하고 불면증을 일으키게끔 만들었던 검고 깊은 눈동자와 언젠가 그가 내게 했던 말이 한데 뒤엉켜 머릿속을 지배했다.

착각이었을지도 모른다. 그간 있었던 일로 인해 괜한 억측이 작용하여 착각을 일으킨 것일 수도 있다. 그저 스치다 잠시 닿았던 것뿐인데 혼자 또 오해를 하며 도끼병에 걸린 여자처럼 난리를 치고 있는 것일지도 몰랐다. 들은 말을 안 들었다 할 수는 없으니, 눈 마주친 것이라도 착각이었다고 결론지으며, 좀처럼 끝나지 않는 서 대리에 대한 생각을 접어 보려 애썼다.

* * *

밤새 잠을 설친 탓인지 정신이 현실과 꿈의 경계에 선 듯 가물가물했다. 6층 파쇄기에 넣을 폐지 더미를 양팔에 가득 안은 채 엘리베이터를 기다리다 느리게 바뀌는 숫자 표시기를 보다가 잠시 벽에 머리를 기대었다. 시간이 약이라는 말처럼 속은 어느 정도 나아졌는데, 이젠 잠이 밀려와 문제였다. 시원한 에어컨 바람 속에 있으니 더 잠이 왔다. 어디 숨을 곳이 있다면 숨어서 한숨 돌리고 싶은 심정이었다.

"안 타세요?"

문득 들려온 음성에 번쩍 눈을 떴다. 엘리베이터가 도착한 줄도 모르고 눈을 감고 있었던 모양이다. 이 정도면 기면증이다. 재빨리 정신을 차리며 엘리베이터로 올라타려다 시야를 가릴 정도로 높게 쌓인 종이 더미 탓에 앞을 보지 못해 먼저 타고 있던 사람과 부딪히고 말았다. 덕분에 묶여 있지 않던 종이 몇 장이 바닥으로 떨어졌다.

"죄송합니다."

상대에겐 보이지도 않을 위치에서 꾸벅 인사를 하곤 바닥에 떨어진 종이들을 발끝으로 모았다. 지금 상황에 주울 순 없으니 엘리베이터에서 내릴 때 발로 끌어야지. 그렇게 생각하며 낑낑거리고 있는데 발밑에서 불쑥 나타난 손이 바닥에 흩어진 종이들을 주워 종이 더미 위로 그것들을 올려 주었다.

"여기."

"감사합니다."

또 한 번 안 보일 걸 알면서도 고개를 숙이다가 어쩐지 귀에 익은 음성에 흘깃 고개를 내밀었다. 그러다 옆에 선 상대방과 눈이 마주쳤다. 순간 잠이 확 깨며 정신이 맑아졌다.

"서 대리님?"

"주인희 씨였어요?"

서 대리도 뒤늦게 나인 걸 알아차린 듯 눈을 크게 떴다. 그러다 종이 더미에 갇힌 날 보더니, 양팔 가득 안고 있던 폐지를 가져갔다.

"그거 이리 줘요."

"괜찮습니다. 제가 들고 갈게요."

"됐어요."

참으로 신출귀몰한 사람이었다. 나는 양손으로도 겨우 들고 있던 종이 더미를 한 팔로 아무렇지도 않게 받쳐 든 서 대리가 내 쪽을 내려다보며 물었다.

"이 많은 걸 들고 혼자 어디 가요?"

"아, 고객 정보가 적힌 종이들이라서 6층 가서 파쇄하려구요. 무겁지도 않은데 이리 주세요."

이 남자와는 왜 이다지도 마주치는 일이 잦은 건지. 괜한 도움을
또 받고 싶지 않아서 그를 향해 손을 뻗었다. 하지만 언제나 그러했
듯 단호한 남자는 내 손이 닿기 전에 몸을 틀어 버림으로써 내 다짐
을 무력화시켰다.

"6층 간다면서요. 버튼 눌러야죠."

"아."

서 대리의 말을 듣고서야 버튼조차 누르지 않고 엘리베이터에 탔
다는 게 생각났다. 나는 괜한 실랑이를 종료하며 서둘러 버튼을 눌
렀다.

"그나저나 컨디션 괜찮아요?"

한 층, 한 층 올라가는 엘리베이터 숫자 표시기에 시선을 둔 채
그가 말했다.

"어제 보니까 좀 과음하는 것 같던데."

내가 과음한 건 또 어떻게 알았지. 그와 눈을 마주친 이후로 폭음
을 하기 시작한 걸 들킨 것만 같아 괜스레 속이 뜨끔했다.

"저야, 뭐 워낙 숙취라는 걸 모르고 살아서."

"누가 들으면 술깨나 하는 줄 알겠네요."

내 너스레에 그가 비웃듯이 말했다. 잘 마시지도 못하는 술을 그
렇게 마신 게 바로 누구 때문인데. 간밤, 괜한 눈빛을 보내 사람 속
을 들쑤셔 놓고 나 몰라라 태연한 남자가 문득 얄미워졌다. 동시에
알 수 없는 충동이 울컥 치고 올라왔다.

"그러는 서 대리님이야말로 괜찮으세요?"

"난 별로 안 마셨는데."

"그거 말구요."

새침한 표정으로 정면을 향한 채 그에게 말했다.

"서 대리님 지금 논란의 중심에 서 계시잖아요. 아침부터 어제 일로 사무실 분위기가 아주 떠들썩하던데. 논란의 당사자로서 신경 쓰이실 것 같아서요."

"아."

그제야 내 말 뜻을 알아들은 서 대리가 작게 탄성을 뱉었다. 과연 뭐라고 대답하는지 보자. 여전히 시선은 정면을 향한 채로 그가 어떤 동요를 보일지 온 신경을 집중하며 옆 눈으로 흘깃 살피고 있을 때였다.

"딱히 신경은 안 쓰이는데, 한 가지 궁금하긴 하네요."

민망해할 것이라 생각했던 그가 도리어 나와 눈을 맞추었다. 그리고 내게 물었다.

"인희 씨는 어제 그 말을 듣고 어땠을지."

"제, 제가 뭘요?"

갑자기 질문의 상대가 나로 바뀐 탓에 당황스러운 기색을 숨기지 못하고 말을 더듬고 말았다. 이 남자가 어째서 이런 말을 하는 것인지. 그 의도가 난해해 당혹스러웠다. 아니, 사실은 그 의도를 알 것 같아 더 당황스러웠던 것인지도 몰랐다.

"몰라서 물어요? 인희 씨는 당연히 아는 줄 알았는데. 내가 말한 사람이 누군지."

마치 사람 속을 들여다보는 것처럼, 빠져나갈 구멍이 없도록 꽉 조여 오며 그가 말했다. 이런 걸 보고 제 무덤을 제가 팠다고 하는 건가. 빤히 내려다보는 시선에 나도 모르게 압도되어 할 말을 찾지 못하고 있는데 남자가 나긋한 어조로 다시 한 번 물었다.

"정말로, 몰라요?"

"그, 그걸 제가 어떻게 알겠어요."

그렇게 대답하곤 서둘러 시선을 피해 버렸다. 언제부터인지 심장이 빠르게 뛰고 있었다. 좁은 엘리베이터 안이 내 심장 박동 소리로 가득 찬 것 같았다. 어젯밤 마주쳤던 곧고 검은 눈동자가 머릿속을 집어삼킨다. 고집스레 정면을 보고 있는데도 옆에 선 남자가 신경 쓰여서 머릿속이 어지러웠다. 어서 엘리베이터가 6층에 다다랐으면 좋겠다는 생각뿐이었다.

"생각 이상으로 둔하네요. 아님……."

내 시선이 정면을 향해도 줄곧 날 내려다보고 있던 남자가 다시 고개를 앞으로 돌렸다.

"둔한 척하는 거든가."

돌아보자 표시기를 보며 알 수 없는 미소를 짓고 있는 그의 옆얼굴이 눈에 들어왔다. 비스듬히 말려 올라간 입매 끝이 어쩐지 속을 꿰뚫는 것만 같았다. 그사이 6층에 도착한 엘리베이터의 문이 열리고 남자가 앞서서 걸어 나갔다. 뒤늦게 정신이 들어 종종걸음으로 그의 뒤로 따라붙었다.

"그게 무슨 말씀이세요?"

나는 조바심 섞인 목소리로 그에게 물었다.

"뭐가요?"

"제가 둔하다느니, 아니면 둔한 척하는 거라느니 하신 거요."

"글쎄요. 무슨 뜻인지는 나보다 인희 씨가 더 잘 알지 않나?"

그가 복사실 쪽으로 걸음을 옮기며 심드렁한 음성으로 답했다. 뭘 또 내가 더 잘 안다는 것인가? 왜 모든 걸 내게 전가시키듯 말하는 것인지. 이쯤 되니 슬슬 신경질이 났다.

"뭘 자꾸."

"더 이상의 질문은 사양할게요."

복사실 문 앞에서 걸음을 멈춤과 동시에 그가 따지듯 묻는 내 말을 단호하게 잘라 냈다.

"진실게임은 어젯밤으로 끝났으니까."

바늘 하나 안 들어갈 것처럼 단호한 반응에 묻고 싶던 말들이 입 안으로 쏙 들어갔다. 그가 어깨로 유리문을 밀며 복사실 안으로 걸어 들어갔다. 유유히 앞서 걷는 그 뒤통수가 얄미워 목소리가 불퉁스럽게 빠져나왔다.

"생각보다 되게 야박하시네요. 이제야 진짜 얼음남 같으시네."

"진짜 야박한 게 누군데요."

들고 있던 폐지 더미를 복사실 맨 가장자리에 있는 파쇄기 앞에 내려놓으며 그가 말했다.

"알고 싶으면 인희 씨도 내게 본인만 품고 있는 진실 하나쯤 내놔야 공평한 거 아닌가. 정작 자기는 아무것도 모른다는 듯 시치미 떼면서 남의 진심만 캐내려고 하는 거. 비겁하다고 생각하지 않아요?"

예리하게 겨눠진 칼날처럼 정곡을 찌르는 말들에 순간 할 말이 없어졌다. 내게 한 치의 시선도 주지 않으며 그렇게 말한 남자는 얼굴색 하나 변하지 않은 채 파쇄기 안에 종이를 넣고 있었다. 찔린 속이 따끔거리다 못해 얼굴이 화끈거렸다. 어디서 싸움의 기술이라도 익히고 왔나. 남자는 입만 열었다 하면 나로 하여금 받아칠 의지조차 들지 않게 만들었다.

더운 기계 열에 휩싸인 채 종이 냄새를 풍기고 있는 복사실은 사람 한 명 없이 한적했다. 더 이상 그에게 야박하단 말 따위 할 수 없게 된 나는 꿀 먹은 벙어리가 되어 그의 옆으로 다가갔다. 내가 옆에 오든지 말든지, 파쇄기에 종이를 밀어 넣고 있는 무표정한 얼굴이 오늘 따라 유독 고집스러워 보였다.

역시 호락호락한 남자는 아니다. 보통 성격이 아니야.

그가 바닥에 내려놓은 종이 더미에서 한 뭉치를 집어 들며 그에게 말했다.

"제가 할 테니까 이제 서 대리님은 가셔서 서 대리님 볼일 보세요."

"온 김에 도와줄게요."

"됐으니까 그만하고 가 보세요."

서 대리가 들고 있던 종이 뭉치를 빼앗듯이 내 손으로 잡아 들었다. 여기까지 옮겨 준 것만으로도 충분히 민폐인데 이 이상의 호의를 받고 싶지 않았다. 받을 이유도 없었다. 조금 전 단호했던 남자와 마찬가지로 그만큼이나 단호한 표정으로 파쇄기에 종이를 밀어 넣고 있는데, 그가 내 얼굴을 비스듬히 내려다보았다.

"삐졌어요?"

애써 단호함을 고수하던 표정이 생각지 못한 질문에 순식간에 무너졌다.

"삐, 삐지다니. 제가 왜요?"

"내 말이 너무 핵심을 찔러서?"

사색이 된 내 얼굴을 빤히 내려다보더니 그가 이내 씩 웃는다.

"아니면 말구요."

그러곤 내 손에서 다시금 종이를 가져갔다. 마음이 막무가내로 널을 뛰었다. 반사적으로 손을 올려 화끈대는 뺨을 거칠게 매만졌다.

정말이지 마음에 안 드는 화법이었다. 할 말 다 해 놓고 꼭 마무리를 저런 식으로 맺었다. 난 이렇게 생각하지만 네가 극구 아니라니 믿어는 주지, 라는 식으로. 장난스럽지 않음에도 충분히 짓궂게 느껴지는 그런 태도가 껑충 뛰어서 한 대 쥐어박고 싶을 정도로 얄미웠다.

사실 그가 한 말들이 무슨 뜻인지 모르지 않았다. 어젯밤, 그가 누굴 지칭하며 그런 말을 한 것인지, 하필 그 순간 왜 나와 눈이 마주친 것인지. 그 모든 게 나 혼자만의 착각이 아니라는 것을 이젠 알 것 같았다. 그렇다고 내숭을 떨고 있는 건 아니었다. 선뜻 용기가 나지 않을 뿐이다. 만약 감당키 힘든 대답이 돌아왔을 때, 그 이후의 일들은 어찌 해야 할 것인지 아직 확신이 서질 않았기 때문이다.

더 이상 모른 척 지낼 수 없게 되었을 때, 내게 찾아올 변화가 두려웠다. 내가 그를 향해 품고 있는 감정의 정체가 한낱 신경 쓰임일 뿐인지, 아니면 다른 무엇인지조차 명료하지 않은 이런 상태에서 상대방의 감정을 온전히 받아들일 수 있을지 확신할 수 없었다. 그래서 망설여졌다. 그의 대답을 듣는 것이. 무턱대고 용기를 내기엔 눈앞에 있는 모든 것이 너무도 모호했다. 그도, 그리고 내 감정도.

나는 기계적으로 종이를 밀어 넣던 손을 잠시 멈추고 고개를 들었다. 서 대리가 속을 알 수 없는 표정을 한 채 옆에 서서 묵묵히 종이를 넣고 있었다. 근근이 속내를 드러내면서도 정작 뭐 하나 속 시원히 굴지 않는 남자가 답답했다. 여전히 감당할 자신 따윈 없으면서도 이럴 바에야 차라리, 라는 생각이 마음 한구석에서 충동처럼 고개를 들었다.

그래. 차라리. 그라도 뜸들이지 않고 내게 모든 것을 드러낸다면. 그러면 나의 이 알 수 없는 감정의 정체도 알 수 있게 되지 않을까.

"만약에."

그런 생각이 목구멍까지 치밀어, 나도 모르게 입술을 열었다.

"제가 알 것 같다고 한다면 어쩌실 거예요?"

"뭘요?"

단둘뿐인 복사실. 들리는 소리라곤 종이가 갈리는 파쇄기 소리와 째깍째깍 움직이는 시계 소리뿐인 공간 안에 가라앉은 먼지처럼 낮게 깔린 서 대리의 목소리가 나긋하게 울려 퍼졌다. 나는 파쇄기 입구에 종이를 넣으며 기계적으로 움직이던 손길을 잠시 멈추고 그를 바라보았다. 여전히 파쇄기만 들여다보고 있는 그의 반듯한 옆모습이 후덥지근한 기계 열에 뻑뻑해진 안구로 파고들었다.

"서 대리님이 관심 있다고 한 그 사람이 누군지, 알 것 같다면요."

종이가 들어가지 않은 파쇄기가 위잉— 빈 소리를 내며 돌아간다. 잠시 손을 멈춘 듯했던 그가 들고 있던 종이들을 마저 파쇄기에 집어넣었다.

"그다음은…… 글쎄요."

마지막 종이를 파쇄기에 집어넣은 서 대리가 내게로 고개를 돌렸다. 검고 짙은 눈동자가 올곧게 나를 직시했다.

"아마도 절제하지 못하겠죠."

줄곧 무표정하던 얼굴이 감정을 되살린 채 나를 내려다보고 있었다. 지난밤, 잠시 마주쳤던 때보다도 더욱 검고 깊어진 눈동자가 시야를 가득 채웠다. 위잉위잉— 빈 소리를 내며 돌아가는 기계음 사이로 흘러든 그의 목소리가 또렷하게 내 귓가로 와 닿았다.

"더 이상 망설일 이유 따윈 없어진 거니까."

파사삭— 종이가 갈려 나가는 소리가 마주 닿은 시야 사이로 울려 퍼졌다. 두근두근 울리는 심장의 고동이 갈리는 종이 소리에 묻혀 흘렀다.

"그 절제, 라는 게……."

당신이 말하는 절제라는 것은 과연 무엇일까. 다시 한 번 물으려다 이내 말을 멈추고 말았다. 왠지 묻는 순간 정말로 돌이킬 수 없게 되어 버릴 것만 같았기 때문이다. 닥쳐올 일을 감당키 힘들 것이라는 생각과 함께 뒤늦은 후회를 하며 도망치듯 고개를 숙였을 때였다.

"아니. 아니에요. 서 대리님. 그냥 제가 방금 한 말은 못 들은 걸로."

"궁금해요?"

머리 위로 쏟아지는 시선을 피해 숙이고 있던 고개가 반사적으로 들어 올려졌다.

"내가 절제하고 있는 게 뭔지."

미처 의식하지 못하는 사이, 그가 다가왔는지, 그와의 거리가 지나치게 가까워져 있었다. 심장이 미친듯이 뛰었다. 이 이상은 위험했다.

"아, 아니요. 딱히 궁금한 건."

"그런데 어쩌죠. 인희 씬 어떨지 몰라도 난 궁금해졌는데."

순간적인 충동으로 인해 벌어진 판을 애써 마무리 지으려는 내게 그가 말했다.

"내가 절제하지 않았을 때, 인희 씨가 보일 반응들이."

그 순간, 날것의 느낌이 가득한 시선이 생생하게 내게로 뻗어 왔다. 손 하나 까딱하지 않고 굳은 듯이 서서 서 대리를 바라보고 있는 내게로 그가 한 발짝 더 가까이 다가섰다. 기계 열만으로도 충분히 더운 실내 온도가 가까워진 그의 열기만큼 상승한다. 그에 비해 한 뼘 이상 작은 내 키에 맞춰 천천히 몸을 숙인 서 대리의 얼굴이 코앞까지 다가왔다. 녹진한 그의 숨결이 코끝과 입술 위를 뜨겁게 핥았다.

울렁이는 가슴속과 함께 잠시 잦아들었던 숙취가 다시 올라오는 것 같았다. 아니, 숙취가 아니라 그로 인한 두근거림이었다. 덥고 습한 그의 호흡 때문에 숨이 멈췄다. 주체할 수 없는 떨림에 머릿속이 뒤엉켜 아무 생각도 나지 않았다.

이대로 눈을 감아 버릴까, 고민하던 그때. 닿을 듯이 고개를 숙여 오던 서 대리가 내 옆으로 살짝 비켜서 허리를 굽혔다. 그러곤 바닥에 떨어져 있는 종이 한 장을 집어 들었다. 그제야 비로소 그의 열기가 내게서 멀어지며 멈췄던 숨이 트였다. 마지막 남은 종이 한 장을 파쇄기에 집어넣은 서 대리가 의미심장한 미소를 지으며 내게 말했다.

"감당할 자신 생기면 그때 다시 얘기해요. 얼마든지 알려 줄 테니까."

파사삭— 갈려 나가는 종이 소리와 함께 두껍게 쳐 놓았던 경계의 장벽이 부서졌다. 장난스러운 표정을 한 그가 주머니에 손을 찔러 넣은 채 유유히 내 옆을 스쳐 지나갔다. 뒤늦게 얼굴이 확 달아오르며 열이 솟구쳤다. 그의 숨결이 닿았던 입술을 재빨리 손으로 가렸다.

알려 주긴 뭘 알려 준다는 거야?

그의 페이스에 완전히 말려든 기분이었다. 분한 마음에 두 눈 가득 날을 세워 서 대리가 가는 쪽을 돌아봤지만 이미 그는 복사실을 빠져나간 뒤였다. 그와 닿지 않았음에도 뜨겁게 달아오른 입술을 벅

111

벅 문지르며 꽥 소리를 내질렀다.

"빌어먹을. 파쇄기에 확 갈아 버릴까 보다!"

이제 와 소리를 질러 본들 붉어진 얼굴과 두근거리는 심장은 조금도 나아지질 않았다. 나도 모르는 사이 절대 엮여선 안 될 굉장히 위험하고 사악한 남자의 마수에 걸려든 기분이 들었다. 서태호. 이 사악한 남자가 내 잠잠하던 일상에 센세이션을 일으키고 있었다.

8장
가랑비 같은 남자

본격적인 장마가 시작되려는 모양인지 아침부터 비가 내리고 있었다. 블라인드가 걷힌 창 너머로 우중충한 회색빛의 하늘을 올려다보며 나는 나직이 한숨을 뱉었다. 찌는 듯한 무더위도 싫었지만 가만히 있어도 절로 불쾌지수가 높아지는 끈적끈적한 장마 기간은 더욱 싫었다.

아침 출근길에 젖은 어깨와 소매 깃이 마르지 않아 찝찝했다. 어쩐지 시작부터 유쾌하지만은 않을 것 같은 예감이 드는 하루다.

지루하던 오전 일정이 지나가고 어느덧 점심시간이 되었다. 사람들은 사무실에 있는 동안엔 꿀 먹은 벙어리처럼 침묵하고 있다가도 점심때가 되면 마치 쓰러진 좀비가 부활한 것처럼 활기차지곤 했다. 아마도 하루의 절반이 지나갔다는 후련함 때문일 것이다.

"그나저나 서 대리가 관심 있다는 여직원, 진짜 누굴까요?"

식판을 들고 자리에 모여 앉기 무섭게, 어제에 이어 또 한 번 서 대리를 반찬 삼아 이야기가 시작되었다. 또 시작이다, 또. 어떻게 된 것인지 사람들은 제 일에만 집중해도 부족할 판에 남의 일에 필요 이상으로 관심을 쏟아붓곤 했다. 아마도 며칠간은 계속 서 대리를 화제로 삼을 테다. 같은 자리에 앉아 있는 것만으로도 어쩐지 피곤함이 몰려들었다. 정작 당사자인 서 대리는 신경조차 쓰지 않는 것 같았지만.

나는 흘깃 시선을 들어 건너편 테이블에 자리 잡고 앉은 서 대리를 바라보았다. 멀지 않은 거리이기에 분명 자신의 이름이 거론되고 있음을 알고 있을 텐데도, 그는 마치 제 일이 아니라는 듯 무심하게 앉아 일행들과 이야기를 나누고 있었다. 참 속 편한 사람이다.

"글쎄요. 워낙 인간관계도 한정적이고 말이 없는 사람이라 전혀 감이 안 오는데."

"그때 임 대리가 마지막 질문을 잘못했어. 사내는 너무 광범위해. 같은 부서에 있냐고 물었어야 했는데."

"그니까 말이에요."

"그래서 말인데 어찌 됐건 이 중에 있을 수도 있다는 거잖아요. 서 대리가 관심 있다는 여직원이."

애써 신경을 끄며 젓가락질을 하다가 문득 손이 멈추었다. 막 입에 담은 밥 한 덩어리가 목구멍에 콱 얹히는 기분이 들었다. 도둑이 제 발 저리다더니. 다른 사람들은 신경도 안 쓰는데 혼자서 오버였다. 나는 말간 된장국이 든 국그릇을 들어 벌컥벌컥 마셨다.

"그러게. 말이 그렇게 되네."

"누구지? 설마 난가?"

평소 농담을 잘하는 윤희 씨의 능청스러운 제스처에 같이 이야기를 나누던 여직원들이 빵 터졌다.

"왜 그렇게들 웃어. 진짜 나일 수도 있잖아. 혹시 알아? 서 대리 취향이 나처럼 푸근한 글래머일지."

농담이긴 했지만 너무 대놓고 아니라는 듯 웃는 사람들의 모습에 윤희 씨가 서운함을 드러냈다. 물론 그 또한 해학적으로 승화시키며.

"농담 그만하고, 최근 들어 서 대리로부터 뜻밖의 친절을 받았다든지 하는 사람 혹시 없어?"

"글쎄요. 같은 사무실에 있어도 말 한번 해 본 일이 드물어서."

"아, 있잖아요. 인희 씨."

엎히려던 밥 덩어리가 내려가는 것을 느끼며 국그릇을 막 내려놓던 찰나, 뜬금없이 내 이름이 불리자 무슨 소린가 싶어 두 눈을 끔벅거렸다. 옆에 있던 주연이 뒤늦게 생각난 듯 무릎을 탁 쳤다.

"맞다. 인희 너 지난번에 넘어질 뻔한 거, 서 대리님이 도와줬잖아."

"그러고 보니까 그런 일이 있었지."

남몰래 제 발 저려 하던 사이 서 대리의 '그녀' 후보로 내가 물망에 오른 모양이었다. 쓸데없이 기억력 좋은 사람들 같으니라고. 나는 애써 침착한 표정을 지으며 태연하게 대꾸했다.

"지금 무슨 말씀 하시는 거예요. 그건 그냥 우연의 일치였잖아요."

"아니야. 그냥 우연의 일치가 아닐 수도 있어."

"그러고 보니 수상하네. 그 타이밍에 인희 씨 주변에 서 대리가 있었던 것도 그렇고."

"그 이후로 진짜 뭐 없었어?"

의심하는 눈초리와 함께 추궁이 깃든 질문들이 동시다발적으로 터져 나왔다. 수상쩍다는 시선들이 예리한 화살촉처럼 나를 향하고 있었다. 안 그래도 마음 복잡해 죽겠는데 이 사람들까지 대체 왜 이러는 거야. 괜한 떡밥을 줘서 스캔들의 희생양이 될 수는 없었기에 나는 짐짓 동요를 숨기며 단호하게 답했다.

"없었어요."

"정말이야?"

"정말 없었다니까요. 왜 괜히 다들 생사람 잡고 그러세요. 오해세요, 오해."

"아무래도 수상한데."

사내에서 일명 찌라시 코난이라 불리는 안 대리가 미심쩍다는 시선을 거두지 않은 채 중얼거렸다. 사내에 떠도는 찌라시니 소문이니 하는 것들의 진위를 명백히 밝힌다 하여 붙여진 별명이었다. 뭔가 수상한 낌새를 잡으면 결단코 물고 놓지 않으리라는 저 패기 가득한 두 눈을 보라. 저 독사 같은 눈에 걸렸다가는 오해도 사실이 될 것만 같아 반사적으로 눈을 피하고 말았다.

"그만들 하세요. 인희 얼굴 사색된 거 안 보이세요?"

보다 못한 주연이 나서서 상황을 중재시켰다. 지난번 캐비닛 사건 때에도 서 대리가 내게 관심 따위 있을 리 없다고 확신하던 주연이었으니⋯⋯. 그녀에게는 사람들의 이런 의심 어린 추궁이 괜히 생사람을 잡는 것처럼 보였을 것이다. 너의 그 확신이 내게 도움을 줄 때도 있구나. 새삼 고마움을 느끼고 있을 때였다.

"저기, 기획팀 서태호 대리님이시죠?"

한창 와자지껄하던 구내식당이 불현듯 조용해졌다. 건너편 테이블 쪽에서 식사를 하고 있던 서 대리 일행 옆에 다가와 말을 붙이는 한 여직원 때문이었다.

"쟤 누구야?"

"총무팀 이서연 아니에요? 얼마 전에 신입으로 들어온. 왜, 남직

116

원들이 총무팀 수지라고 부르는."

"아아."

여자는 한눈에 보기에도 미인이다 싶을 정도로 늘씬한 몸매에 조막만 한 얼굴을 가지고 있었다. 여자들이 저마다 질투 어린 시선으로 그 여직원을 훑어 내렸다.

"근데 쟤가 왜 서 대리한테 말을 거는 거야? 요새 총무팀이랑 기획팀 사이에 뭐 없지 않아?"

"보면 몰라요? 딱 보니 추파 던지는 중이구만."

"이렇게 공개적인 장소에서? 설마."

"저 봐요, 저 봐."

설마라는 안 대리의 말이 무색하게, 여자가 수줍은 얼굴로 서 대리에게 커피를 건네었다. 어떤 대화가 오가는 중인지는 알 수 없지만, 여직원이 풍기는 분위기만으로도 두 사람이 공적인 대화를 나누는 중이 아니라는 것은 충분히 알 수 있었다. 어쩐지 가슴 한구석이 뻐근하다.

"흐응. 요새 젊은 애들 패기 좋네."

"몸매 좋고 예쁘장한 게 패기 있을 만하네요. 눈웃음도 장난 아닌 게, 저러다 서 대리님 홀라당 넘어가는 거 아니야?"

"서 대리님 표정 보니까 그다지 감흥은 없어 보이는데?"

"네 바람 아니고?"

장난스러운 윤희 씨의 말에 윤지 씨가 입술을 쭉 빼고 불퉁스럽게 말했다.

"저 봐요. 오히려 주변에 있는 남직원들이 더 눈 돌아갔지, 정작 서 대리는 평소에 우리 쳐다볼 때랑 별반 차이 없어 보이잖아요. 반응도 미적지근한 게."

"우리라고 하지 마라. 서 대리가 평소에 나 쳐다볼 때 얼마나 다정하게 쳐다보는데."

윤희 씨의 능청에 주변에 있던 여직원들이 깔깔거리며 웃었다. 그 틈에 섞여 있는데도 이상하게 같이 웃을 기분이 들질 않아서, 힐끗 서 대리 쪽을 한 번 바라보고 기계적으로 젓가락질을 하고 있을 때였다.

"야, 주인희."

식판을 탁탁 치는 쇳소리에 정신을 차리고 고개를 들었다. 두 눈을 가늘게 뜬 채 날 바라보고 있는 주연과 시선이 마주쳤다.

"혼자서 멍 때리고 앉아서 뭐 해?"

"뭐 하긴. 밥 먹잖아."

"밥 먹긴 개뿔. 젓가락으로 국을 뜨고 앉아 있으면 어쩌겠다는 거야?"

뭐라는 거야? 황당한 마음에 시선을 옮겨 손을 확인한 나는 곧 경악하고 말았다. 주연의 말대로 젓가락을 쥔 손이 반찬이나 밥이 아닌 국그릇에 가서 움직이고 있었다. 건더기라고는 두부밖에 없는 국그릇에 담가져 있는 젓가락을 냉큼 빼며 당혹스러운 얼굴로 손을 바라보았다.

대체 왜 이러고 앉아 있는 거야?

"너 뭐, 심하게 충격받은 일 있었냐? 답지 않게 왜 이래?"

주연이 걱정스러운 얼굴로 들여다보며 말했다. 심하게 충격받은 일이라니. 그런 게 있었을 리 없었다.

"충격은 무슨. 그냥 아침부터 비 맞았더니 입맛 없고 머리가 아파서 그래."

"너 혹시 감기 기운 있는 거 아니야?"

"어머, 인희 씨. 요즘 감기 독하대. 얼른 병원 가 봐."

"이 근처에 약 세게 지어 주는 내과 있는데. 끝나고 거기로 가 볼래요?"

주연의 말에 여기저기서 걱정스러운 조언들이 날아왔다. 차라리 감기였으면 좋겠다, 생각하며 걱정스러운 얼굴들에 대고 괜찮다고 웃어 보였다.

대체 서 대리가 뭐라고 내가 이러고 있는 건지. 황당하기 짝이 없었다. 시시때때로 눈앞에 나타나 정신을 흩트려 놓는 서 대리가 신경 쓰이는 것이야 당연한 반응이라 치자. 그럼 거기서 끝나야지, 왜 저 여직원의 존재까지 신경이 쓰이냔 말이다. 단지 서 대리와 대화 중인 여자라는 이유만으로 생전 처음 보는 사람의 등장을 이렇듯 신경 쓰고 있는 나 자신이 도무지 이해가 되지 않았다. 그 무엇으로도 설명할 수 없는 불가사의한 감정.

처음 느껴 보는 정체불명의 낯선 감정에 당혹스러워하며 혼란에 빠져 있다가 허공에 시선을 고정시킨 채 점심 메뉴로 나온 바나나 하나를 까서 우적우적 씹어 먹었다. 다 익지 않아 푸르스름한 바나나의 떫은맛이 혀끝에 기분 나쁘게 엉겨 붙었다. 그래도 개의치 않으며 끝까지 씹어 삼켰다.

기분 나쁠 일이 아니었다. 내가 신경 쓸 일이 아니었다. 서 대리가 누구와 대화를 하든, 가깝게 지내든 그것은 모두 내 관심 밖의 일이었다. 그래야 했다.

*　*　*

점심 식사 후 휴게실에 모여 한차례 더 수다를 떨려고 이동하는 사람들 틈에서 빠져나와 옥상으로 올라왔다. 더 이상 그 사이에 끼어 앉아 시시껄렁하고 생산성 없는 수다에 동참하고 싶지 않아서였다. 부슬부슬 내리는 이슬비 탓에 공기가 그다지 상쾌하진 않았지만, 아침부터 내린 장맛비에 더위가 한풀 꺾여서 굳이 에어컨 바람을 쐬지 않아도 그런대로 시원했다.

옥상 휴게실에는 유일하게 흡연실이 마련되어 있어서 평소 여직원들보다는 남직원들이 많이 이용했다. 물론 흡연실은 옥상 한구석에 따로 마련되어 있기 때문에 굳이 여직원들이 피할 이유는 없었지만, 어쩐지 실내 휴게실은 여직원들이 옥상휴게실은 남직원들이 이용하는 것이 언제부턴가 불문율처럼 여겨지고 있었다.

그래도 가끔 바깥 공기를 쐬고 싶거나 옥상 조경을 보며 기분을 정화하고 싶은 여직원들이 있으면 나처럼 옥상에 올라와 휴식을 취하기도 했다. 게다가 오늘같이 비가 오는 날에는 남직원들이 흡연실만 이용할 뿐 밖으론 나오지 않기 때문에 인적이 극히 드물어 혼자서 휴식을 취하기에도 딱 좋았다.

자판기에서 따끈한 커피 한 잔을 뽑아 캐노피 아래로 왔다. 캐노피 밖으로 손을 뻗어 보자 공기 중에 미세하게 섞여 있는 물방울들이 모르는 새 손을 적신다. 가랑비에 옷 젖는 줄 모른다더니, 서태호 그 남자가 내게 딱 그랬다.

먹구름에 뒤덮인 뿌연 하늘을 올려다보며 나직이 한숨을 뱉다가 따끈한 김이 올라오는 커피를 한 모금 마셨다. 달달한 인스턴트의 맛이 조금 전 먹은 바나나 때문에 떫어진 혀끝을 씻어 주는 듯했다. 그런데도 어쩐지, 마주 보고 서서 대화를 나누던 서 대리와 다른 여직원을 보면서 느꼈던 씁쓸함은 좀처럼 사라지질 않았다.

서 대리가 진실게임에서 말한 그 여자가 다름 아닌 나라는 걸 알고 있다. 다만 선뜻 인정할 엄두가 나지 않을 뿐이다. 인정하는 순간, 왠지 돌이킬 수 없는 강을 건너게 될 것만 같아 두려웠다. 남녀 간에 가족, 친구, 동료 이상의 관계를 맺어 본 일이 한 번도 없는 나로선 어찌 보면 당연한 반응이었다.

준비할 시간이 필요했다. 서 대리에 대한 내 감정을 명확히 정의 내리고 그를 어떤 식으로 어디까지 받아들여야 할 것인지 그 선을 정하는 마음의 준비가. 그런데 미처 알지 못하는 사이, 그가 내 마음속에 자리를 잡아 버린 듯했다. 지지부진하게 준비만 하느라 미처 경계선을 그리지 못한 마음속으로 성큼 걸어 들어와서는 어떻게 밀어 낼 수도 없도록 단단하게 똬리를 틀어 버린 느낌. 설마 하며 쉽사리 인정하지 못했던 감정이 다른 여직원의 등장으로 비로소 확실해졌다.

의식하고 있었다, 서 대리를. 그냥 회사 동료나 상사가 아닌 바로 남자로서.

생전 처음 느껴 보는 감정이 예고도 없이 마음속에 찾아와 선명하게 그 정체를 드러내자 혼란스러움에 머릿속이 어지러웠다. 머리가 마음을 따라가지 못해 오는 혼란이었다. 이다음은 어찌해야 할지, 어떤 식으로 대처해야 하는 것인지 갈피를 잡을 수가 없었다.

이대로 모른 척한다는 것도 말이 안 되었고, 그렇다고 먼저 나서서 그와의 관계를 진전시킬 만한 배포를 갖고 있지도 않았다. 아니, 관계를 진전시킨다 한들 이 이후에 닥쳐올 변화들을 어찌 감당할 것인지에 대한 자신도 없었다. 한마디로 답이 안 나오는 상태였다.

"대체 뭘 어째야 되는 거야."

들고 있던 빈 종이컵을 구겨서 휴지통에 신경질적으로 던져 버렸다. 감당할 자신도 없으면서 그를 받아들인 것 자체가 크나큰 잘못이었다. 이렇게 되기 전에 철저히 방어를 하든지, 그게 안 될 것 같으면 일단 저지르고 보자는 쿨한 마음가짐이라도 가져야 했다.

이도 저도 아닌 채로 감정만 앞서서 대체 뭘 어쩌자는 건데!

스스로를 자책하며 지끈거리는 머리를 부여안고 벤치 쪽으로 발걸음을 옮겼다. 아무리 혼자서 고민을 해 본들 혼란만 가중될 뿐이었다. 차라리 찬바람 쐬면서 머리나 식히자 싶어 자리에 앉은 순간.

— 철퍽.

뭔가 굉장히 불쾌하고 찝찝한 감각이 엉덩이에 닿았다.

설마, 혹시, 제발.

막 벤치에 닿은 엉덩이를 그대로 들어 올리며 벤치 쪽으로 고개를 돌렸다. 동시에 오만상을 찌푸리고 말았다.

"대체 어떤 몰상식한 인간이!"

먹다 남은 노란 바나나 껍질이 내 엉덩이에 뭉개진 채 처참한 몰골로 찌그러져 있었다. 바나나를 깔고 앉았던 엉덩이가 축축했다. 이런 젠장, 젠장, 젠장! 바들바들 떨리는 손끝으로 벤치 위에 있는 바나나를 들어 올렸다. 바라보는 것만으로도 욕이 절로 나왔다.

어쩐 아침부터 불길하더라니 기어이 일을 치고 만 것이다. 신경질적으로 들고 있던 바나나를 휴지통으로 홱 던졌다. 바나나를 뭉갠치마가 괜찮은지 만져 볼까 싶었으나 굳이 확인하지 않아도 결과야 뻔했다. 흡사 똥 묻은 것 같을 테지.

닥치고 사무실에나 앉아 있는 건데.

후회에 후회를 거듭하며 핸드폰을 꺼냈다. 똥 싼 엉덩이를 한 채 사무실까지 내려갈 수는 없으니 일단 급한 대로 SOS라도 쳐야 했다.

"최주연, 지금 어디야? 나 옥상 휴게실인데 물티슈 좀 가지고 빨리 와 봐. 아, 글쎄. 어떤 몰상식한 인간이 바나나를 벤치에 놔둬서! 아무튼 빨리 좀 가지고 와. 빨리."

보이지도 않을 엉덩이를 살피려 고개를 뒤로 돌렸다, 옆으로 돌렸다를 반복하며 전화를 끊었다. 그냥 손 놓고 있기가 영 찜찜해 어디 버려진 전단지라도 없나 두리번거리고 있을 때였다.

"거기서 뭐 해요?"

불현듯 들려온 목소리에 고개를 들었다. 이럴 때마다 무슨 GPS라도 단 듯 나타나는 그 남자, 바로 서 대리였다.

"아, 아니. 아무것도 아니에요."

서둘러 엉덩이를 벤치 쪽으로 붙였다. 서 대리 때문에 머릿속이 복잡해 비 오는 날 혼자 옥상까지 올라와 청승을 떨고 있었던 것도 창피해 죽고 싶은 마당에, 바나나를 깔고 앉아 똥 싼 엉덩이를 하고 있는 이 모습을 그에게만큼은 절대 보여 주고 싶지 않았다. 행여 그의 눈에 보일까 봐 엉덩이를 슬금슬금 벤치 쪽으로 빼고 있는데 서 대리가 미심쩍은 눈으로 그런 나를 내려다봤다.

"흡연실에 있다가 봤는데 뭔가 난처해 보이길래 나왔어요. 조금 전에 뭔가 깔고 앉지 않았어요?"

대체 어디서 나타났나 했더니 흡연실에 있었던 모양이었다. 그가 흡연실에 있다가 나왔다는 말은 즉, 흡연실에 있는 남자들이 모두 나의 이 추한 모습을 목격했다는 말과 다름없었다. 대체 비 오는 날 이게 뭔 청승이냐고! 마음속으로 새된 소리를 내지르며 흡연실을 살피자 서 대리가 말했다.

"걱정하지 말아요. 흡연실엔 나랑 임 대리밖에 없었어요. 그나마도 임 대리는 화장실 간다고 먼저 나갔으니까."

그러니 안심하라는 듯 말하는 서 대리의 말에 창피함을 가라앉히며 쭈뼛쭈뼛 고개를 돌렸다.

어떡하지. 최주연이 빨리 와야 되는데.

엉덩이를 벤치 등받이에 바짝 갖다 붙인 채 눈치를 살피자 서 대리가 내 쪽으로 다가섰다.

"이리 와 봐요, 얼마나 묻었는지 보게."

"보, 보긴 뭘 본다고 그러세요!"

사색이 된 얼굴로 학을 떼듯 외쳤다. 막 내 쪽으로 다가서던 서 대리가 걸음을 멈추었다. 당황한 그의 얼굴을 보고서야 나는 내 반응이 너무 격했다는 사실을 깨달았다.

"외, 외간 남자한테 어, 엉덩이를 어떻게 보여 드려요."

다 기어 들어가는 목소리로 그렇게 말하곤 두 눈을 질끈 감아 버렸다. 정말이지 딱 쥐구멍에 들어가 숨고 싶은 심정이었다. 반복되는 사건들과 피할 수 없는 우연에 과연 내 쥐구멍에 볕 들 날은 올 것인가 의문을 품고 있는데 아래로 처박고 있는 고개 앞에서 낮게 웃는 소리가 들렸다.

"그럼 이렇게 하면 되겠네요."

뭔가 방법을 찾은 듯한 말투에 고개를 들었다. 옅은 웃음기를 머금고 있는 서 대리가 입고 있던 양복 재킷을 벗었다. 그러더니 내 앞으로 성큼 다가왔다. 뭘 하려는 건가 싶어 빤히 쳐다보는 나를 향해 살짝 웃은 그가 재킷을 손에 든 채 내게로 몸을 숙여 왔다. 갑작스러운 그의 행동에 몸을 반사적으로 뒤로 물렸다.

"저기요, 서 대리님……."

차마 그를 밀어 낼 수는 없어 잔뜩 몸을 경직시킨 채 내게로 몸을 숙인 그를 내려다보고 있었다. 비스듬히 몸을 기울인 그가 재킷을 쥔 손을 내 허리 뒤로 뻗었다. 단정한 그의 정수리가 그를 내려다보는 시야를 가득 채웠다. 흐릿한 담배 향이 젖은 공기에 뒤섞여 코끝에 닿았다.

그 향을 음미하는 순간, 더운 손끝이 살짝 허리를 스치는 것 같았다. 허리 뒤로 감기는 그의 체온을 느끼며 숨을 깊게 들이마셨다. 몸 안 가득 공명하는 심장 소리가 갈비뼈를 뚫고 나와 젖은 공기 사이로 둥둥— 울려 퍼진다. 캐노피 끝에 맺힌 빗방울이 뚝뚝 떨어져 바닥에 작은 웅덩이를 만들었다. 장마철, 비교적 선선한 바람결에도 불구하고 몸이 뜨거웠다.

내게 몸을 숙인 채 재킷을 허리춤에 둘러 단단하게 묶은 뒤 그가 몸을 세웠다. 그의 따스한 체온이 허리춤에 맴돌았다.

"이 상태로 화장실로 가서 처리해요. 그럼 되죠?"

유연하게 입가를 당기며 서 대리가 말했다. 하현달처럼 휘어든 자상한 눈동자가 오랜 시간 타인의 출입이 없었던 빗장을 열고 마음 깊숙한 곳까지 헤집고 들어온다. 뒤늦게 여미려 애써 보지만 이미 소용없는 짓이었다.

뜨겁게 젖은 눈을 들어 그를 마주 본 채 나는 한참 동안 아무 말도 하지 못하고 그를 바라보기만 했다. 그 또한 자신을 올려다보는 젖은 눈을 그저 말없이 내려다보고 있었다.

부슬부슬 내리는 이슬비가 뿌연 안개처럼 자욱하게 주변을 둘렀다. 복잡하던 생각들이 일제히 가라앉고 선명하게 일어선 마음만이 마주 닿은 시선 사이로 흐른다.

더 이상 인정하지 않을 수 없었다. 내가, 당신을…….

"주인희! 너 대체 또 무슨 사고를 쳤……."

정적에 감싸여 있던 옥상에 시끄러운 주연의 목소리가 짧게 울려 퍼지다 그쳤다. 물티슈를 쥐고 내 쪽으로 다가오던 주연이 내 앞에 선 남자를 보곤 우뚝 걸음을 멈췄다. 나는 서 대리와 날 번갈아 바라보고 있는 주연의 모습을 보고서야 짙은 감상에 벗어나 현실로 돌아왔다. 주연이 옥상으로 오기로 했다는 걸 그만 깜박하고 있었다.

"인희 혼자 있는 줄 알았는데, 서 대리님도 같이 계셨네요?"

"아, 그게……."

"전 그럼 먼저 가 볼게요."

뭐라 둘러대야 할까 난처한 얼굴로 고민하며 뱉는 내 말을 깔끔하게 가로막으며 서 대리가 말했다. 그러곤 옥상 문을 열고 사라졌다. 눈동자를 굴려 가며 서 대리와 나를 바라보던 주연이 그가 문 뒤로 사라지는 걸 확인하자마자 내게 다가와 물었다.

"뭐야, 둘이 여기 같이 왜 있어?"

"같이 있었던 게 아니고."

"그리고 이건 또 뭐야? 설마, 서 대리님 거야?"

허리춤에 둘러진 재킷을 가리키며 주연이 이미 상황 파악을 마친 듯 말했다. 눈앞이 깜깜해지고 머릿속이 어질했다.

"대박. 너였니? 서 대리님의 그녀가?"

입을 떡 벌린 채 날 바라보는 주연의 표정에 더 이상 변명할 말을 찾지 못한 입술이 체념하듯 다물어졌다. 내 마음만으로도 충분히 복잡한 탓에 호들갑을 떠는 주연을 감당할 자신이 없어서 피하듯 몸을 돌려 옥상 출입문으로 향했다.

그러다가 옥상 벽면의 창 너머로 조금 전 휴게실을 빠져나가 계단으로 향하고 있는 서 대리의 모습을 보곤 걸음을 멈추었다. 멍하니 선 채 멀어지는 그의 뒷모습을 한참이나 눈으로 좇다가 그가 완전히 시야에서 사라지고 나서야 비로소 정신을 차렸다. 잠깐 사이, 공기 중에 머무는 뿌연 빗방울에 젖은 몸이 축축했다.

　모르는 사이 옷깃을 적신 가랑비처럼, 그가 내게로 그렇게 젖어들고 있었다.

9장

씸

"어서 말을 해 보라. 어서."

주연이 식당에 자리를 잡고 앉기 무섭게 채근하기 시작했다. 테이블 위에 놓인 메뉴판을 들추며 지친 표정을 지었다.

"들어왔으니까 일단 뭐 좀 시키고. 넌 배 안 고프냐?"

"네 얘기만 들어도 배부를 것 같아."

"질린다, 질려."

회사에서부터 졸졸졸 쫓아다니며 하루 종일 사람을 괴롭히더니 나와서까지 닦달하듯 구는 주연의 태도에 넌덜머리가 났다. 고개를 절레절레 흔들며 메뉴판을 들여다보았다. 점심을 먹는 것 같지 않게 먹었더니 급격하게 허기가 졌다.

"등잔 밑이 어둡다더니. 대체 언제부터야? 진실게임 이후?"

"알아서 시킨다. 여기 주문이요."

몸을 앞으로 바짝 들이미는 주연을 피해 몸을 뒤로 물리며 종업원을 불렀다. 매운 것이 당겨서 얼큰한 해물 철판 볶음에 우동 사리를 추가하고 맥주도 같이 시켰다.

"야, 너 자꾸 이렇게 비싸게 굴래? 나 진짜 궁금해 죽겠단 말이야."

"금강산도 식후경. 몰라?"

먼저 나온 맥주 뚜껑을 따 잔에 따랐다. 거품이 하얗게 올라온 맥주잔 하나를 주연의 앞에 내려놓자 주연이 말했다.

"난 운전해야 돼서 안 돼."

"그럼 말고."

막 내려놓은 잔을 다시 내 앞으로 가져왔다. 반찬으로 나온 콩나물을 씹어 먹은 뒤 앞에 놓인 맥주잔을 들어 시원하게 들이켰다. 그제야 하루 종일 막혀 있던 속이 뻥 뚫리는 기분이 들었다. 차를 안 타니 이렇게 차 걱정 안 하고 술도 마실 수 있어 좋았다. 따지고 보면 무슨 일이든 다 나쁜 것만은 아닌 것 같았다.

"그러지 말고 이제 그만 말해 주라. 서 대리님이 너한테 직접 고백했어? 뭐래? 좋아한대?"

"그런 거 아니야."

서 대리와 나 사이에 뭔가 묘한 대화들이 오고 가긴 했지만, 그 대화 도중 단 한 번이라도 서 대리의 입에서 날 좋아한다는 말 같은 건 나온 적이 없었다. 다만, 미묘한 뉘앙스로 그와 비슷한 분위기를 풍기기는 했었다. 하지만 입 밖으로 옮길 때에는 철저히 사실만을 말해야 했다. 뺄지언정 보태어선 안 된다.

"그런 거 아니면 뭔데? 이런저런 정황상 서 대리님이 관심 있다는 여자가 너인 건 맞는데. 그럼 뭐야? 술자리에서 그런 말 해 놓고 여태 그냥 썸만 타는 중이야?"

썸. 이런 걸 썸이라고 해야 하나. 반쯤 남은 맥주를 홀짝이며 '썸'의 통용적인 의미를 가만히 떠올려 보았다.

여자와 남자가 사귀려고 서로 알아 가는 시기 또는 그러한 관계.

글쎄. 그런 게 맞나. 골똘히 생각하다가 사귀려고 알아 가는 시기, 라는 말을 다시 한 번 되새기곤 이내 고개를 저었다.

"썸도 아닐지도 몰라."

"그게 무슨 김빠지는 소리야?"

"아, 몰라. 나도 모르겠다고."

서 대리를 떠올릴수록 복잡해지는 머릿속을 털어 내듯 양손으로 머리카락을 거칠게 쓸어 넘겼다. 짜증스러운 표정으로 맥주잔을 들어 벌컥벌컥 들이켜자 그런 날 가만히 보고 있던 주연이 두 눈을 가늘게 뜨며 혀를 쯧쯧 찼다.

"모질이. 반푼이. 딱 보니까 서 대리님한테 말렸구만?"

"말리다니?"

"서 대리님 낚싯줄에 걸려서 완전히 넘어갔다고, 너."

"넘어가긴 무슨."

주연이 하는 말의 의미를 뒤늦게 알아채곤 잡아떼듯 답했다. 하지만 당황한 탓에 사레들린 것처럼 기침이 쏟아져 나왔다. 주연의 시선을 피하며 물을 마시는데 그녀가 얄궂은 눈빛으로 바라보며 빙그레 웃는다.

"늦기 전에 잡아라. 회사에 서 대리 노리는 여자 한둘 아니다."

"잡긴 뭘 잡아."

"그렇게 느긋하게 튕기다 닭 쫓던 개 신세 되는 수가 있어. 넘어질 뻔한 거 잡아 줘, 바나나 깔고 앉았다고 재킷 벗어서 둘러 줘. 그렇게까지 했으면 좋아한다는 말 안 했어도 이미 고백한 거나 다름없지, 뭐."

대화가 오가는 동안 식당 종업원이 와서 볶아 주고 간 철판 볶음에서 오징어 하나를 집어 들며 주연이 말했다.

"적당히 팅기고 기회 봐서 그냥 못 이긴 척 넘어가 줘. 못 이긴 척도 아니지. 이미 넘어갔잖아, 너."

얼굴이 시뻘겋게 달아올랐다.

"얘가 자꾸, 넘어가긴 내가 뭘 넘어갔다는 거야!"

"이거 봐. 필요 이상으로 발끈하는 거. 그게 증거지 뭐야?"

억울한 마음이 들면서도 왠지 딱 잡아 아니다 반박할 생각이 들지 않았다. 두 눈에 잔뜩 힘을 주고 주연을 노려보자 얄밉게 웃고 있는 주연이 철판 볶음을 접시에 덜어 내 앞에 내밀었다.

"배고프다며. 그렇게 살쾡이처럼 째려보고 있지 말고 어여 밥부터 먹어. 어여."

"최주연, 너 혹시나 해서 하는 말인데 회사 가서 헛소리하지 마라."

"이게 날 뭐로 보고. 내가 아무렴 친한 친구를 사내 구설수의 희생양으로 만들겠냐? 걱정 붙들어 매고 얼른 밥이나 먹어."

한참 동안 주연을 노려보다가 결국 마지못해 젓가락을 들었다. 아까까지만 해도 허기져 죽을 지경이었는데 금세 입맛이 뚝 떨어졌다. 주연이 보기에도 티가 날 정도인가 싶어 고민이 더 깊어졌다. 그냥 한순간 스치는 바람과 같은 감정일 뿐이라 여기기에는 이미 너무 늦어 버린 것 같았다.

"그나저나 우리 주인희는 좋겠네. 사내 최고 인기남 서태호와 썸을 타다니."

"아, 글쎄. 썸 아니라니까."

"아니긴, 무슨."

풋풋― 거리며 주연이 야리꼬리한 눈길로 쳐다봤다. 말을 말자 싶어 접시로 시선을 돌리자 주연이 숟가락을 마이크 삼아 언젠가 유행했던 노래의 한 소절을 읊기 시작했다.

"요즘따라 내 거인 듯 내 거 아닌 내 거 같은 서 대리!"

저걸 진짜.

"너 진짜 뒤집개로 맞아 볼래?"

듣다못해 철판 볶음 판에 놓여 있는 뒤집개를 살벌하게 들어 올렸다. 주연이 잽싸게 방어 자세를 취했다.

"부러워서 그러잖아, 부러워서."

"부럽긴 개뿔."

참 부러울 일도 없다. 누군 머리가 터질 지경이건만. 한숨과 함께 들고 있던 뒤집개를 내려놓았다. 그러다 문득 떠오른 생각에 다시 주연에게로 시선을 옮겼다.

"그러고 보니까 너도 뭐 있지 않아?"

"내가 뭐?"

"지난번 처총회 때 한 얘기 말이야."

"아, 그거."

뒤늦게 기억이 난 건지, 알고 있으면서 모른 척했던 건지 지극히 차분한 반응을 보이는 주연을 이번엔 내가 미심쩍은 눈으로 바라보았다.

"뭐야, 너. 여태 만나는 남자 있다는 소리 한 번도 안 해 놓고 대체 누구랑 키스를 한 건데?"

"실은 그게."

주연이 잠시 뜸을 들이는가 싶더니 이렇게 말했다.

"나도 모르겠어."

"뭐? 너야말로 장난 치냐?"

"장난이 아니라 진짜 모르겠다고."

주연이 정말 농담이 아니라는 듯 답답한 표정을 지으며 내 앞으로 몸을 숙여 왔다.

"실은, 얼마 전 회식 자리에서 말이야. 그때 나 완전 꽐라 됐었거든. 집 앞까지 누가 데려다줬는데…… 키스를 했던 기억이 나."

"그게 무슨 소리야?"

"분명히 키스를 하긴 했는데, 그게 누군지를 모르겠다고."

"그게 무슨 귀신 씻나락 까먹는 소리야?"

"그러니까 미치겠다는 거지. 키스한 기억이랑 느낌은 생생한데 그 상대가 전혀 생각이 안 난다고."

듣자 하니 얼마 전까지 서 대리를 향한 마음의 정체를 몰라 답답해했던 나만큼이나 주연 또한 속 터지는 상황에 있는 듯했다. 누군가 주연이를 짝사랑하고 있나, 생각하며 그럴 만한 사람이 있는지 머릿속으로 떠올려 보았지만 딱히 떠오르는 사람이 없었다.

"누구지? 누굴까? 너 혹시 짐작 가는 사람 있나?"

"글쎄다. 네가 모르는데 낸들 알겠나?"

"전생에 키스 못 하고 죽은 총각 귀신인가?"

"헛소리하고 앉았네."

"오죽하면 이러겠냐, 오죽하면. 아이고, 머리야. 난 너처럼 안 튕기고 대시하면 바로 넘어가 줄 텐데. 왜 남몰래 키스만 하고 사라진 걸까? 혹시 나랑 키스한 게 별로였나? 그날 마늘을 좀 많이 먹었던 것 같기도 하고."

쯔쯧 혀를 차며 주연을 흘겨보았다.

"생각하는 거 하고는. 아무렴 그래서 그랬겠냐? 그러게 술 좀 작작 퍼마셔! 처총회 때도 그렇고. 그렇게 술을 마셔 대니 이십 대 중반밖에 안 된 나이에 단기기억상실이 오는 거 아니야."

"그러고 보니 처총회 날에도 키스를 했던 것 같은데."

"뭐?"

처총회를 언급하는 주연의 발언에 기억이 잠시 그날로 거슬러 올라갔다. 처총회 날이라면 술에 잔뜩 취한 주연을 임 대리가 바래다준 날이었다. 인사불성이 된 주연을 보며 가는 방향이 정반대라 난처해하고 있었는데, 그런 내게 임 대리가 다가와 대신 책임지고 바래다주겠다며 주연을 데리고 갔었다. 설마, 임 대리님이?

"너 그거 확실해?"

처총회 날에도 키스를 했다면 범인은 임 대리밖에 없었다. 그게 사실이라면 이건 또 하나의 센세이션이다. 말을 뱉기 전에 확인차 묻자 주연이 곰곰이 생각하는가 싶더니 답했다.

"아닌가?"

이런 정신머리 없는 계집애. 조금 전 내려놓았던 뒤집개를 다시금 쳐들었다.

"술을 끊든지 아니면 그냥 너 혼자 그렇게 평생 고민하든지, 너 알아서 해라! 너 알아서!"

"그러지 말고 같이 고민해 주라, 인희야."

"시끄러워, 밥이나 먹어!"

주연의 콧소리를 냉정하게 받아친 뒤 들고 있던 뒤집개로 철판 볶음을 한 바가지 퍼서 주연의 앞에 내려놓았다. 주연이 고민에 가득 찬 얼굴로 꿍얼거리며 마지못해 젓가락을 움직이기 시작했다. 그런 주연을 보고 있는데 피식 웃음이 나왔다.

주연에게도 '내 거인 듯 내 거 아닌 내 거 같은 남자'가 생기려는 모양이다.

                    * * *

　간단하게 식사만 마치고 집으로 돌아왔다. 맥주 한 병도 술이라고
옅은 취기에 머릿속이 몽롱했다. 현관에 아무렇게나 구두를 벗어 놓
고 방으로 들어가 침대에 몸을 뉘었다. 이대로 잠이 들 것만 같아
침대 옆에 팽개쳐 놓은 핸드백에서 핸드폰을 꺼내었다. 핸드백 속에
그대로 뒀다가 알람소리를 못 듣고 지각이라도 하는 날엔 낭패가 따
로 없었다.

　알람은 제대로 맞춰져 있는지 대충 확인을 하곤 머리맡에 내려놓
으려다 미처 확인치 못한 메시지를 발견하곤 손가락을 움직였다. 주
연인가 생각하며 메시지 창을 켠 나는 발신인을 확인하자마자 술이
깨고 말았다.

　서태호 대리. 그가 보낸 메시지였다.

　「집에는 잘 들어갔어요? 혹시나 해서 하는 말인데 재킷은 세탁
같은 거 맡기지 말고 그냥 돌려줘요. 그럼 잘 자고 내일 봐요.」

　잠시 잊고 있던 기억이 다시금 떠오르면서 그때의 감각까지 또렷
하게 되살아났다. 허리를 스치던 그의 손길, 허리에 감겼던 따사로
운 체온. 그리고 그 순간 터질 것 같았던 심장의 고동.

　누워 있던 몸을 일으켜 종이가방 속에 고이 접어 넣어 놓은 그의
재킷을 꺼내어 보았다. 재킷에 밴 그의 체취가 콧속으로 파고들자
심장이 거세게 방망이질 쳤다. 더 이상 부정할 수 없는, 그 어떤 말
로도 부인할 수 없는 반응이었다.

　후우. 나직한 한숨이 입술 새를 비집고 흘러나왔다. 생전 처음 겪
어 보는 이 감정을, 상황을 어떤 식으로 헤쳐 나가야 할지 답이 서
질 않았다. 단 한 번도, 어느 누구와도 이와 비슷한 관계를 맺어 본

적이 없었기에 이런 상황에서 어떤 식으로 관계를 진전시켜 나가야 하는 것인지 알 수 없었다.

손안에 놓인 서 대리의 재킷을 한참 동안 말없이 내려다보다가 이내 그의 재킷으로 얼굴을 덮으며 털썩 누워 버렸다. 한층 진해진 그의 향기가 콧속으로 훅 밀려들었다.

아무리 발버둥 쳐 본들, 더 이상 밀어 낼 수 없었다. 하지만 먼저 손을 내밀거나 다가설 용기 따위도 없었다. 그러니 일단은 받아들이자. 그가 내게 행하는 모든 것들을, 내게 닥쳐오는 이 낯선 감정을 더 이상 벽을 치지 말고 받아들이는 것부터 시작해 보자.

마음먹은 바를 되새기듯 나는 눈을 감고 그의 향기를 거부감 없이 들이마셨다.

그의 향기가, 그가, 내게로 공기처럼 스며들었다.

* * *

어제 내린 비는 오늘도 그치지 않았다. 출근길로 향하는 사람들에 뒤섞여 떠밀리듯 버스에서 내린 나는 정류장 아래서 비를 피한 뒤 우산을 펼쳐 들며 잠시 구름 낀 하늘을 올려다보았다. 당분간은 이 지긋지긋한 우기가 지속될 모양인지 무거운 구름들이 하늘에 낮게 드리워져 있었다.

하필 이런 여름에 마티즈가 그 모양이 될 건 뭐람.

지독히도 재수 없는 내 팔자를 탓하며 회사 쪽으로 발걸음을 옮겼다. 차를 처리하고 좋아진 것이 있다면 하루 운동량이 10분도 채 되지 않았던 내가 출퇴근길을 핑계로 30분이나마 걷기 운동을 하게 된 것이었다.

물론, 이 여름에 구두를 신고 아침저녁으로 걸어 다니는 것이 무엇에 좋을쏘냐만 좋은 쪽으로 생각하자면 그렇다는 얘기다. 집 앞 정류장과 회사 앞 정류장 두 군데 모두 이렇게 목적지와는 뚝 떨어져 있어 주니, 이 얼마나 고마운 일인가. 따로 피트니스를 끊지 않아도 되니 말이다.

고난 또한 또 다른 축복이다 여기며 비 오는 길을 따라 걸었다. 다행히 아주 많은 비가 오지는 않아 작은 우산만으로도 충분히 비를 피할 수 있었다. 어제처럼 굵은 장대비가 내리면 우산을 써도 그다지 큰 도움이 되지 못했다. 그치지 않을 거라면 제발 내일도 이 정도로만 비가 내리길. 횡단보도에 다다른 발걸음을 멈춘 채 회색빛 하늘을 바라보며 빌고 있을 때였다.

— 쏴아아!

분명 이슬비 정도의 비가 내리던 하늘에서 별안간 소나기가 쏟아져 내 몸을 덮쳤다. 아니, 이건 소나기가 아니었다. 위가 아닌 옆에서 날아와 내 옷을 적신 이것은 비가 아닌, 다른 무엇이었다. 예고도 없이 벌어진 일에 당혹스러운 표정으로 젖은 옷을 내려다보다 횡단보도 바로 앞에서 비상등을 켠 채 멈춰 선 차로 시선을 옮겼다. 아무래도 저 차가 이 재앙의 원인인 모양이었다.

"죄송합니다! 괜찮으세요?"

운전석 쪽에서 내려선 남자가 우산도 쓰지 않고 내 쪽으로 뛰어왔다. 아침부터 이 무슨 봉변인가. 새하얀 블라우스에 튄 흙탕물을 허망한 표정으로 내려다보고 있는데, 내 앞으로 뛰어온 남자가 난처한 음성으로 말하며 손수건을 건넸다.

"전봇대에 가려서 사람이 있는 줄 미처 몰랐네요, 죄송합니다."

일단 급한 대로 남자가 건넨 손수건을 받아 들었다. 기분이야 나

빴지만 아침부터 괜한 잡음을 만들고 싶지 않아 건네받은 손수건으로 옷에 묻은 흙먼지들을 대충 털어 냈다.

"그럴 수도 있죠. 괜찮으니까 그만 가 보세⋯⋯."

"혹시⋯⋯ 인희 씨?"

익숙한 음성에 실린 내 이름이 귀 끝에 닿자 고개가 반사적으로 정면을 향했다. 내 손길을 따라 올라간 우산 너머로 남자의 얼굴이 보였다.

조금 전에 비해 제법 굵어진 빗방울이 머리 위를 가린 그의 손등과 어깨 위로 뚝뚝 떨어지고 있었다. 그를 보자마자 나도 모르게 우산을 든 손을 옮겨 그를 우산 속으로 받아들이고 말았다.

"서 대리님?"

"인희 씨 맞군요."

눈 위를 가리고 있던 손을 내린 그가 날 보며 웃었다. 아침부터 찾아든 우연이 무방비한 내 가슴을 또 한 번 흔들어 놓는다.

"그냥 걸어가도 되는데."

"걸어가면 한참이잖아요. 게다가 비까지 오고. 그나저나 미안해서 어쩌죠. 옷이 말이 아닌데."

운전석에 앉은 그가 벨트를 채우며 말했다. 난감한 표정으로 얼룩진 블라우스를 내려다보다 이내 대수롭지 않다는 듯 답했다.

"괜찮아요. 비싼 것도 아니고 집에 가서 빨면 돼요."

"그게 문제가 아니라 출근하는 길인데 하루 종일 그 차림으로 생활해야 할 거 아니에요."

"매일 보는 사람들인데 그러려니 하겠죠."

멋쩍은 표정으로 한숨을 뱉는 그의 주의를 환기시킬 겸 화제를 전환했다.

"아, 어제 빌려주신 재킷은 아침에 세탁소에 맡겼어요. 찾는 대로 돌려 드릴게요."

"그럴까 봐 어제 문자 보낸 건데, 못 봤어요?"

그가 보낸 문자를 보고 그의 재킷을 뒤집어쓴 채 잠들었던 게 생각났다. 붉어진 얼굴을 감추려 창밖으로 시선을 돌렸다.

"깜박 잠들어서 아침에 일어나서야 봤어요."

"그냥 줘도 되는데."

정류장에서 회사까지 이렇게나 멀었던가. 차로 몇 분 안 걸릴 거리가 새삼 길게 느껴졌다.

"근데 왜 버스 타고 출근했어요? 지난번에 차 찾는다고 공업소 가지 않았어요?"

"실은 그게 찾자마자 퍼져서 아예 폐차 처리했어요."

"그럼 요즘 계속 버스 타고 출퇴근하는 거예요?"

"당분간은요."

회사 입구 바로 앞에서 신호가 걸렸다. 빨간색 신호등을 말없이 올려다보고 있는데, 서 대리가 말했다.

"그러지 말고 내일부터 내 차 같이 타요."

휘둥그레진 눈이 서 대리에게로 향했다.

"서 대리님 차를요?"

"네. 어차피 인희 씨 집이랑 방향이 비슷하니까."

"댁이 어디신데요?"

"그 근처예요."

그 근처 어디라는 건지. 어쩐지 미심쩍었지만 자세히 캐묻는 건 예의가 아닌 것 같아 말을 삼켰다.

"그래도 서 대리님 차를 얻어 타는 건 좀."

"카풀이 어때서요? 많이들 하잖아요."

같은 직장 동료들 사이에서 카풀이야 흔하게 이루어지는 일이었지만, 이성 간의 카풀에는 많은 리스크가 따랐다. 곱게 보는 시선보다는 색안경을 끼고 보는 일이 더 많았으니까.

게다가 그 상대가 서 대리라니. 잠시 얻어 탄 오늘 아침 일만으로도 사내 찌라시에 대서특필되고도 남을 일이건만, 같이 카풀을 한다는 사실이 알려지면 아마 사람들의 입방아에 수없이 오르내리게 될 게 뻔했다.

"일단 생각 좀 해 볼게요."

그걸 알면서도 어쩐지 단칼에 거절하기엔 아쉬움이 남아서 여지를 남겼다. 그 사이 좌회전 신호가 떨어지며 차가 출발했다.

"그럼 우선 내일 시간 맞춰서 집 앞으로 갈게요."

어안이 벙벙한 표정으로 그를 바라보았다. 분명히 생각해 본다고 했던 것 같은데, 뜻밖의 대답이 돌아오자 당황스러웠다.

"그건 생각해 보는 게 아니잖아요."

"체험하면서 생각해 보는 것도 나쁘지 않잖아요?"

핸들을 틀어 회사 입구 쪽으로 차머리를 유연하게 들여놓은 그가 정면을 바라본 채 싱긋 웃는다.

"요즘 그런 거 많던데. 시음회, 시식회, 써 보고 반품 등등. 그런 거랑 비슷한 거라고 생각해요."

수가 뻔히 보이는 제안이었다. 그걸 알면서도 나는 어쩐지 거절할 생각이 들지 않았다.

"그럼 그렇게 하는 거예요?"

약속을 받아 내듯 묻는 서 대리의 말에 나는 결국 웃고 말았다.

도무지 당해 낼 재간이 없는 남자였다. 선뜻 대답하지 못하고 망설이고 있는데 문득 이런 말이 생각났다. 못 먹어도 Go. 고스톱을 하는 사람들이 종종 하는 말이었다.

용기 있게 다가서지는 못하니 일단은 그가 내게 행하는 것들을 군말 없이 받아들이자 다짐한 것이 바로 어제 일이었다.

서 대리와 내가 어떻게 될지, 주연의 말처럼 그가 과연 내 것이 될지 어떨지 알 수는 없지만 일단 받아들여 보는 것도 나쁘지 않을 것 같았다.

그래, 어제의 다짐대로 Go 해 보자.

"알겠어요."

내 대답이 떨어지자마자 그의 입가에 시원한 미소가 걸렸다. 그 미소에 아침부터 심장이 뛴다. 결과야 어찌 됐든 이미 판은 벌어졌다. 이렇게 된 이상, 이젠 못 먹어도 Go다!

* * *

설렘. 떠올리는 것만으로도 가슴이 뛰는 그 단어를 난 여태껏 단 한 번도 머릿속에 떠올려 본 적이 없었다. 아니, 뭣 모르던 어렸을 적 딱 한 번 그 비슷한 감정을 느껴 보았던 것 같기는 하다.

중학교 2학년 때, 우연히 마주친 오빠 친구를 보고 설렘과 비슷한 감정에 잠시 휩싸였던 적이 있었다. 친구 집에서 놀다가 아버지 몰래 외박을 하고 돌아오던 길에 아버지 눈에 띄지 않기 위해 월담을 하려다, 그날 하필 오빠와 스터디를 하려고 집에 방문했던 오빠의 친구와 마주쳤었다.

내 키보다 훨씬 높은 담을 넘으려다 보니 도무지 내 운동신경으로는 역부족이라 어쩔 수 없이 그 오빠라는 사람의 손을 빌리게 되었었다. 어깨를 딛고 땅으로 착지를 한다는 것이 엉거주춤한 자세 탓에 그 오빠의 품에 안기는 꼴이 되고 말았고, 그것이 스물여섯 여태껏 연애 한번 해 보지 않은 나의 처음이자 마지막 포옹의 기억으로 머릿속에 선명히 남게 되었다.

낯설지만 따뜻했던 넓은 품에 안긴 순간 잠시 느꼈던 두근거림의 여운은 생각보다 오랫동안 내 머리와 가슴을 잠식했었다. 당시 그저 의문으로 남았던 그 감정은 이제와 돌이켜 보니 아마 내 첫사랑, 아니, 나의 첫 설렘이었던 것 같다.

그 이후로 고1 때 엄마가 돌아가셨고 동시에 타인에게 벽을 친 채 살게 되면서 나는 설렘이라는 단어와는 거리를 둔 채 지금껏 지내 왔다.

대학생활을 하고 회사를 다니며 그럴 기회야 충분히 있었지만 선뜻 마음이 열리지 않았다. 열 생각조차 없었다. 이편이 편했고, 익숙했다. 그런데 언제부턴가 잊고 있던 낯선 설렘이 매일같이 나를 찾아오고 있었다.

"일찍 나왔네요."

문을 열고 조수석에 올라타는 날 바라보는 서 대리의 얼굴을 쑥스러운 듯 바라본 뒤 안전벨트를 찼다. 긴장한 듯 경직된 표정의 날 보며 나직이 웃던 서 대리가 차를 출발시키며 말했다.

"체험 첫날인데, 반품당하지 않으려면 안전하게 모셔야겠네요."

회사에서는 무뚝뚝하기 그지없는 저 얼굴로 능청스럽게 농담을 구사하는 그의 모습이 낯설면서도 한편으론 익숙했다. 어느새 그렇게 서 대리는 내게 익숙한 존재가 되어 있었다.

"서 대리님, 이거."

"뭐예요?"

"어제 드라이 맡긴 재킷이에요. 아침에 찾아서요. 뒷좌석에 둘게요."

그의 재킷이 담긴 종이가방을 뒷좌석에 내려놓는데 서 대리가 말했다.

"아, 나도 인희 씨 줄 거 있는데. 운전석 뒤쪽에 봐 봐요."

그의 말을 따라 운전석 뒤로 손을 옮겼다. 여성 브랜드 로고가 박힌 종이가방 하나가 손에 잡혔다.

"이게 뭐예요?"

"인희 씨 입을 블라우스예요."

"뭐하러 이런 걸."

"입고 있는 옷을 벗으라고 해서 세탁을 맡길 수도 없고, 그렇다고 빚 갚듯이 세탁비 주기도 뭐해서 하나 샀어요."

유연하게 핸들을 돌리며 그가 말했다.

"대충 사이즈 가늠해서 골랐는데 잘 맞을지 모르겠어요."

생각지 못한 선물에 얼굴이 달아올랐다. 아니, 그보다도 그가 날 떠올리며 내가 입을 옷을 고르고 내 사이즈를 가늠해 보았을 거라 생각하자 괜스레 쑥스러워졌다.

"번번이 고맙습니다."

붉게 달아오른 뺨을 그에게 들킬 것 같아 차마 얼굴을 들지 못하고 고개를 돌렸다.

"고맙긴요. 내 실수 만회하려고 산 건데. 내일 출근할 때 입고 나와요. 나름 고민하면서 골랐는데 잘 어울릴지 궁금하네요."

그가 단정한 입매를 비스듬히 말아 올리며 말했다. 종이가방을 쥐고 있는 손끝부터 시작해 퍼진 더운 기운이 심장까지 닿는다. 두근

두근 울리는 심장 박동 소리가 차 안 가득 울려 퍼지는 듯했다.

썸. 여자와 남자가 사귀려고 서로 알아 가는 시기 또는 그러한 관계.

그렇게 그와 나의 썸이 시작되고 있었다.

10장

썸이 길, 그리고 그 이상

매일이 똑같은 패턴으로 흘러가는 일상, 특별할 것 없는 하루인
데, 그 하루를 함께 시작하는 사람이 누구인지에 따라 다가오는 느
낌이 이렇게도 다를 수 있다는 걸 나는 요 며칠 뼈저리게 체감하고
있었다.

"일찍 오셨네요."

"조금 전에 도착했어요."

이젠 제법 자연스러워진 표정과 몸짓으로 서 대리의 차에 올라탔
다. 에어컨을 틀고 있으면서도 항상 창문을 연 채 날 기다리고 있는
그의 모습을 보고 있으면 출근하는 발걸음이 절로 가벼워졌다. 얼마
전까지만 해도 그에게 벽을 친 채 경계를 했던 게 맞나 싶을 정도로
변덕에 가까운 변화였다.

어쩌다 이렇게까지 변하게 된 것일까. 의문을 떠올려 봤지만, 이
미 모든 걸 인정하고 받아들이기로 한 마당에 불필요한 의문 따위
가져 봤자 머릿속만 복잡스러울 뿐이었다. 모든 것이 마음의 변화에
서 기인한 자연스러운 결과다— 여기면 될 일이었다.

출발하는 차체의 움직임을 느끼며 운전석 쪽으로 살짝 고개를 돌렸다. 목까지 채워 올린 셔츠에 시원한 블루 컬러의 넥타이, 얇은 재킷, 잘생긴 이마를 드러낸 단정한 헤어스타일까지. 이른 시간임에도 불구하고 그는 흐트러지거나 피곤한 기색 하나 없이 멀끔했다.

예전엔 그저 다른 남직원들에 비해 좀 더 생겼구나, 정도로 생각하고 있었는데 이제 보니 참 잘생긴 얼굴이었다. 반듯한 이마 아래 뻗은 적당히 높은 콧대, 남자답게 진한 눈썹과 외까풀임에도 충분히 시원스러운 눈매, 다물고 있을 때마저 지적으로 보이는 단정한 입술까지. 참으로 나무랄 데가 없는 외모였다.

왜 여태 몰랐을까. 이렇게나 잘생겼다는 걸. 물론 이 외모에 홀라당 넘어간 건 절대 아니지만.

어느새 시선 처리를 조심하는 것도 잊고 뚫어져라 그를 바라보고 있는데, 서 대리가 흘깃 내 쪽을 돌아보며 물었다.

"내 얼굴에 뭐 묻었어요?"

"네?"

"워낙 빤히 쳐다보기에 내 얼굴에 뭐가 묻었나 해서요."

룸미러를 통해 자신의 얼굴을 들여다보는 그를 보고서야 정신이 든 나는 나도 모르게 얼른 입가를 훔쳤다. 혹시 그를 보며 침이라도 흘리진 않았나 싶어서였다. 다행히 침을 흘리는 볼썽사나운 모습을 보이진 않았다.

점점 미쳐 가는구나, 주인희.

화끈거리는 뺨을 그 모르게 쓰다듬으며 어색하게 둘러댔다.

"창밖 풍경 보는 중이었어요."

"그랬구나."

백미러로 뒤에 오는 차를 살피며 그가 나직이 웃었다. 어색하게 핑계를 대는 내 말을 속아 주듯 받아 줄 때 짓는 웃음이었다. 젠장. 입술을 질끈 깨물며 조수석 창 쪽으로 뺨을 붙였다.

"손에 든 건 뭐예요? 아까 차에 타기 전부터 들고 있던데."

서 대리가 내 손에 들린 종이가방을 턱짓으로 가리켰다.

"아, 맞다."

내 정신 좀 봐라. 뒤늦게 정신을 되찾으며 그에게 물었다.

"아침은 드셨어요?"

"아침 잘 안 먹어요."

"아……."

그를 마주 보지 못한 채 손에 쥔 종이가방을 내려다보며 한참을 망설였다. 손에 들고 있는 종이가방 안에 담긴 그것은 다름 아닌 샌드위치였다. 아무런 대가도 없이 아침저녁으로 내 기사 노릇을 해주는 서 대리의 노고에 보답하는 의미로 일찍 일어나 만든 것이었다. 하지만 막상 그에게 건네려니 망설여졌다. 혼자 너무 앞서 가는 건 아닐까 하는 생각이 들어서였다.

줄까 말까. 너무 막 나가는 건 아닌가.

이런저런 생각을 하다가 에이 모르겠다 싶어 두 눈을 질끈 감았다.

"이거 샌드위친데, 출출하실 것 같아서 이따 시간 나실 때 드시라고 하나 싸 왔어요."

차마 그의 얼굴을 바라보지 못하며 들고 있던 종이가방을 주섬주섬 그의 서류가방 옆에 내려놓았다. 잠깐 말을 뱉는 사이 얼굴이 녹아서 흘러내릴 것처럼 달아올라 있었다. 말을 해 놓고도 쑥스러움이 가시지 않아 아랫입술을 잘근잘근 깨물고 있는데, 옆에서 그런 날 바라보는 시선이 느껴졌다. 고개를 들자 서 대리가 짐짓 놀란 표정으로 날 보고 있었다.

"인희 씨가 직접 만든 거예요?"

"아, 별거 아니에요. 들어간 것도 별로 없고. 그냥 저 먹으면서 하나 더 만든 거예요. 제가 아침을 안 먹으면 당이 떨어져서. 하하."

마지막에 덧붙인 웃음은 너무 작위적이었다고 뒤늦게 생각했다. 당 떨어진다는 소리도 괜히 했다. 이렇게나 요령이 없어서야. 아침부터 더워지는 몸을 식힐 길이 없어 어색하게 창밖을 내다보며 손부채질을 하고 있는데, 웃음기 섞인 기분 좋은 목소리가 부드럽게 귓가에 와 닿았다.

"잘 먹을게요. 고마워요."

그가 있는 쪽으로 다시금 고개를 돌렸다. 정면을 향한 채 희미하게 휘어 있는 눈꼬리를 보자 창피함도 잠시, 가슴이 두근거렸다.

고마운 건 나죠.

입 안에 맴도는 말을 그 모르게 삼키며 고개를 숙였다. 숙인 얼굴 위로 옅은 웃음기가 번져 나가고 있었다. 특별한 것 없이도 충분히 특별한 하루가 그렇게 시작되었다.

* * *

아침부터 정신없이 바빴다. 월말이 되면 모든 업무들이 마감을 향해 달려가기 때문에 특별한 기획 같은 것 없이 월말이라는 것만으로도 하루가 바쁘게 지나갔다. 특히 나처럼 말단 사원의 경우, 상사들이 쪼개어 주는 잡다한 일들을 처리해야 했기에 더욱 정신이 없었다. 부장의 오더에 따라 작성한 통계표를 수합해 제출하고 몇 개의 기안을 처리하고 보니 어느덧 점심시간이 되어 있었다.

그래도 벌써 하루의 반이 지나갔구나. 좀 있으면 퇴근할 시간이다 생각하니 마음이 한결 가벼워졌다. 퇴근하는 길이야 항상 홀가분하고 좋았지만, 요즘따라 유독 퇴근길이 즐거웠다.

"뭐가 그렇게 좋아서 혼자 피식대고 있어?"

옆자리에 있던 주연이 불쑥 고개를 들이밀며 말했다. 나도 모르게 웃고 있었던 모양이다. 재빨리 표정을 감추며 퉁명스레 대꾸했다.

"내가 언제?"

"시치미 떼긴. 귀에다 꽃 한 송이 꽂아 주면 딱 어울릴 표정이더만."

비교를 해도 꼭. 한 대 쥐어박고 싶은 걸 꾹 참으며 프린터에서 출력된 파일을 집어 들었다.

"그 후로 좀 진전된 건 없어?"

"무슨 진전?"

프린트 된 파일에 누락된 건 없는지 살피며 심드렁하게 대답하자, 주변 눈치를 살피던 주연이 귓가에 대고 조심스럽게 속삭였다.

"서 대리님이랑 너 말이야."

서 대리, 라는 단어에 주연의 말이 닿은 귀 끝이 살짝 뜨거워졌다. 나도 모르게 동요하는 모습을 보일까 봐 애써 파일로 시선을 고정시켰다.

"딱히 진전될 게 뭐 있냐?"

"아닌 것 같은데. 조금 전에 혼자 웃은 것도 그렇고, 요즘 분위기가 묘하게 들떠 있는 게 아주 뭐가 없는 건 아닌데?"

주연이 보기에도 들떠 있는 게 느껴질 정도인가. 새삼 스스로를 돌아보게 되었다. 그러다 줄기차게 미심쩍은 시선을 보내는 주연의 눈빛을 견딜 수 없어 입을 열었다.

"며칠 전부터 같이 카풀해."

"뭐? 누구랑? 서 대리님이랑? 대박!"

주연이 숨죽인 목소리로 호들갑을 떨었다.

"야, 쉿!"

아무튼 오버하는 건 알아줘야 한다. 혹시 누가 들었을까 봐 황급히 주변을 살피다가 멋쩍은 표정으로 주연을 타박했다.

"그냥 카풀 좀 하는 거 가지고 뭐 그렇게 오버야?"

"카풀이 어떻게 그냥 카풀이냐? 거의 매일 출퇴근을 같이하는 건데. 남들 같으면 없던 정도 절로 생길 판에, 하물며 너랑 서 대리님은 지금 썸……."

"야!"

결국 매를 부르는 그 주둥이를 두고 볼 수 없어 서둘러 틀어막았다. 다행히 다들 점심 식사 준비로 바빠서 들은 사람은 없는 것 같았지만, 심장이 다 두근거렸다.

"썸 아니라고 했지, 내가. 동네방네 소문 다 낼래? 좀 조용히 좀 해라. 좀."

"알았어, 기지배야. 이것 좀 치워. 어우, 짜. 너 아까 화장실 다녀오고 손 안 씻었지?"

내 손을 치워 낸 주연이 침을 퉤퉤 뱉어 가며 말했다. 어떻게 된 게 하는 말마다 밉상이었다. 흘깃 흘겨보다가 한숨과 함께 고개를 돌려 버렸다.

"아무튼 카풀이 네 생각처럼 그렇게 아무것도 아닌 게 아니라고. 사지육신 멀쩡한 남녀가 단둘이, 그것도 밀폐된 공간 안에 있는 건데 뭐든 생기려면 생기지 않겠어? 그러다 잘하면 불도 붙는 거고."

입을 열수록 가관이다.

"카풀에 그런 음란한 의미가 있다는 걸 지금 네 말 듣고 처음 알았다, 난."

"절대 음란하지 않을 거라는 보장도 없지, 뭐."

너랑 더 이상 말해 뭐하니. 듣다못해 대꾸하길 포기하고 혀를 쯧쯧 찼다. 점심 먹기 전에 하던 일이나 마저 마무리 지어야지 싶어 다시 컴퓨터 마우스를 잡았을 때였다.

"근데 잠깐."

주연이 다시 한 번 몸을 내 쪽으로 불쑥 숙여 왔다.

"두 사람 사는 방향, 다르지 않나?"

이 무슨 뜬금없는 소리야? 마우스를 잡다 말고 주연을 바라보았다.

"뭔 소리야? 서 대리님 집, 우리 집 근처라던데?"

"에? 아닐걸. 너네 집 무슨 동인데. 석촌동 아니야?"

"그런데?"

"서 대리님 역삼동 빌라에 살잖아."

역삼동이라면 석촌동과는 정반대 방향이었다. 나는 그럴 리 없다는 듯 고개를 갸웃했다.

"그럴 리가. 네가 뭔가 잘못 알고 있는 거 아니야?"

"아니야. 내가 얼마 전에 양 과장님 오더로 인사기록카드 정리하다가 봤는데, 서 대리님 집은 분명히 역삼동이었어. 거기서 너네 집 거쳐서 회사까지 오려면 꽤 돌아와야 될 텐데."

확신을 가지고 이야기하는 주연의 말에 카풀을 제안하며 그가 했던 말이 문득 떠올랐다. 그러고 보니 어디에 사느냐는 내 물음에 두루뭉술하게 그 근처라고만 대답했던 것 같다. 분명 그렇게 대답했다. 그 근처라고. 당시에도 뭔가 미심쩍다 생각은 했었지만, 캐묻는 것도 예의가 아닌 것 같아서 묻기를 포기했었다. 그런데······.

"그새 이사라도 했나 보지."

나는 자꾸만 커지려는 의구심을 애써 머릿속에서 지워 냈다. 괜히 머리가 아파 왔다.

"아닌 것 같은데."

나와 달리 의구심을 지우지 못한 주연이 미심쩍은 표정으로 뭔가 생각하는 듯하다가 무릎을 탁 쳤다.

"혹시, 서 대리님. 너랑 카풀하려고 너한테 그 근처 산다고 거짓말한 거 아니야?"

머릿속에 있던 생각이 주연의 입을 통해 말이 되어 내게로 돌아왔다. 그런 생각이 안 든 건 아니지만, 억측을 사실로 받아들이고 싶지 않아 얼른 되받아쳤다.

"괜히 생사람 잡지 마. 그런 거 아니야."

"아니긴. 맞는 것 같은데."

"글쎄, 아니라니까."

주연의 계속되는 의심을 단호히 잘라 냈다. 그러자 주연이 전투적으로 덤벼들며 물었다.

"너 그러다 내 말이 맞으면 어떡할래?"

"어떡하긴 뭘 어떡해?"

"방향도 다른데 그 근처에 산다고 거짓말하고 아침마다 집 앞까지 널 데리러 온다. 이게 대체 무슨 뜻이겠어?"

주연의 물음에 순간 생각이 많아졌다. 정말 그런 게 맞다면. 그가 내게 거짓말을 한 채 매일 아침 날 데리러 오는 게 맞다면. 이건 대체 무슨 의미일까. 곰곰이 그의 마음이 어떤지 생각하고 있는데, 저도 모르게 심장이 쿵쿵 뛰었다.

"순진한 척 그만하지, 주인희."

남몰래 뛰는 심장 박동 사이로 주연의 목소리가 불쑥 끼어들었다. 고개를 들자 얄밉게 웃고 있는 얼굴이 예리하게 내 속을 간파했다.

"표정 보니 이미 답 나온 거 같은데."

"답이 나오긴 무슨."

나는 기가 차다는 듯 헛웃음을 뱉었다. 그러곤 조금 전 다 마신 빈 커피 잔을 괜스레 집어 들었다. 빈 커피 잔으로 간신히 가린 얼굴이 화끈거렸다.

"못 믿겠음 오늘이라도 서 대리님한테 확인해 봐. 정확히 어디에 사는지, 너네 집 근처에 사는 거 맞는지. 절대 아니다, 에 내 이 혓바닥을 걸겠어."

주연이 빨간 혀를 날름 내밀며 말했다. 괜한 말로 사람 속 들쑤셔 놓곤 겨우 한다는 말이 제 혓바닥을 걸겠다니. 참 속 편한 인간이었다.

"왜, 차라리 손모가지를 걸지."

"그건 너무 식상하잖아."

"아 됐고, 나가서 밥이나 먹자."

주연과 그렇게 되지도 않는 말장난을 주고받다가, 그만하자는 듯 주연의 어깨를 툭 쳤다. 더 이상 앉아서 일에 집중하는 건 무리였다. 어차피 점심시간이 코앞이니 배 속을 채워 복잡한 머리를 가라앉혀 보자 결론을 내렸다.

컴퓨터 모니터를 끄고 자리에서 막 일어나는데 맞은편에서 임 대리와 함께 사무실을 나서려는 서 대리가 눈에 들어왔다. 심장이 잔잔히 고동을 친다.

오해가 아니라면. 정말 주연이의 말이 맞다면. 당신은 대체 어떤 마음인 걸까.

* * *

이젠 제법 익숙해졌다 장담했던 퇴근 시간이 오늘은 어쩐지 어색
했다. 아마도 주연과 그런 대화를 나눈 터라, 그의 차를 얻어 타는
게 편치만은 않아서인 듯했다.

"샌드위치 맛있던데요."

남몰래 어색한 나와 달리, 그가 태연하게 말을 건넸다. 나는 애써
불편함을 지우며 소탈하게 답했다.

"입맛에 맞으셨다니 다행이네요. 급히 만드느라 재료도 부실했는
데."

"급히 만든 게 그 정도라니. 다른 것도 기대되는데요."

그가 시선을 정면에 둔 채 나른하게 웃었다. 그러곤 여느 때처럼
우리 집 가는 방향으로 차를 몰았다. 항상 그래 왔으니 당연한 건데
도, 주연이 했던 말이 자꾸만 귓가에 맴돌아 머릿속이 어지러웠다.
앉은 자리가 불편하다.

"근데요, 서 대리님."

'혹시 댁이 정확히 어디세요?' 라는 말이 목구멍 바로 앞까지 치
고 올라왔다. 정말 주연의 말대로 역삼동에 살고 있다면, 이대로 모
른 척 그와 카풀을 하는 건 무리였다. 민폐도 이런 민폐가 없는 거
니까. 하지만 선뜻 입이 떨어지질 않았다. 돌아온 대답에 따라 자칫
어색해질 수 있는 분위기가 걱정스러웠다. 아니, 실은 그보다도 그
와 함께하는 이 시간이 그 질문 하나로 끝이 날까 봐 두려웠다. 참
으로 못난 이기심이었다.

"인희 씨?"

"네?"

의식을 뚫고 들려온 소리에 튀어 오르듯 답했다.

"방금 나 불렀잖아요. 뭐 할 말 있었던 거 아니에요?"

충동적으로 서 대리를 불러 놓곤 나도 모르게 입을 다물고 있었던 모양이다. 뭐라고 둘러대야 하나 싶어 고민하다 입에서 나오는 대로 말했다.

"아, 오늘 저녁에 시간 좀 어떠신가 해서요."

"저녁에 별일은 없는데. 왜요?"

그러게. 왜 물은 거지. 대체 난 그에게 저녁 스케줄 따위를 왜 물은 거지.

스스로 뱉어 놓고도 순간 머릿속이 멍해졌다. 머리는 멍 때리라고 달고 다니는 게 아닌데, 대답을 기다리는 서 대리를 보고 있자니 얼토당토않은 말이 튀어나오고 만 것이다. 하지만 후회하기 무섭게 나는 다시 한 번 나오는 대로 말을 뱉고 말았다.

"매번 차 얻어 타는 것도 죄송해서, 시간 괜찮으시면 저랑 오늘 저녁 식사나 같이하실래요?"

경황없이 둘러댄다는 것이 엉겁결에 데이트 신청을 하고 말았다.

주인희, 너 진짜 미쳤니?

뒤늦게 또 후회해 보지만 이미 뱉은 말을 주워 담기란 시간을 거스르지 않고서야 불가능한 일이었다. 시간을 되돌릴 수만 있다면…… 하고 생각하던 찰나 그가 대답했다.

"거절할 이유가 없죠."

시원스러운 답변과 함께 그가 빙긋 웃었다. 심장 한쪽이 뻐근했다. 요 근래 그를 보고 있으면 종종 겪게 되는 반응이었다.

이미 물은 엎질러졌고, 지금 내게 남은 건 엎은 물을 어떻게 처리하느냐였다.

어차피 주워 담지 못할 거 뒤처리라도 깔끔히 해야지. 이왕 이렇게 된 거 속 시원히 물어나 보자, 생각을 고쳐먹으며 집으로 향했다.

* * *

1시간 전에 못 물어본 것을, 1시간이 지났다고 물어볼 수 있을 리가 없었다. 패기 있게 같이 식사나 하자고 제안할 땐 언제고, 나는 그와 밥을 먹는 내내 꿀 먹은 벙어리가 되어 말이라곤 할 줄 모르는 입에 돼지처럼 음식만 욱여넣었다. 어찌나 음식을 밀어 넣었는지, 보다 못한 그가 급기야 "많이 배고팠나 보네요."라며 물 잔을 건네왔다.

그게 또 창피해서 기어이 속이 얹힐 것만 같았다. 결국 나는 운전해야 하는 그를 앞에 두고 홀로 생맥주를 한 잔 시켜 얹힌 속을 달래야 했다. 진상이 따로 없었다.

"여기, 계산요."

식당 카운터로 걸어가 카드를 빼 드는 그를 뒤늦게 발견하곤 황급히 따라붙었다.

"잠깐만요. 서 대리님, 계산은 제가."

"아니에요, 오늘 저녁은 내가 살게요."

그가 단호히 말하며 종업원에게 카드를 내밀었다. 진짜 이유가 어찌 되었건, 여태 그에게 진 신세를 갚고자 만든 자리였는데 또 그가 계산을 하다니. 이건 아닌 것 같았다.

"아무리 그래도 오늘은 제가."

"아침에 싸 준 샌드위치에 대한 보답이라 생각해요."

어색한 얼굴로 쭈뼛거리는 내게 그가 이렇게 말했다. 더 이상 카운터 앞에서 계산을 가지고 실랑이를 벌이는 것도 예의가 아닌 것 같아 "다음번엔 꼭 제가 살게요."라고 말하고 뒤로 물러섰다. 계산하는 그의 뒤에서 기다리는 게 무안해 식당 밖에 나와 있자 곧 그가 뒤따라 걸어 나왔다.

"저녁 잘 먹었습니다, 서 대리님."

"인사가 너무 공손하네요."

꾸벅 허리까지 숙여 가며 인사를 하는 날 보곤 서 대리가 낮게 웃었다. 자의건 타의건, 매번 신세를 지고 있는 그에게 고마운 마음을 전할 방법이 겨우 공손한 인사 정도밖에 없다니. 나의 이런 복잡한 속을 저 남자가 과연 알고나 있을지 모르겠다.

밥만 빠르게 먹고 나온 탓인지, 저녁 시간임에도 불구하고 식당 밖은 생각보다 훤했다. 막 지기 시작한 일몰 덕에 하늘이 주홍빛으로 물들어 있었다. 시간을 보자 이제 겨우 7시가 되어 가는 중이었다. 하루의 일과를 마치기엔 지나치게 이른 시간이다 생각하며 식당 문 밖으로 나왔다.

안에 있을 때는 미처 알지 못했던 후덥지근한 여름 공기가 피부 위로 덕지덕지 달라붙었다. 밀도 높은 습윤한 바람 탓일까. 불현듯 뺨이 후끈거렸다. 겨우 맥주 한 잔에 취한 건가. 맥주 오백을 거의 원샷하다시피 마시긴 했지만, 취할 정도는 아닌데. 미미한 취기를 느끼며 발걸음을 옮겼다.

"근데 인희 씨."

자연스레 옆에서 따라 걷던 그가 내게 물었다.

"오늘 무슨 일 있었어요?"

네? 하고 그를 돌아보았다. 천천히 보조를 맞춰 걷던 그가 잠시 걸음을 멈추었다.

"어쩐 일로 나한테 저녁을 같이 먹자고 그러나 했더니, 밥 먹는 내내 말도 없고 내 눈은 자꾸 피하고. 요 며칠 같이 카풀하면서 어색한 건 좀 덜해졌다 생각했는데, 왠지 다시 원점으로 돌아간 것 같아서요."

매번 나도 모르는 내 속을 치밀하게 간파하는 남자가 오늘이라고 눈치채지 못했을 리 없었다. 나는 차마 부정하지 못한 채 말없이 그를 올려다보기만 했다. 그러고 있기를 한참. 그가 나직이 한숨을 뱉는다. 그러다 포기하듯 내게서 눈을 돌렸다.

"내가 괜한 걸 물었나 보네요. 그냥 못 들은 걸로."

"괜찮으시면."

멈춰 있던 걸음을 막 떼려는 그의 뒷모습에 대고 망설이듯 입술을 뗐다.

"소화도 시킬 겸 산책이나 잠깐 하실래요?"

등을 보이고 돌아섰던 서 대리가 천천히 몸을 돌려 날 바라본다. 그를 올려다보는 내 눈동자에서 무언가를 읽어 내듯 한참을 말없이 서 있던 그가 느릿하게 입을 열었다.

"좋아요."

습윤한 바람이 마주 선 두 개의 시선 사이로 느리게 흘렀다. 좀 전까지만 해도 주홍빛이었던 하늘이 어느새 보랏빛으로 변해 가고 있었다. 해가 지고, 밤이 온다. 자연스레 바뀌어 가는 시간대처럼 그와 내 관계에도 전환의 시간이 오고 있었다.

식당들이 즐비한 길을 조금 빠져나와 근처에 있는 석촌호수로 왔다. 해는 저물었지만 여름이라 여전히 더운데도 불구하고 많은 사람들이 나와서 운동을 즐기고 있었다. 호수를 따라 걸으며 데이트 중인 연인들도 꽤 보였다.

나는 흘깃 시선을 돌려 내 오른편에 걷고 있는 남자를 바라보았다. 좀처럼 무표정하지 않을 때를 찾기 힘든 남자는 오늘따라 유독 무표정한 얼굴을 한 채 내가 가는 길을 말없이 따라 걷고 있었다. 갈 것처럼 돌아선 사람을 붙잡고 산책하자고 했으니 무슨 말이든 하긴 해야겠는데 쉬이 입이 떨어지질 않았다. 어떻게 하면 자연스럽게 이 상황을 넘길 수 있으려나. 한참을 망설인 끝에 어렵게 운을 뗐다.

"더운데도 사람 참 많네요. 서 대리님도 근처 사시니까 석촌호수에 자주 오시죠?"

그렇게 물으며 옆에 선 서 대리에게로 시선을 옮겼다. 정면을 보고 걷던 그가 느릿하게 고개를 틀었다. 마주친 시선을 피해 호수를 바라보며 말했다.

"아니, 지난번에 집이 이 근처라고 하셨던 것 같아서. 이 근처 사시면 여기도 종종 오셨겠다 싶어서요. 저는 바람 쐬고 싶을 때 가끔 들러서 혼자 산책하고 그러거든요."

아닌 척 말하고 있었지만, 실은 은근히 돌려서 그에게 묻고 있는 거나 다름이 없었다. 정말 이 근처에 사는 게 맞느냐고. 만약 그가 그렇다고 대답한다면, 괜한 질문으로 서로 어색해질 필요도 없는 거고 그로써 맘 편히 그와의 카풀을 이어 가도 될 일이었다.

물론 내 생각과는 다르게 일이 풀릴 수도 있겠지만 나로선 이게 가장 최선책이라 생각하며, 그렇게 그의 대답을 기다렸다. 꽤나 심사숙고 끝에 던진 질문이니 상대 또한 마찬가지이겠지 여기던 그때, 그가 입을 열었다.

"이 근처 아니에요."

"네?"

잠시 잘못 들었나 싶어 바보 같은 표정을 짓고 말았다.

"우리 집 이 근처 아니라구요. 나 역삼동 살아요."

아주 예상치 못했던 것은 아니지만 적잖게 당황한 나와 달리, 그는 너무도 아무렇지 않게 다시 한 번 답했다. 동시에 걸음을 멈춘 나는 한동안 할 말을 찾지 못하고 그를 올려다보기만 했다. 그 또한 걸음을 멈추고 말없이 날 바라보았다. 의문이 깃든 내 시선을 흔들림 없이 받아들이며. 그 눈빛이, 그 당당함이 나를 더욱 당혹스럽게 만들었다.

"지난번엔 분명히, 저희 집 근처 사신다고 그러시지 않았어요? 그래서, 같이 카풀하자고……."

"거짓말했어요."

드문드문 말을 멈추며 조심스레 묻는 내게 그가 단조로운 어조로 답했다. 그는 그렇게 자신이 내게 거짓말을 한 사실을 순순히 인정하고 있었다. 그가 사는 곳이 이 근처가 아니라는 사실보다, 바로 며칠 전 자신이 했던 말이 거짓이었음을 시인하면서도 너무나 당당한 그의 태도가 당황스러워 말문이 막히고 말았다. 어떤 반응을 보여야 좋을지 몰라 망설이고 있을 때였다.

"인희 씨랑 어떻게든 같이 있는 시간을 만들어 보려고 거짓말한 거예요."

그렇게 말하고 있는 그는 정말이지 태연했다. 그것이 더 내 마음을 어지럽게 만들었다. 숨기지 않고 드러내는 속뜻이 쉽사리 간파되지 않아 막막하다가 문득 화가 났다. 본인이 당황스러워야 할 상황에서조차 반대로 날 당황스럽게 만드는 그에게.

"왜요?"

걷잡을 수 없는 혼란 속에서 어지러워진 마음을 다잡으며 그를 올려다보았다.

"왜 그런 거짓말까지 하면서, 먼 길 돌아오는 수고로움까지 감수하면서 저랑 시간을 만들어 보려고 하신 건데요?"

"글쎄요."

잠시 말을 멈춘 그가 흔들림 없는 시선으로 내려다보며 내게 되물었다.

"내가 왜 그랬을까요?"

"이제 그만하시죠, 서 대리님."

문득 화가 치밀었다. 두 손을 거머쥐며 오기가 실린 눈으로 그에게 말했다.

"사람 머리 아프게 자꾸 뱅뱅 돌려 말하는 거, 이제 그만하시라구요."

"돌려 말한 적 없어요. 인희 씨가 너무 뻔한 걸 묻기에 정말 몰라서 묻는 건지 궁금해서 물어본 것뿐이에요. 굳이 묻지 않아도 이미 알잖아요, 인희 씨는. 내가 왜 이러는지."

호수 쪽에서 불어온 옅은 바람결에 그의 단정한 머리카락이 작게 흩날렸다. 그 사이로 생생하게 빛나는 날것 가득한 눈동자가 아프게 시야를 찔러 왔다. 그 시선을 견디다 못해 눈을 피하고 말았다. 심장 한쪽이 조여드는 것처럼 아파 왔다.

"맞아요. 알아요. 그런데 한편으론 또 모르겠어요."

두 눈이 질끈 감긴다.

"서 대리님이 날 의식하고 있다는 거, 내게 관심이 있다는 거. 다 알겠는데, 그 관심이 어떤 건지, 어느 정도인지 그걸 모르겠어요."

"왜 몰라요?"

질끈 감고 있던 눈이 당혹스러운 기색을 숨기지 못한 채 서 대리에게로 향했다. 속을 샅샅이 꿰뚫을 듯 가느다란 시선이 예리하게 나를 내려다보고 있었다. 마른침이 목구멍을 긁고 내려갔다.

"그야, 매번 정확하게 말씀도 안 하시면서 묘한 뉘앙스만 풍기시니까."

"그럼, 정확하게 말해도 돼요?"

그를 외면하고 있던 고개가 천천히 그에게로 향했다. 그의 올곧은 눈동자가 여백 없이 내 시야를 채웠다.

"인희 씨한테 정확하게 내 마음, 말해도 되냐구요."

언젠가도 그는 내게 비슷하게 물었었다. 대답을 들은 후, 더 이상 아무렇지 않을 수 없을 텐데 괜찮겠느냐고. 감당할 자신이 있느냐고. 그때마다 나는 주춤했고, 결국엔 그의 대답을 듣길 거부했다.

하지만 이젠 더 이상 망설일 이유도, 거부할 이유도 없었다.

"네, 말해 주세요."

왜냐하면.

"듣고 나서 나중 일이 어떻게 되든, 감당할 자신이 생겼거든요."

그렇게 대답한 뒤 나는 차분히 숨을 가다듬었다. 어둠 속에서도 생생하게 뻗어 오는 그의 눈빛을 더 이상 피하지 않은 채 여과 없이 받아들였다. 그리고 내 대답이 신호탄이 된 듯 그가 말했다.

"주인희 씨가 좋아요."

감당할 자신이 생겼다고 장담했으면서도 정작 듣고 나니 동요가 숨겨지질 않았다. 서 대리를 바라보고 있는 눈동자가 풍랑에 떠밀린 부표처럼 어지럽게 흔들린다. 그럼에도 흔들림 하나 없는 그의 시선은 한시도 내 눈동자를 놓아주지 않았다.

"인희 씨가 짐작하는 거 이상으로 좋아하고 있어요. 그래서 덫을 놓고 인희 씨를 유인했어요. 인희 씨도 날 의식하도록."

이어지는 말에 할 말을 찾지 못한 채, 아니, 생각이라는 것이 불가능한 상태로 망부석처럼 서서 그를 마주 보았다.

"이제 어떡할래요?"

마주한 눈동자에서 시선을 떼지 않은 채 그가 한 발짝 가까이 내게로 다가왔다. 느린 걸음으로 한 걸음 더 다가서며 그가 말했다.

"난 내 마음을 밝혔고, 인희 씨가 모두 알게 된 지금. 우리 둘의 관계를 더 이상 지체할 생각이 없는데."

"그게……"

"지난번에 말했었죠. 절제하지 않을 거라고."

그렇게 말하곤 한 걸음 더 발을 내딛는다.

"그리고 조금 전, 인희 씨도 분명히 내게 말했어요. 감당할 자신이 생겼다고."

좁혀진 거리만큼 그의 얼굴이 높아졌다. 돌처럼 몸이 굳은 나는 고개만 겨우 들어 그를 올려다보았다. 거리를 좁혀 오는 동안에도 서 대리는 내게서 한시도 눈을 떼지 않았다.

짙게 가라앉은 검은 눈동자가 열기로 일렁이고 있었다. 차마 그 눈길을 피할 수 없어 그를 바라만 보고 있는 사이, 그와 나의 거리는 어느새 한 뼘도 되지 않을 만큼 가까워져 있었다. 발끝이 닿을 만한 거리에서 걸음을 멈춘 그가 말없이 그를 올려다보는 내게로 손을 뻗었다.

그의 커다란 손이 내 왼뺨을 감싸 쥐었다. 볼에 닿은 그의 손길은 한여름의 무더위처럼 뜨거웠다. 선연한 열기에 나도 모르게 주춤거리는 바람에 등이 뒤에 있는 나무에 닿았다. 하지만 그는 다시 한 걸음 더 내게 다가섰다.

"그 말에 책임져요. 불을 붙인 건 인희 씨니까."

그 말을 끝으로 서 대리는 내 턱 끝을 들어 올리며 지체 없이 내 입술 위에 자신의 입술을 겹쳤다. 살갗에 닿는 타인의 더운 열기가 낯설어 두 눈이 크게 뜨였다.

너무 놀라 미처 다물지 못한 입술 사이로 말캉한 혀가 부드럽게 파고들었다. 달래듯 조심스럽지만, 그의 성정만큼 단호한 혀끝이 머뭇거리는 혀로 뜨겁게 얽혀 들었다. 그와 입술이 닿은 순간 모든 것이 마비되어 버려서 차마 눈을 감을 수가 없었다. 나완 달리 나른하게 감긴 그의 눈매가 보였다. 그러다 불현듯 그가 눈을 떴다.

어떡하지.

입술과 입술이 맞닿은 채 오롯이 시선을 마주하는 느낌이 기묘하고도 야릇했다. 그 순간조차 눈을 감을 생각도 못하고 있는 내게서 그가 잠시 입술을 떼었다. 그러곤 미묘하게 입술을 맞붙인 채로 나직이 속삭였다.

"눈 감아요. 끝나려면 아직 멀었으니까."

동시에 서 대리의 손이 목 뒤로 감겨들며 그의 숨결이 한층 깊게 입 안으로 밀려들었다. 그가 한 말이 주문처럼 귓가에 맴돌며 줄곧 뜨여 있던 눈이 스르르 감겼다.

드디어, 썸이 끝나고 그 이상이 시작되었다.

11장

연애 박진이

산책 아닌 산책을 마치고 집으로 돌아오는 차 안은 더없이 조용했다. 차를 운전하며 묵묵히 정면을 응시하고 있는 서 대리와 그의 옆에 앉아 애써 창밖으로 시선을 돌린 나 사이에 머무는 미묘한 기류. 어색하고 긴장된 듯한, 그러면서도 묘하게 떨리는 분위기가 차 안을 잔뜩 메우고 있었다.

나는 좀처럼 시선 처리를 자연스럽게 하지 못하다가 이내 아랫입술을 잘근 깨물었다. 그러자 조금 전 그가 부드럽게 핥고, 깨물고, 당겼던 감촉이 불현듯 되살아났다.

입 안을 파고들던 미끄럽고 말캉한 혀의 느낌. 머리카락 속으로 파고들어 목 뒤를 부드럽게 감싸 당기던 손길. 혀끝으로 뜨겁게 젖어 들던 더운 호흡. 조심스럽지만, 결코 망설임은 없었던 격정적인 입맞춤.

떠올리기 무섭게 심장이 느닷없이 조여드는 바람에 급히 숨을 삼켰다. 그를 바로 옆에 두고 이런 걸 하나하나 떠올리고 앉았다니. 꼭 스스로가 변태가 된 것만 같았다.

나만 이렇게 어색하고 몸 둘 바를 모르겠는 건가 싶어 힐끗 시선을 옮겨 서 대리의 표정을 살폈다. 차분히 도로 상황을 살피며 운전대를 쥐고 있는 그의 표정은 평상시와 크게 다를 바가 없어 보였다. 조금 전, 내게 그런 행동을 한 사람이 맞나 싶을 정도로.

난 처음인데 저 사람은 내가 처음이 아니라서 그런가? 그래. 그는 내가 아닌 또 다른 누군가와 오늘처럼 입을 맞추어 본 적이 있을 테니, 입맞춤 따윈 별게 아닐 수도 있겠지. 그런 생각이 들자 어쩐지 억울해졌다. 긴장했다가 설레었다가 창피했다가 억울해지기도 했다가. 그렇게 복잡해진 감정이 널뛰기를 하는 사이 차가 집 앞에 다다랐다.

"그럼 조심히 가세요."

"그냥 가려구요?"

평상시와 마찬가지로 꾸벅 인사를 하며 차 문을 열려던 찰나 그가 말했다. 내 기억으로는 승차한 이후로 내게 처음 거는 말이었다. 마구 널을 뛰던 감정이 화난 상태에서 멈춘 터라 말이 불퉁스럽게 나갔다.

"그럼 그냥 가죠. 왜요?"

"왠지 아쉬워서."

"여태 오는 내내 한마디도 안 하셔 놓곤."

뱉어 놓고 보니 아차 싶었다. 너무 앙탈처럼 보이진 않았을까. 서 대리도 그렇게 느꼈는지 피식 웃는다. 어째서인지 이 남자 앞에만 서면 속을 다 내보인 느낌이었다. 아무리 태연한 척, 야무진 척해 보아도 서 대리 앞에서 난 하수였다.

"인희 씨가 너무 긴장하고 있길래 그랬죠."

"제가요?"

"아니에요?"

딱 잘라 아니라고 대답할 순 없었다. 차마 대꾸를 못 하자 그가 또 한 번 낮게 웃음 지었다. 웃음의 의미를 알 것만 같아 순식간에 귀 끝까지 빨개졌다. 나와 달리 태연하고 여유로운 그가 야속했다.

"그러는 서 대리님은 아무렇지도 않으신가 봐요?"

"그럴 리가요. 오늘 일이 있기 전에도 아무렇지 않은 적은 한 번도 없었는데."

그렇게 말한 서 대리의 얼굴에서는 어느새 웃음기가 사라져 있었다. 내게 닿은 그의 눈동자가 어쩐지 뜨거웠다. 입을 맞추던 그때처럼 열기 어린 시선이다. 나도 모르게 숨을 삼켰다. 깊게 숨을 들이마시는 날 알아차린 그가 내게서 시선을 거두었다.

"단지 감정을 숨기는 데 있어 인희 씨보다 조금 더 능숙할 뿐이에요."

하얀 가로등 불빛이 어슴푸레하게 땅거미가 진 거리를 희미하게 밝히고 있었다. 차창 안으로 새어 든 연한 불빛이 그의 얼굴을 비추었다. 음영이 진 옆얼굴이 깎은 듯 가지런했다. 어둠 속을 바라보는 눈매가 저물어 가는 밤처럼 깊다.

"어떻게 하면 능숙해지는데요?"

진심으로 궁금한 마음에 그에게 물었다. 그가 눈을 크게 떠 날 바라보았다.

"능숙해지고 싶어요?"

"네."

나도 당신처럼 숨길 땐 숨기고 드러낼 땐 드러내며 자유자재로 내 감정을 컨트롤할 수 있으면 얼마나 좋을까. 당신 앞에만 서면 마치 이성이 마비되어 버린 것처럼 날것 그대로의 감정을 여실히 드러내 버리는 내가 싫었다. 분명 이런 생각을 갖고 당신을 바라보고 있는 이 순간에도, 당신은 내 이 어설픈 감정들을 모두 읽고 있을 테지.

쑥스러움을 감추지 못하는 날 바라보며 그가 부드럽게 미소 지었다.

"굳이 능숙해질 필요 있나요? 난 지금 그대로도 충분히 좋은데."

"하지만 서 대리님은."

"나도 앞으론 숨기지 않으려구요."

잠시 미소를 지은 그가 나와 정확히 눈을 맞추었다.

"더 이상, 숨길 이유가 없어졌으니까."

올곧게 뻗어 오는 시선이 그가 내게 지닌 감정을 고스란히 드러내는 듯했다. 뜨겁고, 흔들림 없이 단호한. 지금도 이렇게나 벅찬데 과연 숨김없이 다가오는 당신을 내가 온전히 받아들일 수 있을까. 뒤늦게 고민이 되지만 이미 주사위는 던져졌다.

"알겠어요."

수줍게 답하는 날 보며 싱긋 웃더니 그가 말했다.

"우리 첫 데이트는 언제 할까요?"

"데이트요?"

난생처음 입에 올려 보는 생소한 단어에 눈이 커졌다. 그런 날 보는 그의 눈이 가늘어지더니 표정이 눈에 띄게 굳었다.

"설마 그 반응은, 날 회사에 있을 때와 카풀할 때만 보려고 했던 거예요?"

"아……."

미처 생각을 못 하고 있었다. 연인 사이에 데이트야 당연한 거지만…… 워낙에 갑작스럽게 상황이 진전된 터라 생각할 겨를이 없었다고 하는 편이 맞았다. 이런 관계가 처음인 내 머릿속에 연애하는 이들이 응당 가지고 있는 매뉴얼 따위가 있을 리 없었다.

"난 우리가 연애하는 걸로 알고 있었는데, 혹시 또 나 혼자 착각한 건가?"

머뭇거리며 대답을 못 하는 사이 침묵을 다른 뜻으로 곡해한 서 대리의 표정이 더욱더 굳어져 갔다.

"아니, 그게 아니라요."

"주인희 씨 그렇게 안 봤는데 의외네요. 키스 정도는 아무것도 아니다, 이거예요?"

"그럴 리가요. 전 그런 뜻이 아니라. 데이트라는 단어가 너무 생소해서. 그냥 순간적으로."

그의 굳은 표정을 보자 괜히 마음이 급해져서 서둘러 변명을 늘어놓고 있는데, 옆에서 쿡쿡거리는 소리가 들렸다. 울상이 되었던 얼굴을 들어 서 대리를 바라보았다. 설마, 이 남자가.

"설마 지금 저 놀리신 거예요?"

"미안해요. 인희 씨 반응이 너무 재미있어서."

이 남자가 진짜. 심각했던 얼굴이 다른 이유로 구겨졌다. 입술을 앙다물며 그를 흘겨보다가 무릎 위에 놓여 있던 핸드백을 바로 잡았다.

"저 먼저 내릴게요."

"화났어요?"

"네, 화났어요."

싸늘하게 대꾸하곤 차에서 내렸다. 사람이 할 장난이 있고 안 할 장난이 있지. 안 그래도 생애 처음 겪는 일이라 어색하고 조심스러운 것투성이건만. 퉁퉁 분 입을 쭈뼛거리며 언덕을 오르고 있는데

어느새 나를 따라 차에서 내린 그가 손목을 붙잡았다. 살갗에 감겨
드는 더운 손길에 금세 심장이 반응했다. 돌아보자 그가 싱긋 웃었
다. 그 미소에 조금 전만 해도 잔뜩 골이 나 있던 마음이 거짓말처
럼 녹아내렸다. 세상에, 이 정도면 미인계 수준이었다.

"화 풀고 나랑 같이 가요. 집 앞까지 데려다줄게요."

"바로 요 앞인데요, 뭐."

좋으면서도 괜히 툴툴거렸다.

"바로 앞이어도요. 어제까지야 내가 이러는 게 유난스럽다 느껴
졌겠지만, 이젠 집 앞까지 데려다줘도 되는 명목이 생겼잖아요."

명목. 그것이 무엇을 의미하는지 굳이 설명하지 않아도 알 수 있
었다. 서 대리는 붙잡고 있던 내 손목을 가만히 놓아주며 천천히 내
걸음에 맞춰 언덕을 올랐다. 희미한 가로등 불빛이 어둠에 잠식당한
언덕길을 은은하게 비춘다. 언덕 너머로 해가 비껴 가고 그 자리를
차지한 초승달이 오늘따라 더없이 환해 보였다. 지겹도록 보고 걸어
온 언덕인데, 누구와 함께하느냐에 따라서 이렇게 감상적으로 느껴
질 수도 있다는 사실에 새삼 놀라움을 느끼고 있었다.

"우리 연애하는 거 맞죠?"

막 발걸음이 집 앞에 다다랐을 때 그가 물었다. 이 사람이 또 농
담을 하는구나 싶어 눈을 가자미처럼 가늘게 뜨고 그를 노려보았다.

"또……."

"이번엔 놀리는 게 아니라 인희 씨 입으로 직접 듣고 확인하고 싶
어서 그래요."

가늘게 뜨여 있던 눈에서 힘이 빠졌다. 그가 간결한 어투로 다시
한 번 물었다.

"연애, 맞죠?"

연애. 불과 며칠 전까지만 해도 내 인생에 그런 단어가 존재키는 할까 생각했었는데. 나는 그 두 음절의 의미를 가만히 곱씹다가 머뭇거리며 입술을 떼었다.

"처음이에요, 연애는."

입 밖으로 꺼내자 그 단어의 무게가 더욱 현실감 있게 다가왔다. 고개를 숙인 채 습관처럼 손가락을 매만졌다.

"아마 많이 미숙할 거예요. 학생으로 치면 부진아 정도. 모르는 것도 많고, 그래서 가르쳐 주셔야 할 것도 많아요. 그러니까 처지는 아이 끌고 가신다 생각하시고, 잘 부탁드릴게요."

처음이라 모든 것이 서툰, 그래서 그의 생각과는 다를 수도 있는 나를 부디 그가 인내해 주길 바라며 그렇게 말했다. 그러자 그가 조용히 웃는가 싶더니 말했다.

"잘 부탁해야 하는 건 인희 씨가 아니라 난데."

무슨 의미인가 싶어 의아한 표정으로 고개를 들었다.

"난 아마 좀 조급할 수도 있어요. 알다시피 그다지 인내심이 많은 스타일이 못 되거든요. 그러니까 내가 가끔 성급하게 굴더라도 이해해 줘요."

성급하게 군다는 건 또 무슨 뜻일까. 순진무구하게 올려다보는 시선을 내려다보며 그가 덧붙였다.

"그래도 최대한 인희 씨 수준에 맞출 수 있도록 노력할 거니까 미리부터 겁먹을 필요는 없구요."

어린아이를 어르는 듯한 그의 말투에 어쩐지 반항심이 올라왔다. 내가 아무리 연애 초짜라도 그렇지. 너무 애 다루듯 하는 거 아니야?

"겁 안 먹었는데요?"

조금 전까지는 잘 부탁한다고 묵례까지 한 주제에……. 당돌하게 그를 올려다보며 심드렁한 어투로 대꾸하자, 날 보는 서 대리의 표정이 바뀌었다. 동시에 그가 손을 뻗어 내 손목을 붙잡았다.

"이래도요?"

붙잡힌 손목이 당겨지며 서 대리의 얼굴이 내 코앞까지 다가왔다. 순식간에 벌어진 일이었다. 비스듬히 기울어진 콧대가 코끝을 스쳤다. 입술이 닿을 듯 가까운 거리였다. 성큼 좁혀진 간격에 화들짝 놀라 반사적으로 눈을 감아 버리고 말았다. 하지만 그것은 실수였다. 눈을 감자 감각이 도리어 생생해졌다.

입술 위로 퍼지는 숨결이 적나라하다. 성급하다는 게 이런 걸 말하는 모양이다. 어떡해. 감은 눈에 질끈 힘을 주고 있는데, 입술 앞에서 흩어지던 숨결이 코끝을 스치며 위로 올라갔다. 그리고 그의 더운 입술이 이마에 가볍게 닿았다 떨어졌다.

설마, 이게 끝인가?

"그만 눈 떠도 돼요."

나직이 귓가를 두드리는 음성에 눈치를 살피듯 천천히 눈을 떴다. 나른하게 휜 눈매와 정통으로 마주쳤다.

"설마, 더한 뭔가를 기대한 건 아니죠?"

이 사람이, 날 어떻게 보고!

"기, 기대하다니! 아니요!"

양손을 엇갈려 저어 가며 격렬하게 부인했다. 그럼에도 미심쩍다는 시선을 거두지 않은 그가 잠시 웃는가 싶더니 내게 말했다.

"사실 이대로 키스해 버릴까 했는데 생각을 바꿨어요. 기다리려구요. 인희 씨가 직접 키스해 줄 때까지."

"네?"

"두 번째 키스는 인희 씨가 직접 해 줘요. 그래야 어느 정도 수준까지 따라왔는지 가늠이 가능하니까."

생각지 못한 그의 말에 얼굴이 새빨갛게 달아올랐다. 어차피 한 번한 키스 두 번 못 할 것도 없었지만, 그걸 날더러 직접 하라니. 조금 전 호수공원에서 그와 첫 키스를 했을 때보다도 더욱 당황스러웠다.

안 된다, 도저히 그렇게는 못 하겠다. 차마 말도 못 하며 어버버거리고 있는 사이 그가 내 손목을 놓으며 한 걸음 뒤로 물러섰다.

"그래도 너무 오래 기다리게는 하지 말아요. 굶주리면."

잠시 말을 멈춘 그가 짙어진 눈으로 날 바라보았다. 끝을 알 수 없는 짙은 어둠처럼 검은 눈동자에 문득 숨이 막혔다.

"······다소 급해지거든요. 오늘처럼."

나직이 말을 마친 서 대리가 그 말을 끝으로 몸을 돌리고 내게서 멀어져 갔다. 어둑해진 골목길 어귀로 사라지는 그를 보고서야 나는 집 안으로 들어왔다. 그러곤 구두를 벗기 무섭게 다리에 힘이 풀려 바닥에 주저앉고 말았다. 하루 종일 온몸을 잠식했던 짙은 긴장감과 떨림이, 혼자만의 공간으로 들어서자 비로소 풀리는 것 같았다.

혹시, 꿈은 아닐까.

후우— 숨을 몰아쉰 나는 천천히 손을 들어 그가 닿았던 입술과 이마를 차례대로 매만졌다. 손길이 스치는 것만으로도 그때의 감각이 생생하게 되살아나는 듯했다. 심장이 또다시 터질 것처럼 튀어오른다.

생애 첫 연애의 시작. 겹겹이 바리게이트를 쳐 놓은 내 일상에 타인이 끼어든 첫날. 오직 나만의 것이었던 일상을 타인과 공유하는 이 낯선 느낌이 결코 익숙하지 않음에도, 어쩐지 나쁘지 않았다.

*   *   *

처음이라 긴장되는 것인지, 아니면 연애라는 것이 다 이런 것인지, 그도 아니면 이것이 다름 아닌 비밀스러운 사내 연애이기 때문인지.

나는 하루 온종일 서 대리가 신경 쓰이고 동료들의 시선이 신경 쓰여서 좀처럼 일에 집중할 수가 없었다.

어쩌다 그와 눈이라도 마주친다든지 스쳐 지나가다가 어깨나 손끝이라도 닿을 때면 나도 모르게 다급히 주변을 살피곤 했다. 물론, 서 대리는 이런 나와는 달리 지극히 태연해 보였다. 아니, 그는 뻔뻔스러웠다. 가끔 의도적이라 느껴질 정도로 날 빤히 바라보았고, 옆을 지나갈 때 우연인 듯 내 손끝을 잡기도 했다. 그때마다 내가 당황스러운 얼굴로 주변을 살피면 쿡쿡거리며 아무렇지도 않은 얼굴로 날 스쳐 지나갔다.

그와 있었던 일련의 사건들을 통해 서 대리가 생각보다 사악한 사람이라는 건 어느 정도 짐작하고 있었지만 이 정도인 줄은 몰랐다.

대체 어쩌려고 저러는 거지. 이러다 회사 사람들한테 들키기라도 하면 어쩌려고.

반찬으로 나온 빨간 오징어채 한 가닥을 씹으며 맞은편에 앉아서 일행들과 점심을 먹고 있는 서 대리를 바라보고 있는데 주연이 말했다.

"야, 너 턱 괜찮아?"

"턱이 왜?"

"오징어채 말이야. 씹어지냐? 엄청 딱딱한데. 물엿이 너무 많이 들어갔나 봐. 씹다가 턱 나가겠다."

듣고 보니 턱이 얼얼했다. 정신을 놓고 밥을 먹다 보니 턱이 아픈 줄도 모르고 여태 씹고 있었던 것이다. 한참을 씹었는데도 뻣뻣한 오징어채를 뒤늦게 식판에 뱉어 냈다. 사각턱 만들기에 딱 좋겠다. 아릿한 턱을 매만지며 다시 서 대리 쪽으로 시선을 돌렸다. 언제부터 내 쪽을 보고 있었던 것인지 고개를 돌리기 무섭게 눈이 마주쳤다. 잠시 빤히 쳐다보는가 싶더니 비스듬히 입매를 당긴다.

저 봐라, 저. 또 저런다, 또.

주변 시선을 잠시 의식하다 그를 흘겨보았다. 아무리 좋아도 그렇지, 사람들 많은 데서 자꾸 이러면 어쩌자는 거야. 답이 안 나온다는 듯 한숨을 쉬자 여전히 웃고 있는 그가 날 바라보며 손끝으로 오른쪽 입술 끝을 톡톡 가리켰다. 설마. 언젠가의 기억이 데자뷔처럼 머릿속을 스쳤다. 불길한 생각과 함께 사인을 보내는 듯한 그의 손짓을 따라 입가를 만져 보았다. 찐득한 느낌이 손끝에 닿는다.

"최주연, 나 혹시 여기 뭐 묻었어?"

"어디."

내가 손으로 가리키는 쪽을 들여다보던 주연이 이내 킥킥거리며 웃었다.

"야, 너 완전 조커 됐다. 조커."

"뭔 소리야?"

"보아하니 방금 먹은 오징어채로 입가에 한 획 예쁘게 그리셨구만."

"뭐?"

식판 옆에 둔 핸드폰을 들어 얼굴을 확인했다. 주연의 말대로 빨간 줄이 조커처럼 입가에 죽 그어져 있었다.

젠장.

급한 대로 손끝으로 마구 문질러 닦았다. 입가에 묻은 고추장이 어느 정도 지워지자 뒤늦게 생각이 나 서 대리가 있던 쪽을 바라보았다. 그는 웃음기를 머금은 채 식사를 하고 있었다.

예전에도 이와 비슷한 상황을 겪은 적이 있었다. 그땐 아마 밥풀이었던가. 입가에 붙은 밥풀을 떼곤 창피해서 어찌할 줄을 모르며 식당을 박차고 나갔었는데. 지금도 창피하긴 마찬가지지만 왠지 창피하기만 했던 그때와는 약간 다른 기분이 들어 나도 모르게 피식 웃음이 나왔다. 마냥 나쁘지만은 않은 느낌. 나름 재미있다고 해야 하나.

고개를 숙인 채 자꾸만 번져 나오는 웃음을 피식피식 흘리고 있는데, 그런 날 가만히 보고 있던 주연이 한 소리 했다.

"왜 그래? 뭐 재밌는 일 있어?"

"뭐가?"

"너 말이야. 혼자서 무슨 허파에 바람 든 애처럼 피식거리고 있잖아."

"내가 그랬어?"

"왜? 조커 된 네 얼굴이 네가 봐도 웃겨?"

"어."

간결하게 대답하곤 국 한술을 떴다. 그런 내 반응에 뭔가 미심쩍은 기운을 느낀 듯 주연이 몸을 기울여 왔다.

"이거 수상한데."

"수상하긴."

태연히 대꾸하는 내 귀에 대고 주연이 조용히 속삭였다.

"너 서 대리님이랑 뭔 일 있었지?"

눈치는 귀신이다. 화들짝 놀라 고개를 번쩍 들었다.

"뭐, 뭔 일은 무슨. 조커 보고 웃겨서 그런다니까."

"말까지 더듬는 거 보니까 더 수상한데? 뭔가 구린내가 나."

눈썹 한쪽을 씰룩 올린 주연이 내 몸에 대고 개처럼 코를 킁킁거렸다. 요사스러운 그 행동을 참다못해 주연을 밀쳐 냈다.

"아, 뭐 하는 짓이야. 사람들 다 보는데."

"그러고 보니까 너, 서 대리님 사는 곳 어딘지 확인해 봤어?"

"아."

쓸데없이 기억력은 좋은 계집애였다. 나는 식판으로 고개를 떨구며 되는 대로 대충 둘러댔다.

"확인했어. 잠실에 산대. 역삼동에서 얼마 전에 이사했다더라고."

"그래?"

"암튼 그렇다니까 괜한 오해 하지 말고, 네 일에나 신경 쓰셔."

여전히 수상쩍다는 듯 건너편 서 대리를 바라보고 있는 주연에게 핀잔을 날렸다. 그러자 흘깃 서 대리를 훑은 뒤 다시금 내게로 시선을 고정시킨 주연이 엄포를 놓듯 말했다.

"혹시나 해서 하는 말인데, 너 서 대리님이랑 뭔가 진척이 생기거든 그 즉시 이 언니한테 보고해야 된다."

"쓸데없는 소리 그만하고 다 먹었으면 얼른 일어나."

남은 반찬들을 와르르 쓸어 담으며 서둘러 자리에서 일어났다. 의심스러운 눈길로 따라붙는 주연을 애써 외면하며 식판을 정리했다. 지난번 일로 주연이야 어느 정도 서 대리와 나의 관계를 눈치채고 있는 상태였지만, 이제 막 시작하는 단계인 만큼 섣불리 행동하고 싶지는 않았다. 무엇이든 조심해서 나쁠 건 없으니까. 더군다나 언제 어떻게 사람들의 입방아에 오르내리게 될지 모르는 리스크를 안고 있는 사내연애에 있어선 더욱.

물 한 컵을 마시고 식당을 빠져나와 엘리베이터 쪽으로 향했다. 막 식사를 마치고 나온 건지 서대리 일행이 엘리베이터 앞에 서 있었다. 좀만 더 있다 나올 걸 그랬나. 때늦은 후회와 함께 걸음을 멈칫하는 사이, 먼저 우리를 발견한 임 대리가 살갑게 인사했다.

"아, 인희 씨. 주연 씨. 식사 맛있게들 하셨어요?"

서 대리가 고개를 돌려 내 쪽을 바라보았다. 잠시 눈을 마주친 그는 다시 정면으로 몸을 돌렸다. 평소의 그다운 행동이었다. 이제 와 뒷걸음질 칠 수는 없었기에 마지못해 어색한 웃음으로 화답한 뒤 때마침 도착한 엘리베이터에 올라탔다.

"맛있긴요. 매일 먹는데도 맛없는 구내식당에는 당최 적응이 안 되네요."

뒤따라 들어온 주연이 임 대리의 말에 대꾸했다.

"그건 그렇죠. 근데 맛없게 드신 것치고는 옷에 흔적을 너무 많이 남기셨는데."

임 대리의 말에 주연이 무슨 소린가 싶어 블라우스를 내려다보았다. 덩달아 시선을 내려 살펴보자, 주연의 노란 블라우스에 빨간색 김치찌개 국물이 잔뜩 튀어 있었다.

"어머, 세상에. 이게 다 뭐야. 이거 오늘 처음 개시한 블라우슨데."

주연의 얼굴이 순식간에 울상이 되었다. 뒤늦게 손으로 털어 보지만 지워질 리가 없었다. 나더러 조커라고 놀릴 땐 언제고, 쯔쯧. 혀를 차다가 불현듯 느껴진 익숙한 체취에 옆을 돌아보았다. 무표정한 얼굴의 서 대리가 눈에 들어왔다. 하필 선다는 것이 그의 옆이었던 모양이다. 도둑이 제 발 저리다고. 조금 전에 주연에게 추궁을 당한 터라 더욱 주변이 신경 쓰였다.

얼른 옆으로 살짝 걸음을 옮기려는데 손끝이 닿았다. 아니, 그의 손가락이 빈틈없이 내 손가락 사이로 얽혀 들고 있었다. 놀라서 올려다보자 서 대리는 조금 전과 마찬가지로 무표정하기 이를 데 없는 얼굴을 한 채 정면을 바라보고 있었다. 그사이에도 꽉 맞물려 드는 손가락이 그의 얼굴과 이질적으로 느껴지기까지 했다.

나는 누가 볼세라 손을 빼내려 힘을 줬다. 하지만 그보다 더 강한 그의 손이 더욱 단단하게 내 손가락 사이로 얽혀 들었다. 심장이 쿵쿵 뛴다. 그를 뿌리치지 못한 채 빠르게 주변을 스캔했다. 다행히 사람들이 꽉 차 있어 누구에게 보일 틈은 없었다. 옆에 있는 주연도 엉망이 된 블라우스를 보며 한탄을 하느라 정신이 없었다.

아무리 그래도 그렇지 누가 보기라도 하면 어쩌려고.

이미 키스도 한 사이건만 겨우 손 하나 잡는 것만으로도 심장이 터질 것만 같았다. 어느새 진땀이 난다. 어쩌면 손을 잡고 있다는 사실보다 보는 눈이 많은 곳에서 몰래 벌어지고 있는 이 상황이 묘한 긴장감을 조장했기 때문일지도 몰랐다.

근데 이 남자는 왜 이렇게 멀쩡해.

나는 또 한 번 힐끗 눈을 올려 그를 보았다. 여전히 정면을 직시하고 있는 남자는 나와 깍지를 끼고 있는 손의 주인이 자신이 아닌 양 태연했다. 이래서 내가 닮고 싶다는 거다. 당신의 그 능숙함을. 남모르게 숨을 뱉으며 뛰는 가슴을 진정시켜 보려 애썼다. 콩닥콩닥, 몸 안 가득 울리는 이 떨림이 맞닿은 손바닥을 타고 그에게 전해지고 있을 것만 같았다.

어지러울 정도로 두근거리는 느낌에 머리가 하얘져 있는 사이, 엘리베이터가 15층에 도착했다. 문이 열리기 무섭게 얼른 손을 빼내고 엘리베이터에서 내려 섰다. 서 대리도 그런 날 뒤따라 엘리베이터에서 내렸다. 좀처럼 진정되지 않는 가슴을 쓸어내리는 내 옆으로 서 대리가 일행들과 뒤섞인 채 스쳐 지나갔다. 힐끔 바라본 눈에 희미하게 당겨 올라간 그의 입꼬리가 포착되었다.

당황스러워할 걸 알면서 그런 거야. 악마.

얄미운 마음에 사무실로 들어가는 서 대리의 뒷모습을 흘겨보고 있는데, 옆에서 주연의 울먹이는 목소리가 들려왔다.

"어떡해, 진짜. 엊그제 사서 처음 입은 건데. 이거 지워지려나?"

"일단 급한 대로 물로 좀 씻어 보든지."

"그래야겠다. 나 먼저 화장실에 가 있을게."

"알았어. 나도 네 자리에서 양치할 거 챙겨서 화장실로 갈게."

화장실로 향하는 주연을 뒤로하고 사무실로 들어왔다. 내 자리에서 양치 도구를 챙긴 뒤 주연의 것을 마저 챙겨 나오려다가 막 사무실을 나서는 서 대리와 마주쳤다.

흠칫, 그를 보자마자 반사적으로 걸음이 멈추었다. 잠시 주변을 살피다가 큼, 하고 헛기침을 한 번 한 뒤 서둘러 그의 옆을 스쳐 지나갔다. 또 무슨 장난을 칠지 몰라. 얼른 도망가야지. 걸음에 속도를 붙이는데 나보다 두 배는 보폭이 큰 그가 어느새 씩 웃으며 옆으로 따라붙었다.

"너무 그러면 티 날 것 같은데."

"서 대리님이야말로 아까처럼 그런 행동 하시다가 남들이 보기라도 하면 어쩌려고 그러세요?"

숨죽인 목소리로 말하자 서 대리가 태연하게 받아쳤다.

"이런 게 사내 연애의 묘미 아니에요?"

조금만 더 묘미가 있었다간 조만간 심장병에 걸려 돌아가시겠네요. 어처구니없는 그의 발언에 차라리 대꾸를 말자 싶어 앞을 보며 걷고 있는데 그가 말했다.

"빠른 시일 내에 익숙해지는 편이 좋을 거예요. 인희 씨가 어느 정도 따라왔다 싶으면."

그는 잠시 말을 멈추더니 장난스러운 얼굴로 날 돌아보았다.

"이보다 더한 것도 할 수 있으니까."

이보다 더한 거라니. 얼굴이 순식간에 새빨개졌다. 일전에도 그렇고, 가끔 그는 너무나 태연한 얼굴로 저렇게 은근히 선정적인 멘트를 서슴없이 뱉곤 했다. 당황해서 입도 뻥긋 못 하는 날 보며 그가 나직이 웃더니 이내 유유히 스쳐 지나간다. 이번 역시 다른 이들 모르게 손끝을 잡았다 놓으면서 말이다. 문득, 어디선가 늑대의 울음소리가 들리는 듯했다.

"이러다 제 명에 못 살지."

웬만한 강심장이 아니고서야 버텨 낼 수 없는 아슬아슬한 사내 연애가 본격적으로 시작되고 있었다.

* * *

퇴근길, 사람들의 눈을 피해 회사에서 좀 벗어난 곳에서 그와 간단히 저녁을 먹었다. 그러곤 집 근처 공터에 그의 차를 주차해 놓고 소화나 시킬 겸 잠시 동네 골목길로 나왔다. 얼마 전까지만 해도 한창 열대야다 뭐다 해서 힘들었는데 조금 더위가 누그러진 느낌이 들었다. 아직도 낮에는 숨이 턱턱 막히도록 더워서 에어컨 없이는 버티기 힘들었지만, 그래도 밤은 다소 선선해졌다. 싸늘하지도 덥지도 않은, 그야말로 산책을 하기에 딱 좋은 조건의 기온이었다.

"여자 혼자 살기엔 동네가 너무 외지네요."

하나둘, 가로등이 켜지기 시작한 골목길을 천천히 따라 걸으며 그가 말했다. 주변에 그 흔한 편의점이나 상가 하나 없이 허름한 원룸과 전세방들만 즐비해 있는 이곳은 그의 말대로 여자 혼자 살기엔 다소 외진 동네였다. 그래도 여태 2년 가까이 사는 동안 큰 사건 없이 지냈으니, 특별히 문제 있다 여겨지진 않았다.

"제가 가진 돈으로 전세를 구하려다 보니 여기가 그나마 조건에 맞더라구요."

"우리 집에 방 많은데, 방 한 칸 내줄까요?"

"서 대리님 집을요?"

"왜요? 남는 방 있어서 내준다는데, 뭐 문제 돼요?"

"아니. 그게……."

이거 농담이야, 진담이야. 받아칠 말이 생각나질 않아 우물쭈물하자 그의 입술 끝이 장난스럽게 올라갔다.

"농담인데 매번 뭘 그렇게 심각하게 받아들여요."

"안 그래도 농담인가 싶어서 뭐라 대답할지 고민 중이었거든요!"

화끈거리는 얼굴을 가까스로 달래며 부끄러움을 감추려 바락바락 외쳤다. 회사에서 다른 직원들과 대화를 나눌 때면 입을 꾹 다문 채 필요 이상의 말은 좀처럼 안 하는 사람이 요즘 들어 부쩍 농담이 늘었다. 안 그럴 것 같은 사람이 자꾸 농담을 하니 가끔 이게 농담인지 진담인지 헷갈렸다.

"인희 씨 반응이 남다르니까 자꾸 장난치고 싶어지잖아요."

"아, 네. 죄송합니다. 모든 게 제 탓이네요."

"생각보다 잘 삐지네요. 털털한 성격인 줄 알았는데."

그러게요. 저도 제가 그런 성격인 줄 알았는데 아니었나 봐요. 서 대리님한테는 좀처럼 내 마음이 내 맘 같지가 않네요.

만나면 만날수록 다른 면모를 확인하게 되는 서 대리와, 그런 그 앞에서 나 자신도 모르게 변화하는 스스로를 되짚어 보다 시간을 확인했다. 벌써 9시가 다 되어 가고 있었다.

그러고 보니 노란 가로등 불빛이 유독 선명히 느껴질 만큼 해가 저물어 있었다. 그와 걷다 보니 시간 가는 줄도 모르고 있었나 보다. 그만 가 봐야 되는 거 아니냐고 물으려다 혹시 등 떠민다 느낄 수도 있을 것 같아 그만뒀다. 사실, 좀 더 그와 걷고 싶었다. 좀 더 그와 이야기하고 싶었다. 하지만 시간의 흐름에 충실한 발걸음은 어느새 집 앞에 다다라 버리고 말았다.

"먼저 들어가요."

"서 대리님 먼저."

"아니, 인희 씨 들어가는 거 보고 나서 갈게요."

단호한 그의 말에 결국 마지못한 척 먼저 돌아섰다. 현관문 앞으로 다가가 열쇠를 꺼내는데 현관문 위 센서등이 깜박였다. 아무래도 전구가 다 된 모양이었다.

"원래 이래요?"

"아니요. 불이 나갔나 봐요. 그러고 보니 이사 오고 나서 한 번도 간 적이 없네요."

"집에 남은 등 있어요?"

"지난번에 화장실 불 나가서 사 놓은 게 있긴 있는데."

"가지고 와요. 갈아 주고 갈게요."

얼른 두 손을 내저었다.

"아니요. 괜찮아요. 제가 이따 갈면 돼요."

"온 김에 갈아 주고 갈게요. 어서 가지고 와요."

전구를 갈아 주기 전까지는 절대 돌아가지 않을 것 같은 고집스러운 얼굴의 남자를 한참 동안 바라보다가 하는 수 없이 집 안으로 들어갔다. 낮은 원목 의자를 끌어다 놓고 현관 서랍에 넣어 두었던 전구와 장갑을 꺼내어 건네자 그가 장갑을 끼고 의자 위로 올라섰다.

수명이 다 된 전구를 내게 주곤 새 전구로 갈아 끼웠다. 내 집에 남자가 출현한 것도 생소한 일이건만, 그 남자가 전구를 갈아 주다니. 살다 보니 참 별 상황을 다 겪어 본다.

생각해 보니 그에겐 고마운 일투성이였다. 살면서 가족이 아닌 누군가로부터 이렇게나 많은 도움을 받아 본 적이 있었던가. 가능한 한 모든 걸 스스로 해결하면서 살아왔던 지난날을 회상했다.

일종의 강박처럼 타인이 내미는 도움의 손길을 배척하며 살아왔다. 도움을 받을 때면 느끼게 되는 빚을 진 듯한 기분이 싫었고, 언젠간 받은 도움을 갚아야 한다는 생각에 사로잡히는 것도 싫었다. 지극히 계산적인 사고방식이었다. 그런데 어째서인지 그에게는 그런 계산이 통하지 않았다. 밀어 내도, 거절해도 거침없이 또다시 손을 내미는 그를 도저히 당해 낼 수가 없었다. 서 대리는 그렇게 내 모든 의지를 무력화시키는 사람이었다.

"들어오네요, 이제."

밝게 들어온 불이 그의 머리 위를 비췄다. 먼지가 묻은 장갑을 탈탈 털어 내게 건네더니 개운한 듯 웃었다.

"갈아 주고 나니 마음이 편하네요. 매번 오늘처럼 같이 퇴근하진 못할 텐데, 혼자 집에 와서 문 열 때 깜깜하면 무서울 거 아니에요."

그런 것까지 생각했구나. 미처 예상치 못한 그의 배려가 놀라웠다.

"고맙습니다."

"그런 말투 그다지 바람직스럽지 않은데."

서 대리가 못마땅한 표정을 지었다.

"연인 사이에 형광등 갈아 주는 것 정도는 당연한 거잖아요."

연인 사이라니. 자동적으로 볼이 발그레해졌다.

"그런가요."

어색하게 헛기침을 하며 그의 시선을 피했다. 연인이라는 간질거리는 단어가 쑥스러운 한편 기분이 좋았다. 그의 온기가 담긴 장갑을 수줍게 매만지다 아랫입술을 살짝 물며 고개를 들자 날 말없이 내려다보고 있는 그와 눈이 마주쳤다. 무표정한데, 무표정하지만은 않은 그런 눈빛. 묘한 기분에 나 또한 말없이 그를 보고 있는데 그가 먼저 마주한 시선을 피하며 몸을 돌렸다.

"그럼 그만 가 볼게요."

"저기. 서 대리님."

돌아서는 그를 보자 아차 싶어서 다급히 그를 불렀다. 본의 아니긴 했지만 매번 신세를 지고 있는데 이대로 집으로 돌려보내는 건 아닌 것 같았다.

"집에 별건 없는데, 들어오셔서 차라도 한잔."

"괜찮겠어요?"

"네?"

"나 지금 조급해지려는 거 참고 돌아서던 길인데."

순간 말문이 막히며 심장이 거칠게 뛰었다. 이미 저만치 거리를 두고 서 있는데도 그의 일렁이는 시선이 오롯이 느껴지는 듯했다. 차마 뭐라 대답을 하지 못하고 그만 바라보고 있자 그가 슬며시 웃었다.

"아무래도 차는 다음번에 마셔야 되겠죠? 잘 자고 내일 아침에 봐요."

간결한 인사를 끝으로 그가 돌아섰다. 차가 주차되어 있는 공터

쪽을 향해 그가 천천히 걸어가고 있었다. 까만 어둠 속으로 빨려 들어가듯 조금씩 멀어지는 그를 보고 있자니 쿵쿵 내달리는 심장 박동과 함께 알 수 없는 다급함이 들었다.

그 순간, 대체 무슨 생각이었을까. 못 박힌 듯 집 문 앞에 서 있던 발걸음이 천천히 그가 사라지는 방향을 따라 움직였다. 망설임에서 완전히 벗어나지 못한 발걸음이 느리게 그를 쫓아 걷다가 이내 빨라졌다. 거의 차 앞까지 다다른 그를 다급히 불러 세웠다.

"서 대리님!"

내 목소리에 막 걸음을 멈춘 그를 향해 달려가 덥석 손목을 붙잡았다. 그러곤 내 쪽으로 돌아서는 그의 키에 맞게 까치발을 들었다. 두 눈을 질끈 감으며 고개를 올렸다. 앙다문 입술이 그의 입술에 촉하고 닿았다.

쿵쾅쿵쾅, 거칠게 뛰는 심장 소리가 적막한 어둠 사이로 울려 퍼졌다. 감은 눈 밖의 세상이 통째로 흔들리는 느낌이다. 까치발을 든 채서툴게 입술을 맞대었다가 떼자 그가 놀란 눈으로 날 내려다보았다.

"아직은."

그를 올려다보는 눈동자가 어지럽게 흔들렸다.

"겨우 이 정도가 최선이라 죄송해요."

결국 빨개진 얼굴을 주체하지 못하고 고개를 숙여 버렸다.

"그럼 조심히 가세요."

꾸벅 인사를 마친 뒤 도망치듯 집을 향해 뛰었다. 그러곤 재빨리 문을 열고 집 안으로 들어갔다. 닫은 문에 기대어 서자 가쁜 숨이 폭풍처럼 몰아쳤다. 심장이 목구멍 바로 앞까지 튀어 오르는 듯했다. 머릿속이 새하얗다.

"내가 대체 조금 전에 뭘 한 거야?"

일단 저지르고 본 일에 뒤늦은 후회가 밀려와 화끈거리는 두 뺨을 양손으로 감싸 쥐었다. 얼굴이 녹아서 흘러내릴 것만 같다.

미쳤다. 주인희. 미쳤어.

뜨거워진 이마를 짚으며 자책하고 있는데 불현듯 핸드폰이 울렸다. 핸드백에서 꺼내어 확인하자 서 대리로부터 메시지가 와 있었다.

뭘까. 무슨 내용일까.

창피한 마음에 한참을 망설이다가 고민 끝에 버튼을 꾹 눌렀다. 그러곤 이어서 확인하게 된 메시지 내용에 얼굴이 또다시 붉어지고 말았다.

「조금만 늦게 돌아섰으면 약속 깼을지도 몰라요. 다음번에 또 이러면, 뒷일은 장담 못 해요.」

뒷일? 무슨 뒷일?

그의 말을 되새겨 보는 머릿속에 간접 경험을 통해 알고 있는 모든 '뒷일' 들이 뭉게뭉게 피어오른다. 이런 음란마귀! 빨개진 얼굴을 어찌하지 못하며 쥐고 있던 핸드폰의 뒤로 버튼을 재빨리 누르고 바닥에 던져 버렸다.

어쩌면 나는, 이렇게 조금씩 그에게 길들여져 가는 중인지도 모른다.

12장

연애, 그리고 변화

오후 7시. 이전의 나라면 퇴근하기 무섭게 집으로 와 어제 저녁에 끓여 놓은 김치찌개를 데워서 간단히 저녁상을 차리고, 그간 밀린 드라마를 시청하며 홀로 밥을 먹고 있었을 시간. 하지만 얼마 전부터 내게 오후 7시란.

"여기 인희 씨 몫이요. 남김없이 다 먹어야 돼요."

맞은편에 앉아 내 몫의 음식이 담긴 접시를 건네며 빙긋 웃는 이 남자와 저녁을 함께하며 서로와 일상에 대한 소소한 이야기를 나누는 시간. 그런 뒤 저녁 식사를 마치면 때에 따라 차를 한 잔 더 마시거나 내 집 주변을 산책하는 것이 정해진 일과처럼 이어졌다. 그리고 그의 배웅을 받으며 집에 들어가는 것으로 내 하루는 마침내 끝이 난다.

그랬다. 사내 연애를 시작한 요 며칠 사이, 서 대리로 시작해 서 대리로 끝나는 일상이 어느새 내겐 너무 당연한 것이 되어 버렸다. 다시 말해, 일상이 된 것이다. 그와 함께하는 이 시간이.

타인을 이렇게나 가감 없이 일상으로 받아들인 적이 있었는지 되짚어 보면 대답은 NO였다. 이렇듯 일상의 오랜 시간을 타인과 공유한 것은 그가 유일하다 해도 과언이 아니었다. 그런데 더 아이러니한 것은, 그가 내 일상으로 들어오는 것에 전혀 거부감이 들지 않는다는 것이었다.

어쩌면, 느린 내 보조에 맞춰 주는 그의 배려 때문일지도 몰랐다. 덕분에 오히려 내 쪽에서 더 조바심이 들었다. 이렇게나 배려하는 그에게 내가 더 용기를 내서 다가서야 할 것 같은. 그를 위해 내 쪽에서도 속도를 내야 할 것 같은 묘한 압박에 사로잡히곤 했다. 하지만 문제는 어떤 식으로 속도를 내야 하는 것인지 알지 못한다는 데 있었다.

나는 식당 카운터에서 가지고 나온 박하사탕을 입 안에 넣어 굴리며 골똘히 생각했다.

어떻게 하지. 어떤 식으로 해야 그에게 맞출 수 있지. 지난번처럼 다짜고짜 입술을 부딪치는 걸로 모든 걸 때울 수는 없었다. 마음을 전할 만한 무언가가 필요했다.

"왜 그러고 서 있어요?"

식당 입구에 멍하니 선 채 한참을 골똘하게 생각하고 있는데, 등 뒤에서 인기척이 느껴졌다. 뒤따라 나온 서 대리가 의아한 얼굴로 날 바라보고 있었다. 관찰하는 듯한 시선에 괜히 속이 꿰뚫리는 것 같았다. 그와의 연애에 대하여, 정확히는 그와의 진도에 대하여 고민하는 내 마음을 들킬 것만 같아 상황 무마를 위해 어색하게 둘러댔다.

"아니, 머리카락에 감자탕 냄새가 밴 것 같아서."

"그래요?"

그때 불현듯 손을 뻗은 그가 손끝에 내 머리카락을 감으며 몸을 숙여 왔다. 그의 얼굴이 어깨 위로 늘어진 내 머리카락에 닿았다. 호흡이 엉킬 듯 가까운 곳에서 그의 숨결과 체온이 고스란히 느껴졌다. 기습과도 같은 그의 행동에 미처 방어태세를 갖추지 못한 심장이 쿵쿵 뛰었다. 3초가 30분이 된 것만 같은 시간이 흐르고, 그가 머리카락에 묻고 있던 얼굴을 들며 몸을 바로 세웠다.

"난 잘 모르겠는데."

싱긋이 웃는 그를 마주 보는 내 목구멍에서 침이 꼴깍 넘어갔다. 그리고 뒤늦게 깨달았다. 이런 남자를 상대로 속도니 진도니 따지며 고민하는 것 자체가 무의미하다는 것을.

"그, 그야. 서 대리님도 같이 먹었으니까 잘 모르시는 게 당연하죠."

나는 붉어진 얼굴을 감추듯 고개를 돌렸다. 괜히 되도 않는 냄새 핑계를 대선 이런 상황을 연출시키다니. 밀려드는 후회를 막을 길이 없었다. 화끈대는 뺨을 누르며 성마른 걸음으로 그를 피해 식당 주차장을 향해 걸었다.

"냄새 좀 나면 어때요. 어차피 인희 씨 냄새인데."

어느새 내 옆으로 따라붙은 그가 웃음기 섞인 목소리로 말했다. 그러곤 날 앞서 가 조수석 쪽 차 문을 열며 빙긋 웃는다. 저 여유로울 정도의 능청스러움이 부럽다가도 때때론 얄미웠다. 잠시 그를 흘겨보다가 차에 올라탔다. 문을 닫은 뒤 운전석으로 승차한 그가 차 시동을 걸곤 주차장을 빠져나왔다.

나는 안전벨트를 바로 맨 뒤 힐끗 시선을 돌려 그를 바라보았다. 핸들을 잡은 채 정면을 향하고 있는 얼굴은 거의 무표정에 가까웠다. 난 조금 전 달아오른 뺨이 좀처럼 가라앉지 않아 당혹스럽건만, 그는 이토록 태연한 것이 어쩐지 마음에 들지 않았다. 어쩜 사람이 저렇게 천역덕스러운지. 괜히 심통이 났다.

"근데 좀 전에 굳이 그러셨어야 했어요?"

"좀 전에 뭐요?"

모르겠다는 듯 되묻는 그의 말에 절로 목소리에 힘이 실렸다.

"그 있잖아요! 제 머리카락 잡고, 얼굴 대고 그러신 거요!"

"아⋯⋯."

붉게 물든 뺨을 더욱 붉히며 소리를 바락바락 지르는 날 보며 그가 나직이 웃었다. 봐라. 당황할 거 뻔히 알면서 그랬던 거다.

"역시. 일부러 그러신 거죠?"

"네."

잡아뗄 줄 알았더니⋯⋯ 곧바로 인정하는 그의 말에 따져 물으려던 입이 조개처럼 찰싹 달라붙었다. 당황한 기색이 역력한 얼굴로 그의 옆모습을 바라보고 있자 빤히 닿는 시선에도 그는 묵묵히 정면을 바라보며 말했다.

"그럴 때 아니면 기회가 없잖아요."

"무슨 기회요?"

"인희 씨한테 대놓고 스킨십 할 수 있는 기회요. 기다리겠다고 한 지가 얼마나 됐다고, 한 입 갖고 두말할 수는 없는 노릇이니까."

엉큼한 속내를 숨김없이 드러내는 그의 말에 오히려 물어본 내가 더 할 말이 없어지고 말았다. 원래 화법이 저렇듯 직설적인 것인지, 아니면 무언가를 의도하고 일부러 그러는 것인지. 매번 겪는 상황이지만 당최 적응이 되질 않았다.

"그러게 괜히 그런 말은 하셔선."

결국 먼저 그에게서 시선을 떼고 말았다. 민망한 마음에 괜한 헛기침을 하며 붉어진 얼굴을 창 쪽으로 돌렸다. 하지만 이어진 그의 말에 다시금 고개를 되돌리고 말았다.

"지금 그 말은 기다리지 않고 나 내키는 대로 해도 된다는 뜻이에요?"

"내, 내키는 대로요?"

당황한 나머지 새된 소리가 나도 모르게 튀어나왔다. 가슴 부근에 있는 안전벨트를 붙잡으며 흠칫한 표정으로 서 대리를 바라보자 그런 내 반응이 재밌는 지 그가 하하, 하고 시원스럽게 웃음을 터트렸다. 또 그의 농담에 낚인 것이다. 민망함을 감추지 못한 얼굴이 붉으락푸르락 변했다.

"겨우 말 한마디에 그렇게나 당황하면서, 인희 씨야말로 대체 무슨 배짱으로 그런 소리를 하는 거예요?"

"내 말은, 그냥, 말이 그렇다는 거죠! 말이!"

말이 두서없이 뱉는 대로 입에서 빠져나왔다. 그가 운전대를 붙잡은 채 큭큭거린다. 아, 정말 얄미워.

"서 대리님 안에 한 천년쯤 묵은 능구렁이 한 마리가 살고 있는 것 같아요."

"늑대라고 안 해 줘서 고맙네요."

좌회전 신호를 받고 핸들을 왼쪽으로 꺾으며 그가 웃음 섞인 목소리로 대꾸했다. 갈수록 태산이라는 말은 이럴 때 쓰라고 있는 말 같았다. 마치 능수능란한 베테랑 조련사의 손안에서 놀아나는 기분이랄까. 언제쯤이면 저 남자의 손바닥 안에서 벗어날 수 있을지 짐작조차 되질 않아서 앞으로의 길이 더욱 험난하게 느껴졌다.

"다 왔네요."

입을 삐죽거리며 홀로 분함을 삼키고 있는 사이, 차가 집 앞 공터에 다다랐다. 통통 부은 표정으로 안전벨트를 풀자 그가 살그머니 내 얼굴을 들여다 보며 물었다.

"삐졌어요?"

"네."

"왜요?"

내 대답에 이유를 모르겠다는 듯 두 눈을 크게 뜬 그를 가만히 쏘아보았다.

"아, 왠지 억울해요. 서 대리님이랑 있으면."

"뭐가 그렇게 억울한데요?"

응석을 받아 주는 오빠처럼 그가 빙긋 웃으며 되물었다. 나는 토라진 얼굴을 감추지 않으며 그를 향해 불만스럽게 말했다.

"매번 나 혼자 당황하고, 나 혼자 쑥스러워하고. 꼭 연애가 아니라 조련당하고 있는 것 같다구요."

"조련은 내가 아니라 인희 씨가 하는 것 같은데."

뜻밖의 대답에 놀라 의아함이 깃든 눈으로 그를 바라보았다.

"그런 표정으로 그런 말 하는 게 사람을 얼마나 미치게 만드는지, 본인은 모르죠?"

"네?"

직전까지만 해도 장난기가 어려 있던 표정이 어느새 사뭇 진지하게 바뀌어 있었다. 대체 나의 무엇이 그를 그렇게나 미치게 한다는 것인지. 선뜻 이해가 되지 않아 아무런 대꾸도 못 하고 있는데, 그가 그 의미를 각인시키듯 올곧게 눈을 마주쳐 왔다. 사춘기를 겪는 소년의 그것처럼 뜨겁게 일렁이는 눈빛. 밀폐된 차 안의 공기 사이로 빠르게 뛰는 심장 소리가 둔중하게 울려 퍼졌다.

"하루에도 수십 번씩 후회해요. 내가 그때 왜 그런 말을 했을까. 그냥 내 마음대로 할걸. 따라오건 말건 내 방식대로, 나 하고 싶은 대로 밀어붙여 버릴걸. 근데 그러다가도 내 말이나 행동에 당황하고 조심스러워하는 인희 씨를 보면 역시 기다려야지, 이건 이것대로 귀여우니까 하고 조급해지는 나 스스로를 다스리게 돼요. 이게 조련이 아니면 뭐예요?"

열기를 띤 그의 시선이 방금 뱉은 말처럼 조급함을 다스린 듯 한결 차분하게 가라앉았다. 그간 태연한 표정 뒤에 감춰져 있던, 서툰 나 자신을 살피느라 미처 알지 못했던 그의 치열한 속마음이 더는 외면하고 모른 체할 수 없도록 눈앞에 존재를 드러낸 느낌이었다.

갑작스레 듣게 된 그의 진심이 생각보다 묵직하게 가슴 언저리를 눌러서, 나는 아무런 말도 하지 못한 채 그를 바라보기만 했다. 그러자 그가 이내 알 수 없는 미소를 입가에 머금으며 내게 말했다.

"다른 뜻이 있어서 한 말은 아니에요. 그냥 내가 인희 씨 생각처럼 그렇게 노련한 사람이 아니라는 걸 말해 주고 싶었어요. 나 누구보다 서툰 사람이에요, 적어도 인희 씨 앞에서만큼은. 그러니까 그렇게 억울해할 것 없어요. 알았죠?"

경직된 얼굴을 들여다본 채 그가 빙긋 웃었다. 차창 너머에서 쏟아지는 달빛 때문인지 어둠 속에서도 불구하고 그의 얼굴이 환하게 빛났다. 줄곧 홀로 걷던 어두운 터널 속에 광명이 비친 기분이었다. 그 빛이 너무나 따뜻하고 예뻐서 놓치기 아까우면서도 한편으론 두려웠다. 나는 잠시 그에게서 눈을 피해 무릎 위에 꼭 쥐고 있던 손끝을 내려다보았다.

"시기상 좀 늦은 질문인 것 같긴 한데, 묻기 민망한 질문이기도 한데요."

차마 그를 바라보지 못한 채, 조심스럽게 입을 열어 물었다.

"서 대리님은 제가 왜 좋으세요?"

194

뜬금없는 질문에 그가 의아함이 깃든 눈으로 날 바라보는 것이 느껴졌다. 하지만 궁금했기에, 알아야 하겠기에, 민망함을 참아 내며 말을 이었다.

"딱히 예쁜 것도, 그렇다고 몸매가 우와 소리 나게 좋은 것도, 애교가 많아서 남자를 살살 녹이는 매력을 가진 것도 아닌데. 왜 좋으세요, 제가?"

처음 그가 내게 속마음을 내비쳤을 때부터 연애를 시작하고 진행시켜 나가는 동안 서툰 날 묵묵히 기다려 주는 그를 보는 지금까지. 항상 내 마음속에 의문점으로 남아 있던 물음을 그를 향해 던졌다.

많고 많은 여자들 중에 왜 하필 나인 건지. 대체 나의 무엇이 그를 이토록 인내할 수 있게 하는 것인지. 나로선 궁금하지 않을 수 없었다.

"글쎄요."

그가 내 쪽으로 틀어져 있던 몸을 반듯하게 돌려 앉았다.

"어떻게 말해야 이 마음이 설명이 되려나."

나는 천천히 고개를 들어 그의 옆모습을 바라보았다. 차의 전면 유리 너머로 까맣게 진 어둠 사이를 바라보는 그의 눈동자는 그만큼이나 까마득한 자신의 마음속을 가늠하듯 짙게 가라앉아 있었다. 그러다 어느 정도 정리가 된 듯 그가 천천히 입술을 떼었다.

"처음엔 신경이 좀 쓰였고, 그렇게 나도 모르게 자주 눈길이 갔고, 그러다 어느새 깨닫고 보니 인희 씨를 좋아하고 있었던 것 같아요."

그다지 명쾌하지 못한 대답에 미간을 구겼다.

"그게 다예요?"

"네."

"그게 절 좋아한 이유라구요?"

"네. 왜요?"

그가 황당해하는 날 보며 어깨를 으쓱했다. 그와 나 사이에 혹시 내가 모르는 뭔가가 있었던 것은 아닐까. 남모르게 기대하고 있었던 나는 김빠진 표정으로 그를 향해 불만스럽게 말했다.

"너무 애매하잖아요. 그냥 신경이 쓰이다 보니 좋아하게 됐다니. 그게 뭐예요?"

"그렇게 다그쳐도 이 이상은 설명 못 해요. 사실 나도 잘 모르거든요. 정확히 언제부터 어떻게 시작된 감정인지. 그러는 인희 씨는 정확히 알고 있어요? 인희 씨 마음이 언제부터 내게 기운 건지?"

"그야."

그의 말을 듣고 생각해 보니 나 또한 그 경계가 모호하긴 했다. 그의 시선을 느끼고 그를 의식하고서부터인지, 그가 의자에서 넘어질 뻔한 날 받아 주면서부터인지, 비상계단에서 그와 처음으로 사적인 대화를 나누고서부터인지.

그와 있었던 일을 되새겨 가며 하나하나 짚어 보지만 딱히 이때다 싶은 확신은 들지 않았다. 그냥 어느새 돌아보니 마음이 저만치서 대리의 앞으로 가 있었다고 표현하는 편이 맞았다.

나는 곰곰이 생각하다가 다시 그를 바라보았다. 내 말이 틀렸냐는 듯 말없이 웃으며 날 보고 있는 그를 보자 또다시 얄미운 마음이 들었다. 참, 사람 할 말 없게 만드는 재주는 타고난 사람이었다. 그래도 뭔가 억울해서 끈질기게 물고 늘어지듯 덧붙여 말했다.

"그래도 신경이 쓰이게 된 계기가 있으실 거 아니에요."

"계기요?"

"왜, 그런 거 있잖아요. 언젠가 우연히 날 봤는데, 내가 서 대리님 눈에 무진장 예뻐 보였다든가. 그래서 그때부터 자꾸 눈길이 갔다든가."

"아, 그런 걸 바랐어요?"

"네…… 아니?"

무심코 대답했다가 화들짝 놀라 고개를 내저었다.

"아—니요! 바란 게 아니라요! 예를 들면 그렇다는……."

"하하."

서둘러 변명을 내뱉으려는 것을 그의 호탕한 웃음소리가 가로막았다. 가지런한 치아를 드러내며 환하게 웃는 그의 모습에 순식간에 귀 끝까지 빨개졌다. 내가 정말 미쳤지. 마음속으로 수없이 머리통을 쥐어박다가, 계속 웃고 있는 그를 보다못해 말했다.

"왜 그렇게 웃으시는 거예요? 사람 민망하게."

"귀엽잖아요. 인희 씨 반응이."

그의 말을 듣자마자 더 이상 붉어질 수 없을 것 같았던 얼굴이 더 뜨겁게 달아올랐다. 귀엽다니. 남자에게 귀엽다는 말을 이렇게 대놓고 듣기는 또 처음이었다. 귀엽긴 뭐가 귀엽냐고 투덜대는 날 보며 그가 옅은 미소를 입술 끝에 지었다.

"분명 어떤 계기가 있긴 있었겠죠. 하지만 이런 사소한 반응 하나하나가 내겐 더 큰 계기가 돼요. 인희 씨를 더 좋아하게 되는 계기가."

핸들에 살포시 몸을 기댄 채 날 향하여 있는 시선이 한없이 따뜻하고 달콤했다. 그가 뱉는 말 한 마디, 한 마디가 그가 내게 보내는 눈빛 하나하나가 새하얀 나비가 되어 내 가슴속에서 푸드득 날아오른다. 그 날갯짓이 만든 파장이 폭풍처럼 온몸으로 퍼져 나갔다. 심장이 터져 버릴 것만 같다.

"나와 갖는 시간들이 인희 씨에게도 긍정적인 계기가 돼서, 하루 빨리 인희 씨도 나만큼 따라왔으면 좋겠어요."

창을 통해 새 들어온 달빛이 그의 미소를 부드럽게 에워쌌다. 두 근대는 심장의 고동소리가 어지러울 정도로 온몸과 머릿속을 공명한 다.

지금 내 마음이 어디쯤 가고 있는 건지. 당신 바로 뒤인지, 아니 면 이미 당신보다 앞서 버린 건지. 이젠 가늠조차 되지 않았다. 알면 알수록, 당신과 함께하는 시간이 길어지면 길어질수록 과연 이래도 되나 싶을 정도로, 당신이 좋아진다.

브레이크가 고장 난 차처럼, 그에게로 달려가는 이 마음이 이젠 도무지 제어가 되지 않는다.

* * *

요즘 내 주변이 평상시와는 달리 시끄러운 탓일까. 시간이 참 제 멋대로다 싶을 정도로 빠르게 흘러갔다. 엊그제 오빠와 예비 새언니 를 만났던 것 같은데, 생각지 못한 사이 예정된 날짜가 코앞까지 다 가와 있었다.

— 이번 주 토요일 무슨 날인지 잊지 않았지?

화장대 위에 올려놓은 채 스피커폰으로 해 둔 핸드폰 너머에서 오빠의 목소리가 들려왔다. 나는 전신 거울 앞에 서서 블라우스 단 추를 채워 넣으며 심드렁하게 대꾸했다.

"글쎄. 무슨 날이더라."

— 너, 그런 식으로 해라.

"그러게 당연한 걸 왜 물어? 아무렴 내가 하나뿐인 오빠 결혼식도 모를까 봐?"

조금 전 아무렇게나 입은 탓에 돌아가 있는 치마를 휙 바로 잡았
다. 옷매무새를 정돈하곤 거울을 들여다보자 대충 말린 바람에 평소
와 가르마의 길이 다르게 난 머리가 영 어색하다. 반대쪽으로 머리
카락을 쓸어 넘기자 미처 넘어가지 않은 잔머리가 위로 잔디처럼 솟
구쳤다. 이제 와 다시 머리를 감을 수도 없고. 아침부터 신경질이 팍
팍 난다.

— 본가엔 언제 내려올 거냐? 될 수 있으면 금요일 저녁에 와.

"금요일엔 바쁜데."

드라이 빗을 꺼내어 솟구친 머리를 눌러 보았다.

— 그럼 언제 오려고?

"예식 오후 12시라며. 토요일 아침에 일찍 가도 되는 거 아니야?"

— 마티즈 고장 나서 차도 없다는 녀석이 그렇게 아침 일찍 어떻
게 움직이려고?

"어떻게든 되겠지."

도통 가라앉을 생각이 없어 보이는 잔머리를 매만지며 한숨을 뱉
었다.

— 그러지 말고 여유 있게 금요일에 와. 오랜만에 가족들끼리 모
여서 밥이라도 먹게.

가족이라는 단어에 머리카락을 만지던 손이 잠시 멈추었다. 동시
에 할머니와 아버지의 얼굴이 떠올랐다. 세월의 흐름 앞에서도 변함
없이 꼿꼿하고 고지식하고, 권위적인 두 얼굴이. 엄마의 영정사진
앞에서조차 흔들림 없이 고고했던 그 두 얼굴이. 아침부터 **뻑뻑해지**
려는 두 눈을 꾹 감았다 떴다.

"바빠. 나 빼고 먹어."

— 너 빼고는 자주 먹잖아. 너 지난번 설에도 잠깐 들렀다만 가고.

슬슬 짜증이 치고 올라오며 오빠의 말이 귓속에서 자체적으로 음소거 처리되었다. 출근 시간이 코앞인데 당최 수습이 안 되는 머리카락과 이른 아침부터 전화기를 사이에 둔 채 이루어지는 오빠와의 의미 없는 실랑이 탓이다.

거울을 들여다본 채 인상을 구긴 나는 신경질적인 손길로 머리카락을 쓸어 넘기다가 오빠의 말을 무시하듯 드라이기를 켰다. 위잉―시끄러운 소음 소리와 함께 오빠가 말을 멈춘다. 그러다 이내 나직이 내 이름을 불러 왔다.

— 인희야.

"……."

— 주인희.

소음 사이로 귓속을 파고드는 부름을 애써 외면한 채 머리를 손질했다.

— 와서 밥만 먹어.

포기와 근심이 섞인 목소리. 손을 멈추고 있다가 마지못해 드라이기를 내려놓았다. 드라이기 소리가 사라졌음에도 한참 동안 침묵을 지키고 있자 오빠가 말했다.

— 가족끼리 얼굴 보고 밥 먹는 게 어려운 일도 아니잖냐. 누나도 너 보고 싶어 하고. 아버지랑 할머니께서도……. 지난 설에 잠깐 얼굴 비친 거 말곤 뵌 적 없다며. 다들 이번엔 너 좀 길게 있다 가나 기대하고 있는데. 장남 체면 살려 준다 생각하고, 내려 와라. 오빠 부탁이다.

전화 너머에서 들려오는 근심 어린 한숨에 가슴이 턱 막히는 것 같았다. 차라리 넌 왜 그 모양이냐며 윽박을 지른다면 반항하듯 말대꾸라도 할 텐데.

영악하다.

하루 이틀 겪어 본 것도 아니니 그렇게 해선 원하는 답이 나오지 않는다는 걸 알고 저러는 것임에 틀림없었다. 그걸 알면서도 결국 넘어가고 마는 난, 또 얼마나 바보 같은가.

"알았어."

나는 여전히 가르마가 어색한 머리를 손끝으로 쓸어 넘기며 백기를 들 듯 답했다.

— 오는 거냐?

목소리만 들었는데, 자동적으로 화색이 돈 얼굴이 머릿속에 떠올랐다.

"회사 끝나고 갈 거니까 저녁 같이하기엔 시간이 좀 늦을지도 몰라. 먼저 드시든지."

— 먼저 먹긴. 하나뿐인 동생이 온다는데 뱃가죽이 등에 들러붙어도 기다려야지.

"그런 시스콤스러운 말 안 어울리시거든요."

— 네가 몰라서 그렇지 오빠가 너 많이 사랑한다, 인희야.

"그 시답잖은 멘트는 대체 어디서 배운 거니? 나 출근 준비하느라 바빠. 용건 끝났으면 전화 끊어."

냉정하게 응대하며 화장대 옆에 놓여 있는 핸드백을 들어 소지품들을 주섬주섬 챙겼다.

— 애교라곤 없는 계집애. 너 같은 걸 대체 어떤 남자가 데려갈지 심히 걱정된다.

"나야말로 새언니가 걱정이네. 오빠 같은 철딱서니 없는 능구렁이를 한평생 어찌 데리고 살지. 그럼 용건 끝났으니 빠이짜이찌엔."

장난스러운 인사말을 끝으로 전화기 너머에서 날아드는 타박을 뒤로한 채 깔끔하게 종료 버튼을 눌렀다. 그러곤 그마저 핸드백 속으로 집어넣어 버리며 벌어진 가방 입구를 딸깍 오므렸다. 동시에 묵직한 한숨이 입술 새를 빠져나온다. 문득 오른쪽 관자놀이가 지끈거렸다. 조금 전 통화 도중 떠올랐던 두 얼굴이 다시금 머릿속에 되살아나며 속에서 열이 끓어오른다.

이 정도 시간이 흘렀으면 이젠 그만 무뎌지고 잊을 법한데, 아직도 풀리지 않은 앙금이 가슴속에 남은 탓인지 대면할 일만 생기면 그때의 꼿꼿하던 얼굴들이 환영처럼 떠올라 이렇듯 두통과 속병을 불러왔다.

어차피 가족이라는 이름으로 묶여 있어 언제고 외면할 수만은 없는 사이임을 알지만, 그래도 그들이 밉고 원망스럽다. 이번엔 또 어떤 얼굴로 밥상머리에 앉아 밥을 먹어야 하나. 벌써부터 밥이 얹히는 것만 같았다.

* * *

근처 일식집에서 우동과 스시로 저녁 한 끼를 때운 뒤 언제나처럼 집 근처로 왔다. 산책을 핑계로 조금 먼 곳에 그의 차를 주차해 놓고, 이젠 익숙해진 그의 손에 깍지를 껴 꼭 잡은 채 이런저런 이야기를 나누며 천천히 걷다 보니 어느새 집 앞에 다다랐다.

"저, 이번 주말엔 못 볼 것 같아요."

그의 등 뒤로 뉘엿뉘엿 저무는 해를 보다가 아쉬운 듯 손을 빼며 말했다.

"집안일 때문에 주말에 좀 다녀와야 해서요."

"다행이네요. 나도 마침 친구 결혼식 때문에 지방에 다녀와야 하는데."

아, 하고 고개를 끄덕했다.

"근데 오랜만에 집에 간다는 사람 얼굴이 왜 그래요?"

표정을 살피며 묻는 말에 나는 반사적으로 뺨을 매만졌다.

"제 얼굴이 왜요?"

"어쩐지 내키지 않는데 억지로 가는 것처럼 불편해 보여서요."

드러내지 않으려 노력했는데, 티가 난 것일까. 애써 숨기고 있던 마음을 간파당한 것 같아 당혹스러웠다.

"혹시 집에 안 좋은 일 생긴 거예요?"

"아니요. 안 좋은 일은 무슨. 집안에 경사 생겨서 가는 건데요."

최대한 어색함을 지우며 그를 향해 웃었다. 하지만 곧 들려온 그의 말에 얼굴이 다른 의미로 굳어 버리고 말았다.

"그럼 나 때문인가?"

"네?"

"주말에 나 못 보는 것 때문에 서운해서. 아니에요?"

그가 장난기 가득한 표정으로 씩 웃으며 말했다. 농담인 걸 뻔히 알면서도 얼굴이 붉어졌다.

"그럴 리가요! 평일에 지겹도록 보는데."

"내가 지겨워요?"

"아니. 그런 뜻이 아니라."

"난 매일매일 봐도 인희 씨가 지겹기는커녕 더 보고 싶던데."

얼굴이 카운트다운을 앞둔 시한폭탄처럼 빨개졌다. 대체 저런 느끼한 멘트를 여태 어떻게 참고 산 건지……. 종종 의문이 들었다.

근데 더 큰 문제는 드라마에서 봤으면 온몸을 긁어 댔을 법한 저런 느끼 멘트가 그가 하니 싫기는커녕 들을수록 기분이 좋다는 것에 있었다. 그러다 보니 가끔 의욕이 앞서서 그를 따라 느끼 멘트를 종종 뱉기도 했다.

"뭐, 저도……."

망설이듯 입술을 삐죽대다가, 잠시 말을 멈추고 그를 바라보았다.

"저도?"

그가 의아한 시선으로 날 보며 나직이 내 말을 따라 읊는다. 잠시 망설이다가 에라, 모르겠다 싶어서 두 눈을 질끈 감았다.

"저도 돌아서면 서 대리님이 보고 싶기는."

그 순간이었다. 미처 말을 마치기도 전에 따스한 체온이 뒷덜미를 감는가 싶더니 얼굴이 당겨졌다. 갑작스러운 상황에 놀라 눈을 번쩍 뜨자 성큼 가까워진 그의 얼굴이 시야를 채웠다. 그리고 뜨거운 그의 입술이 살짝 벌어진 내 입술 위로 닿았다. 빨아 당기듯 짧게 입을 맞춘 그가 촉, 소리를 끝으로 내게서 떨어졌다.

떨어진 입술과는 달리 여전히 이마가 닿은 채, 나는 커진 눈을 깜박거리는 것도 잊고 그를 올려다보았다. 맞닿은 이마가 열감기에 걸린 것처럼 뜨거웠다. 기습당한 심장이 쿵쿵 뛴다.

"그런 말하면……."

나른한 눈매 속 열기 어린 눈빛이 진하게 입술 위를 훑었다.

"참기 힘들어요."

겨우 참고 있다는 듯, 나직한 한숨을 끝으로 그가 내 목 뒤를 감았던 손을 놓고 물러섰다. 조금 전에 입 맞춰 놓곤 참긴 뭘 참았다는 건지. 아니, 진한 딥키스는 아니었으니까 참긴 참은 건가.

찰나처럼 짧았던 입맞춤에도 불구하고 세차게 방망이질 치는 심장 박동을 고스란히 감당하며 그를 바라보았다. 그러다 문득 드는 아쉬움에 가만히 입을 열었다.

"언제까지 참으실 건데요?"

"나 안 참아도 돼요?"

이때다 싶었는지 그가 내게로 한 발짝 다가섰다. 아니, 이 사람이. 당황하며 다급히 덧붙였다.

"저, 정확히 뭘 어디까지 참고 계신지를 몰라서."

"말하면 인희 씨가 다 들어주게요?"

"그건……."

선뜻 대답하지 못하는 날 보더니 그가 나직이 웃었다.

"일단 지난번에 준 숙제부터 해결해요. 인희 씨한테는 아직 그것도 벅찬 것 같은데."

지난번 준 숙제라는 말에 잊고 있던 기억을 떠올린 내 얼굴이 다시금 달아올랐다. 나는 머쓱한 표정으로 그의 눈길을 피했다.

"숙제라면, 전에 이미 하지 않았던가요?"

"전에 언제요?"

"왜, 있잖아요. 센서등 갈아 주신 날."

제법 용기를 내었던 그날의 일을 떠올리며 그에게 말했다. 그러자 그가 엄한 표정을 지으며 반발하듯 답했다.

"그거랑은 다르죠."

"뭐가 다른데요?"

나는 시치미를 떼듯 천연덕스럽게 답하며 그를 올려다보았다.

"알려 줘요? 뭐가 어떻게 다른지?"

정말 알려 주기라도 하려는 듯 내게로 성큼 다가오는 그를 보곤 화들짝 놀라 답하고 말았다.

"아니요! 안 알려 주셔도 돼요! 아주 잘 알고 있으니까."

그제야 다가서던 걸음을 멈추는 그를, 나는 원망스러운 눈길로 바라보았다.

'숙제'라는 것을 해결할 의욕이 없는 건 아니었지만. 때때로 그에게 먼저 입을 맞추고 싶을 때도 있었지만. 선뜻 용기가 나질 않아 행동으로 실행하기가 쉽지 않았다. 경험이 없는 탓에 아직은 서툴기 짝이 없을 키스 스킬에 대한 부담감도 다소 있었다.

"서툴고, 느려서, 죄송해요."

몸과 마음이 같지 않아 치열하게 내적갈등을 겪는 중인 나로 인해 고문 아닌 고문을 당하는 그에게 고개 숙여 사과의 말을 건넸다. 그러자 그가 아니라는 듯 고개를 내저었다.

"좀 서툰 것 같긴 하지만, 느리진 않아요. 충분히 잘 따라와 주고 있어요, 인희 씨는. 다만 내가 좀 급한 게 문제죠. 조금 전 그건 일종의 브레이크라고 생각해 줘요. 그렇게라도 안 하면 도저히 제어가 안 될 것 같거든요."

그가 한 말 중에 외설적이거나 노골적인 단어는 하나도 없는데, 왜 이렇게 얼굴이 화끈거리는 건지. 나는 갈수록 뜨거워지는 뺨을 양손으로 쓸다가, 조심스레 말문을 열었다.

"조만간."

숨을 훅 들이마시며.

"조만간에 주신 숙제 해결할게요. 그럼 안녕히 가세요!"

그러곤 뒤도 돌아보지 않고 얼른 문을 열고 집 안으로 뛰어 들어갔다. 그날 밤, 나는 열심히 인터넷을 뒤져 숙제에 대한 정보들을 수집했다. 그러면서 키스는 모든 것의 시작일 뿐, 남녀 간의 스킨십에는 무궁무진한 종류가 있다는 것을 나이 스물여섯이 되어서야 뒤늦게 알게 되었다. 더불어 그가 주어진 숙제 해결이 우선이다 했던 말의 참뜻도.

깊어지는 여름 밤, 출발점을 알지 못한 채 피어오른 감정이 몽글몽글 일어나 가슴을 채워 갈수록 어설프게 시작된 내 연애도 점점 여물어 간다.

13장

개방울

　위화감이 들 정도로 높다란 목재 대문을 올려다보는 얼굴에 근심
이 어렸다. 대학에 입학하기 전, 20여 년의 세월을 보낸 곳인데도
이 앞에 설 때면 항상 묵직한 돌덩이가 얹힌 듯 가슴 한구석이 뻐근
해졌다. 딱히 잠금 장치랄 것이 없는 개방된 문임에도 선뜻 열 생각
을 못 하고 있자 핸드백 속에 담긴 핸드폰에서 진동이 전해졌다. 오
빠다.

　"지금 집 앞이야. 방금 도착했어."

　"그럼 얼른 들어오지 거기 서서 뭐 해?"

　전화 너머 목소리가 바로 문 앞에서 들려왔다. 삐걱— 하는 소리
와 함께 굳게 닫혀 있던 대문이 활짝 열렸다. 열린 문 너머로 오빠
와 꽤 오랜만에 보는 언니의 모습이 드러났다.

　"인희야, 이게 얼마만이니."

　언니는 버선발로 뛰어나왔다는 표현이 딱 맞는 얼굴을 한 채 나
를 반기며 끌어안았다. 지난번보다 더욱 야윈 몸이 작은 내 품에 앙
상하게 안긴다.

"언니는 무슨. 볼 때마다 이산가족 상봉하듯 이래?"

"말이 나왔으니 하는 말인데 네가 이산가족만큼이나 얼굴을 안 보여 주니까 그러지. 이 나쁜 계집애야."

"알잖아, 회사 생활하면 바쁜 거."

"글쎄다. 회사 생활을 해 본 적이 있어야지."

생각 없이 뱉은 말에 돌아온 언니의 대답에, 나는 뒤늦게 겸연쩍은 표정으로 웃고 말았다. 그러곤 언니의 손을 맞잡은 채 대문 안으로 들어섰다. 언니의 마른 손끝이 딱딱한 나무 대처럼 손가락 사이로 얽혀 든다. 그 시린 감촉이 아릿하게 가슴속을 파고들었다.

스물넷이라는 어린 나이에 시집을 갔던 언니는 결혼한 지 3년이 되던 해에, 성격 차이를 이유로 이혼을 하곤 그 이후 줄곧 아산 본가에 내려와 지내고 있었다.

아마도 5년 전 추석이었던 것으로 기억한다. 안 그래도 유서 깊은 가문에 대한 긍지가 높던 할머니는, 그 무렵 우수한 성적으로 국가고시를 패스한 뒤 내로라하는 대학병원에 들어간 장손을 등에 업은 채 집안에 대한 자부심을 날로 드높이고 있었다.

개천에서 용이 났다며 동네 주민들의 부러움을 한 몸에 받던 그런 시기에 언니가 이혼을 하겠다고 짐을 싸 들고 내려왔으니, 생각지 못한 손녀의 방문은 느닷없이 튄 흙탕물이나 다름없었을 터였다.

아니나 다를까 할머니는 우리 집안이 어떤 집안인데 이혼이란 소리를 입에 담느냐, 출가외인이 어디 감히 짐을 싸 들고 친정집에 기어 들어오느냐고 무섭게 호통을 치며 언니를 문 밖으로 내쫓으려 했다.

하지만 온갖 성화에도 고집스러운 입술을 꾹 다문 채 꼿꼿하게 버티던 언니가 기어코 그녀를 내치려는 할머니를 견디다 못해 입고 있던 티셔츠를 어깨까지 끌어 내린 순간, 그 아래 훤히 드러난 멍 자국을 눈에 담은 할머니는 더 이상 아무 말씀도 하지 못했다. 그 옆에 서서 지켜보고 있던 아버지 또한 차마 언니를 바라보지 못하고 눈을 감아 버리고 말았다. 그렇게 그날 이후 언니는, 지워지지 않는 상처를 가슴 깊은 곳에 숨긴 채 아산의 본가에 머무르게 되었다.

"그나저나 먼 길 오느라 고생했지? 지금 시간이 몇 시지? 벌써 7시네. 세상에, 끼니 늦어서 배고프겠다."

"휴게소에서 요기해서 괜찮아."

"그걸로 요기가 돼? 얼른 들어가 밥 먹자."

초록풀이 무성하게 올라온 마당 가운데 널찍한 돌이 촘촘히 놓인 길을 따라 안으로 들어서자 툇마루에 서서 이쪽을 바라보고 있는 두 인영이 모습을 드러냈다. 마땅찮은 표정으로 뒷짐을 지고 서 있는 할머니와 그 옆에 그림자처럼 말없이 자리하고 있는 아버지. 나는 잡고 있던 언니의 손을 놓고 꾸벅 고개를 숙였다.

"다녀왔습니다."

"서울서 예까지 천리만리도 아닌데 얼굴 한 번 보는 게 하늘에 별 따기보다 어렵구나."

숙인 고개를 들기도 전, 할머니의 뾰족하게 날 선 음성이 머리 위를 훑고 지나갔다. 한 번을 좋은 말로 시작한 적이 없는 노인네였다. 기운도 팔팔하시지. 예상했던 반응이라 딱히 기분이 나쁠 것도 없었기에 나는 태연한 얼굴로 고개를 들고 돌 계단을 올라섰다.

"얼른 와, 인희야. 에이, 우리 할머니는 꼭 보고 싶다는 말을 저런 식으로 돌려 표현하시더라."

집안의 기쁨조인 오빠가 특유의 넉살로 할머니를 살살 달래며 대 청으로 끌고 들어갔다. 신발을 벗어 가지런히 놓은 뒤 돌아서자 그런 내 뒤에 말없이 선 아버지의 모습이 눈에 들어왔다.

"아버지도 그간 잘 계셨어요?"

"그래. 들어와라. 밥 식겠다."

애교라곤 없는 무뚝뚝한 막내딸과 그런 성격의 원천인 무뚝뚝한 아버지 사이의 참으로 건조한 인사말. 아버지는 표정이랄 것도 없는 얼굴로 점잖게 돌아섰다. 떠미는 언니의 손길에 밀려 아버지를 따라 대청으로 향했다.

마루 한가운데 자리 잡은 널찍한 상 위에는 항상 그러하듯 푸짐한 음식들이 정갈하게 놓여 있었다. 허름한 자취방에서 먹는 음식이나 밖에서 사 먹는 식당 밥과는 비교도 안 되게 푸지고 빛깔 좋은 음식들이었지만 그다지 입맛이 당기지 않았다.

"우린 좀 전에 식사했어. 할머니께서 시장하시다고 성화를 부리셔서."

멍하니 서 있는 날 상 앞에 끌어 앉히며 언니가 말했다.

"나도 중간에 뭐 먹어서 별생각 없는데."

"차린 사람 성의가 있지. 그게 밥상머리 앞에 앉아 할 소리냐."

말을 하기 무섭게 귓전으로 날아드는 타박 어린 목소리에 입을 굳게 다물었다. 아산 본가에 살던 20년간, 아버지의 훈계보다도 더 많이 들은 것이 할머니의 꾸중이었다.

할머니는 셋 중에서도 유독 날 탐탁지 않아 하셨다. 이유는 여러 가지였다.

제일 어린 것이 매번 굽히는 법 없이 고집을 세우며 제 뜻대로 하려 드는 모양이 괘씸하다고 하셨다. 아이답게 바락바락 대들지도 않으면서, 그렇다고 어른들의 명령에 수긍하지도 않으며 결국엔 몰래 저 하고 싶은 대로 하는 내가 발칙하다고도 하셨다.

아버지 할머니 모르게 입시 원서를 쓴 서울 소재의 대학에 합격했다며 뒤늦게 통보를 했을 때에는 그 분노가 극에 달했었다.

당시 아버지는 오히려 등록금을 비롯한 생활비 등의 현실적인 것들을 언급하며 냉정히 대처했지만, 할머니는 본 대로 요망한 것이라며 길길이 날뛰셨었다. 그 모습은 아직도 기억 속에 생생했다. 그런 것들에 비하자면 사실 지금 하는 저 정도의 말쯤이야 아무것도 아니었다.

"할머니, 왜 그러세요? 인희 말은 따로 상 차리게 하고, 혼자서 먹으려니 죄송해서 그런 거잖아요."

"그러게 죄송할 짓을 왜 해. 제 아비가 근처로 내려오랄 때 내려왔으면 좀 좋아."

"아니, 우리 할머니. 잘 가시다가 왜 또 삼천포로 빠지실까?"

분쟁의 서막을 알리듯 습관처럼 언급되는 이야기에 오빠가 이때다 싶었는지 재빨리 끼어들었다.

"인희가 독립해서 나간 지가 뭐 하루 이틀 된 것도 아니고, 왜 괜한 얘긴 꺼내셔서 장손 장가가기 전날 언성을 높이세요."

"이게 뭐가 괜한 얘기냐! 다 할 만하니까 하는 거지!"

오빠의 말이 오히려 불난 집에 기름을 부은 듯, 할머니는 도리어 언성을 높였다. 할머니의 날카로운 시선이 허공만을 응시하고 있는 내게로 베일 듯이 뻗어 왔다.

"대학 핑계로 도망치듯 집 나간 뒤론 겨우 명절이나 되어야 코빼기를 비치고! 그래 놓고 밥상머리 앉아서도 뭐가 그렇게 불만인지 도살장에 끌려온 개처럼 죽상을 하고 앉아 있고!"

"할머니."

보다 못한 언니와 오빠가 혈압이라도 오를 기세로 소리를 질러

대는 할머니를 말렸다. 그럼에도 언제나 그래 왔듯 물러서는 법 없는 할머니가 목에 핏대를 세워 가며 외치던 그때였다.

"제 애미 그렇게 된 뒤로 할미나 애비를 무슨 제 애미 잡아먹은 저승사자 보듯 보는 거 내가 모를 줄 아냐!"

"그 얘긴 그만하시죠, 어머니."

지칠 줄 모르고 계속될 것 같던 할머니의 노성을 멈추게 한 것은 다름 아닌 아버지였다. 할머니의 말을 무시하다시피 고개를 돌리고 있던 난 그 익숙하지만 낯선 음성에 눈을 돌렸다. 아버지는 얼어붙은 벽처럼 냉정한 얼굴을 한 채 상황을 지켜보고 있었다. 집에 내려올 때면 숱하게 반복되어 왔던 상황이었으나, 아버지가 이처럼 할머니를 막아선 것은 집을 나온 이후 처음 있는 일이었다.

"인영 엄마 일은 저와 어머니보다도 애들에게 더 큰 상처지 않습니까. 피차 아프기만 한 옛이야기 들춰서 괜히 긁어 부스럼 만들 필요는 없지요."

"아니, 아범아."

"인희가 서울로 간 것도 마찬가집니다. 인희 녀석 독립하는 데 도움 준 것 하나 없으면서 이제 와 싫은 소리 해 뭐하겠습니까. 저 녀석도 저 나름대로 어느 정도 자리 잡은 모양인데, 아무리 부모라 한들 더는 오라 가라 할 자격이 없지요."

언성을 높이는 법 없이 차분한 어조로 이어진 말들이었지만, 아버지의 목소리에는 거스를 수 없는 위엄 같은 것이 어려 있었다. 겉으로 보기엔 그저 무뎌 보이지만, 무시하고 경계선을 넘어선 순간 깨닫게 되는 예리함. 다만 예전 그때와 다른 점이 있다면, 그 예리한 날이 아들딸이 아닌 어머니에게 향하고 있다는 것이었다.

할머니는 마땅찮은 얼굴로 그런 아버지를 바라보면서도 결국 더 이상 말을 하진 않으셨다. 집안의 최고 어른으로서 위신이 살지 않아 불쾌한 얼굴이었으나, 그 상대가 자신의 아들이자 이 집안의 종손인 아버지이기에 참고 있는 듯했다. 옆에 있던 오빠가 할머니의 안색을 살피다 살갑게 말을 붙였다.

"그래요, 할머니. 인희 저 녀석 애교 없고 무뚝뚝한 거야 하루 이틀 일도 아니고."

"일 없다. 난 그만 들어가마."

오빠의 말을 싸늘하게 자른 할머니가 날 한 번 흘겨보더니 냉랭하게 돌아서서 안채로 들어가셨다. 할머니가 자리를 뜨자, 네 가족이 모인 마루에는 마치 한바탕 폭풍우가 휩쓸고 지나간 듯 적막감이 감돌았다. 아버지가 한숨과도 같은 호흡을 길게 몰아쉬었다.

"늦었는데 어서 저녁 들어라."

아버지도 그 말을 끝으로 사랑채 쪽으로 발길을 옮기셨다. 마침내 오누이라는 동질감으로 뭉친 셋만 남은 상황. 그럼에도 불구하고 나는 쉽사리 밥술을 뜰 수가 없었다. 할머니가 뱉은 가시 박힌 말들이야 하루 이틀 일도 아니기에 새삼 신경 쓰일 것도 없었지만, 평상시와는 달랐던 아버지의 모습이 묘하게 신경을 앗아 간 탓에 선뜻 손을 움직이지 못하고 한참 동안 허공만 바라보았다.

'피차 아프기만 한 옛이야기.'

아버지가 한 말 중 일부가 귓가를 맴맴 떠돌았다. 아버지가 엄마의 죽음에 대하여 '아프다'와 같은 표현을 쓴 것은 오늘이 처음이었다.

아프기만 한 이야기, 아프기만 한…… 그래.

나는 천천히 숟가락을 들어 밥 한술을 떠 억지로 꿀꺽 삼켰다. 목구멍에, 가슴에 돌덩이를 얹은 것처럼 먹먹하다. 몰랐었는데 아프긴 했던 모양이다, 아버지도. 엄마의 죽음이 아버지에게도 아픈 이야기였구나. 10년이 거의 다 되어서 뒤늦게 알게 된 그 사실에 나는 씁쓸하게 웃었다.

식사를 마치고 입가심을 해야 된다는 언니의 성화에 못 이겨 마지못해 수박 한 조각을 먹은 뒤 마당을 지나 건너편에 있는 방으로 넘어왔다.

"할머니 말씀은 너무 신경 쓰지 마. 너 대학 간다고 집 떠난 거 많이 서운해하셨잖아. 그래서 그러신 거야."

"신경 안 써. 뭐, 하루 이틀 일인가."

"그래도 네가 좀 야박하긴 해. 하나뿐인 언니한테도 좀처럼 연락 한 번 없고."

서운함이 깃든 언니의 말에 나는 핑계를 삼키며 미안한 듯 웃었다. 역시 시골이라 그런지 서울에 있을 땐 들을 수 없었던 개구리 소리와 매미 소리가 기계음 없이 적막한 어둠을 가득 채웠다. 하늘을 올려다보니, 총총 떠 있는 별들이 시야로 쏟아질 듯했다. 보름이라 유난히 환한 달빛이 길을 비춰 등이 따로 필요 없을 정도였다. 돌길을 지나 방문 앞에 다다르자 언니가 먼저 올라서서 방의 불을 켰다. 은은한 불빛이 미색의 한지 밖으로 새어 나왔다.

"인하한테 너 온다는 얘기 듣고 부랴부랴 정리했어."

주인 없는 방이라 먼지도 많았을 텐데, 방은 마치 오늘 아침까지도 누군가가 돌본 듯 정갈하게 정리되어 있었다.

"고생했겠네."

"먼지 좀 닦고 이불 바꾼 것 가지고 고생은 무슨."

"그게 고생이지."

나는 흐릿한 웃음과 함께 방 안쪽으로 발을 들여놓았다. 지난 설엔 잠도 안 자고 얼굴만 비추고 그냥 간 터라 거의 1년 만에 들어온 셈이었다. 그런데도 집에 올 때마다 방엔 내가 어렸을 적 사용했던 물건들이 하나도 빠짐없이 그대로 놓여 있었다.

책부터 시작해 즐겨 쓰던 필기구, 좋아하던 가수의 테이프와 CD, 그리고 액자까지. 대학교를 가겠다고 아빠 반대를 무릅쓰고 나오면서 멈춰 버린 20살의 그날 그대로, 방은 그렇게 멈춰 있었다.

"그나저나 아버지 많이 달라지셨지?"

침대 위 이부자리를 다시 한 번 살피던 언니가 문득 말문을 열었다.

"예전엔 할머니가 뭐라시든 그냥 잠자코 듣고만 계셨는데, 요즘은 가끔 저렇게 딱 잘라 말씀하신다? 여전히 무뚝뚝하시긴 하지만, 그래도 뭔가 좀 사람다워지셨어. 왜, 아버지 예전엔 사이보그 같으셨잖아. 근데 이젠 사람 냄새가 나. 덕분에 나 꾸중 듣는 횟수도 좀 줄었고."

조금 전과 같은 일이 최근 들어 종종 있었던 듯, 언니가 말했다. 나는 아버지에 대한 코멘트는 생략하며 언니에게 물었다.

"집에 있는 거 안 힘들어?"

베개를 팡팡 두드리는 것으로 이부자리 정리를 마친 언니가 웃으며 고개를 들었다.

"뭔들 그때보다는 낫지 않겠니?"

그때보다는, 이라는 말에 마음 한구석이 문득 아려 왔다. 아프고 신경 쓰이는 것들로부터 도망가고 싶어서 집을 나온 건데 언니를 볼 때면 매번 그 아픔들과 직면하게 되는 것 같아서 언니에게 쉽사리

216

연락을 할 수가 없었다. 그리고 그 몰인정함은 매번 이렇게, 더 큰 아픔과 죄책감을 동반한 채 부메랑이 되어 내게로 날아든다.

"가끔 인희 네가 부럽기도 해."

"내가 뭘."

"나도 그때 차라리 너처럼 공부를 해서 대학을 간다든지, 취업을 하는 길을 선택했다면 지금과는 좀 다른 삶을 살지 않았을까 하고. 그땐 바보같이 결혼이 최상의 도피책인 줄 알았거든."

언니나 나나, 엄마와 같은 여자 입장에서 외롭고 고단한 엄마의 삶을 아파하고 동정하며 할머니와 아버지를 원망했었다. 다만, 방법이 달랐다.

내가 그런 집에서 탈출하는 방법으로 대학을 선택했다면, 언니가 선택한 것은 결혼이었다. 다정한 남자와 결혼해 다른 삶을 꾸리는 것. 언니는 그것이 이 집을 나올 수 있는 최선의 선택이라 생각했었다. 하지만, 결과는.

"그래도 후회는 안 해."

안타까운 시선으로 바라보고 있는 내 얼굴을 보며 언니가 활짝 웃었다.

"잃은 게 있으면 얻는 것도 있겠지. 요즘 이혼하는 가정이 한둘도 아닌데, 다행히 남들처럼 애가 딸린 것도 아니고. 아직 젊으니까 마음먹으면 뭐든 다시 시작할 수 있지 않겠어? 남들보다 더 일찍 세상의 쓴맛도 봤으니까, 남들보다 일찍 단맛도 보게 되겠지."

자기 성찰과도 같은 언니의 담담한 말에 굳어 있던 표정이 서서히 풀어졌다.

"그렇게 생각한다니 다행이네."

"요거 봐라. 이 언니가 언젠 기죽어 있는 거 봤니? 의대 간 인하,

대기업 다니는 너. 그 둘 사이에서도 자격지심 한 번 안 느낀 사람이야."

"아, 그러셔요?"

능청스럽게 대답한 언니만큼 장난스러운 어투로 언니의 말을 받아쳤다. 언니가 얄밉다는 듯 눈을 흘겼다.

"너 언니 너무 우습게 보지 마라. 이래 봬도 이 언니가 아산 주씨 가문의 실세야. 저 주방이 다 내 손안에 있다고. 들어는 봤냐? 주인영 월드라고."

"오, 엄청 큰 월드인데?"

나의 비꼬는 듯한 반응에 언니가 새파랗게 어린 게 지금 6살이나 많은 언니를 놀리는 거냐며 위협적으로 달려들었다. 헤드락을 걸며 주인영 월드에 충성을 맹세하라는 언니 때문에 마지못해 백기를 들자 그제야 흡족한 미소를 지으며 놓아주었다.

하지만 거기에 지지 않고 내가 곧장 반격에 나서자 또 한 번 비명 소리가 방 안을 가득 채웠다. 그 사이로 꺄르르― 터진 웃음소리가 방 안에서 정겹게 울려 퍼진다. 오랜만에 보름달이 환하게 뜬, 꽉 찬 여름밤이었다.

* * *

언니는 따로 편한 옷을 챙겨 오지 않은 내게 입을 만한 옷을 준비해 준 뒤 방에서 나갔다. 나는 입고 온 옷을 벗어 옷걸이에 걸어 둔 뒤 언니가 건네준 간편한 복장으로 갈아입었다. 그러고는 쉽사리 잠이 올 것 같지 않아 숙면에 도움이 될까 하여 챙겨 온 책을 가방에서 꺼내었다.

스탠드를 이쪽으로 옮겨야겠다 싶어 들고 있던 책을 잠시 협탁 위에 내려놓던 중, 들어올 땐 미처 발견하지 못했던 호리병 모양의 화병에 잠시 눈길이 멈추었다. 물빛 화병 속에는 수국과 더불어 개망초, 백합, 금계국 등의 형형색색의 여름 꽃이 화사하게 담겨 있었다. 아마도 언니가 뒤뜰에 있는 정원에서 꺾어 놓은 모양이었다.

　나는 화병에 꽂힌 여러 꽃 중 가장 작고 소박해 보이는 꽃 한 줄기를 꺼내어 들었다. 개망초. 노란 꽃술 주변에 하얀 잎이 가늘게 진 모습이 꼭 계란 같다 하여 흔히들 계란꽃이라 부르는 꽃이었다.

　워낙 번식력이 좋고 흔한 꽃이라 산이든 길이든 가기만 하면 발길에 치였지만, 엄마는 그 많고 많은 꽃들 중에서도 꼭 이 흔한 꽃을 뒤뜰 가득 심어 놓곤 했다. 이유는 버릴 데가 하나도 없기 때문이라고 했었다.

　수줍은 아기 병아리 같은 꽃은 그것대로 보기 예뻐서 좋고, 남은 이파리는 나물 반찬으로 해 먹으면 맛도 영양도 그만이라 좋다고. 그러면서 꽃말조차 버릴 구석이 없다며 내게 알려 주었던 것이 여태 기억 속에 선명히 남아 있다.

　화해.

　살다 보면 크고 작은 다툼의 상황에 놓이기 마련인데, 괜한 아집에 선뜻 사과할 결심이 서지 않을 때 이 노랗고 예쁜 개망초를 수줍게 건네어 마음을 대신 전한다면 이 얼마나 기분 좋은 관계의 전환점이 되겠냐며.

　나는 개망초를 짧게 꺾어 귀 뒤로 꽂아 주던 엄마의 모습을 가만히 떠올려 보았다. 날 보며 짓던 미소, 바람에 흐트러진 머리카락을 부드럽게 넘겨 주던 따스한 손길, 그 사이로 부서지던 찬란한 여름볕까지. 모든 게 바로 어제처럼 생생했다. 문득 눈이 매운 기운에 휩싸인 듯 알싸해진다. 코끝도 시큰하다. 나는 결국 참지 못하고 눈을 감아 버리고 말았다.

이래서 집에 오면 방 안에만 처박혀 있는 건데, 그래도 집 안 곳곳에 밴 엄마의 향기는 한 번을 그냥 스쳐 지나가는 법이 없었다.

— 지이잉.

붉어진 눈시울을 꾹꾹 누르고 있을 무렵, 불현듯 진동 소리가 들려왔다. 그제야 비로소 정신이 들어 옛 상념에서 깨어나 핸드폰을 들었다. 서 대리님에게서 걸려 온 전화였다. 그러고 보니 도착하면 연락하라고 신신당부했었는데. 뒤늦게 아차 싶어 눈가에 희미하게 맺혀 있던 물기를 닦아 내곤 서둘러 전화를 받았다.

"아, 여보세요?"

— 집엔 잘 도착했어요?

"네. 도착한 지는 좀 됐는데 오자마자 가족들이랑 밥 먹고 이야기하느라 깜박하고 연락 못 드렸어요. 죄송해요."

— 오랜만에 집에 갔는데 그게 당연한 거지. 그런 일로 죄송할 것까지야.

습관처럼 나오는 죄송하다는 말에 그가 멋쩍게 웃었다. 운전 중인지 수화기 너머에서 내비게이션 소리가 희미하게 들려왔다. 내일 친구 결혼식이 있다더니 지방이라 미리 가는 중인가. 어디 가는 중이냐고 물어볼까, 고민하던 찰나, 그가 물었다.

— 근데 혹시 감기 기운 있어요?

"아니요, 왜요?"

— 목소리가 좀 잠긴 것 같아서. 전화상이라서 그런가.

나도 미처 깨닫지 못한 목소리의 변화를 캐치한 그의 예리함에 나는 소리 없이 당황하고 말았다. 조금 전 엄마를 떠올리다 문득 코끝이 시큰했었는데 목소리가 다소 잠겼던 모양이었다. 서둘러 목소리를 가다듬으며 그의 말을 받아쳤다.

"전화라 그런가 보죠. 한여름에 감기라니."

— 그래도 모르는 거예요. 아니면 혹시 울었나?

"네?"

— 울었어요, 인희 씨?

정곡을 찔린 탓에 나는 그만 말문이 막히고 말았다. 아니라고 말해야 하는데 선뜻 대답이 나오질 않았다. 어색한 침묵이 전화기 사이로 조용히 흘렀다. 아니라는 한마디면 말끔히 종료될 상황은 나의 침묵으로 인해 그의 말을 인정하는 것으로 받아들여지고 말았다.

— 울었구나.

"아니."

뒤늦게 더듬거리듯 한마디가 튀어나왔다. 어설피 변명하다가 오히려 그에게 괜한 확신만 제공할 것 같아서, 나는 차라리 화제를 전환하는 쪽으로 맘을 바꿨다.

"참, 서 대리님 지금 어디 가는 중이세요? 내비게이션 소리 들리는 것 같던데."

— 나 지금 인희 씨 집으로 가는 중이에요.

"네?"

뜬금없는 그의 말에 눈이 커졌다.

— 원래 좀 더 일찍 움직이려고 했는데 거래처에 급한 볼일이 있어서 좀 늦었어요. 10분 후면 도착하니까 전화하면 집 앞으로 나와요.

"10분 후에 어딜."

이 사람이 지금 무슨 소리를 하는 것인지. 혹시 내가 본가에 내려왔다는 걸 깜박한 건가 싶어 서둘러 덧붙였다.

"저, 서 대리님. 저 지금 석촌동이 아니라 아산."

미처 말을 마치기도 전에 전화가 끊어졌다. 통화 종료를 알리는 소리에 나는 멍한 눈으로 깜박이는 액정을 내려다보았다.

"깜박한 거야, 아님 농담하는 거야?"

늦기 전에 다시 전화를 해 봐야 하나 고민하다가, 왠지 정말 아산 집 앞으로 올 것만 같은 예감이 들어 자리에서 벌떡 일어났다.

그가 어떻게 알고 여기로 온다고 하는 것인지 알 수는 없었지만, 내가 아는 그는 이런 걸로 농담이나 할 그런 싱거운 사람이 아니었다.

"대체 뭐야."

어리둥절한 얼굴로 한참을 서 있다가 시간을 확인했다. 10시 5분. 앞으로 10분 뒤에 도착한다고 했으니, 이미 아산으로 들어왔다는 얘기다. 시골길에 헤맬 수도 있으니 먼저 나가 봐야 할 것 같아서 주섬주섬 카디건을 챙겨 입었다.

집 앞으로 오고 있을 그를 떠올리자 황당하면서도 한편으론 알 수 없는 웃음이 입가를 스멀스멀 차지한다. 이거, 상이라도 줘야 하나— 생각하며 핸드폰을 챙겨 들고 방문을 나섰다.

집 정문으로 나가면 왠지 안채 쪽에 문 여는 소리가 들릴 것 같아서, 뒷마당에 있는 쪽문으로 걸음을 옮겼다. 산을 등지고 있는 지형 탓에 밤이 되자 제법 바람 끝이 서늘했다. 카디건을 여미며 뜰을 지나려는데, 달빛이 내린 뒤뜰에서 문득 인기척이 느껴졌다.

고양이인가 싶어서 뒤를 돌아보다 불현듯 걸음을 멈추었다. 지금 이 시간이면 사랑채에 앉아 독서 중이셔야 할 아버지가 꽃밭에 서서 물을 주고 계셨다. 가끔 집에 올 때마다 시들지 않고 생글생글하게 피어 있는 꽃들을 보며 언니가 엄마를 대신하여 가꾸고 있는 것이라 생각했었는데, 꽃을 가꾼 사람이 언니가 아닌 아버지였다니. 예상치 못한 그림이 주는 충격에 그 자리에 못 박힌 듯 우뚝 멈춰 서고 말았다.

"이 시간에 어디 가는 중이냐?"

어둠 속에서 날 알아본 아버지가 굽히고 있던 허리를 들었다. 나는 카디건을 여미고 있던 손을 천천히 내렸다.

"그러는 아버진, 늦었는데 안 주무시고 뭐 하세요?"

"보다시피 화초에 물 주는 중이다. 올해가 예년에 없던 가뭄 아니냐."

한숨 섞인 음성으로 대꾸한 아버지가 다시 허리를 굽혔다. 뒤뜰의 정원은 우리가 어렸을 때부터 엄마가 가꾸어 왔던 곳이었다. 매일같이 장을 담그고, 집 안을 청소하고, 남편과 시어머니, 그리고 아들딸들을 뒷바라지하느라 바쁘면서도 하루도 빼먹지 않고 꾸준히 가꾸어 왔던 엄마의 정원이었다.

형형색색 핀 꽃들을 보고 있노라면 마음까지 환해지는 것 같다며, 엄마는 병마와 싸우며 시들해져 가는 그 순간에도 이 정원에 와서 꽃들을 살피곤 했다. 그런 정원을 아버지가…….

"엄마 돌아가시고, 계속 가꾸신 거예요?"

"어쩌다 보니 그렇게 됐구나."

아버지는 꽃에 물을 듬뿍 주며 대수로울 것 없다는 투로 그렇게 말했다. 달빛이 내려앉은 푸른 정원에서 묵묵히 물을 주는 아버지를 보는데, 문득 눈시울이 화끈거렸다. 반사적으로 입술을 꽉 깨물다 이내 씹어 뱉듯 나직이 말했다.

"거짓말."

적막한 달빛 사이로 차갑게 울려 퍼진 목소리에 아버지가 손을 멈추며 고개를 드셨다. 원망 어린 젖은 눈이 어둠 속에서도 선명하게 아버지를 응시했다.

집에 올 때마다 단 한 번도 시드는 일 없이 화사하게 가꾸어져 있던 정원의 모습이 아버지의 말처럼 어쩌다 보니 이렇게 된 게 아니라는 걸, 아무리 눈치 없는 나라도 충분히 알 수 있었다. 그런데 이 상황에서조차 어쩌다 보니, 라는 말로 둘러대는 아버지가 나는 원망스럽고 한심했다.

"거짓말쟁이에요, 아버진. 그리고 한심스러운 바보예요."

"안다, 나도."

아버지의 나직한 한마디에 울컥 뜨거운 감정이 치솟았다. 나는 눈물이 일렁이는 눈매를 꽉 구기다 아버지에게서 몸을 돌렸다. 이럴 거면서, 그 긴 시간을 미련 속에 살 거면서, 바보같이. 흐르려는 눈물을 가까스로 삼키며 발걸음을 옮겼다. 하지만 뒤늦게 들려온 아버지의 목소리에 다시금 걸음을 멈추고 말았다.

"미안하다, 인희야."

아버지의 목소리와 함께 불어온 바람이 시리게 느껴졌다.

"네가 날 많이 원망하고 있다는 거 잘 알고 있다. 어쩌면 그래서 널 더 내 곁에 두고 싶었던 건지도 모른다. 네가 날 원망하는 걸 뻔히 알고 있는데 이런 상태로 널 떠나보냈다간, 네 엄마처럼 너마저 영영 잃게 될까 봐 나이 먹은 내가 괜한 억지를 부렸구나. 너희한테도 그리고 하늘에 있는 네 엄마한테도. 아비 된 사람으로서 그저 미안한 마음뿐이구나."

10년에 가까운 세월이 흐르는 동안 단 한 번도 들어 본 적 없던 말이었다. 알면서도 줄곧 묵인하고 외면하던 아버지가 처음으로 자신의 마음을 읊고 있었다. 아버지의 목소리가 날카로운 가시처럼 가슴을 쑤신다. 천천히 몸을 돌리자, 정원 한가운데 가만히 서서 날 바라보고 있는 아버지의 모습이 눈에 들어왔다.

"할 것이라곤 변명뿐이라, 차마 말을 할 수 없었다. 그땐 그저 침묵하는 것이 네 엄마를 도와주는 것이라 생각했었는데, 네 엄마가 그렇게 되고 나니 알겠더구나. 내가 배려라 생각했던 침묵이 네 엄마에겐 무관심이었다는 걸."

담담히 지난 후회를 읊던 아버지가 내게서 시선을 떼 정원 가득 핀 꽃으로 눈을 돌렸다. 그러곤 천천히 허리를 구부려 꽃 사이에 올라온 잡초 하나를 잡고 뽑아 냈다.

"어쩌면 네 엄마를 그렇게 만든 건 호된 시집살이로 힘들게 한 시어머니가 아니라 바로 나일지도 모른다. 이 넓은 집에 마치 혼자 있는 것처럼 느끼게 만든, 바로 무책임한 나."

사위가 어두웠지만, 손안에 담긴 잡초를 내려다보는 눈동자가 짙은 후회와 그리움에 얼룩져 있다는 것을 느낌으로 알 수 있었다. 아버지는 움켜쥐고 있던 잡초의 흙을 털어 내더니, 마치 스스로를 버리듯 그 잡초를 정원 한 귀퉁이로 내던졌다. 그런 아버지를 담은 내 두 눈에는 어느새 눈물이 맺혀 있었다. 돌이킬 수 없는 지난날을 후회하고 있는 아버지가 안타까우면서도, 미웠다. 아픈 한편, 원망스러웠다.

"떠나고 나서 후회해 봤자 무슨 소용이에요."

이렇게 그리워할 것을, 보내지 못할 것을, 그땐 왜 표현조차 못하고 보냈단 말인가. 나는 가슴 깊은 곳에서부터 올라오는 날 선 원망과 함께 금방이라도 흘러넘칠 것만 같은 눈물을 꾹 눌러 삼켰다. 끝까지 원망 어린 말을 뱉으며 아버지로부터 눈을 돌리자 아버지의 씁쓸한 목소리가 귓전을 건드렸다.

"그러게 말이다."

아버지는 바닥에 내려놓은 물뿌리개를 들고 천천히 몸을 돌렸다. 세월의 흐름에 휩쓸려 같이 나약해진 뒷모습이 눈을 시리게 만들었다. 자꾸만 차오르는 눈물을 참다못해 얼굴을 돌렸다. 그러곤 아버지를 등진 채 쪽문을 향해 걸었다.

바람이 분다. 정원 가득 흐드러지게 핀 개망초 향기가 흐르는 바람결에 실려 부드럽게 코끝을 적시고 뜨거워진 눈언저리를 쓸고 지나간다. 꼭 엄마가 어루만지는 것 같았다.

* * *

쪽문으로 나와 담장을 돌아서 대문 앞으로 왔다. 아직 익지 않은 초록색 감이 막 맺히기 시작한 감나무 옆에 쪼그리고 앉아 있자, 저만치서 라이트를 밝히며 다가오던 차 한 대가 집 앞에 부드럽게 멈춰 섰다. 문 열리는 소리 뒤로 익숙한 목소리가 들려왔다.

"인희 씨?"

날 발견하곤 다급해진 발걸음이 다소 빠르게 내 앞으로 가까이 다가왔다. 바닥으로 향해 있던 눈에 구두 앞코가 들어오고서야 나는 천천히 고개를 들었다.

"전화하면 나오라니까 왜 벌써."

먼저 나와 있는 날 보고 뭐라 하려던 그가 고개를 든 내 얼굴을 보곤 말을 멈추었다. 희미한 가로등 불빛이 그를 올려다보는 내 얼굴을 노랗게 비추었다. 날 보는 그의 얼굴이 처음엔 놀란 듯했다가, 이내 천천히 굳어졌다.

"설마, 인희 씨."

그리고 동시에 내 몸이 이끌리듯 그에게로 달려들었다. 그의 단단한 허리를 힘껏 끌어안고 젖은 얼굴을 그의 가슴에 묻었다. 입술을 꾹 깨물고 있는데도 눈물이 터져 나와 어깨가 떨렸다.

와락, 품으로 안겨드는 날 무방비한 상태로 받아들인 그가 곧 천천히 팔을 뻗어 날 품에 안았다. 여름 볕보다도 따스한 그의 체온이 온몸을 휘감았다. 엉엉, 아이 같은 울음소리가 입 밖으로 터져 나왔다. 커다란 손이 그의 가슴에 묻은 내 머리를 감싸며 부드럽게 쓰다듬었다.

노란 가로등 아래서 나는 그렇게 한참을 그의 품에 안긴 채 울었다. 그리고 나의 오랜 울음에도 그는 단 한 마디도 하지 않은 채 그저 내가 울음을 그칠 때까지 묵묵히 기다려 주었다.

14장

2 남자의 계략

대체 얼마나 울었을까. 온몸의 수분이 말라 버린 듯 입 안이 버석거렸다. 퉁퉁 부어 시야가 좁아진 눈이 내가 흘린 눈물의 양을 어렴풋이 가늠케 했다. 눈물을 그치고도 남은 여운 탓에 간헐적인 흐느낌이 재차 올라왔다. 쉽사리 진정되지 않는 울음을 삼키기를 한참. 어느 정도 흐느낌이 가라앉자 우는 동안 상실하고 있던 감각들이 빠르게 현실로 돌아왔다.

떨리는 몸을 따뜻하게 품고 있는 너른 품. 부드럽게 머리를 토닥이는 다정한 손길. 이마에 불어 닿는 따뜻한 숨결. 바로, 그.

무슨 정신에선가 그를 보자마자 매달리듯 안겨서 울긴 했는데, 막상 정신을 차리고 보니 눈앞에 벌어진 상황이 참으로 난감했다. 다 울었으니 이제 그만 그의 품에서 빠져나와야 되나. 그러고 나선 또 뭐라고 말을 해야 하지? 조금 전까지 서럽게 울었던 것도 잊고 그 같은 고민에 빠져 있는데, 마치 이런 내 생각을 알아채기라도 한 듯 그가 말했다.

"이제 다 울었어요?"

그의 품에 갇힌 채 멍하니 있던 얼굴이 불현듯 머리 위를 스치는 숨결에 위로 들렸다. 그윽한 반달처럼 휜 그의 눈이 날 내려다보고 있었다. 나는 민망한 마음에 시선을 내리며 그의 품에서 살짝 벗어났다.

"죄송해요, 서 대리님. 제가 말도 없이 울기만 해서 당황스러우셨죠?"

"네."

생각지 못한 그의 단호한 대답에 되레 민망해지고 말았다. 나는 피하고 있던 시선을 돌려 그를 바라보았다. 일자로 곧게 굳어 있는 그의 입매가 눈에 들어왔다. 분명 굳어 있긴 한데, 그것이 어쩐지 장난스럽게 느껴졌다.

"설마, 지금 이 상황에 농담하시는 거예요?"

"이런 상황에서 농담을 하지, 그럼 어떤 상황에서 농담을 하겠어요."

그가 굳어 있던 입매를 느슨하게 풀며 짓궂은 웃음기를 머금었다. 참으로 할 말 없게 만드는 남자였다. 허, 하고 헛웃음을 뱉던 나는 이내 그의 말에 수긍했다.

"듣고 보니 그렇긴 하네요."

그를 따라 희미한 웃음을 짓다가 다시 또 고개를 숙였다. 내 기분을 풀어 주기 위해 노력하는 그의 모습을 보자 잠시 잊고 있던 미안함에 다시금 마음이 아려 왔다.

무슨 생각으로 눈앞에 선 그에게로 달려든 것인지. 그 상태로 이렇듯 한참이나 서럽게 운 것인지. 스스로가 행한 일임에도 머리로는 쉽사리 이해가 되지 않았지만, 아마도 몸은 본능적으로 알아차렸던 것 같았다. 지금 내 눈앞에 있는 이 사람의 존재가 그 무엇보다도 큰 위로가 될 것이라는 것을. 그리고 난 이미 깨닫고 있었다. 그저 귀찮게만 여겨졌던 타인의 존재가, 때론 어떤 극약 처방보다도 강한 위로가 될 수 있다는 것을.

촉촉이 젖은 시선을 바닥에 떨군 채 이런저런 생각들을 흘려보내고 있는데, 문득 눈가에 무언가가 닿았다. 눈을 들자 그가 내 눈가에 희미하게 맺혀 있는 눈물 한 방울을 손끝으로 슥 훔쳤다. 그러곤 허리를 조금 숙여 나와 눈을 맞추었다.

"눈이 빨간 게 꼭 토끼 같네요."

조금 전 내 눈가를 훔친 그의 손처럼, 다정하게 휘어진 눈매가 내 젖은 마음을 쓰다듬는 듯했다. 주변을 에워싼 어둠 사이로 작게 고동치는 심장 소리가 잔잔히 울려 퍼진다. 평소보다도 훨씬 환한 달빛에 푸르게 빛나는 그의 모습이 내 시린 가슴을 따뜻하게 데운다.

그를 마주 보고 있자니 뭔가 알 수 없는 충동이 가슴속에 몽글몽글 피어오르는 것 같아 나는 수줍게 시선을 피했다. 뭔가 화제 전환이 필요하다는 생각에 골똘히 머리를 굴리자, 잠시 잊고 있었던 의문점이 불현듯 머릿속에 떠올랐다.

"근데 여기까진 어쩐 일로 오신 거예요?"

"지난번에 말했었잖아요. 친구 결혼식이 있어서 지방에 가야 한다고. 그 지방이 이곳 아산이에요."

"그건 그렇다 치고, 저희 집은 어떻게 알고 오신 건데요?"

본가 집 주소는 사원 인사기록카드에도 기재되어 있지 않을 텐데, 대체 어떻게 알고 여기까지 찾아온 것인지 궁금했다. 아직 촉촉하게 젖어 있는 눈을 동그랗게 뜨고 올려다보자, 그가 꽤나 능청스러운 얼굴로 말했다.

"내가 인희 씨한테 GPS 장착해 놨는데, 몰랐어요?"

이 사람이. 싱거운 농담을 하며 은근슬쩍 답을 피하려는 그의 태도에 더욱 의문이 가중됐다.

"자꾸 어울리지 않는 농담하지 마시구요. 정말 어떻게 아신 건데요?"

"그런 게 있어요."

"아 글쎄, 그 그런 게 대체 뭔데요?"

"그건 급한 거 아니니까 차차 얘기하기로 하구요. 그나저나 큰일이네요. 내일 결혼식도 가야 되는데 셔츠가 이래서."

자꾸 대답을 피하는 그를 미심쩍은 눈초리로 바라보다가, 셔츠를 살피는 시선을 따라 눈을 옮겼다. 동시에 나는 미처 지우지 않았던 화장과 눈물로 인해 얼룩덜룩해진 그의 셔츠를 보곤 표정이 싹 바뀌고 말았다.

"세, 세상에."

수습되지 않는 상황을 직면한 두 손이 불안하게 허공을 떠돌았다. 희미한 불빛 아래였지만 비비크림의 노란 자욱이 선명히 보이는 셔츠 상태에 입이 떡 벌어졌다. 지워지기야 하겠지만, 내일이 친구 결혼식이라는데 이걸 어쩌면 좋을지. 미안함에 얼굴이 화끈거렸다.

"어떡해요? 따로 여벌 안 가져 오셨을 거 아니에요."

"뭐 어떻게든 되겠죠. 정 안 되면 근처 매장에서 셔츠 하나 사 입어도 되고."

"죄송해요."

시무룩한 표정으로 차마 그를 마주 보지 못하고 고개를 숙였다.

"죄송하라고 한 말 아니니까 신경 쓰지 말아요."

이마 위에서 옅은 웃음소리가 들렸다.

"역시 시골 공기는 좋네요. 한참 서 있었더니 다리도 뻐근한데 우리 저쪽 정자에 가서 잠깐 앉을까요?"

그가 멈춰 서 있는 내 손을 끌어 잡았다. 눈이 마주치자 싱긋 웃은 그가 내 손을 맞잡은 채 집 앞 공터 중앙에 있는 정자로 향했다. 그러곤 정자 마루를 툭툭 털더니 날 그 자리로 앉혔다.

"여름이어도 확실히 도시에 비해선 시원하네요. 근처에 있는 강 때문인가. 이래서 다들 나이 들면 도시 생활 접고 시골로 내려오나 봐요. 공기 좋고, 물 좋고, 경치 좋고."

내 손을 꼭 잡은 채 옆에 앉은 그가 별이 총총 뜬 하늘을 올려다보며 말했다. 시원한 바람 끝이 그의 이마에 흐트러진 머리카락을 잘게 흔들었다. 어스름한 밤처럼 짙고 깊은 눈동자가 그윽하게 이 밤을 담아낸다. 그의 얼굴을 비추는 푸른 달빛이 시리기는커녕, 따스하게 느껴졌다. 마주 잡은 손도 그의 눈빛만큼이나 따스했다. 그의 손을 놓치지 않게끔 꽉 쥐며 조심스럽게 입술을 떼었다.

"근데, 안 물어보세요?"

고요한 어둠 사이로 망설임 어린 목소리가 작게 울려 퍼졌다. 그가 하늘을 바라보던 고개를 내려 나를 바라보았다.

"왜 그렇게 울었냐고."

"물어보면 말 해 주려구요?"

되돌아온 반문에 말문이 막혔다. 얼굴에 드리워진 난감한 기색을 읽은 듯 그가 먼저 입을 열었다.

"궁금해요. 궁금하긴 한데 그냥 안 물어보려구요. 내 궁금증 때문에 인희 씨 난처하게 하고 싶진 않거든요. 나중에 혹시라도 말할 마음이 생기거든, 그때 들어도 늦지 않으니까요. 그리고 오늘 난."

잠시 말을 멈추더니 그가 가만히 웃었다.

"인희 씨가 아프던 순간에 내 가슴에 기대어 울어 줬다는 것만으로도 충분히 만족하고 있어요."

귓가에 닿은 그의 말에 순간 울컥했다. 궁금할 텐데, 나라면 왜 그런 거냐고 먼저 추궁하듯이 물었을 텐데, 그저 묵묵히 내 눈물을 받아 주고 그것만으로도 만족스럽다 말해 주는 그를 보자 또다시 눈물이 날 것만 같았다. 이대로 그를 마주 보고 있다간 왠지 또 청승맞게 울어 버릴 것만 같아서, 나는 그만 고개를 돌리고 말았다. 그러곤 차마 못다 한 마음을 짧은 말로 대신 전했다.

"고맙습니다, 서 대리님."

그가 나직이 한숨을 뱉었다.

"연인 사이에 자꾸 그런 말 하는 거 아니라니까 또 그러네. 거리감 들게 자꾸 그럴 거예요?"

나는 약간 화가 난 듯 말하는 그의 얼굴에 놀라 움찔했다. 거리감을 두려고 한 말은 아니었는데, 그에겐 그 말이 그런 식으로 받아들여졌구나 싶어서 서둘러 상황을 수습했다.

"그게 아니라, 이런 상황에 고맙다는 말 빼곤 어떻게 해야 하는지를 몰라서⋯⋯."

"보통 연인 사이엔 그런 상투적인 말보다는 다른 걸로 마음을 표현하죠."

난처해하는 내게 그가 말했다. 얼굴에 당황한 기운이 가시고 궁금증이 떠올랐다.

"어떻게요?"

"이렇게요."

궁금한 듯 눈을 동그랗게 뜨고 그를 올려다보는 내 뺨에 그의 손이 닿았다. 내 손을 잡고 있지 않은 반대쪽 손으로 부드럽게 뺨을 감싸 쥔 그가 이내 고개를 숙였다. 그리고 미처 상황 파악을 마치기도 전, 입술이 닿아 왔다.

여름밤처럼 덥고 습한 입술이 보드랍게 내 입술 위를 쓸었다. 그와 맞잡고 있는 손끝에 나도 모르게 힘이 실렸다. 열기가 어른거리는 눈을 스르륵 감자, 그가 평소보다 좀 더 깊게 입을 맞춰 왔다. 경직된 입술을 살짝 깨물어 당기는가 싶더니 말캉한 혀로 아랫입술을 살짝 핥았다. 그리고 이어서 벌어진 입술 사이로 그의 혀가 농밀하게 들어올 것이라 예상하던 순간, 맞닿아 있던 입술이 떨어졌다.

"방금 그건. 인희 씨가 망친 내 셔츠 값이라고 해 둘게요."

숨결이 엉키는 거리에서 나직이 속삭인 그가 엄지손으로 내 입술 위를 가만히 쓸어내린 뒤 숙이고 있던 몸을 바로 세웠다. 그의 손끝이 쓸고 지나간 자리가 붉은 불씨라도 일어난 것처럼 뜨거웠다.

그가 느린 나를 위해 배려하고 있다는 건 알고 있지만, 그냥 이대로 멈춰 버리면 이 불씨가 더 커져서 날 집어삼켜 버릴 것만 같았다. 이 불씨를 끄기 위해서라도, 더 늦기 전에 뭔가를 해야 할 것 같았다.

"그걸로 충분하세요?"

갑작스러운 내 물음에 그가 무슨 의미냐는 듯 눈을 크게 떴다.

"서 대리님 셔츠 값으로 그 정도면 충분하시냐구요. 제 생각엔."

잠시 말을 멈추었다가 결심이 선 얼굴로 그를 올곧게 올려다보았다. 대충 내 말의 의미를 파악한 그의 눈동자가 흔들리고 얼굴엔 동요가 스쳤다. 그리고.

"적어도 이 정도는 돼야 할 것 같은데."

말을 마침과 동시에, 나는 손을 뻗어 그의 목덜미를 당겼다. 고개를 들어 입술을 맞대자 놀란 듯 흔들리는 그의 호흡이 느껴졌다. 마주 닿은 코끝이 스치도록 고개를 비스듬히 튼 뒤 그의 입술에 맞물리듯 깊게 입을 맞추었다.

부드럽고 도톰한 입술을 살짝 깨물어 벌리고 조심스럽게 혀를 움직여 그의 입 안으로 파고들었다. 두 눈을 감은 채 천천히, 서툴지만 진심을 담아 키스했다. 늦은 밤, 인적이 드물긴 하지만 마을 사람들이 지나다닐지도 모르는 공개된 장소에서 그에게 입을 맞추고 있다는 이 사실이 스스로도 믿기지 않았다.

그럼에도 하고 싶었다. 전하고 싶었다. 내 마음을, 내 진심을.

어두운 달빛에 내 수줍고 서툰 모습 또한 가려지길. 오직 내 진심만이 당신에게 닿기를 바라고 또 바라며 나는 그에게 입을 맞췄다. 그렇게 그의 기준에 한없이 못 미쳤을 키스를 마치고, 긴장과 설렘이 뒤섞인 한숨을 무겁게 몰아쉬며 그의 목 뒤로 가 있던 손을 내렸다. 그러곤 마치 평가를 앞둔 아이처럼 긴장과 초조함이 뒤섞인 눈동자로 그를 올려다보며 물었다.

"이 정도면, 서 대리님 셔츠 값도 지난번에 주신 숙제도 다 해결된 거 맞죠?"

키스 후 이렇게 묻는 게 좀 우습긴 하지만, 어쩐지 확인을 받아야만 할 것 같았다. 그를 향한 내 진심이 그에게 제대로 닿았는지 증명받고 싶었다. 과연 그는 뭐라고 대답할까. 설레는 마음으로 기다리고 있는데, 생각지 못한 나의 행동에 다소 당황한 듯싶었던 그의 표정이 당혹감을 벗고 서서히 굳었다.

깊이를 가늠할 수 없을 만큼 짙은 시선이 묵직하게 내 얼굴로 내려앉았다. 침이 꼴깍, 목울대를 치고 내려갔다. 왜 저런 눈으로 바라보는 거지. 터질 것 같은 긴장감에 심장이 굳는 것만 같아서 손끝을 말아 쥐자 그가 말했다.

"한 번에 두 가지를 퉁 치려는 건 반칙 아닌가?"

"네?"

"기왕 할 거면, 계산은 확실히 해야죠."

그가 한 말의 뜻을 미처 파악하기도 전, 맞잡고 있던 손을 돌연 놓은 그가 내 팔을 홱 잡아 당겼다. 몸이 빨려들 듯 그의 품으로 안겼다. 깜짝 놀라 고개를 들자 그가 내 턱 끝을 쥐며 입술을 벌렸다. 그러곤 숨 돌릴 겨를도 없이 입 안으로 파고들었다.

턱 끝을 쥐던 손이 목 언저리를 쓸고 지나가 이내 목 뒤로 휘감겼다. 뼈마디가 생생히 느껴지는 강인한 손이 소름 끼치도록 부드럽게 머리카락 속으로 파고들었다. 깊게 입을 맞추며 뒷목을 당기는 손의 기운이 야릇했다.

더운 호흡이 입 안으로 훅 밀려든다. 몰아치듯 퍼붓는 키스에 몸이 무너져 버릴 것만 같아서 나도 모르게 손을 뻗어 그의 어깨를 붙잡았다. 그러자 내 팔을 붙잡고 있던 손이 이번엔 내 허리 뒤로 기민하게 감겨 왔다.

허리를 안은 팔이 오래된 고목처럼 견고했다. 숨 막힐 정도로 여유 없이 탐하는 그의 입술을 받아 내려 꺾인 허리를 그의 커다란 손이 단단하게 받친다. 그저 지탱하는 것일 뿐인데도 그 감촉이 너무 생생해서인지 마치 맨살과 맨살이 닿은 듯 야릇했다.

얇은 카디건 사이로 느껴지는 그의 열기에 온몸이 녹아내릴 것만 같았다. 지금까지 해 왔던 키스는 마치 키스도 아니었던 것처럼, 그가 집어삼킬 듯이 내 숨결을 빼앗고 입술을 취했다. 그의 열기가 맞닿은 살갗을 통해 내게 전도된 것처럼 온몸이 뜨거웠다. 조금 전만 해도 입술 위에서만 붉게 일어났던 불씨가 지금은 온몸을 잠식했다. 이대로 타 버려도 좋을 것 같다는 생각마저 들었다.

"하아."

이전과는 비교도 할 수 없는 진한 키스가 끝나고, 더운 숨이 맞닿은 입술 사이를 비집고 흘러나왔다. 가쁜 숨을 몰아쉬며 고개를 들자, 열띤 키스 이후로도 여전히 짙고 더운 시선이 시야를 가렸다. 뺨 위로 흐트러진 머리카락을 다정히 쓸어 넘겨 준 그가 이마를 맞댄 채 나직이 속삭였다.

"인희 씨 이제 어떡할 거예요?"

귓가에 닿는 목소리 끝이 탁하게 갈라져 있다.

"나 점점 더 성급해지고 점점 더 욕심내게 될 텐데."

아직도 더운 숨이 코끝에서 부서졌다. 뱉은 말에 실린 열기처럼 뜨거운 눈동자에 심장이 가쁘게 조여들었다가 이완했다.

"그건……."

계속 마주하고 있다간 그 열기에 눈이 녹아 버릴 것 같아 시선을 피했다. 그러곤 수줍은 듯 말문을 열었다.

"저도 마찬가진걸요."

진심이었다. 그와 함께하는 시간이 많아지고, 공유하는 추억들이 많아질수록 그가 더 욕심이 났다. 처음엔 그저 충동적인 것이라 여겼던 감정이 이젠 내가 가진 감정의 모든 것이 되어 버리고 말았다. 옆에 있는데도 보고 싶고, 서로 닿아 있는데도 만지고 싶었다. 키스를 할 때면 이 시간이, 이 행복이 영원히 끝나지 않기를 바라기도 했다. 그만큼 이미 나도, 그 이상으로 성급해지고 욕심쟁이가 되어 가고 있었다.

"아무래도 오늘은 그만 인희 씨 들여보내야겠네요."

문득 더운 한숨을 길게 뱉은 그가 내게서 몸을 떼고 자리에서 일어났다. 막 진심을 고백했는데, 그 순간 물러서는 그를 보자 당황스러웠다. 왜냐고 물으려다 뒤이어 들려온 그의 말에 물을 것도 없이 얼굴이 빨개지고 말았다.

"더 있다간 무슨 짓을 할지 모르겠어요."

뜨거워진 열기를 가라앉히려는 듯 그가 손끝으로 얼굴을 한 번 시원하게 쓸어내렸다. 무슨 짓이라니. 키스 이후로 이어질 무슨 짓들을 떠올리며 얼굴이 더욱 붉게 물들어 갔다.

지금까지 그런대로 그의 말에 적절한 대응을 해 왔다 생각했는데 이번에는 대체 어떤 말로 받아쳐야 하는 것인지 아무것도 떠오르지 않았다. 할 말을 찾지 못해 입술을 소리 없이 달싹이고 있는데, 그가 한층 더 짙어진 눈으로 내 쪽을 돌아보았다.

"안 들어갈 거예요?"

"네?"

"내 말이 무슨 의미인지 못 알아듣진 않았을 텐데. 그대로 있다는 건, 지금 나더러 나 하고 싶은 대로 해도 된다는 뜻인가?"

"아, 아니."

당황한 나머지 말이 헛나갔다. 그가 더는 들을 것도 없다는 듯 내게서 고개를 돌렸다.

"그런 거 아니면 얼른 가요. 괜히 늑대라느니 응큼하다느니 하는 소리 듣고 싶지 않으니까."

하고 싶은 대로라는 것이 내가 예상하는 바와 크게 다르지 않음을 확인시켜 주는 그의 말에 말문이 막히다 못해 대답할 의욕조차 사라지고 말았다. 하는 말마다 어찌나 당황스러운 말만 골라서 하는지. 얼굴이 용광로에 들어간 듯 달아올랐다. 화끈대는 뺨을 나도 모르게 양손으로 매만지다가 어쩐지 이조차 부자연스러운 제스처라는 생각이 들어 얼른 손을 내렸다. 그러다 또 어떤 허를 찌르는 말이 돌아올지 모른다는 생각에 서둘러 인사했다.

"그, 그럼 저 먼저 들어갈게요. 안녕히 가세요."

허리를 접어 가며 꾸벅 인사를 건네곤 그에게서 돌아섰다. 팔랑이는 카디건을 여미고 막 한 걸음을 내디뎠을 때 나직한 음성이 다시금 날 불러 세웠다.

"인희 씨."

심장이 철렁, 하고 내려앉았다가 튀어 올랐다. 숨을 혹 몰아쉬며 천천히 몸을 돌렸다. 푸른 어둠 속에서 단단한 고목처럼 흔들림 없이 선 그가 부드럽게 웃으며 손을 흔들었다. 그러곤 다정한 목소리로 내게 말했다.

"잘 자고, 내일 봐요."

여름밤처럼 촉촉하고 따뜻한 그의 미소가 내 눈을, 가슴을 가득 채운다. 가슴속에서 몽글몽글 수증기가 올라오는 것 같았다. 나는 그를 따라서 천천히 손을 들곤 수줍게 흔들었다. 그가 얼른 들어가라는 듯 손짓했다. 한참 동안 그에게서 눈을 떼지 못하다가, 결국 마지못해 돌아서 집으로 들어갔다.

달빛이 환하게 내려앉은 정원을 지나 돌길을 따라 걷는 동안, 내딛는 걸음걸음마다 그를 떠올렸다.

그의 눈빛, 그의 음성, 그의 손길, 그의 품, 그의 입술 그리고 그가 내게 준 위로까지.

그가 가진 모든 것들이 내 머릿속을, 내 감각들을 빈틈없이 차지했다. 나는 아직도 생생하게 남아 있는 그의 감촉을 되새기듯 입술을 매만졌다. 조금 전 집요했던 입맞춤으로 인해 부어오른 입술이 부드럽고 말캉하게 손끝에 닿는다. 손끝이 닿자 잊고 있던 그때의 감각이 불씨처럼 되살아났다. 미미한 불씨가 거친 불길이 되어 온몸으로 번질 것 같아, 얼른 손을 떼었다.

아무래도 오늘 밤, 깊은 잠을 자기엔 글러 버린 것만 같다.

한숨을 몰아쉬다 방문 앞에 막 다다랐는데, 문득 그가 했던 마지막 인사말이 머릿속에 떠올랐다.

'잘 자고 내일 봐요.'

내일 봐요.

내일.

나는 우뚝 걸음을 멈춘 채 고개를 갸웃했다.

그 말은 내일 또 집에 오겠다는 말인가? 아니면 서울에 가서 보자는 말인가?

갑작스레 집 앞에 나타난 그의 출현과 함께 묘한 의문이 신경을 사로잡았다. 방 문손잡이를 잡은 채 한참을 생각에 잠겨 있다가, 혼자 고민해 본들 쉽게 답에 도달하지 못할 것 같아 이내 포기했다.

내일이 되면 알게 되겠지.

편한 쪽으로 생각을 마치며 방으로 들어갔다.

* * *

이른 아침부터 마을은 결혼식 준비로 떠들썩했다. 이 일대에서 가장 명망이 높은 가문의 장손의 결혼식이었으니 지나가던 고양이도 기웃거릴 판이었다. 게다가 오빠가 유난스럽게도 야외 예식을 선택한 탓에 그 떠들썩함은 배가 되었다.

별도의 웨딩홀을 빌리지 않고 야외에 예식장을 꾸며 치러지는 만큼 준비할 것도 많아서, 덕분에 동생인 나까지 정신이 없어졌다. 식을 올리는 건 오빠인데, 어째서인지 주변 사람들이 더 분주한 형국이었다.

"이러려고 전날 미리 오라고 한 거구만. 아침부터 사람 부려 먹으려고."

불만 가득한 음성으로 투덜거리며, 나는 간밤의 수면부족으로 인해 피곤이 눌러앉은 눈두덩을 꾹꾹 눌렀다.

임신한 아내에게 특별한 결혼을 선물하고 싶다는 명분하에 오빠는 평소 친분이 있는 지인이 운영하는 레스토랑 앞마당을 예식 장소로 선택했다. 듣기로는 아마 둘이 처음 만난 곳이 이 레스토랑이었다는 것 같았다.

고즈넉한 시골 한편에 위치한 레스토랑에는 소규모 웨딩을 치르기에 적합한 크기의 뜰이 마련되어 있었다. 울창한 숲을 등진 채 물안개 자욱한 강가를 마주 보고 있어서인지 마치 동화 속 결혼식장처럼 예쁘고 운치 있어 보이긴 했다. 그 운치를 누리기엔 다소 희생이 따르긴 했지만.

"이거 저 앞 포토테이블에 갖다 놓으면 되죠?"

나는 플래너가 준 사진이 든 가방을 건네받곤 예식이 이루어질 홀 입구 앞에 놓인 테이블로 발걸음을 옮겼다. 액자가 꽤 많은지 가방을 받아 든 손이 제법 묵직했다.

그래도 하나뿐인 오빠 결혼식이라고 여성스러운 살구색 원피스에 평소보다 더 높은 하이힐까지 갖춰 신었건만, 여기까지 와서 이런 막노동이나 하게 될 줄이야. 잔디 깔린 바닥으로 파고드는 힐을 볼썽사납게 들어 올리며 힘겹게 걸음을 떼고 있는데, 어디선가 불쑥 나타난 손이 낑낑거리며 나르던 가방을 가져갔다.

"그거 이리 줘요."

어디서 본 듯한 손과 마찬가지로 어디서 많이 들어 본 듯한 목소리에 놀라서 고개를 돌렸다. 설마.

"서 대리님?"

나는 눈앞에 있는 남자를 보고도 믿기 힘든 듯 두 눈을 연거푸 끔벅였다. 하지만 믿기 힘들 정도로 태연한 남자는 표정 하나 바뀌지 않은 얼굴로 내게서 가로챈 가방을 손에 쥔 채 날 앞서 걸어갔다. 나는 황당한 얼굴을 하고 재빨리 그의 옆으로 따라붙었다.

"뭐예요, 어떻게 된 거예요, 대체? 서 대리님이 어쩐 일로 여기 나타나신 거예요? 저 여기 있는 줄은 어떻게 아시고."

"글쎄요."

그가 알 수 없는 미소를 입가에 건 채 묵묵히 정면을 보고 걸어 나갔다. 내일 보자는 말이 이런 말이었던 건가? 서프라이즈라도 하려 했던 거야? 그건 그렇다 치더라도, 내가 집이 아닌 여기 있다는 건 대체 어떻게 안 거지?

신출귀몰하기가 완전 홍길동 수준인 그의 등장에 갖가지 의문들이 머릿속에 뭉게뭉게 피어올랐다. 속을 알 수 없는 그를 한참 동안 빤히 올려다보다 진지하게 물었다.

"서 대리님 설마, 정말로 저한테 GPS 장치라도 다신 거예요?"

그가 실없는 내 말에 크게 웃고는 큰 보폭으로 내 옆을 지나쳐 갔다. 알면 알수록 미스터리한 남자다. 황당한 한편 기분이 나쁘지만은 않아, 웃음이 입가로 번져 나갔다. 날 보기 위해 여기까지 찾아온 것이라는 생각이 들자 뭔가 뿌듯했다.

그건 그렇고, 누가 보면 어쩌려고 초대도 받지 않은 결혼식장에 나타나 날 돕는 것인지. 가족 중에 누가 볼세라 황급히 그에게로 달려갔다.

"저기요, 서 대리님. 여기서 이럴 게 아니라 일단 나가서."

"어, 서태호?"

그의 이름을 부르는 익숙한 음성에 그에게로 향하던 발걸음을 멈추었다. 돌아보자 턱시도를 차려 입고 신랑답게 한껏 멋을 부린 오빠가 이쪽을 바라보며 걸어오고 있었다. 정확히는 서 대리 쪽이었다. 오빠에게로 가 있던 내 얼굴이 천천히 움직여 서 대리에게로 향했다.

"방금 그거…… 뭐예요?"

포토테이블 위에 액자를 내려놓은 그가 어느새 내 앞으로 다가와 있었다. 오빠 쪽을 바라보고 있는 서 대리의 눈빛을 보아하니 잘못 들은 건 아닌 듯싶었다. 저만치서 가까워지는 오빠와 서 대리를 번갈아 보는 눈에 의문을 비롯한 복합적인 감정이 어지럽게 떠돌았다.

"오빠가 어떻게 서 대리님 이름을……."

"내가 주말에 가야 된다던 결혼식이 여기거든요."

놀란 눈으로 그를 올려다보는 나와는 달리 그가 담담한 표정으로 그렇게 말했다. 동시에 알고 있는 상황들이 하나씩 짜 맞춰지며 얼굴이 더욱더 당혹감으로 물들어 갔다.

"그럼 설마, 그 결혼한다는 친구가……?"

그래도 믿기 힘들다는 표정으로 바라보며 말을 멈추자, 그가 날 대신해 뒷말을 이었다.

"주인하예요. 인희 씨 오빠."

"말도 안 돼."

허탈한 웃음이 입술을 비집고 흘러나왔다. 예상치 못한 전개에 심각한 오류에 빠진 날 상대로 그가 농담을 던지고 있는 것만 같았다. 그런데 때마침 다가온 오빠가 믿기 힘든 그의 말에 쐐기를 박았다.

"야, 주인희. 네 상사 깍듯이 안 모시고 뭐 해?"

미스터리한 서 대리를 뚫어지게 쳐다보던 눈이 이번엔 오빠에게로 향했다.

"뭐야, 그 말은? 설마 오빠도 알고 있었어? 서 대리님이 내 직장 상사인 거?"

내 물음에 오빠가 되레 어이없다는 듯한 얼굴로 되물었다.

"너야말로 뭐야. 여태 태호가 내 친구인 거 모르고 있었던 거야?"

그가 오빠의 친구인 걸 여태 모르고 있었냐니.

어쩐지 묘한 뉘앙스를 풍기는 말에 머릿속이 실타래처럼 뒤엉켰다. 설마, 하는 생각으로 그에게로 시선을 돌리자 그가 뭔가 걸리는 구석이 있는 듯 내 눈을 피했다. 그리고 난 확신하게 되었다. 그에게 진짜 뭔가가 있다는 것을.

맙소사.

"서 대리님."

나는 재차 기막힌 웃음만 흘리는 입술을 질끈 깨물며 나직이 그를 불렀다. 내 목소리를 들은 그가 마지못해 외면하던 고개를 내게로 돌렸다. 눈이 마주치고, 그에게로 향한 내 눈동자가 날카롭게 빛났다. 오빠가 그와 나 사이에 흐르는 미묘한 분위기를 캐치한 듯 숨을 죽인 채 우리 둘을 번갈아 바라보았다.

"야, 상사랑 직원 분위기가 왜 이렇게 살벌해?"

"오빠 알 것 없고, 서 대리님은 저랑 잠깐 얘기 좀 하시죠."

성질 같아선 팔을 잡아끌고 갈까 싶었지만, 우리 둘을 주시하는 오빠의 시선을 의식해 고개를 숙인 채 빠르게 그의 옆을 스쳐 지나갔다.

"저 녀석 왜 저러냐? 암튼, 이따 결혼식 끝나고 보자. 나 내일 신혼여행 가기로 해서 예식 끝나고 집 마당에서 피로연 하기로 했거든. 급한 일 없으면 들렀다 가. 오랜만에 애들도 좀 보고."

"알았어. 예식 잘하고."

그는 오빠와 인사말을 주고받은 뒤 곧 내 뒤를 따라왔다. 일가친척들이 모인 자리인 만큼 사람들 눈에 띌 가능성이 높았기에 비교적 인적이 드문 곳을 찾아 멀찍이 떨어진 곳으로 빠르게 걸음을 옮겼다. 걷는 내내 쉽사리 정리되지 않는 사실을 감당하느라 과부하에 걸린 이마가 뜨거웠다.

예식이 이루어지는 장소와 가능한 멀리 떨어진 곳에서 오래된 노송 옆의 별채를 발견하곤 그 뒤로 들어갔다. 그러자 그가 곧 뒤따라 건물 뒤로 들어왔다.

"언제부터 아신 거예요?"

단둘이 되기가 무섭게 쏘아붙이듯 입을 열었다.

"인희 씨, 그게."

날 만난 이래로 처음으로 난처한 얼굴을 한 그가 골이 잔뜩 난 날 보며 머쓱하게 웃었다. 뭔가 변명할 기색이 비치자 더욱 그를 몰아붙였다.

"제가 저희 오빠 동생인 거 언제부터 아신 건데요? 아니, 오빠 언제부터 안 건데요? 서 대리님이 제 상사라는 거. 아니, 그것도 아니지. 오빠나 서 대리님이나 왜 알면서도 여태 저한테 말 안 한 건데요?"

복잡한 심경을 고스란히 드러내듯, 정리되지 않은 의문들을 폭풍처럼 쏟아 냈다. 그러곤 진정되지 않는 마음에 그를 노려보며 씩씩거렸다. 날카로운 내 눈초리를 마주한 채 쉽사리 입을 열지 못하던 그가 나직이 한숨을 뱉은 뒤 내게 말했다.

"내가 인하한테 말하지 말아 달라고 부탁했거든요."

"아니."

지금 내게 벌어진 일만으로도 충분히 예상 밖인데……. 상상 이
상의 대답에 할 말을 찾지 못한 입이 황당함을 머금고 벌어졌다. 아
니, 대체 왜 그런 부탁을 한단 말인가. 대체 뭐 때문에? 한참을 황당
한 표정으로 그를 바라보다가, 직접 물어야 답이 나올 것 같아서 가
까스로 마음을 진정시키며 물었다.

"대체 왜요? 왜 말하지 말라고 하신 건데요?"

"오빠 친구인 거 알면 안 그래도 벽을 치는 성격에, 더 조심스러
워하고 경계할 게 뻔하니까."

담담한 어조로, 담담한 표정으로 자신의 의도를 고백하는 그의 말
에 미간을 찌푸렸다.

"그러니까 지금 그 말씀은 이게 다 서 대리님이 꾸민 짓이다?"

"굳이 부정은 안 할게요."

"하."

기가 막혀 뱉은 한숨이 입천장을 훑었다. 잠시 허공으로 시선을
돌렸다가 다시 그에게로 향하자 일말의 죄책감 동요도 없는 고고
한 낯이 눈에 들어왔다. 참으로 믿기 힘들 정도로 태연한 모습이었
다. 황당함을 넘어서 이젠 화가 나려 했다.

"여태 그 긴 시간을 속여 놓고, 서 대리님은 어쩜 그렇게 당당하
고 뻔뻔하세요?"

"뻔뻔하지 않았으면."

내 날 선 물음에 그가 단호한 음성으로 맞받아쳤다.

"지금 나랑 인희 씨가 이런 관계로 마주 보고 서 있을 수 있었겠
어요?"

다음 공격을 준비하던 입이 되돌아온 그의 물음에 맥없이 다물어
지고 말았다. 미처 모르던 진실이 무엇이건 간에, 그보다 중요한

'현재'를 눈앞에 내세우는 그의 말에 그만 할 말이 없어졌다.

그의 말에도 어느 정도 일리는 있었다. 오빠 친구인 걸 알았다면 내 성격에 분명 더 벽을 치며 그에게 거리를 뒀을 것이고, 그가 이처럼 뻔뻔하지 않았다면 그에게 실수로라도 곁을 내어 주는 일 따위 없었을 터였다. 줄곧 타인을 멀리해 왔던 내가, 그와 지금과 같은 관계로 발전하는 일 또한 아마 없었겠지.

그러니 그 모든 것들이 있었기에 그와 내가 지금의 관계로 마주 보고 있는 것이라는 그의 말엔 틀림이 없었다.

정말이지 사람 할 말 없게 만드는 데는 도가 튼 남자가 아닌가?

나는 한 치의 오류도 없는 그의 말에 뭐라 대꾸조차 하지 못했다. 사람을 속인 와중에도 그마저 본인에게 유리하게 끌어 가는 남자가 얄미웠다. 참 뻔뻔스럽다. 시작부터 끝까지 뻔뻔스러운 저 태도는 대체 어디서 나온 것인가 생각해 보지 않을 수 없었다. 아마도 그는 자신이 비록 날 속이긴 했지만, 새로이 드러난 진실이 내가 그에게 가진 마음을 흔들 정도는 아니라고 생각하는 듯했다.

그리고 그것은 사실이었다. 속은 것에 화가 나면서도, 한편으론 기뻤으니까. 우스운 소리지만, 이렇게 치밀한 계략까지 짤 정도로 그가 날 마음에 두고 있었다는 사실에 조금은 기분이 좋기도 했다.

영악해.

그걸 정확히 짚어 내고 예리하게 노린 그의 영악함에 문득 화가 났다. 나는 두 눈 가득 날을 세워 그를 노려보았다. 얄미울 정도의 뻔뻔함조차 본인의 매력으로 승화시키는 이 남자가 짜증이 날 정도로 미웠다. 하지만 이 남자는 그조차도 허락하지 않는 남자였다. 알게 된 이후로 온갖 황당한 화술로 사람 혼을 쏙 빼놓은 남자는 이번역시 귀를 의심케 할 황당 멘트로 내 멘탈을 붕괴시켰다.

"이왕 이렇게 된 거 이참에 호칭 정리나 하죠."

느닷없는 호칭 정리 운운에 그를 향한 화로 가득 차 있던 머릿속이 어지럽게 뒤엉켰다. 그 틈을 놓치지 않은 남자가 연이어서 쐐기포를 날렸다.

"서 대리님 말고 태호 오빠 어때요?"

"뭐, 뭐라구요?"

지금 이 남자가 대체 뭐라는 거야? 놀라 벌어진 목구멍 사이로 새된 소리가 높게 빠져나왔다.

"말 나온 김에 어서 해 봐요. 태호 오빠."

"오후도 되기 전에 더위 드셨어요? 정말 제정신이 아니신가 봐요!"

태호 오빠라니. 질색을 하며 그를 향해 외쳤다. 하지만 남자는 무색해하기는커녕 천연덕스러운 표정으로 받아칠 뿐이었다.

"인희 씨 앞에만 서면 난 항상 제정신이 아닌걸요."

언제부터 이 남자가 이렇듯 팔불출이 된 것인지.

"내가 못살아, 정말."

나는 화끈대는 뺨을 양손으로 누르며 황급히 그의 옆을 스쳐 지나갔다. 도망치듯 건물 뒤에서 빠져나와 홀이 있는 방향으로 재빨리 걸음을 옮기는 내 뒤로 그가 다시금 따라붙었다.

"은근슬쩍 말 돌리지 말고 얼른 해 봐요."

"아, 뭘 자꾸 해 보라고 하시는 건데요!"

"다시 말해 줘요? 태. 호. 오. 빠."

"아악!"

경악스러운 얼굴로 두 귀를 막은 나는 비명을 지르며 그를 피해 냅다 뛰었다. 등 뒤로 유쾌한 그의 웃음소리가 시원한 바람처럼 호탕하게 뻗어 나왔다.

도무지 가라앉을 기미가 보이지 않는 붉은 뺨을 양손으로 가리며 뒤늦게 후회해 보지만, 돌이키기엔 이미 늦어 버렸다. 거미줄보다도 촘촘한 저 남자의 계략에 꼼짝없이 말려든 지 오래였기 때문이다. 왠지, 앞으로 한동안. 아니, 어쩌면 평생, 이 남자의 마수에서 헤어 나오지 못할 것만 같은 불길한 예감이 들었다.

15장

서태호

   고등학교 3학년 때였을 것이다. 입시 준비에 한창이었던 나는 주말 보충 스터디를 위해 같은 반 친구인 인하의 집으로 갔다. 평상시에는 같이 다니는 입시 학원의 스터디룸을 이용했지만, 마침 그곳이 일주일간 보수 공사를 하게 되는 바람에 우리는 비교적 학교에서 가깝고 조용하기도 한 인하의 집으로 장소를 정하게 되었다.

   "미안하다, 태호야. 아직 방 정리가 덜 돼서. 금방 치울 테니까 여기 앉아서 조금만 기다려."

   "괜찮아. 아직 애들도 안 왔고. 집 구경 좀 하고 있을 테니까 서두르지 말고 일 봐라."

   미안해하는 인하 녀석의 어깨를 툭 친 뒤, 나는 자갈이 깔린 너른 마당 쪽으로 발길을 옮겼다. 시간이야 아깝게 됐지만 딱히 할 일이 있는 것도 아니니 굳이 서두를 필요는 없었다. 꽤 유서 깊은 종갓집이라고 소문이 나 있던 인하의 집이 어떤 모습일지 조금 궁금하기도 했고.

   자갈길을 가로질러 걷던 나는 대문을 중심으로 높게 쌓인 돌담을 따라 발걸음을 옮겼다. 초록빛 넝쿨이 감고 올라간 높은 담장과 부드럽고도 단단한 나무의 질감이 고스란히 느껴지는 목조 건물에서는 그들이 버텨 온 긴 세월의 흔적이 짙게 묻어 나왔다.

자갈로 경계를 만들어 놓은 뒷마당 위로 붉게 무르익은 감나무와 동양미를 물씬 풍기는 색색의 무궁화가 한 편의 화폭 같기도 했다. 화려한 서양식 주택에 익숙해져 있었던 탓일까. 절제미가 돋보이는 운치 있고 고즈넉한 그 고택의 풍경에 나도 모르게 젖어 들어 있을 즈음, 불현듯 인기척이 들려왔다.

"아이씨."

반사적으로 백색의 무궁화 꽃을 가만히 들여다보고 있던 시선을 돌담 쪽으로 돌렸다. 대문과는 멀찌감치 떨어진 곳이기에 사람이 오갈 리가 없는데 인기척이 전해지니 그저 의아할 수밖에 없었다. 사람이 아니라 짐승언가. 한참을 주시해도 눈에 띄는 것이 없어 그만 시선을 떼려던 찰나, 담장 너머에서 검은 형상의 무언가가 빼꼼 모습을 비쳤다.

"아, 진짜. 이거 왜 이렇게 안 돼."

또렷하게 들려오는 사람의 음성에 나는 발걸음을 옮겨 담장 쪽으로 다가갔다. 걸음이 가까워지자 강아지 울음소리 같은 것도 간혹 들려온다. 소란스러운 그 담장 너머에는 치마교복을 입은 채 낑낑대고 있는 한 여자 아이가 있었다.

"에이. 안 되겠다."

뭔가 결심을 했는지 여자 아이가 등에 메고 있던 가방을 벗어 담장 너머로 던졌다. 그러곤 담장 윗부분을 꽉 붙잡으며 또다시 담장에 매달렸다. 키가 작은 탓에 다리를 올리는 건 역부족이라 생각했는지 나름대로 담장에 깊숙이 난 홈을 짚어 가며 요령을 부리고 있었으나 힘들어 보이기는 마찬가지였다.

저렇게 해선 하루 종일 걸릴 텐데……. 한심한 눈으로 올려다보다가, 이내 불필요한 관심임을 느끼고 몸을 돌렸다. 그런데 몸을 돌리기가 무섭게 들려온 낑낑거림이 다시금 내 발목을 잡아챘다.

귀찮게 됐네.

나는 막 돌아선 걸음을 되돌려 담장 쪽으로 다가갔다. 아니나 다를까 담장 위에 손을 올리고 양발을 돌 틈에 낀 채로 엉덩이를 쭉 내밀고 있는 우스꽝스러운 포즈의 여자아이가 감당이 안 되는지 몸을 이쪽저쪽으로 흔들어 대고 있었다.

어이가 없어서 하, 하고 실소를 뱉던 나는 결국 보다 못해 담장을 잡고 있는 가느다란 두 팔을 다짜고짜 잡아 버렸다. 그러곤 어? 라고 소리 내는 그 아이를 담장 위로 단숨에 잡아 올렸다. 간신히 가슴 정도를 담장에 걸친 여자애가 놀란 눈으로 날 바라본다.

"누구세요?"

강아지 같은 눈을 깜박거리며 여자애가 말했다. 나는 순간적으로 힘을 쓴 탓에 살짝 흐트러진 옷매무새를 가다듬으며 짤막하게 답했다.

"이 집 아들 친구."

"주인하 친구?"

인하의 이름을 아는 걸로 보아 이 집과 아주 연관이 없는 아이는 아닌 모양이었다.

"그래. 근데 너, 언제까지 거기서 그러고 있을 거냐?"

"아, 맞다."

말이 끝나기 무섭게 상황을 파악한 여자애가 웃샤, 하고 기합을 넣으며 담장 위로 걸터앉았다. 긴 머리카락이 바람에 크게 나부낀다. 담장을 오르기 위해 걷어 붙인 치맛단 아래로 새하얀 허벅지가 여실히 드러나 있었으나 부끄러워하는 기색 하나 없었다.

완전 말괄량이네. 보아하니 중학생이나 될 것 같은데, 대체 뭐 하는 애지? 뭘 하는 애길래 멀쩡한 대문 놔두고 담장을 넘어서 들어오는 거지? 갖가지 의문이 들었으나 나는 묻지 않기로 했다. 아무 생산성 없는 불필요한 관심이니까. 불필요한 일들로 체력을 소모하는 것은 괜한 측은지심으로 인해 방금 이 아이를 담장 위로 끌어올려 준 것, 그거 하나면 족했다.

"저기요, 오빠."

막 등을 돌리려던 찰나 등 뒤에서 목소리가 들려왔다. 후, 하고 한숨을 뱉으며 마지못해 돌아보자 그 아이가 헤헤거리며 말한다.

"나 좀 잡아 주면 안 돼요? 담이 너무 높아서."

뱉은 말을 증명이라도 하듯, 땅바닥에 한참이나 못 미치는 새하얀 다리가 허공에서 까딱거렸다. 가지가지로 귀찮게 한다. 그런데 이상한 것은 귀찮아하면서도 어쩐지 그녀를 내려 주지 않으면 안 될 것 같은 느낌이 든다는 것이다.

"혼자서 올라오지도 내려오지도 못할 걸 왜 타?"

불필요한 마음의 싹을 잘라 내듯 나는 차갑게 그 아이를 향해 말했다. 사람 좋게 헤헤거리던 여자애의 얼굴에서 웃음기가 가신다. 그렇다고 해서 눈빛에 날을 세우거나 인상을 쓰지는 않았다. 다만 조금 장난기가 사라졌을 뿐.

"그럴 만한 사정이 있으니까."

어깨를 덮고 가슴 부근까지 내려온 새까만 머리카락이 서늘한 가을바람에 한들거렸다.

"아무 이유도 없이 어떤 행동을 하는 사람은 없어요. 다 나름의 이유가 있는 거지."

어린애가 제법 어른스러운 말을 지껄여 나는 그만 웃음이 나고 말았다. 물론 나도 어리긴 마찬가지였지만, 기껏 해 봤자 내 어깨도 안 찰 것 같은 애가 당당하게 외치는 그 말엔 묘하게 설득력이 있었다.

그래. 뭐 나름의 이유가 있나 보지.

한 번만 더 귀찮은 짓 해 주자 마음을 먹으며 나는 아이의 앞으로 한 걸음 다가가 말없이 손을 뻗었다. '뭘 어쩌라는 거지.' 라고 묻는 듯 동그란 눈을 더욱 동그랗게 뜨며 그 아이가 나를 바라본다.

"잡아 달라며. 내 어깨 잡아. 내려 줄 테니까."

"아."

반응이 참으로 빠른 아이였다. 간혹 보면 금방 알아들을 말도 그 의중을 파악치 못하고 지루할 정도로 시간을 끄는 사람도 많은데, 이 아인 그런 게 없었다. 잡아 주겠다고 말하기가 무섭게, 내 야트막한 결심을 붙잡듯 내게로 손을 뻗는다. 그러곤 내 어깨를 꽉 붙잡았다. 더는 물러설 수 없도록.

그 애의 작은 손이 어깨 위로 내려앉음을 느끼며 나는 그 애의 겨드랑이 사이를 단단하게 잡았다. 부러질 것처럼 작은 몸이 앞으로 기울어져 온다.

그 애를 붙잡은 손에 힘을 주어 지탱하자 어깨를 붙잡고 있던 손이 내 목 뒤로 교차되었다. 작고 가는 몸이 안기듯 품으로 무너진다. 여린 새 한 마리가 가슴으로 날아든 기분이었다. 한차례 분 바람 끝으로 풀내음 같은 무궁화 향이 몸을 훑고 지나갔다. 그 향이 코끝에서 사라지기도 전에, 그 애가 몸을 뗐다.

"고맙습니다."

조금 전 담 너머에서 던져 놓았던 가방을 주워 들며 그 애가 말했다. 마주친 눈이 싱긋 웃는다. 그러곤 더 이상의 말과 행동은 삼간채 고택의 뒷마당 어귀 쪽으로 달려가더니 모습을 감추어 버렸다. 그와 함께 그 아이가 내 몸에 남겼던 미미한 온기 또한 서늘한 가을바람결에 씻은 듯이 사라졌다.

뭐야. 철저히 이용만 당한 건가? 하고 피식 웃고 있는데 누군가가 내 어깨를 툭 쳤다.

"여기서 혼자 뭐 하냐?"

그새 방 정리가 다 끝난 모양이다. 밝은 표정의 인하가 등 뒤에 서 있었다.

"말했잖아. 집 구경 좀 하겠다고."

"여기 있는 줄 모르고 한참 찾았잖아, 인마. 애들 다 모였어. 그만 들어가자."

"근데 인하야."

채근하며 돌아서는 인하를 나직이 불러 세웠다. 불필요한 관심임을 아는데, 어쩐지 끊어지지가 않았다.

"조금 전에 교복 입은 어떤 여자애가 너희 집 담장 넘어 들어오던데. 혹시 누군 줄 아냐?"

"교복 입은 여자애? 아, 주인희?"

"주인희?"

주인희. 이름을 듣자마자 조금 전 그 아이가 "아, 주인하 친구?"라고 익숙하게 인하의 이름을 입에 담았던 것이 떠올랐다. 이걸로 더 이상 궁금할 것도 없어졌다.

"그 녀석 내 막내 동생이야. 우리 집에 둘도 없는 사고뭉치거든 그게. 기집애가 어제 친구 집에서 외박하더니 이제 집에 들어온 모양이네. 대문으로 들어왔다간 아버지한테 들킬까 봐 월담했나 보다. 쪼끄만 게 간덩이만 커서."

나는 인하가 주절주절 늘어놓는 그 아이에 대한 이야기들을 뇌리 밖으로 흘려보내며 인하의 방이 있는 쪽으로 발걸음을 돌렸다. 가장 궁금했던 그 애의 정체를 알게 되었으니, 더 이상의 관심도 끝이었다.

그런데 참 이상하지.

자꾸만 그 아이가 사라진 뒷마당 어귀가 머릿속을 떠돌다니. 거기에서 또 불쑥 튀어나와 날 귀찮게 할 그 아이의 모습이 자꾸만 눈앞에 선하다니. 나와 아무런 연관도 없는 타인이 이 정도로 신경이 쓰이다니.

머리가 어떻게 된 건 아닐까?

잠시 두 눈을 지그시 감았다 뜨며 나는 혼란스러운 머릿속을 가까스로 잠재웠다. 하지만 몇 걸음 안 가서 결국 참지 못하고 뒤를 돌아보고 말았다. 그 아이와 있었던 뒷마당은 은은하게 퍼진 옅은 무궁화 꽃향기로 가득 휩싸여 있었다.

그땐 미처 알지 못했다. 사소한 해프닝에 지나지 않는다 생각했던 것들이 훗날 그저 사소하지만은 않은 인연의 시작이 될 수 있다는 것을.

* * *

가을을 목전에 둔 늦여름이었다. 그날은 하반기 신입사원 면접이 있었다. 나는 면접관들에게 전달할 체크리스트와 관련 서류를 들고 대기실 쪽으로 발걸음을 옮겼다. 매수는 맞게 챙겼는지, 빠진 것은 없는지 살피며 모퉁이를 돌던 도중 맞은편에서 뛰어나온 사람과 어깨가 부딪혔다. 덕분에 들고 있던 서류들이 바닥으로 떨어졌다.

"어떡해. 죄송합니다."

어지럽게 흩어진 종이 쪽으로 여자가 황급히 몸을 숙였다. 여자는 어디론가 바삐 가는 중이었는지 꽤 어수선해 보였다. 앞을 보지 않고 걸었던 건 피차 마찬가지니 구태여 내 쪽에서 사과를 받을 이유는 없었다.

"괜찮습니다. 급한 일이 있으신 모양인데 그냥 두고 가 보세요."

쪼그려 앉은 여자의 앞으로 몸을 숙이며 말했다. 그러곤 여자가 분주히 주워 모은 종이를 건네받았다. 손을 멈추고 잠시 망설이는가 싶던 여자가 이내 몸을 일으켜 세웠다.

"그럼 죄송하지만 먼저 가 보겠습니다. 정말 죄송합니다."

고개 숙여 거듭 사과를 하던 여자가 막 돌아서려던 찰나, 그 옆에 떨어져 있는 핸드폰이 눈에 들어왔다. 조금 전 부딪힐 때 여자가 떨어뜨린 것인 듯했다. 어지간히 정신이 없긴 없는 모양이다.

"잠깐."

여자가 돌아서던 몸을 멈춰 세웠다.

"이거, 그쪽 핸드폰 아닌가요?"

두리번거리며 잠시 제 손을 살피던 여자가 "내 정신 좀 봐."라고 중얼거리더니 잰걸음으로 다시 돌아온다.

"번번이 죄송합니다."

마주친 이래 죄송하다는 말만 반복하고 있는 여자에게 핸드폰을 내밀었다. 여자가 핸드폰을 받아 들며 연거푸 고개를 주억거렸다. 계속 인사를 받고 있기도 민망해 먼저 돌아서려다, 잠시 여자에게 시선이 멈췄다.

거리가 가까워진 탓일까. 조금 전엔 미처 보지 못했던 여자의 얼굴이 눈에 들어왔다. 키가 작은 편인지 힐을 신은 것 같은데도 여자의 머리는 내 턱 끝 정도밖에 차질 않았다. 자그만 얼굴, 잔머리가 귀엽게 난 동그란 이마, 보송보송하게 솜털이 진 뽀얀 얼굴은 아직 사회 티가 묻지 않은 듯 앳되어 보였다. 난처한 듯 주변을 살피는 동그란 눈이 새끼 강아지의 그것처럼 말갰다. 그러면서 어딘가 모르게 낯이 익기도 했다.

낯이 익다?

무의식적으로 여자를 살피던 시선이 그 같은 생각과 함께 좀 더 가늘게 바뀌었다. 사원인가 싶어 목에 걸려 있을 사원증으로 눈길을 돌렸다. 하지만 여자의 목엔 아무것도 없었고, 대신 사원증이 있어야 할 자리 옆에 이름과 수험번호가 적힌 수험표가 채워져 있었다.

주인희.

아마도 오늘 면접을 보러 온 지원자들 중 한 명인 듯했다. 그런데도 낯이 익다니. 어디서 봤더라. 천천히 기억을 더듬고 있는 내게 여자가 조심스럽게 입을 열었다.

"저⋯⋯. 제 핸드폰 좀."

난감한 기색을 담은 동그란 눈으로 물끄러미 날 올려다보는 여자와 시선이 마주쳤다.

"아."

그제야 여자에게 핸드폰을 건네어 놓고 손안에 꼭 쥐고 있다는 사실을 인식했다. 이 정도로 혼이 빠져 있었나. 핸드폰을 쥐고 있던 손을 펴자, 여자가 내게서 핸드폰을 건네받더니 뒤로 한 발짝 물러서며 공손하게 인사했다. 그러곤 고개를 숙인 채 내 옆을 지나쳐 저만치 멀어져 갔다.

나는 잠시 여자의 온기가 머물렀던 손 위를 말없이 내려다보다가 이내 정신을 차리고 서류를 챙겼다. 여자와 부딪혔던 모퉁이를 돌아 면접실로 들어서려 잠시 발걸음을 멈추고 뒤를 돌아보았다.

모퉁이 너머로 사라진 여자가 묘하게 신경을 끌었다. 그저 잠시 스쳐 지나간 사소한 부딪힘에, 이 정도로 신경을 쓰고 있는 스스로가 낯설었다. 그것도 다름 아닌 '여자'를 상대로.

때늦은 더위라도 먹었나.

황당한 듯 실소를 뱉고, 불필요한 관심을 끊어 내듯 이내 면접실 안으로 들어갔다.

왜 그렇게까지 여자가 신경 쓰였던 것인지. 어째서 낯이 익다 여겼던 것인지. 그 이유를 알게 되기까지는 그리 오랜 시간이 걸리지 않았다.

"어, 서태호?"

외부 거래처 출장으로 길을 나서던 중 회사 로비에서 들려온 목소리에 뒤를 돌아보았다. 오랜만에 보는 익숙한 얼굴이 반가운 표정으로 내게 다가오고 있었다. 누구더라. 잠시 고민을 하다가 곧 어렵지 않게 상대의 이름을 떠올렸다.

"주인하?"

"이야, 오랜만이다. 고등학교 졸업하고 처음이지, 아마? 그동안 잘 지냈나?"

학교를 다닐 적에도 유쾌한 성격에 사교성이 좋던 인하는 오랜 시간이 흘렀음에도 불구하고 어색해하는 기색 하나 없이 반갑게 인사를 건네 왔다. 아버지의 발령으로 고2 때부터 고3 때까지 잠시 아산에 머물렀다가 졸업과 동시에 서울로 돌아온지라 이렇다 할 교류는 없었지만, 같이 서울로 진학한 친구들을 통해 간간이 소식은 들어 왔다. 서울 바닥이 워낙 좁다 보니 이렇게도 마주치게 되는 모양이었다.

"태호 너 이 회사에 다니고 있는 거야?"

"어. 그러는 넌 의대에 진학했던 걸로 기억하는데. 우리 회사엔 무슨 일이야?"

"아, 여동생이 오늘 여기서 신입사원 면접을 보거든."

그러고 보니 인하 녀석에게 여동생이 하나 있었다. 언젠가, 담장을 사이에 두고 잠시 마주쳤었던.

"여동생이라면."

"아. 왜, 너도 알지? 고3 때 우리 집에서 스터디 하던 날 봤다던, 말괄량이 막내."

"아……."

"그 녀석이 벌써 커서 취업을 한다는 거 아니냐. 첫 면접이라 긴장한 것 같기에 끝나고 밥이나 한 끼 먹일까 해서 기다리는 중이야."

나는 인하의 말을 들으며 10년쯤 된 어느 날의 기억을 어렴풋이 떠올렸다.

담장에 앉아 당돌하게 날 내려다보던 동그란 눈. 품에 날아들 듯 안기던 작은 몸. 싱긋 웃던 얼굴을 마지막으로 뒷마당 어귀로 사라져 버린 그 아이의 잔상이 생생하게 살아나 순식간에 머릿속을 어지럽힌다. 그다지 대수로울 것 없는 순간의 해프닝이었는데, 왠지 모르게 그 일이 기억 속에 남아 며칠을 그 아이 생각에 골몰했던 때가 있었다. 그러는 스스로가 낯설 정도로. 그런데, 기억 속의 그 아이가 우리 회사에 지원을 했다니.

"이것도 인연이라고. 어떻게 될지는 아직 모르지만 혹시나 잘돼서 이 회사에 입사하게 되거든 우리 인희 잘 좀 부탁한다, 태호야."

과거의 기억 속에 잠겨 있던 뇌리로 이름 두 글자가 선명하게 박혀 든다. 이제야 기억이 났다. 인희라고 했었다. 주인희라고. 그러고 보니 아침에 대기실 앞에서 마주쳤던 그 여자의 이름도 주인희였다. 동시에 어쩐지 낯익던 얼굴과 쓸데없이 뻗어 갔던 불필요한 관심의 정체가 비로소 분명해졌다.

그래서였다. 그래서…….

"그래. 그렇게."

나는 오랜 생각에서 벗어나며 인하를 향해 답했다.

"바쁘지 않으면 차라도 한잔할 텐데, 보다시피 일이 있어서 나가던 길이라 오늘은 좀 힘들 것 같다. 다음번에 술이나 한잔하자."

그렇게 말하며 재킷 안주머니에서 꺼낸 명함 한 장을 인하에게 건네었다.

"그래, 태호야. 조만간 또 연락하자. 오늘 만나서 정말 반가웠다."

"나도."

악수와 함께 인사를 주고받은 뒤 주차장 쪽으로 발길을 돌렸다. 무표정한 얼굴로 주차장을 향해 걸어가면서도, 내디딘 걸음걸음마다 조금 전 머릿속에 박혔던 이름 석 자를 수없이 되풀이했다.

주인희. 주인희. 주……인희.

그러면서 또다시 떠올렸다. 10여 년 전 담장을 두고 마주했던 동그란 눈과 오늘 아침 날 물끄러미 올려다보던 그 말간 얼굴을. 그러고선 자신이 내게 남긴 여파는 생각지 못한 채 돌아서 멀어져 가던 두 개의 뒷모습을.

가슴 한구석이 조여드는 듯한 묘한 감각을 느끼며, 나는 자동차

키를 들고 있던 손을 가만히 힘주어 거머쥐었다.

습윤한 여름 바람이 온몸을 훑는다. 늦여름의 더위가 내 머릿속을 흠뻑 적신다.

＊　＊　＊

"안녕하십니까, 기획팀으로 입사하게 된 신입사원 주인희입니다. 잘 부탁드리겠습니다."

살면서 우연이라는 것에 크게 의미를 둔 적이 없었는데, 이쯤 되니 생각하지 않을 수 없게 된다. 인연이라는 것에 대해.

같은 회사에 근무하게 된 것만으로도 놀라운 마당에, 같은 부서라니. 나는 부장 옆에 나란히 선 신입사원들 가운데 한 자리를 차지하고 있는 낯익은 얼굴을 한참 동안 말없이 바라보고 있었다.

"뭐야, 누굴 그렇게 유심히 보고 있어? 여자한테 도통 관심이라곤 없는 서태호가."

옆에 앉아 있던 눈치 빠른 임수현이 나와 신입사원들을 번갈아 바라보며 말했다. 오랫동안 붙박여 있던 시선을 컴퓨터 모니터로 옮겼다.

"유심히 보긴. 새 식구들 왔다기에 한 번 본 거지."

"그래?"

미심쩍다는 시선으로 한참 동안 내 표정을 살피던 임수현이 다시금 신입사원들 쪽으로 시선을 돌렸다.

"그나저나 물 좋네, 이번 신입사원들. 요샌 외모도 채용 조건 중에 하난가. 난 끝에서 두 번째가 마음에 드는데. 넌 어때?"

"그 끝에서 두 번째 신입사원은 너를 마음에 든다고 했냐?"

"그야 모르지."

정리할 서류들을 들추며 심드렁하게 묻는 내 말에 임수현이 어깨를 으쓱했다. 그러곤 서로 장난스럽게 웃음을 주고받은 뒤, 다시 임수현이 눈치채지 못할 정도로 슬쩍 눈길을 돌렸다. 어느새 인사를 마치고 자기 자리로 가 앉는 여자를 따라 시선이 움직인다.

사소한 인연의 반복 탓일까. 며칠 전의 마주침에선 그저 낯익다, 정도로만 느껴졌던 얼굴이 그때와는 좀 다른 의미로 눈길을 사로잡았다.

어쩐지 자꾸만 눈이 가고 신경이 쓰인다. 10여 년 전의 그날처럼, 타인을 향한 낯설고 익숙지 않은 감정이 그렇게 나도 모르는 새 다시 시작되고 있었다.

하루 일과가 끝나고 근처 식당에서 신입사원 환영회가 이루어졌다. 의도했던 건 아닌데, 앉다 보니 우연찮게 여자의 옆자리에 앉게 되었다. 나는 살짝 눈길을 돌려 옆에 앉은 여자의 얼굴을 바라보았다.

좁다면 좁은 사무실에서 여자와 몇 번 마주치는 일이 있었으나, 마주칠 때마다 필요 이상으로 상대를 의식하는 나와는 달리 여자는 아무렇지도 않게 날 비켜서 멀어져 갔다. 10여 년 전의 일이야 그렇다 치고, 면접이 있었던 날의 일도 기억하지 못하는 건가. 아니면, 기억하고도 민망해서 선뜻 알은체를 못 하는 건가. 궁금한 마음에 나는 이 기회를 빌려 여자에게 말을 붙였다.

"주인희 씨라고 했던가요."

"아, 네."

물컵을 들어 한 모금 목을 축이던 여자가 두 눈을 동그랗게 뜨며 날 바라보았다.

"난 같은 부서에 근무하는 서태호 대리라고 해요."

"아, 안녕하세요. 먼저 인사드렸어야 했는데 죄송합니다."

내 인사를 다른 뜻으로 받아들인 여자가 고개를 숙여 가며 사과했다. 시작부터 지금까지 죄송하다는 말만 듣는군.

"아니, 죄송할 것까진 없고."

멋쩍은 기분에 그렇게 말한 뒤 잠시 말을 멈추었다. 그러곤 소란스러운 주변 사람들 쪽으로 눈길을 돌렸다. 아직 회식이 시작되기 전이라 정돈되지 않은 분위기 탓에 딱히 이쪽으로 관심을 갖는 사람은 없어 보였다. 분위기를 살피다가 조심스럽게 입을 열었다.

"근데 혹시, 우리 어디선가 보지 않았나요?"

"네?"

"왠지 모르게 낯이 익어서."

생각하기에 따라 웬 남직원이 추파를 던지나, 하고 생각할 수도 있겠지만 그리 오래되지 않은 일이다 보니 기억할 수도 있겠다 싶어 망설인 끝에 물었다. 그러자 잠시 생각하는 듯하던 여자가 싱거운 투로 말했다.

"글쎄요."

여자는 툭 하니 무심하게 그리 말했다. 그런 여자를 말없이 바라보다가 나는 그만 설핏 웃고 말았다. 고심 끝에 물은 것치곤 돌아온 답이 허무했다. 스스로의 존재감이 높다 자만하진 않았어도, 이렇듯 고민의 여지도 없이 옅을 거라 생각해 본 적 또한 없었는데. 10여 년 전의 일은 물론 불과 며칠 전의 일도 그녀의 기억 속에는 자리하지 않는 듯했다.

"아, 미안. 내가 잠깐 착각했나 보네요. 환영하는 자린데, 그럼 식사 맛있게 해요."

서로 민망하지 않게 적당히 대화를 마무리 지은 뒤 다른 쪽으로 시선을 돌렸다. 여자 또한 큰 의미는 두지 않는 듯 고개를 돌렸다. 어쩌면 싱거운 사람이네, 라고 생각하고 있을지도 모른다. 그렇게 생각하니 왠지 씁쓸해져서 앞에 놓인 맥주잔을 들었다.

늦은 시간, 한창 고조되었던 환영회도 슬슬 막바지에 다다르고 있었다. 2차 노래방으로 올 때까지만 해도 강제적이었던 회식 자리는 부장을 비롯한 윗사람들이 모두 취한 덕분에 마실 사람은 마시고 빠질 사람은 눈치껏 빠지는 분위기로 바뀌었다. 이런 자리엔 좀처럼 취미가 없던 나는 대충 눈치를 살핀 뒤 가방을 챙겨 밖으로 나왔다.

과음을 한 건 아니지만, 초반에 마신 맥주 몇 잔이 마음에 걸려서 대리운전을 부를까 싶어 핸드폰을 들었다. 그러곤 주차장 쪽으로 막 걸음을 옮기려던 찰나, 무심코 주변을 둘러보던 시선 끝에서 누군가를 발견했다. 컴컴한 어둠 속, 술집 옆에 자리한 구석진 골목 어귀에 쪼그리고 앉아 있는 한 여자는 다름 아닌 주인희였다.

신입사원인지라 여기저기서 술을 받아 마시는 것 같더니, 아니나 다를까 적잖게 취한 모양이었다. 아직 회식이 한창이니 꼭 내가 아니더라도 챙길 사람이 챙기겠지. 신경 끄고 지나갈까 하다가 발길이 붙잡혔다. 문득 한숨이 흘러나온다. 결국 가던 길을 돌아서 여자의 앞으로 걸어갔다. 자기 여동생을 잘 부탁한다던 인하의 말이 떠올라서다. 그뿐이었다.

"주인희 씨."

여자의 앞에 무릎을 구부려 앉았다. 여자는 고개를 푹 숙인 채 미동도 않고 있었다. 여름이라서 얼어 죽을 일이야 없겠지만, 그렇다고 이대로 두고 가기엔 마음이 불편했다. 잔뜩 웅크리고 있는 어깨로 손을 뻗어 흔들어 보았다.

"이봐요, 정신 좀 들어요? 많이 취한 것 같은데, 여기서 이러고 있지 말고 일단 집으로……."

쪼그려 앉아 있는 여자의 어깨를 붙잡아 막 일으켜 세우려 했을 때였다. 여자가 쓰러지듯 품으로 안겨 왔다. 짙은 술 냄새가 습윤한 밤공기를 가르고 코끝에 닿았다. 그 순간, 내 몸은 딱딱하게 굳어 버리고 말았다. 잠시 머릿속이 마비되는 듯했다. 술 취한 여자를 상대로 미쳤나. 마음을 가다듬으며 어깨를 붙잡고 있던 손에 힘을 주었다.

"보고 싶어."

품에 안긴 여자가 들리지 않을 만큼 작은 목소리로 중얼거렸다. 잠시 뜨겁게 엉켜 있던 머릿속이 그 순간 차갑게 식어 내렸다.

보고 싶다니. 실연이라도 당한 건가.

술 취한 여자의 말에 알 수 없는 씁쓸함을 느끼며 헛웃음을 뱉고 말았다. 그러다 이번에야말로 품에서 떼어 내려던 찰나.

"이봐요, 주인희 씨."

"보고 싶어. 엄마."

이윽고 들려온 말에 손이 허공에서 멈추고 말았다. 사고가 멈추고 신경이 굳는다. 사위가 어둠에 잠긴 깊은 여름밤, 장마처럼 젖은 목소리가 축축하게 내 귓가를 적셨다.

"너무 너무 보고 싶어, 엄마."

작은 동물처럼 파들거리는 몸이 품 안으로, 가슴으로 깊게 파고든다. 여자의 뺨이 닿은 셔츠가 그녀의 눈물로 뜨겁게 젖어 가고 있었다. 차마 밀어 내지 못하고 허공에 머물던 손이 결국 여자의 여린 어깨로 내려앉았다.

* * *

여자는 역시나 간밤의 일을 기억하지 못했다. 피차 어색해질 이야기를 굳이 상기시킬 필요는 없다 생각하면서도, 나는 어쩐지 자꾸만 신경이 쓰였다. 여자의 눈물이, 그리고 여자의 존재 자체가.

타인으로부터 관심을 받아 본 경험은 종종 있었으나 스스로가 타인에게 이렇듯 관심을 가져 보긴 처음이었다. 어쩌면 사소한 인연의 한 자락 때문일지도 몰랐다. 사소한 만큼 순간에 지나지 않을 감정인지도 모른다 생각하며 그렇게 하루하루를 보냈다. 그럼에도 가슴속에 자리하던 그 사소한 감정은 사그라지기는커녕 자꾸만 눈덩이처럼 불어나 머릿속을 흐트려 놓았다.

여자의 사소한 행동, 사소한 표정, 사소한 말. 급기야는 여자에 관한 사소한 변화 하나하나까지 모두 다 신경이 쓰이기 시작했다.

이런데도 이것이 그저 순간에 지나지 않을, 사소한 감정일 뿐일까.

여자에 대한 감정이 이렇다 보니 나는 슬슬 제어되지 않는 이 감정에 짜증이 나고 조바심이 들기 시작했다. 그녀와 관련된 것이라면 사소한 것 하나 그냥 넘기지 못하고 연연하고 있는 나와는 달리, 지나치게 무심한 여자가 원망스럽기까지 했다.

그렇다 해서 무턱대고 다가서기엔 어쩐지 조심스러웠다. 여자는 딱히 내성적인 것 같진 않았지만, 그렇다고 쉽게 곁을 내주는 성격도 아닌 것 같았다. 적당한 선을 두고 사람을 대하는 느낌이었다. 껄

끄러운 일에 엮이거나, 괜한 구설수에 휘말리는 것을 꺼려 하는 듯했다. 아마도 보수적인 가정환경에서 기인한 것이리라.

그렇다면 어떻게 해야 하는 것일까.

결벽이다 싶을 정도로 타인에게 무심한 네 눈길을, 어떻게 하면 내게로 돌릴 수 있을까. 어떻게 하면 너 또한 날 의식할 수밖에 없도록 만들까. 그리고 날 의식하게 만든 그다음엔…….

그다음?

마지막 대목에서 잠시 의식의 흐름이 멈추었다. 내가 무엇 때문에 그녀의 눈길을 내게로 돌리고 싶어 하는 것인지, 날 의식하게 만들고자 하는 것인지. 그 모든 것들을 시작하기 전에, 내가 그녀에게 갖고 있는 이 감정의 정체를 파악하는 것이 우선이었다.

내가 여자를 상대로 갖고 있는 이 감정은 단순한 호기심일까, 순간의 관심일까. 그도 아니면, 다른 무엇일까.

속단하기엔 이르지만 한 가지 분명한 건 내 생각처럼 사소하지만은 않을 수도 있다는 것이었다. 그리고 그것에 확신을 준 것은, 역시나 사소한 계기 덕분이었다.

"기획팀에 주인희라고 혹시 알아?"

사내에서 유일하게 흡연이 허락되어 주로 남자들이 이용하는 옥상 휴게실. 다른 부서 직원으로 짐작되는 남자사원이 동료와 나누는 대화 속에서 나온 이름 하나가 주의를 잡아챘다.

"글쎄. 처음 들어 보는 이름인데."

"아니, 지난번에 우연히 지나가다 봤는데 내 스타일이더라고."

자연적으로 신경이 향해 있을 무렵, 옆에 있던 임수현도 놓치지 않고 들은 듯 내 어깨를 툭 쳤다.

"주인희라면, 우리 팀에 있는 주인희 씨 말하는 거 아니야?"

조용히 소곤거리는 말에 따로 대꾸하지 않으며 나는 피고 있던 담배를 마저 태웠다.

"그래? 그런 이름은 처음 듣는데, 예뻤어?"

"아니, 예쁘다기보다는 그냥 참한 스타일? 알잖아, 내 스타일."

"나 기획팀에 아는 애 있는데. 자리 한 번 마련해 볼까?"

나는 두 사람이 나누는 대화를 그저 잠자코 듣고 있었다. 힐끗거리며 귀 기울이고 있던 임수현이 옆에서 무릎을 탁 치며 "맞네, 맞아." 하고 숨죽인 목소리로 말한다. 남 앞에서 좀처럼 감정을 드러내지 않는 얼굴 위로 희미하게 동요가 스쳤다. 정확히는 불편한 심기였다.

누구 마음대로 자리를 마련해.

필터까지 다 타들어 간 담배를 대충 지져 끈 뒤 구겨진 미간을 손끝으로 쓸며 몸을 일으켰다. 연달아 여자의 이름을 입에 올려 가며 시시덕거리는 한심스러운 사내놈들의 얼굴이 눈에 들어왔다.

속이 끓는다. 할 수 있다면 여자의 이름을 멋대로 올리는 저 입에 쓰레기라도 쑤셔 박고 싶었다. 멱살을 틀어쥐고 두 번 다시 그녀의 이름은 입에 올리지 말라고 으름장이라도 놓고 싶었다. 그리고 이로써 확신이 들었다.

이런 마음이 한낱 순간에 지나지 않을, 사소한 감정일 리가 없다는 확신.

확신은 동기가 되어, 그녀가 날 의식할 수밖에 없는 계기를 마련하는 행동력을 부여했다. 그저 말없이 주변을 맴돌기만 했던 행동에 변화를 주고, 그녀의 시야 안에 내가 담길 수밖에 없도록 조금씩 그녀를 조이기 시작했다. 덫을 놓고 유인했다. 날 보도록, 의식하도록. 그리고 그 단순한 의식에 전환점이 될 만한 계기를 기다리던 어느 날. 드디어 그녀에게서 메시지 한 통이 날아왔다.

「저 주인희입니다. 1시 반에 잠깐 15층 비상계단에서 뵀으면 합니다.」

역시, 생각대로 반응이 빨랐다. 타인에게 지나치게 무심한 여자는 그만큼 지나치게 예민하기도 했다. 기다리던 기회 앞에선 조바심을 낼수록 일을 그르칠 확률이 높았다. 이럴 때일수록 여유를 가져야 했다.

"미리 와 있었나 보네요."

"서 대리님, 왜 자꾸 저 쳐다보세요?"

모든 패를 알고 있기에 여유로운 나완 달리, 그녀는 귀여울 정도로 저돌적이었다. 그렇듯 쥐고 있는 패가 빤히 보이다 보니 쉬운 길로 가기보다는 우회해서 더욱 당혹스럽게 만들고 싶은 장난기가 들었다. 그래서 물었다.

"그러는 주인희 씨는요?"

"네?"

"주인희 씨도 저 계속 쳐다봤잖아요. 아니에요?"

예상치 못한 내 물음에 그녀는 더없이 당혹스러운 얼굴로 날 바라보았다. 단시간에 결판을 내려면 연약한 틈을 놓치지 않고 공략해야 하는 법. 동요하는 틈을 타, 지체 없이 직구를 던졌다.

"그, 그야……."

"주인희 씨. 혹시 나 의식해요?"

"네?"

"내가 자꾸 신경 쓰이나?"

"아니, 무슨……."

"난 그런데. 난 그래요, 주인희 씨가."

여자의 얼굴엔 당황한 기색이 역력했다. 귀로 직접 듣고도 쉽사리 믿기지 않는 듯 내가 했던 말을 다시금 반복해 왔다.

"그러니까 지금……. 서 대리님이 절 자꾸 쳐다보신 이유가 제가 의식되고 신경 쓰여서라는 건가요?"

"네."

그러더니 물었다.

"왜요? 왜 제가 신경 쓰이는 건데요?"

뻔한 걸 왜 묻는 걸까. 두 눈을 동그랗게 뜬 채 정말로 모르겠다는 표정을 짓고 있는 여자를 보니 그만 웃음이 났다. 모르는 척이 아니라, 정말로 모르고 있었다. 아니, 어쩌면 예상하고 있으면서도 쉽게 받아들이기 어려워 애써 부정하고 있는 것일지도 모른다.

"글쎄요."

장난스레 웃으며 애매하게 답하자 여자가 조바심이 난 듯 입을 열기 시작했다.

"아니, 제가 자꾸 신경 쓰이셨다면서요. 이유가 있으실 거 아니에요. 제가 뭔가 서 대리님 눈에 거슬렸다든지. 아님……."

"아니면요?"

"네?"

"주인희 씨가 단순히 눈에 거슬려서 그런 게 아니라면, 뭐 때문일 것 같은데요?"

"그야……."

여자가 고민스러운 얼굴로 말끝을 흐렸다. 이렇게까지 물어보는 걸 보면 분명 모르지 않을 텐데…… 저토록 난감해하고 있다는 것은, 망설이고 있다는 증거였다. 나라는 남자를 자신이 그어 놓은 경계선 안으로 들이는 것을 조심스러워한다는 증거.

그렇다면 무턱대고 밀어붙여 거부감을 주기보다는 어쩌면 한 발짝 물러서는 것이 앞으로를 위해 좋을지도 몰랐다. 한 번의 대화로 쉽게 관계를 매듭지어 버리기엔, 그간 내가 너로 인해 고뇌한 시간이 너무 길었으니까.

"궁금해요? 왜 내가 주인희 씨를 의식하고 신경 쓰는지."

물음을 던지기 무섭게, 여자가 약이 바짝 오른 얼굴로 날 바라보았다. 말은 안 했지만, 무엇 하나 정확히 정의 내리는 것 없이 거듭 물어 오는 나에게 화가 난 듯했다. 사람은 흥분할수록 평정심을 잃는 법이다. 여기서 한 번 쥐고 있는 낚싯대를 흔들어 보는 것도 나쁘진 않을 것 같았다.

"인희 씨 질문에 대답하기 전에 한 가지만 물을게요. 내가 어떤 대답을 하건……."

잠시 말을 멈추곤 그녀의 앞으로 다가섰다. 마주한 시선을 한시도 내게서 뗄 수 없도록 시야를 꽉 붙든 채 또 한 걸음 더 가까이. 그러자 그녀가 연약한 얼굴로 날 올려다보며 반사적으로 한 걸음 물러선다.

"주인희 씨는 아무렇지 않을 자신이 있나요?"

겨우 내 어깨밖에 차지 않는 위치에서 날 올려다보는 그 얼굴이 투명할 정도로 말갛고 하얘서, 더욱 짓궂은 장난기가 마음속에서 솟아났다.

"그게 무슨."

"아마 내 대답을 듣게 되면, 그땐 정말로 아무렇지 않게 지낼 수 없을 텐데."

그녀를 향해 기울인 고개를 비스듬히 틀었다. 은은한 샴푸 향이 코끝을 적신다. 내 것에 비해 한없이 연약한 체온이 가깝게 밀착한 살갗 위로 감겨 왔다. 문득 자제심이 옅어지며 충동이 일었다.

"그래도 괜찮겠어요?"

겸게 일어서는 충동을 억누르며 그녀에게 물었다. 괜찮겠냐고 묻지만, 괜찮지 않을 것이라는 걸 이미 알고 있다. 그리고 넌 역시나.

"그, 그냥 모를래요. 그냥 모른 채로 지낼래요."

내 예상을 빗나가지 않는다. 그것이 곧 내가 의도한 바이니까.

"그래요 그럼."

그녀에게 기울어져 있던 몸을 천천히 바로 세운 뒤 짧은 대답을 끝으로 비상구를 빠져나왔다. 한편으론 더 밀어붙여도 나쁠 것은 없었단 생각이 들었지만, 이내 마음을 접었다.

아직은 아니었다. 너 또한 내게 관심을 갖게 될 때까지는, 날 완전히 의식하게 될 때까지는 그 어떤 결정도 섣불리 내리게 할 수 없었다. 만약 그렇게 됐다간 넌 10여 년 전 그때처럼 네가 내게 남긴 여운 따윈 개의치 않은 채 내 품에서 훌쩍 떠나 버릴 게 분명했으니까.

조금 애타긴 하지만 이편이 더 나을지도 모른다. 너 또한 나를 의식하게 되기 전까지는, 그리고 그 의식이 다른 무언가로 바뀌기 전까지는. 널 향한 갈증에 대한 해갈을 잠시 후로 미뤄도 나쁠 것은 없겠지.

나는 닫힌 문 뒤에서 붉어진 얼굴로 홀로 남아 내 생각으로 가득 차 있을 그녀를 생각하며 살며시 미소 지었다.

그렇게 그녀와 나의 사소한 듯, 사소하지만은 않은 이야기가 시작되었다.

16장

치오르다

"다시 말해 줘요? 태. 호. 오. 빠."

"아악!"

경악스러운 얼굴로 두 귀를 막은 나는 비명을 지르며 그를 피해 냅다 뛰었다.

질겁할 소리를 하는 서 대리에게서 도망치듯 벗어나오자, 예식 진행 상태를 점검 중인 오빠의 모습이 저만치에서 보였다. 오빠도 날 본 듯 내 쪽으로 다가왔다.

"둘이서 무슨 심각한 얘기를 하길래."

"오빤 서 대리님이 말하지 말랬다고 진짜 말 안 하면 어떡해!"

오빠의 말을 가로막으며 다짜고짜 외쳤다. 애꿎은 원망의 화살을 괜히 오빠에게 보내고 있다는 걸 알았지만, 그래도 한 소리를 해야 직성이 풀릴 것 같았다. 날카롭게 흘겨보는 눈빛에 머쓱한 표정을 지은 오빠가 머리를 긁적이며 말했다.

"뭐, 말할 기회가 있었어야 말이지. 그보다 난 네가 태호를 못 알아본 게 더 신기하다."

못 알아보다니? 오빠를 올려다보는 눈빛이 원망에서 의아함으로 바뀌었다.

"그게 무슨 소리야?"

"아무리 오래돼도 그렇지 그때 네가 나한테 직접 물어보기까지 해 놓고 어떻게 기억도 못 하냐, 태호를?"

'기억'이라는 단어를 언급하는 걸 보면, 과거에 내가 그를 기억할 만한 무언가가 있었다는 것 같았다. 게다가 내가 오빠한테 직접 그에 관해 묻기까지 했었다니?

"대체 뭔 소리를 하는 거야?"

"왜, 너 중학교 3학년 때. 친구 집에서 외박하고 담 넘어오다가 마주쳤다던 키 크고 잘생긴 오빠 말이야."

갑자기 10여 년 전 이야기를 꺼내는 오빠의 말에 나도 모르게 흠칫하고 말았다. 너무 오래되어 잊고 있던 낡은 기억이 오빠의 말 한마디에 먼지를 털고 눈앞에 펼쳐졌다.

그래, 그랬던 적이 있었지. 근데 그게 지금 이 이야기와 무슨 연관이 있단 말인가?

그렇게 생각하면서도 머리는 이미 스멀스멀 엄습해 오는 불안감을 고스란히 느끼고 있었다. 오빠가 연이은 한마디로 내 불안감에 쐐기를 박았다.

"그게 태호잖아."

얼굴이 달아오르며 입이 쩍 벌어졌다. 말도 안 돼. 절대 그럴 리가 없다. 아니라고 생각하면서도, 소복한 먼지를 털고 머릿속에 떠오른 오랜 기억 속의 얼굴이 이제 보니 내가 아는 누구와 너무 닮아 차마 입이 떨어지질 않았다.

"오빠 친구 치고 드물게 잘생겼다며 여자 친구는 있냐고 몇 날 며칠 쫓아다니면서 꼬치꼬치 캐물어 놓곤."

"내, 내가 언제!"

연이은 오빠의 말에 꽥! 소리를 내질렀다. 10여 년 전 그 오빠가 서 대리라는 것만으로도 기가 막힐 노릇이건만, 그보다 더 기가 막힐 소리를 해 대는 오빠의 말에 도저히 가만히 있을 수가 없었다. 내가 대체 언제 그런 한심한 짓을 했다는 것인가. 오빠의 기억에 뭔가 문제가 있는 게 분명하다.

"정말 기억 안 나? 제 이상형이라고 호들갑 떨 땐 언제고."

오빠가 하나하나 옛 기억을 들춰낼 때마다 아니라고 하면서도 묘한 기시감이 들었다. 그래도, 아니다. 아니어야 한다.

"아, 글쎄. 난 그런 적이!"

"오죽하면 내가 태호한테 내 여동생이 너 참 마음에 들어 하더라고 말까지 했었는데."

줄기차게 아니라며 부정하던 말문이 턱 막히고 휘둥그레진 눈동자가 오빠에게로 느릿하게 향했다.

"그, 그 말을 서 대리님한테 했단 말이야?"

"했지."

"진짜?"

"응. 다음 날 학교 가서 바로."

오, 하느님.

머리가 지끈거렸다. 열기가 머리끝까지 확 솟구친다. 지끈거리는 관자놀이를 짚으며 두 눈을 감자 오빠가 아차 싶은 얼굴로 내 안색을 살폈다. 나는 더운 이마를 손등으로 꾹 눌러 짚다가 천천히 눈을 떠 오빠를 바라보았다. 마주한 눈동자에서 살벌한 기운을 느낀 오빠가 냉큼 뒤로 물러섰다.

"그나저나 오빠 그만 가 봐야겠다. 인희야. 식장 세팅 마저 점검해야 되고, 손님맞이도 해야 해서. 그럼 이따 보자, 동생."

"저, 저 입 싼 인간."

결혼식을 앞둔 새신랑 얼굴을 할퀴어 버릴 수도 없고. 잽싸게 꽁무니를 빼는 오빠를 살기 번득한 시선으로 노려보다가, 오빠에 대한 응징보다도 더 시급한 사실을 인지하며 눈을 감고 말았다.

'했지. 다음 날 학교 가서 바로.'

타임슬립이 가능하다면 10여 년 전으로 돌아가 주워 담고 싶은 오빠의 말이 귓속에서 환청처럼 떠돌았다.

과연 그는 기억할까, 그때 오빠가 했다는 말들을. 아니야, 기억 못 할 거야. 기억할 리가 없어. 절대 기억 못 해야 돼!

어딘가 구멍이 있다면 맨손으로 파서라도 숨어들어 가고 싶은 심정이었다. 10여 년 전, 발랄하고 주책맞던 입을 지금이라도 당장 꿰매 버리고 싶다. 그가 설령 기억 못 한다 하더라도, 앞으로 그의 얼굴을 어찌 볼 것인지. 창피함에 휩싸여 머릿속이 아득했다.

그냥 잠자코 입 다물고 있으면 어떻게든 되려나. 굳이 그때 일을 언급해서 어색하게 만들진 않겠지? 혹시라도 말을 꺼내면, 기억 안 난다고 잡아떼 버릴까? 그냥 걔가 내가 아니었다고 해?

번뇌에 휩싸인 채 자아가 분열되어 가는 것을 느끼고 있던 순간, 등 뒤에서 문득 인기척이 느껴졌다. 힐끗 돌아보자 바로 뒤에 서 대리가 서 있었다. 동시에 나는 누가 봐도 수상하다 싶을 정도로 기겁한 표정을 짓고 말았다.

"뭘 그렇게 놀라요?"

"아, 아니. 그냥."

두서없이 말을 꺼내려다, 혹시나 하는 생각에 그에게 물었다.

"여긴 언제부터 서 계신 거예요?"

"인희 씨 좀 전에 그렇게 가고 뒤따라왔죠. 인희 씨가 친지분들 의식하는 것 같기에 거리 좀 두고."

다행히 오빠와 나 사이에 오고 간 대화를 듣지 못한 것 같았다. 나는 민망한 마음에 괜한 헛기침을 하며 고개를 돌렸다. 그러다 힐 끗 그를 바라보았다. 그러고 보니 닮았다. 흐린 기억 속에 존재하는 그 오빠와. 담장을 붙잡은 채 낑낑거리던 날 담장 위로 끌어올려 준 뒤 무심히 올려다보던 그 얼굴과 닮긴 닮았다. 아니, 닮은 게 아니라 판박이지. 그 오빠가 바로 서 대리님이니까.

그러고 보니 처음 회사에서 봤을 때도 묘하게 낯이 익다 느꼈던 것 같다. 하지만 설마하니 과거에 그런 인연으로 엮였을 거라곤 감 히 생각지도 못했다.

"근데 무슨 고민 있어요? 표정이 안 좋네요."

"고민은요, 무슨."

당신이란 남자가 내 인생 가장 큰 고민이네요.

차마 그 말은 못 하며 나는 소리 없는 한숨과 함께 두 눈을 감아 버렸다.

"인희 씨는 친척분들 계신 곳으로 가 봐야 되죠?"

그의 목소리에 눈을 떴다.

"아, 네."

"그럼 난 저쪽에서 동창들이랑 있을 테니까 예식 마치고 얼굴 봐 요."

그가 먼저 인사한 뒤 먼저 온 친구들이 있는 쪽으로 발걸음을 옮 겼다. 멀어지는 그의 뒷모습을 수심 깊은 시선으로 말없이 바라보다 이내 도리질 쳤다.

언제 적 얘긴데 그걸 기억하고 있겠어.

창피한 마음을 애써 감추며 나는 친척들이 모여 있는 곳으로 발걸음을 옮겼다.

* * *

오빠 부부가 내일 신혼여행지로 떠나기로 한 덕에, 예식이 끝나고 본가 마당에서 2차로 피로연이 이루어졌다. 시골까지 온 친구들을 그대로 돌려보낼 수 없다며 오빠가 마련한 자리였다. 그래 봤자 오빠가 한 일은 친구들과 함께 상을 깐 것 밖에 없었다. 나머지는 고스란히 언니와 나의 몫이다.

손님을 치른다는 것이 얼마나 귀찮은 일인데, 번거로운 자리를 마련해 생색내고 흥을 즐기는 오빠가 얄미웠다. 어쩌면 서 대리와의 일 때문에 더 불만을 토로하고 있는 것일지도 모른다.

식장에서 다들 식사를 마치고 온지라 준비라 해 봤자 별건 없었다. 몇 가지 안주거리와 과일, 그리고 술만 있으면 준비는 끝이었다. 그마저도 같이 온 여자분들이 도와주셔서 힘들 것 없이 수월하게 진행되었다. 다들 나이들이 있어서 각자 짝을 맞춰 온지라 여자들은 여자들끼리 모여 도란도란 이야기를 나누었고, 남자들은 동창으로 보이는 사람들 여럿이 모여 지난 추억 팔이를 하고 있었다. 그중 서 대리 역시 자리하고 있었다.

딱 봐도 서울 태생처럼 보이는 남자라 이쪽과 연고가 닿을 거라곤 미처 예상치 못했다. 고향이 이쪽은 아닌 것 같고, 아마도 고등학교 시절 잠시 아산에 머물렀던 모양이다.

어렸을 때부터 아산에 살며 집에 왕래가 잦아 낯이 익은 오빠 친구들과 그가 같이 있는 모습을 보니, 뭔가 기분이 이상했다. 아까 서 대리가 말했던 그 간지러운 호칭을 조만간 그의 이름 뒤에 붙여야 할 것만 같은 묘한 압박감이 들기도 했다.

아니, 절대 못 해.

나는 두 글자가 떠오르기 무섭게 팔 위로 돋아 오른 닭살을 긁어 대며 고개를 내저었다.

"인희야, 여기 과일이랑 맥주 좀 가지고 와!"

저 인간이. 오늘 아주 날 제대로 부려 먹네.

탐탁지 않은 표정으로 오빠를 흘겨보다가 마지못한 척 커다란 아이스박스 앞으로 걸어갔다. 얼음물 안에 시원하게 담긴 맥주 몇 병을 꺼내어 들고 오빠 친구들이 모인 쪽으로 몸을 돌리려다 움직임이 멈췄다. 커다란 실루엣이 시야를 가로막았기 때문이었다.

"그거 줘요. 내가 가져갈게요."

어느새 다가온 서 대리가 내 손에서 맥주병을 옮겨 받았다.

"괜찮아요. 제가."

"가서 과일이나 좀 갖다 줘요. 앞으로도 술은 내가 나를 테니까."

그는 그렇게 말하곤 아이스박스에서 술 몇 병을 마저 꺼내어 든 뒤 내게서 돌아섰다.

"왜 태호 네가 가서 술을 가져와. 인희더러 가져오라고 하면 되지."

"넌 네 여동생한테 술심부름 시키고 싶냐?"

"사람이 없잖냐. 이런 날 여동생도 좀 부려 먹고 그러는 거지, 뭐."

"그래도 시키지 마."

오빠를 향해 서 대리가 핀잔을 던지며 술병을 내려놓았다. 단호한 서 대리의 말에 오빠가 머쓱한 표정을 지었다. 내가 술심부름하는 게 탐탁지 않아 그랬구나. 그제야 나는 그가 왜 내게서 술병을 받아 들고 간 것인지 이해가 되었다. 알 듯 말 듯 배려를 하는 그를 보며 살포시 미소를 짓다가, 언니가 건넨 안주와 과일을 받아 들고 테이블 쪽으로 걸어갔다.

"그나저나 우리 인희가 평소에 태호한테 잘 보였나 보네. 상사가 대신해서 맥주 셔틀도 다 해 주고."

"인하 여동생이랑 태호, 둘이 아는 사이야?"

둘의 사이를 모르고 있던 오빠 친구가 물었다.

"나도 우연히 알게 됐는데 둘이 같은 회사더라고. 것도 같은 부서."

"오."

"그럼 둘이 꽤 친하겠네."

급작스러운 전개를 타며 대화의 소재가 나와 서 대리가 되어 있었다. 별 얘긴 아니지만, 괜히 신경이 쓰였다. 나는 애써 신경을 끄며 들고 온 과일 접시를 테이블 위에 내려놓았다.

"그런 모양이야. 좀 전에 단둘이 따로 얘기도 하고."

"단둘이?"

갑자기 입을 모아 "단둘이?"를 외친 오빠 친구들의 시선이 일제히 나와 서 대리에게로 향했다. 뭐지, 이 시선은. 들고 온 접시를 내려놓다가 흠칫한 얼굴로 그 시선들을 훑어보았다. 그러다 괜히 동요를 보이면 더 수상쩍게 여겨질 것 같아서 돌연 태연한 표정을 지으며 시선을 피했다.

"단둘이 무슨 얘기를 했는데?"

"그러고 보니 그렇네."

오빠가 잊고 있던 사실이 생각났다는 듯 서 대리에게로 시선을 옮겼다.

"너 내 여동생이랑 단둘이 무슨 얘기 했냐?"

참 반응도 빠르시지. 한 템포 늦은 오빠의 질문에 나는 속으로 혀를 끌끌 찼다. 그러다 이 상황이 어쩌면 괜한 불똥이 될 수도 있겠다 싶어 서둘러 말을 가로챘다.

"무슨 얘기는. 아까 오빠한테 말한 게 다지. 다들 쓸데없는 데 신경 끄시고 술이나 드세요."

그러곤 빈 접시를 마저 쓸어 담았다. 내가 빨리 이 자리를 피하든가 해야지, 괜히 눈앞에 알짱거리니 쓸데없는 구설수에 오르내리는 것이다. 최대한 자연스럽게 자리를 벗어나자. 그렇게 마음먹으며 빈 접시를 정리하고 있던 그때였다.

"뭔가 수상한데. 상사와 부하 직원 둘만의 은밀한 대화라."

오빠 친구 중 어렸을 적부터 근처에 살아서 나 또한 알고 지내는 종훈이라는 오빠가 장난스러운 말투로 말했다. 저 오빠는 괜히 남의 일에 끼어들어선. 괜한 빌미를 제공할 수는 없기에 그냥 무시하자 마음먹고 돌아서던 순간이었다.

"혹시 둘이 연애라도 하고 있는 거 아니야?"

느닷없는 말에 빈 접시를 쥐던 손끝이 주르륵 미끄러졌다. 접시가 손에서 미끄러져 남은 음식물이 쏟아졌지만, 다행히 본 사람은 없었다.

"어이, 서태호. 대답해 봐."

대체 저 인간이 뭐라는 거야? 나는 가지고 온 행주로 서둘러 테이블 위를 치웠다. 초조한 마음과 마찬가지로 손 또한 바빠졌다.

"너 혹시 인하 동생이랑."

"대체 무, 무슨 말씀을 하시는 거예요!"

제멋대로 작대기를 그려 넣는 종훈 오빠의 말을 잽싸게 가로챘다. 오빠 친구들의 시선이 일제히 내게로 향했다.

"다음 주부터 회사 가서 서로 얼굴을 어떻게 보라고, 말도 안 되는 러브라인을 그리고 그러세요!"

"그냥 농담 한번 해 본 건데. 이야, 인하 동생 무섭다."

"아무리 농담이라도 할 말이 있고, 안 할 말이 있지."

뱉고 보니 좀 도둑이 제 발 저린 것 같았나 싶기도 했지만, 싹을 끊어야겠다는 생각에 더 정색을 하며 달려들었다. 그러자 옆에 있던 오빠가 서둘러 상황을 마무리 지었다.

"야, 내 여동생 여태 연애 한번 안 해 본 숙맥이라고. 너무 그렇게들 놀리지 마. 애 당황하게."

근데, 저 인간은 도와준답시고 한다는 소리가 또 저딴 식이다. 마지막 남은 빈 접시를 내던질 듯 쟁반에 담으며 오빠를 향해 나직이 말했다.

"나 연애 한번도 안 해 본 거 아니라고 했다."

이를 악문 채 오빠 귀에 대고 씨근거린 뒤 나는 싸늘하게 돌아섰다. 더 있어 봤자 좋을 게 없었다. 한시라도 빨리 자리를 피하는 게 나한테나, 서 대리님한테나 좋은 일이었다.

근데 이 남자는 아무렇지도 않나? 얘기가 오가는 내내 고군분투하던 나와는 달리 줄곧 말없이 상황을 관조하던 서 대리를 흘긋 바라보았다. 앞에 놓인 물 잔을 말없이 들이켠 서 대리가 옆에 있던 친구를 향해 "맥주 몇 병 더 가지고 올게."라고 말한 뒤 자리에서 일어섰다. 보폭이 큰 그가 느긋한 걸음으로 내 옆을 지나쳐 술이 담긴 아이스박스 쪽으로 다가갔다.

아무튼 포커페이스야.

어쩜 저렇게 아무렇지도 않을 수가 있는지. 알고는 있었지만 새삼 감탄을 하며 부엌 쪽으로 걸음을 옮겼다. 아이스박스에서 맥주를 꺼내 든 그가 내가 있는 쪽으로 걸어왔다. 혹시 누가 볼세라 최대한 눈 마주침을 피하며 걷고 있는데, 그가 걸음을 느리게 옮기며 내게 말했다.

"근데, 우리 그렇게 말도 안 되는 러브라인은 아니지 않아요?"

들릴 듯 말 듯 속삭이는 그의 목소리에 천천히 고개를 들었다. 유려한 입매 끝을 살짝 끌어당긴 그가 미묘한 미소를 짓더니 내 옆을 스쳐 지나갔다. 동시에 얼굴이 빨갛게 달아올랐다. 오빠의 친구들 때문에, 그리고 서 대리 때문에 한여름 볕보다도 뜨거워진 얼굴을 손부채질 해 가며 나는 얼른 주방으로 들어갔다.

손님들을 대접하다 보니 시간이 늦어져서, 어느새 예약한 버스 시간이 다 되어 있었다. 언니는 내일 가는 게 어떠냐고 성화였지만 나는 이미 예약해 놓은 버스표를 핑계로 들며 짐을 꾸렸다.

6년 전 집을 떠난 이후로, 나는 단 한 번도 하루 이상 집에 머문 적이 없었다. 머무는 시간이 길어질수록 아픈 기억을 떠올리는 시간도 길어지기 때문이다.

집 안 곳곳에 새겨진 엄마의 흔적은 항상 날 아프게 했다. 매일 엄마의 손을 힘들게 했던 수많은 장독이 늘어선 마당도, 부르터 거칠어진 엄마의 손과는 달리 반짝반짝 윤이 날 정도로 닦아 냈던 마루도, 매캐한 장작 냄새를 맡으며 음식을 하던 주방, 할머니의 이유 없는 구박에도 끊이지 않고 타고 넘었던 담장도, 그 모든 것이 원인이 되어 시름시름 앓던 엄마가 병들어 누워 있던 안채도, 모두

보고 있으면 기억하고 싶지 않은 엄마의 모습을 떠올리게 해 날카로운 비수처럼 내 심장을 찔렀다.

물론 집 안엔 엄마와 나누었던 소중한 추억 또한 분명 존재했다. 하지만 좋지 않은 것들의 비중이 훨씬 더 많이 내 기억을 차지해, 집에 머무는 시간을 지옥으로 만들었다.

나는 손님들을 대접하느라 입고 있던 편안한 차림의 옷을 원피스로 갈아입었다. 그러곤 어제 집에 올 때 챙겨 왔던 그 짐을 그대로 들고 방문을 나서려다, 잠시 발걸음을 멈추었다. 협탁 위에 놓인 화병이 내 시선을 붙잡았다.

아버지.

엄마와는 또 다른 이유로 내 가슴을 아프게 찌르는 그 이름.

나는 문손잡이를 붙잡은 채 잠시 눈을 감았다. 어젯밤 그 일 이후로, 나는 예식장에서도 집에서도 한 번도 아버지와 눈을 마주치지 못했다. 케케묵은 원망이 어느 정도 사그라졌음에도 어째서인지 아버지의 얼굴을 보기가 편치 않았다. 아니, 아프다 해야 맞는 표현이겠다. 눈이 마주치는 순간 눈물이 터져 버릴 것만 같았으니까.

생각지 못한 아버지의 나약함이, 아픔이, 심장 한구석을 아프게 파고든다. 몰랐던 아버지의 진심을 들음으로써 아버지를 향한 이 미움은 어느 정도 사그라졌겠지만. 정작 아버진 내게 그런 고백을 했음에도 불구하고 여전히, 어쩌면 영원히 어머니에 대한 죄책감으로부터 해방될 수 없을 테지.

잠시 문손잡이를 잡은 손을 놓고 화병 앞으로 다가갔다. 거기서 개망초 한 줄기를 꺼내어 집에 올 때 챙겨 왔던 책 속에 끼워 넣었다. 책을 덮은 뒤 다시 방문을 나서자 앞마당에서 시끌벅적한 소리가 들려왔다. 중천에 있던 해가 노을 진 산마루 너머로 저물어 가건만, 술판은 여전히 진행되고 있는 모양이었다.

마루에서 내려와 신발을 갈아 신으려다 담장 앞에 서 있는 눈에 익은 실루엣을 발견하곤 움직임을 멈추었다. 무궁화가 핀 담장 앞에 서 있는 그는, 다름 아닌 서 대리였다.

"거기서 뭐 하세요?"

목소리를 들은 그가 내 쪽으로 몸을 돌렸다.

"아, 그쪽이 인희 씨 방이에요?"

"네."

나는 신발을 갈아 신고 그의 앞으로 걸어갔다.

"친구분들이랑 이야기 중이신 줄 알았는데."

"녀석들이 술을 너무 마시길래 잠깐 나왔어요."

"서 대리님은 술 안 드셨어요?"

"난 물만 마셨어요. 끝나고 서울 가야 하니까. 인희 씨, 지금 가려는 거예요?".

"네. 버스를 미리 예약해 둬서."

"그러지 말고 나랑 같이 가요. 인하한테는 내가 미리 말할게요."

"그럴까요, 그럼?"

굳이 거절할 이유가 없었다. 흔쾌히 답하며 그를 향해 싱긋 웃었다.

"근데 여기서 뭐 하시고 계셨어요?"

"집 좀 구경하는 중이었어요. 이런 유서 깊은 종택 볼 기회는 그리 많지 않잖아요. 끝이 안 보이게 늘어선 장독들도 그렇고 오래된 사당도 그렇고, 연못도 그렇고."

"그게 뭐 볼 거라고."

대단할 거 없다는 듯 심드렁한 어투로 말했다. 그가 대단한 듯 말하는 그것들은 내겐 그저 돌아가신 엄마를 떠올리게 만드는 아픈 장소들일 뿐이었으니까.

"왜요? 난 꽤 인상적이던데."

군은 표정으로 돌담 앞에 하얗게 핀 무궁화를 멍하니 바라보고 있는데, 그가 말했다.

"그래서 처음 이 집에 왔을 때도 이렇게 구경했었거든요. 그러다가 집보다 더 인상적인 여자애를 만나긴 했지만."

무심하던 내 눈동자 위로 동요가 스쳤다. 인상적인 여자애. 설마. 커다래진 눈으로 그를 바라보자, 그가 슬며시 웃었다.

"기억나요? 10여 년 전에 우리 여기서 처음 만났었는데. 정확히는 이 담장 사이에서."

기억 못 하는 줄 알았는데. 아니, 기억 못 하길 바랐는데. 내 바람과 달리 그는 다 기억하고 있었던 모양이었다. 그날 일도, 그리고 그 왈가닥이 나라는 사실도. 얼굴이 무르익은 감처럼 붉어졌다.

"아. 그, 그때 봤던 그 오빠 친구가 서 대리님이셨구나. 하하."

하하, 소리를 뱉고 있는 입술이 스스로 느끼기에도 부자연스러웠다. 아까 오빠의 말 때문에 잊고 있던 기억이 떠오른 참이라, 그때 일은 굳이 언급하고 싶지 않았다. 혹시나 그가 부차적인 것들까지 기억해 낼까 봐 한 마디 한 마디를 뱉는 게 조마조마했다. 뭐로 화제를 돌려야 하나 전전긍긍하고 있는데, 언제나 그러했듯 한 번을 호락호락하게 넘어가 준 적 없는 남자가 기어코 숨기고 싶은 옛이야기를 들춰냈다.

"인하 말로는 그러고 나서 그 애가 하루 종일 제 오빠 뒤를 쫓아다니면서 그날 봤던 그 오빠, 여자 친구는 있냐. 어디 사냐. 언제 또 집에 오냐. 그랬다던데."

차분하게 예전 일을 읊어 대던 서 대리가 비스듬히 고개를 틀어 날 내려다보았다.

"맞아요?"

"그, 글쎄요. 오래돼서 기억이 잘."

애써 눈을 피하고 있는 내게로 그가 허리를 숙였다. 그러곤 바짝 얼굴을 붙이고 눈을 맞추었다.

"내가 기억나게 해 줄까요?"

"네?"

그 순간이었다. 겨드랑이 사이로 훅 들어오는 손길이 느껴짐과 동시에 몸이 공중으로 붕 떴다. 아찔한 감각에 너무 놀라 차마 소리도 지르지 못하는 사이, 중력을 잃은 듯했던 몸이 담장 위로 사뿐히 내려졌다.

뭐, 뭐야? 지금?

담장 위에 앉은 채 어안이 벙벙해 있는데, 그런 날 올려다보며 내 양옆으로 손을 짚은 그가 유쾌한 미소와 함께 말했다.

"이제 기억나죠?"

너무도 해맑게 웃으며 그렇게 묻는 그를 보며 놀란 것도 잠시. 나는 그만 웃고 말았다. 처음엔 기막혀서 웃음이 나오다가 나중엔 그마저도 잊은 채 웃었다. 오직 내 앞에서 웃고 있는 남자의 얼굴만을 바라보며 웃었다.

정말 뭐든지 상상을 초월하는 남자였다. 나는 쑥스러워서 고개를 돌린 채 결국 인정 아닌 인정을 해야 했다.

"그때보다 많이 무거울 텐데."

"괜찮아요. 내가 그때보다 더 힘이 세졌으니까."

저무는 노을빛에 그의 얼굴이 황금빛으로 빛났다. 빛나는 사람이

다, 그는. 알면 알수록, 가까워지면 가까워질수록 그 빛은 더 밝고 환해진다. 눈이 부실 정도로.

돌담 위에 앉은 채 그렇게 한참을 말없이 그를 내려다보고 있는데, 그가 문득 내 이름을 불렀다.

"인희 씨."

"네?"

의아한 눈길로 바라보자 그가 잠시 말을 멈추었다가, 조심스럽게 말문을 열었다.

"당시에 인하한테 집안 분위기에 대해 대충 들은 게 있어서 인희 씨가 집에 대해 어떤 생각을 가지고 있는지, 어느 정도 알고 있어요. 인희 씨 어머니 소식도 이후에 친구들 통해서 들었구요."

생각지 못한 그의 말에 그를 바라보며 웃고 있던 내 표정이 눈에 띄게 굳었다. 그 또한 조심스러운 듯 최대한 직접적인 언급은 피하며 말을 이었다.

"그래서 집에 간다면서도 그렇게 표정이 불편했다는 거 알아요. 어제 울었던 이유 또한, 그와 아주 관련이 없진 않다는 것도."

저만치 산마루 너머로 펼쳐진 노을빛에 그의 그림자가 길어졌다. 기다래진 그림자가 담장 위에 올라서 있는 내 그림자를 넘어선다. 어느새 내가 기존에 가지고 있던 마음의 크기마저 넘어설 정도로 커져 버린 그의 존재처럼.

"내 존재가 인희 씨에게 얼마나 힘이 될지는 모르겠지만, 지금 갖고 있는 집에 대한 안 좋은 기억들이 나와의 좋은 기억으로 조금이나마 희석되었으면 해요."

담장을 짚고 있는 내 손등 위로 그의 손이 따스하게 내려앉았다. 그러곤 올곧게 시선을 맞추며 내게 말했다.

"그게 내가 인희 씨한테 해 줄 수 있는 유일한 일이니까."

찬란하게 미소 짓는 그를 보며, 참고 있던 눈물이 왈칵 차올랐다. 차마 또 눈물을 보일 수 없어서, 나는 고개를 돌린 채 젖은 눈가를 손등으로 훔쳤다. 그의 부드러운 손이 내 눈가에 다가와 눈물을 닦아 준다. 내 눈물이 마를 때까지, 내 슬픔이 진정될 때까지, 그는 그렇게 한참을 나를 위해 기다려 주었다.

* * *

"아버지, 할머니, 인희 먼저 가 본다네요."

오빠의 목소리가 떠들썩하게 집 안을 울렸다. 그냥 조용히 방 앞에서 인사를 하고 가려 했는데, 오빠는 단 한 번도 내 생각대로 해 주는 법이 없었다. 오빠의 외침이 분명 안채까지 닿았을 텐데도, 어제 일로 기분이 상하신 할머니는 방 밖으로 나오지 않으셨다.

"벌써 가려고?"

부엌에서 정리하고 있던 언니가 간다는 소리에 밖을 내다보았다. 새언니도 와서 인사했다. 볼일이 있으셨는지 별채 쪽에 있던 아버지가 마당으로 걸어 나오셨다.

"그만 가 볼게요."

"그래, 오느라 가느라 고생이 많구나. 차도 고장 나서 안 갖고 왔다면서, 버스 타고 가는 거냐?"

대답하기를 머뭇거리는 날 대신해 오빠가 말했다.

"아니요. 제가 아까 말씀드렸죠? 제 친구 녀석 중에 인희 직장 상사 있다고. 그 차로 같이 갈 모양이에요."

"그래. 그나마 편하게 됐구나."

"나오지 마세요. 그럼 저 갈게요."

나는 아버지께 다시 한 번 인사를 드리곤 몸을 돌려 마당을 가로질러 나갔다. 대문 밖으로 나가자 그가 차 옆에 서 있었다. 오지 말라는데도 뒤따라 나온 아버지 앞으로 다가오며 그가 허리 숙여 인사를 했다. 모른 척 차에 타려는데, 때마침 주방 밖으로 나온 언니가 큰 소리로 날 불렀다.

"인희야, 지금 반찬 몇 가지 싸고 있으니까 잠깐 기다렸다 이거 가지고 가!"

"됐다니까. 그냥 갈게."

"다 쌌으니까 가지고 가. 얼른."

다그치는 언니의 말에 나는 어쩔 수 없이 주방으로 갔다. 언니가 주는 반찬을 받아 든 뒤 괜스레 짠한 눈빛을 보내는 유별스러운 언니와 마지못해 포옹을 했다. 그러곤 배웅을 하겠다는 언니를 뒤로한 채 다시 문밖으로 나섰다. 무슨 얘기를 나누는 중인지, 그와 아버지는 서로를 마주 본 채 서 있었다.

이야기 중인가.

가까이 다가가자, 그가 예의를 갖춰 아버지께 인사했다.

"그럼 또 뵙겠습니다."

"잘 가게."

그와 마찬가지로 마지막 말을 건넨 아버지가 뒷짐을 지며 돌아섰다. 두 사람 뒤에 말없이 서 있는 날 잠시 바라보시는가 싶더니 "조심히 가라."는 인사를 끝으로 안으로 들어가셨다. 나는 언니가 싸준 반찬을 차에 실으며 그에게 물었다.

"우리 아버지랑 무슨 얘기 하셨어요?"

"아, 별 얘기 안 했어요. 내가 같은 회사에 있다는 거 인하한테 들으시곤 인희 씨 잘 부탁한다고 하시던데요."

"저희 아버지가요?"

"네."

말을 마친 그가 날 조수석 쪽으로 떠밀어 태우곤 차를 돌아 운전석에 탔다. 정말 그게 다인가. 시동을 건 뒤 기어를 바꾸고 차를 출발시키는 그를 미심쩍은 눈으로 바라보다가 이내 집 쪽으로 시선을 돌렸다. 조금 전 안으로 들어가셨던 아버지가 뒷짐을 진 채 다시 문 앞에 서 계셨다.

끝까지 과묵하고, 표현이 서툰 사람.

차가 시야에서 사라지기 전까지 문 앞에 서 있는 아버지를, 나 역시 그와 마찬가지로 한참 동안 바라보았다.

6년 만에 처음으로 느끼는, 따뜻한 귀경길이었다.

17장

가속 (Acceleration)

유난히 길었던 주말이 끝나고 여지없이 월요일이 돌아왔다. 직장인이라면 누구나 앓고 있는 월요병 탓인지 아침부터 사람들은 무기력했다. 주말에 아산까지 다녀온 강행군으로 인해 나 또한 녹초가 되어 있었다. 몇 잔의 카페인으로 버텨 보려 했지만, 아침부터 시작된 찌는 듯한 더위에 몸이 찜기에 쪄진 부추처럼 축 늘어졌다.

9월이 시작되었는데도 늦더위가 기승을 부리고 있었다. 이럴 땐 자고로 맛있는 것으로 이 허한 기운을 달래야 하는데 어김없이 나를 맞이하는 구내식당 메뉴는 그나마 남아 있던 식욕마저 상실케 했다.

"아, 요즘 식당 밥 진짜 맛없어. 대체 왜 이렇게 맛없니?"

"그러게나 말이다."

식당 밥에 대한 주연의 격한 분노에 동의하며 네 맛도 내 맛도 아닌 반찬들에 텁텁해진 입 안을 헹구고 있는데 세면대 위에 놓은 핸드폰이 지잉 울렸다. 양치를 마치고 핸드폰을 들어 확인하자 메시지 하나가 와 있었다. 이 시간에 내게 메시지를 보낼 만한 사람은 딱 한 사람뿐이다.

「사무실 들어가서 책상 위를 확인할 것」

서 대리님으로부터 온 간결한 메시지. 아침에 날 회사 앞에 데려 다준 뒤 외근 때문에 다시 나간 사람이 그새 돌아온 건가 싶어 고개 를 갸웃했다. 그러다 혹시 몰라 주연에게 먼저 들어가 보겠다고 하 고 화장실을 나섰다.

사무실로 들어서자 김 부장님 자리에서 이야기를 나누고 있는 그 의 모습이 보였다. 서류를 넘기며 상황을 보고하던 그가 막 사무실 안으로 들어선 날 보고 잠시 눈을 맞췄다. 사람들의 시선을 피해 눈 짓으로 인사한 뒤 자리로 들어왔다. 그가 보낸 메시지에 따라 확인 한 책상 위에는 테이크아웃 잔에 담긴 시원한 청포도주스와 작은 메 모지가 붙은 샌드위치 상자가 놓여 있었다.

[오늘 구내식당 밥이 영 별로였다는 소문 듣고 하나 사 왔어요. 카 페인은 충분히 섭취했을 테니까 음료는 주스로. 이 정도면 취향 저격 인가.]

남자다운 필체로 적어 내린 그의 메시지를 읽으며 입가에 잔잔한 미소가 걸렸다. 나는 김 부장님과 한창 이야기 중인 그의 뒷모습을 흘깃 바라보다가 핸드폰을 들어 짧게 메시지를 보냈다.

「취향 저격 제대로」

그가 남긴 메모지를 접어 치마 주머니에 넣곤 싱긋 웃으며 빨대 를 입에 물었다. 그러고 나서 막 뒤로 돌아서는데 어느 틈에 화장실 에서 돌아온 주연이 손에 들린 주스를 가리키며 물었다.

"뭐야? 주스 어디서 났어?"

"어디서 나긴. 밖에 나가서 사 왔지."

"어느 사이에? 조금 전까지 나랑 화장실에서 양치하고 왔으면서."

"내가 실은 축지법을 좀 쓸 줄 알거든."

"뭐야, 그 시답잖은 농담은? 대체 뭘 숨기는 거야, 너?"

"숨기긴. 진짜 내가 나가서 사 온 거라니까. 이거 가지고 휴게실이나 가자."

채근하듯 묻는 주연을 피해 사무실 입구 쪽으로 걸음을 옮겼다. 그러자 뭔가 냄새를 맡은 주연이 어깨를 털어 대며 옆으로 따라붙었다.

"어우, 야. 그러지 말고 말해 줘. 뭔데? 이거 어디서 난 건데? 설마 서 대리님?"

"야."

"알았어, 알았어."

바로 입에 지퍼를 채우는 시늉을 하는 주연을 가늘게 흘겨보았다. 그러자 주연이 짓궂게 웃으며 나직이 속삭였다.

"계집애. 그날 이후로 아무 말도 안 해 주더니, 그새 둘이 몰래 샌드위치도 사다 주는 그런 사이가 됐나 보네?"

"그런 거 아니거든?"

"그런 게 아니긴. 귀신은 속여도 나는 못 속인다."

주연이 혀를 빼죽 내밀며 날 앞서서 사무실을 빠져나갔다. 주연은 지난번 사건을 계기로 서 대리와 나 사이에 묘한 기류가 흐른다는 것을 알고는 있었지만, 그 이후로 어디까지 진전되었는지는 아직 모르고 있었다.

이제 막 시작한 관계를 여기저기 떠벌리고 다녀서 좋을 것도 없으니 당분간은 비밀로 하는 편이 나을 것이라 판단을 내렸다. 그래도 워낙 눈치가 빠른 애인지라 뭔가 짐작을 하고 있는 것 같긴 했다.

조만간 말해야겠지.

그런 생각을 하며 주연의 뒤를 따라 사무실을 나섰다. 때마침 김 부장님께 보고를 마친 서 대리가 내가 있는 쪽으로 걸어왔다. 지극히 사무적인 관계에 있는 사람처럼 고개를 숙여 인사하자 그가 간단한 묵례로 내 인사를 받은 뒤 유유히 옆을 스쳐 지나갔다.

의도한 것인지 아니면 우연인지, 지나가는 그와 손끝이 스쳤다. 잠시 닿았던 손끝을 타고 짜릿한 전류가 흐르는 듯했다. 사무실을 나서는 입가로 그가 건넨 청포도주스처럼 상쾌한 미소가 걸린다.

요즘 난, 그와 연애 중이다.

* * *

언제나처럼 그와 밥을 먹고 식당에서 나왔다. 요 며칠 무더위가 기승을 부린다 싶더니 느닷없이 비가 내리고 있었다. 기상청 예보에 소나기가 온다는 소리는 없었는데…….

토독토독 한두 방울 떨어지는 것을 시작으로 순식간에 쏴아아— 하고 내리꽂는 빗줄기를 걱정스러운 듯 바라보고 있자, 뒤따라 나온 서 대리님이 등 뒤에서 손을 뻗었다.

"빗줄기가 꽤 굵네. 금방 그칠 것 같진 않은데."

손바닥 위로 시원하게 쏟아지는 비를 바라보며 그가 말했다. 주차장이 바로 코앞이긴 했지만, 그냥 맨몸으로 맞을 만한 비는 아니었다. 그렇다고 우산도 없으면서 비를 피할 수 있는 뾰족한 수가 있는 것도 아니었다.

"내가 먼저 가서 차 가지고 올까요?"

"아니요. 바로 요 앞인데요, 뭐. 그냥 뛰어가죠."

그렇게 말한 뒤 빗속으로 뛰어들려는 내 팔을 그가 붙잡았다.

"잠깐만."

날 잡아 세운 그가 입고 있던 재킷을 벗었다. 뭐하려는 건가 싶어 올려다보자 그는 벗어 든 재킷을 그와 내 머리 위로 들어 올렸다. 설마.

"급한 대로 이렇게라도 하게요. 그럼 하나, 둘, 셋 하면 뛰는 거예요. 하나, 둘, 셋!"

채 뭐라 동의의 말을 할 새도 없이 그가 하나, 둘, 셋을 외쳤다. 동시에 마치 신호탄이라도 울린 듯 그와 함께 빗속으로 뛰어들었다. 머리 위로 드리워진 재킷 안으로 매섭게 들이치는 빗물이 얼굴과 몸을 흠뻑 적셨다. 천진한 어린아이처럼 까르륵 웃으며 뛰는 다리 아래도 이미 물장구라도 친 듯 흠뻑 젖어 있었다.

온 세상을 적실 듯 퍼붓는 빗줄기를 피하기엔 그의 재킷은 턱없이 얇고 비좁았다. 하지만 어쩐지 머리 위로 재킷을 드리우고 있는 그의 존재만으로도 마음 한편이 든든했다. 혼자라면 그저 궁상맞았을 이 순간이 그와 함께라는 것만으로 이렇게 낭만적으로 느껴질 수 있다는 게, 참으로 유치하면서도 행복했다.

날 먼저 차에 태운 그가 차를 돌아 운전석에 올라탔다. 차에 타던 순간까지 머리 위를 가려 준 재킷의 역할이 무색하게도, 몸은 이미 흠뻑 젖어 있었다. 뒤따라 차에 탄 그 또한 젖어 있기는 마찬가지였다.

"어유, 비가 완전 장난이 아닌데요."

젖은 머리카락 아래로 물이 뚝뚝 떨어졌다. 감당이 안 될 정도로 젖은 몸을 보며 어찌할 줄을 몰라 난감해하고 있는데, 그런 날 잠시 살펴보던 그가 "잠깐만요."라는 말과 함께 차에서 내렸다. 이 빗속에 또 어딜 가는 거지. 걱정스러운 눈길로 황급히 바라보자 차 뒤로 달려가 트렁크 문을 연 그가 무언가를 꺼내 품에 안은 채 운전석으로 돌아왔다.

"운동 다닐 때 필요할까 싶어서 챙겨 다니는데 마침 하나 있었네요. 급한 대로 써요."

그가 품에 안고 온 것은 다름 아닌 타월이었다. 빗물을 뚝뚝 떨어트리며 내게 타월을 건네는 그를 보고 있자니 차마 그것을 받아 들 수가 없었다.

"저보다 서 대리님이 더 필요하신 것 같은데."

"난 괜찮으니까 인희 씨 써요."

그가 망설이는 내 손에 억지로 타월을 쥐여 주었다. 그러곤 자기는 젖은 머리를 손으로 대충 털어 냈다. 나보다 더 젖은 사람을 눈앞에 두고 어떻게 이걸 쓰라는 것인지. 난처한 얼굴로 그를 바라보다가 결국 보다 못해 그에게로 손을 뻗었다.

"그러지 말고 이리 와 보세요."

"괜찮다니까요."

"빨리요."

내 손을 마다하는 그를 강제적으로 붙잡곤 타월을 쥔 손을 그의 머리로 옮겼다. 그러곤 비에 흠뻑 젖은 머리카락을 수건으로 조심스럽게 감쌌다. 앉은키조차 나보다 한참은 큰 그가 굳은 듯이 멈춘 채 가만히 날 바라보았다. 그의 턱 선을 타고 맺혀 있는 물방울을 타월로 닦아 낸 뒤 다 가시지 않은 물기를 마저 털어 내려는데, 그가 내 손을 붙잡았다. 갑작스러운 그의 행동에 두 눈을 크게 뜨자 그가 자신의 머리 위에 있는 타월을 끌어 내리며 내게 말했다.

"인희 씨, 정말 말 안 듣네요. 지금 본인 모습이 어떤지 알아요?"

"예? 세상에!"

느닷없는 그의 말에 시선을 내려 내 몸을 살핀 나는 이내 당혹감에 얼굴이 빨개지고 말았다. 안 그래도 얇은 하얀색 블라우스가 물에 젖어 살이 다 비치는 상태로 몸에 달라붙어 있었다. 안에 입은 캐미솔 덕에 그나마 속옷은 비치지 않았지만, 그 위로 굴곡진 가슴선이 드러나 적나라했다.

나는 쥐고 있던 타월로 황급히 몸을 가렸다. 몸을 적신 빗물도 증발시킬 만큼 부끄러움에 온몸이 빨갛게 달아올랐다.

"언젠 다 안다더니 다 아는 것도 아니네요. 아니면 알면서도 놀리는 거든지."

나직한 한숨과 함께 그가 뱉은 말에 당황한 표정으로 고개를 들었다.

"그런 거 아니에요. 정말 몰랐어요. 알았다면 제 손으로라도 먼저 가렸겠죠."

서둘러 변명을 내뱉다가 생각하니 왠지 억울해서 원망 어린 시선으로 그를 바라보았다.

"그리고 말이 나왔으니까 하는 말인데, 매번 놀리는 건 제가 아니라 서 대리님이시죠. 제가 서 대리님 때문에 얼마나 난감한지 알기나 하세요?"

"그러는 인희 씨도 모르긴 마찬가지잖아요. 내가 인희 씨 때문에 얼마나 미칠 노릇인지."

"제가 뭘 어쨌다고."

내가 매번 뭘 그렇게 그를 미치게 한다는 것인지. 답답한 마음에 되물으려다, 이내 마주한 그의 얼굴을 보곤 입을 다물고 말았다. 그는 대화가 오가는 순간에도 차마 날 바로 보지 못한 채 외면하듯 고개를 돌리고 있었다. 운전석 창 쪽으로 향해 있는 귀 끝이 어쩐지 붉어 보였다.

차체를 뚫고 실내를 가득 채우는 빗소리 사이로 어쩐지 둥둥 그의 둔중한 고동소리가 내 귓가에 생생히 닿는 듯했다. 매번 나만 당황하고 나만 심장이 뛰는 것이라 생각했는데, 이번만큼은 나 못지않게 그 또한 심장이 뛰고 있다는 것을, 내 귓가를 가득 채우는 그의 고동 소리를 통해 분명히 알 수 있었다. 나는 젖은 몸을 가린 타월을 꽉 쥐며 고개를 숙였다.

"알려 주시면 되잖아요. 매번 혼자서 그렇게 미칠 것 같다고 하지 마시고."

줄곧 날 외면하던 그의 얼굴이 느릿하게 내게로 향했다.

"지금 하는 말이 무슨 뜻인지 알기는 해요?"

"모를 리가 없잖아요."

단호한 내 대답에 날 바라보는 그의 눈빛이 짙어졌다. 실내 온도가 급속도로 상승하며 팽창할 듯한 긴장감이 빗물에 젖은 공기를 가득 채우는 것이 느껴졌다. 퍼붓는 빗소리 사이로, 그의 것인지 내 것인지 정확히 구분 지을 수 없는 심장 박동 소리가 쿵쿵 울려 퍼졌다.

타월을 말아 쥐고 있는 손바닥 안에 끈끈한 열기가 고인다. 당장에 손을 뻗어 입을 맞춘 대도 전혀 이상할 것 없는 야릇한 긴장감이 마주 보는 두 개의 시선 사이로 느리게 흘렀다. 입이 바짝 타고, 단전 아래가 간질거렸다. 이러다 정말 말라 죽어 버릴지도 모른다고 생각하던 순간, 그가 팽팽한 침묵을 깨며 먼저 내게서 눈을 돌렸다.

"그만하죠. 이러다 진짜 사달 나겠네요, 오늘."

더운 손끝으로 이마를 쓸어내린 그가 단호히 정면으로 시선을 옮기며 차를 출발시켰다. 빗속을 뚫고 유연하게 핸들을 돌리면서도 그는 줄곧 굳은 표정으로 정면만 바라보고 있었다. 언뜻 보기엔 태연한 듯싶었지만, 혈관이 도드라질 정도로 핸들을 거머쥔 손이라든지 희미하게 구겨진 미간이 그가 생각처럼 태연하지만은 않음을 어렴풋이 짐작케 했다. 그럼에도 단호히 도로만을 바라보고 있는 그의 모습에 차마 말을 붙일 엄두가 나지 않았다. 그렇게 우리는 한마디 말도 없이 어지러운 빗소리에 갇힌 채 집 앞까지 왔다.

"트렁크에서 우산 챙겨 올 테니까 잠깐 기다려요."

먼저 내려 우산을 꺼낸 그가 가지고 온 우산을 펼치며 조수석 문을 열었다. 조금 전만 해도 밤새 퍼부을 것 같던 비는 어느새 잦아들고 있었다. 나는 손안에 꽉 움켜쥐고 있던 타월을 조수석 위에 내려놓고 차에서 내렸다.

가늘어진 빗줄기처럼 가늘어진 빗소리가 우산 위를 토독 토독 두드렸다. 여전히 눈을 마주치지 않은 채 앞만 바라보고 있는 그를 흘깃거리며 걷다 보니 나도 모르는 사이 집 앞에 다다랐다. 그는 우산을 들고 말없이 선 채 내가 현관문을 열기를 기다려 주고 있었다. 나는 핸드백에서 열쇠를 꺼내어 문을 열려다가 잠시 손을 멈추고 그를 바라보았다.

"서 대리님."

그가 줄곧 피하고 있던 눈을 비로소 내게로 향했다.

"화나셨어요?"

"화나서 이러는 게 아니라는 거 인희 씨가 더 잘 알잖아요."

"그럼 인상 푸시면 안 돼요? 계속 그러고 계시면 제가 서 대리님한테 아무것도 못 하잖아요. 우리 헤어질 때마다 하는 거."

그렇게 말하면서 나는 서 대리에게로 몸을 기울였다. 언제부턴가 그와 헤어질 때면 습관처럼 당연히 하게 되어 버린 입맞춤을 하려고 그에게로 입술을 올렸다. 하지만 입술이 닿기 직전, 그의 단호한 손이 내 어깨를 붙잡았다.

"인희 씨."

날 저지한 그가 붙잡고 있는 어깨를 더욱 힘주어 쥐었다. 그러곤 들뜨는 감정을 가라앉히려는 듯 두 눈을 지그시 감는다.

"나 오늘은 정말 위험해요. 매번 바닥을 친다던 참을성이 이러다 진짜 바닥 칠 수도 있어요."

어깨를 쥐고 있는 손이 뜨거웠다. 내부에서 이는 격렬한 갈등을 안간힘을 다해 참아 내듯, 그가 쥐어짜는 목소리로 힘겹게 말을 뱉어 냈다. 그가 숱하게 말해 왔던 참을성이라는 단어의 치열함이 그 어떤 때보다도 선명하게 가슴에 와 닿았다.

잠시 가늘어졌던 빗줄기가 다시 거세진다. 가슴을 찌를 듯 날카롭게 내리꽂는 빗줄기 사이로, 조심스럽게 입을 열었다.

"그냥 안 참으시면 안 돼요?"

그의 어지러운 시선이 혼란을 품은 채 내게로 향했다. 그가 어떤 이유로 그토록 혼란스러워하는 것인지 모르지 않았다.

"저, 지금 하시는 말이 무슨 뜻인지 다 알아요. 그러니까 굳이 되짚어 주실 필요 없으세요."

더 이상 그가 참지 않게, 서툰 날 위해 물러서지 않게, 정확한 설명을 해 줄 필요가 있었다. 나는 거세지는 빗소리에 혹시나 내 목소리가 먹혀 잘 들리지 않았을까 하는 생각에 더욱 힘을 실으며 또박또박 말했다.

"물론 무서워요. 두렵기도 해요. 모든 게 처음이라, 이런 식으로 해도 되는 건지 매 순간 망설이게 돼요. 근데 그게 준비가 안 돼서라든지, 마음이 서 대리님에 비해 덜해서라든지. 그래서 그런 건 아니에요. 마음은 이미 저만치 앞서 나간 지 오랜데 몸과 머리가 따라 주질 않아서. 그래서……."

"그 말은."

서툰 내 고백을 잠자코 듣고 있던 그가 나직이 입술을 뗐다.

"마음의 준비는 다 됐는데 몸은 아직 용기가 나질 않는다. 그 뜻이에요?"

내 복잡한 마음을 한 문장으로 간결하고 명료하게 정리해 낸 그의 말에 나는 조용히 고개를 끄덕였다.

"그럼 내가 어떻게 해 줄까요?"

내 어깨를 붙잡고 있던 손을 내리며 그가 물었다.

"인희 씨가 말하는 대로 해 줄게요. 말해 봐요."

한층 더 굵어진 빗소리가 어지럽게 귓전을 할퀸다. 차가운 빗줄기 속에서도 이질적일 정도로 더운 눈동자가 습한 공기를 뚫고 뻗어 와 내 시야를 옭아맸다. 나는 이끌리듯 그에게로 천천히 손을 뻗어 그의 뺨을 감싸 쥔 채 조금 전 못다 한 입맞춤을 마저 했다. 그러곤 가만히 날 내려다보고 있는 그를 향해 진심을 전했다.

"참지 않으셨으면 좋겠어요."

잠시 말이 없던 그가 차분한 목소리로 확인하듯 물었다.

"내가 참는 게 어디까진지 알고 있어요?"

"그게 어디까지든. 전부."

단호한 대답과 함께 날 보는 그의 눈동자가 흔들렸다.

"제 몸과 마음의 간격은 제가 알아서 좁힐 테니까."

그 순간, 그의 뺨을 쥐고 있던 손이 돌연 붙잡혔다. 데일 듯 뜨거운 열기가 손목 위로 다소 강하게 감겨 왔다.

"인희 씨 입으로 분명히 말했어요. 참지 말라고."

타들어 가는 불꽃처럼 검고 뜨거운 시선이 내 시야를 집어삼켰다.

"가요. 내 차로."

더 이상 대답을 기다리지 않은 그가 내 손목을 돌려 잡으며 차가 있는 쪽으로 걷기 시작했다. 그의 손에 이끌린 채 말없이 차에 올라타자, 곧장 운전석으로 돌아온 그가 차에 시동을 걸고 조금 전 들어왔던 골목길을 빠져나갔다.

말없이 정면을 응시하는 그를 보며 알 수 없는 떨림이 몸 안 가득 찾아 들었다. 미지의 세계로 끌려가듯 두려웠지만, 기분이 나쁘거나 하진 않았다. 나는 떨리는 손끝을 붙잡은 채 망설이던 끝에 입술을 떼었다.

"어디로."

"집으로 갈 거예요."

미처 다 묻기도 전에 답한 그가 내게로 고개를 돌렸다.

"혹시 망설이는 중이라면 지금 말해요. 도착하는 순간, 절대 놔주지 않을 거니까."

그는 긴장하고 있는 나와 눈을 맞춘 채 떨리는 내 손을 움켜쥐며 단호하게 말했다. 긍정하듯 아무 말도 안 하고 있자, 그가 내 눈에서 결심을 읽어 낸 듯 정면으로 고개를 돌렸다.

"인희 씨가 선택한 거예요. 이젠 진짜 도망 못 가요."

가속이 붙기 시작한 차의 엔진소리처럼 거칠어진 음성이 긴장감에 휩싸인 차 안 공기를 흔들었다. 그리고 그는, 거세게 퍼붓는 빗속을 뚫으며 더 세게 액셀러레이터를 밟았다.

18장

밤

지하 주차장에 차를 주차한 뒤 그의 손에 이끌려 엘리베이터에 올라탔다. 늦은 시간, 그와 나 단둘뿐인 엘리베이터 안은 지나치게 고요했다. 길게 뻗어 내는 숨소리, 피부 아래 혈관이 날뛰는 소리, 목구멍 너머로 마른침이 넘어가는 소리까지. 몸 안에 이는 모든 변화들이 옆에 있는 사람에게 고스란히 전해질 정도였다.

나는 고개를 반대편으로 돌린 채 초조하게 눈동자를 움직였다. 지하 주차장을 막 벗어난 엘리베이터가 1층에서 잠시 멈추더니 사람 하나가 올라탔다. 엘리베이터 안으로 걸어 들어오던 그 남자는 비에 흠뻑 젖은 채 서로 반대편을 바라보고 있는 서 대리와 나를 묘한 눈으로 번갈아 흘깃거리는 듯했다. 힐끔거리는 시선을 피하며 더욱 벽 쪽으로 붙어 서자 불현듯 뻗어 온 더운 손이 내 손목을 움켜쥐었다. 때마침 18층에 당도한 엘리베이터가 멈추고, 그가 붙잡은 손목을 잡아당겼다.

"내리죠."

숨이 멎어 버릴 것만 같은 긴장감을 뚫고 그가 엘리베이터에서 내렸다. 도어록을 올리고 집 비밀번호를 누르는 그의 표정은 사뭇 굳어 있어 언뜻 보면 화가 난 사람 같기도 했다. 심장이 정상이 아니다 싶을 정도로 빠르게 뛰었다. 집 안으로 발을 들여놓기 무섭게 낯선 한기가 온몸을 덮쳐 왔다. 추워서가 아니었다. 긴장과 두려움, 그리고 알 수 없는 기대와 설렘이 만들어 낸 한기였다.

나는 오들거리는 몸을 두 팔로 꽉 감쌌다. 패기 있게 참지 말라고 말했던 주제에, 막연하게 머릿속에 떠돌던 상황이 막상 현실이 되어 눈앞에 들이닥치자 심장이 덜컹거렸다. 굳은 듯이 선 채 몸 안에 이는 떨림을 온전히 감당하고 있던 그때, 등 뒤에서 인기척이 느껴졌다. 몸을 돌리자 재킷을 벗어 던진 그가 바로 눈앞에 서 있었다. 짙은 눈동자의 무게감에 철렁 무너진 심장이 바닥을 나뒹굴었다.

"저……."

나도 모르게 주춤 뒤로 물러났다. 하지만 미처 한 걸음을 더 내딛기도 전에 기민하게 뻗어 온 손이 내 허리 뒤로 감겨 왔다. 그러곤 다른 한 손으로 턱 끝을 붙잡아 들어 올리더니 그는 곧 망설임 없이 입술을 내렸다.

허리를 옥죄며 강하게 당기는 힘과 함께 가슴과 가슴이 맞붙고 입술과 입술이 빈틈 없이 겹쳐졌다. 습하고 더운 숨결이 매끄럽게 입 안으로 파고들었다. 젖은 옷 때문에 더욱 적나라하게 느껴지는 체온이 불덩이처럼 뜨겁다.

서로의 호흡과 타액이 뜨거운 입 안에서 어지럽게 뒤엉켰다. 망설이는 혀끝으로 미끈하게 얽혀 들어와 당기는 혀의 감촉이 지나치게 부드러워 정신이 혼미했다. 한여름의 폭염처럼 온몸을 휩싸고 도는 그의 열기에 몸이 녹아내릴 것 같아서 매달리듯 그의 팔을 붙잡았다.

턱 끝을 잡고 있던 손이 목덜미를 스치고 내려와 쇄골에 닿는다.

소름 끼치도록 부드러운 손길에 온몸의 신경이 날카롭게 곤두섰다. 쇄골 위를 더듬더듬 간질이듯 천천히 내려온 손이 블라우스 첫 번째 단추 위로 내려앉았다. 톡— 소리와 함께 굳게 여미어져 있던 블라우스 깃이 벌어졌다. 그 순간, 열기에 휩싸여 까마득하던 머릿속에 붉은 빛이 번쩍이며 반사적으로 그의 손을 붙잡고 말았다.

"서 대리님."

떨리는 목소리가 맞붙은 입술 사이로 다급하게 빠져나왔다. 가슴 부근에 닿은 그의 손을 움켜쥔 채 가쁜 숨을 몰아쉬었다. 맨 처음 방 안으로 들어설 때와는 비교조차 되지 않는 격렬한 떨림이 몸과 머리를 뒤흔들었다. 예상하곤 있었지만 막상 익숙하지 않은 전개로 들어서자 덜컥 겁이 났다. 그저 막연했던 기대와 설렘을 그보다 훨씬 크고 선명한 두려움이 막아서 버린 것이다.

이제라도 그만두자고 할까. 조금 더 시간을 달라고 할까.

별별 생각들이 머릿속을 스치고 지나갔다. 두 눈을 꾹 감았다 뜬 뒤 주저하듯 고개를 들자 내게 붙잡힌 손을 빼지 않은 채 날 내려다보고 있는 그와 눈이 마주쳤다. 뱉어 내는 호흡이 어지럽게 흔들린다.

"서 대리님, 저……."

"좀 전에 말했죠. 더 이상 도망 못 간다고."

단호한 음성이 내 말문을 가로막았다.

"왜 내가 인희 씨 집 바로 앞에서 굳이 여기까지 참고 돌아온 거라 생각해요?"

"그건."

"인희 씨에게 기회를 준 거예요. 핸들을 돌릴 기회를."

그가 내게 붙잡혀 있는 손을 비틀어 빼내더니 도리어 단단하게 깍지를 꼈다.

"그 기회를 버리고 날 따라온 건 순전히 인희 씨 선택이에요. 그러니까."

그의 길고 곧은 손가락이 가는 마디마디로 견고하게 얽혀 들었다. 감히 도망칠 수 없도록, 더는 물러설 수 없도록 단단하게 붙잡은 채 그가 다시 한 번 허리를 끌어안았다.

불씨를 품고 까맣게 타들어 간 장작처럼 검고 더운 그의 눈동자가 시야를 가득 채웠다. 그 욕망 어린 시선의 열기가 내 몸을 잠식하던 짙은 두려움을 한꺼풀 벗겨 냈다.

"이제 와서 그런 눈으로 쳐다봐도 소용없어요."

그는 그 말을 끝으로 일말의 망설임도 없이 내 입술을 삼켰다. 조금 전 나누었던 키스보다 더 강하고 더욱 집요하게 혀끝을 놀리며 내 숨을 앗아 갔다. 폭풍처럼 몰아치는 입맞춤에 더 이상 두려워할 겨를도, 망설일 여유도 사라져 버렸다.

허리를 꽉 당겨 안는 그로 인해 맞닿은 몸이 더욱 밀착되었다. 그는 마치 집어삼킬 것처럼 입을 맞추며 허리를 감은 손에 힘을 주어 내 몸을 더욱 단단히 받친 채, 조금씩 집 안쪽으로 걸음을 옮기기 시작했다. 망설일 여유 따윈 허락지 않는 그로 인해 현실에 대한 지각과 사고는 불가능해진 지 오래였다.

그의 품에 안긴 채 뜨겁게 입맞춰 오는 입술을 받아들이며 떠밀리듯 방으로 들어왔다. 무릎 뒤로 침대 프레임의 서늘한 질감을 느끼고서야 나는 우리가 그의 방 안까지 왔음을 인식할 수 있었다.

하지만 그걸 알았을 땐 이미 몸이 자연스럽게 침대 위로 무너진 뒤였고, 그사이 블라우스 또한 반쯤 벗겨져 있었다. 맨살이 드러난 피부에 직접적으로 닿는 시트의 감촉이 서늘했다. 빠르게 현실감이 돌아온 몸이 바싹 움츠러들었다. 감고 있던 눈이 더욱 질끈 감긴다. 몸 안 가득 휘도는 긴장감을 알아차린 그가 깊게 키스하던 입술을 잠시 떼고 몸을 세웠다.

"무서워요?"

가까스로 눈을 들어 그를 올려다보았다. 양팔로 내 옆을 짚은 채 걱정스러운 눈길로 날 내려다보는 그의 눈동자는 지금 창밖에 드리워진 비 내리는 밤처럼 짙고 깊었다.

그 눈동자를 바라보고 있자니 어쩐지 마음이 차분해졌다. 나는 몸 안에 찾아든 떨림을 가까스로 가라앉히며 가만히 고개를 내저었다.

"아니요."

그의 손길이 침대 위로 펼쳐진 내 머리카락에 닿았다. 엉킨 머리카락을 천천히 쓸어 넘긴 그가 더운 손끝을 움직여 목 언저리를 매만졌다. 쇄골을 훑고 간질이듯 천천히 내려와 움푹 파인 캐미솔 위 뽀얗게 드러난 살결 위에서 손을 멈춘다. 순간적으로 숨을 들이마셨다. 흔들리는 내 동공을 빤히 내려다보며 그가 나직이 속삭였다.

"거짓말. 겨우 이 정도에도 이렇게나 떨고 있으면서."

시간이 멈춰 버린 것처럼 머릿속이 새까맸다. 피부 위를 슬쩍 스친 채 그저 멈춰 있는데도 그의 열기가 살갗을 뚫고 혈관으로 파고드는 것만 같았다. 깊게 들이마셨던 숨을 멈춰진 시공간을 뒤흔들 듯 길게 내뱉었다. 속을 꿰뚫는 듯한 그의 시선을 피하며 원망 어린 목소리로 중얼거렸다.

"무섭다고 해도 그만두지 않으실 거라면서요."

"맞아요."

그가 단호히 대답했다. 나는 피하고 있던 시선을 다시금 그에게로 되돌렸다.

"그런데 왜 물어보시는 거예요?"

"솔직해지라구요."

무슨 뜻인가 싶어 의아함이 깃든 눈동자로 바라보자 그가 말했다.

"무서우면 무섭다고, 아프면 아프다고 솔직하게 말해요. 그러지 않으면 나로선 인희 씨가 어떤지 알 수 없으니까. 나 혼자 일방적이고 이기적으로 인희 씨를 대하고 싶진 않아요."

그는 그렇게 말한 뒤 내 옆을 짚은 채 몸을 지탱하고 있던 팔을 구부렸다. 그와의 거리감이 좁혀지며 한층 짙어진 열기와 숨결이 생생하게 피부 위로 와 닿았다. 가슴 부근에 멈춰 있던 손길이 몸의 선을 파악하듯 옆구리를 스쳐 아래로 내려가더니 몸에 찰싹 달라붙은 캐미솔 속으로 파고들었다. 그의 손끝이 닿은 부위에서 불꽃이 일어나는 것 같았다. 그의 입술이 입 맞출 듯 가까이 다가왔다.

"그러니까 말해 줘요. 지금부터 내 행동이, 손길이 인희 씨에게 어떤 느낌을 주는지."

나른하게 뜬 눈으로 날 내려다보던 그가 밀착해 있던 입술의 방향을 비스듬히 틀어 목덜미를 삼켰다. 뜨겁고도 축축한, 손길이 닿을 때와는 비교할 수 없는 낯설고도 야릇한 감각에 목에서 의도치 않은 소리가 흘러나왔다.

혀끝을 세워 예민한 살갗을 부드럽게 핥고 빨아들인 그가 캐미솔 속으로 파고든 손을 등허리 위로 올려 브래지어 후크를 풀었다. 낯선 해방감에 익숙해질 새도 없이 그의 손이 느슨해진 브래지어와 캐미솔을 한꺼번에 위로 끌어 올려 가슴을 드러냈다.

그의 눈앞에 가감 없이 드러났을 가슴을 떠올리자 눈이 질끈 감겼다. 예고도 없이 공기 중에 노출된 살갗이 시렸다. 하지만 그 시림에 익숙해지기도 전에 비교도 할 수 없을 만큼 덥고 습한 감각이 가슴 끝을 집어삼켰다.

"아."

그의 입 안에 삼켜진 내 가슴이 마치 달콤한 사탕이 된 것만 같았다. 그는 아프지 않을 정도의 강도로 가슴을 물고 핥다가 스스로 느끼기에도 충분히 딱딱해진 내 유두 끝을 까슬한 혀로 부드럽게 감아 굴렸다. 그의 더운 입 안에서 살갗이 녹아내리는 것만 같았다.

커다란 손이 입술이 머무르지 않은 반대쪽 가슴을 손안 가득 넣고 자극적으로 쥐었다 놓았다. 마치 갈비뼈의 수를 헤아리듯 느릿하게 옆구리를 쓰는 손길에 흐윽, 하고 울음과도 같은 소리가 새어 나왔다. 내 것이라 믿기지 않는 그 소리가 낯설어 손등을 올려 꽉 깨물었다.

지퍼가 지이익— 내려가는 소리가 습한 공기를 흔듦과 동시에 스커트가 다리 아래로 흘러내렸다. 그 와중에도 가슴을 한가득 베어 문 채 자극하던 그가 팬티 사이로 손을 집어넣었다. 놀란 몸이 발작처럼 움츠러들었다. 허벅지 안쪽이 팽팽하게 당겨진다.

"서, 대리님……."

"쉬이. 괜찮아요."

불안한 시선으로 자신을 올려다보는 날 달래며 그가 내 입술에 부드럽게 입을 맞추었다. 그의 입술을 받아들이면서도 경직된 다리를 차마 풀지 못하자 그가 아랫입술을 부드럽게 물어 당기며 허벅지 안쪽을 매만진다.

"힘 빼도 돼요. 아프지 않게 해 주려는 거니까."

파르르 떨리는 속눈썹에 입을 맞춘 그가, 조심스러운 손길에 조금씩 긴장을 놓는 다리 사이로 손을 옮겨 갔다. 어느새 팬티 속으로 들어온 손끝이 습하게 젖은 곳으로 미끈하게 파고들었다. 낯선 이물

감이 다리 사이를 채웠다. 놀란 몸이 또다시 반사적으로 조여들었지만, 다리 사이에서 버티고 있는 그의 손길이 훨씬 완고했다.

유영하듯 미끈하게 파고든 손가락이 여린 내벽을 긁듯 안에서 휘어졌다. 배 안이 울렁거리는 듯한 기묘한 느낌에 몸이 비틀렸다. 손이 다급하게 그의 손목을 붙잡았다.

"서 대리님."

"네."

그가 붙잡힌 손을 멈추지 않으며 더욱 깊숙하게 안으로 파고들었다. 단 한 번도 타인의 출입이 없었던 입구의 크기를 그에게 맞도록 넓혀 가듯 천천히 안을 휘저었다. 모르는 사이 배 속에 살고 있던 뜨거운 무언가가 그가 주는 자극에 조금씩 몸집을 불려 나가는 것 같았다.

그 낯설고도 야릇한 감각에 문득 눈물이 나올 것 같아 입술을 꽉 깨문 채 도리질을 쳤다. 그가 기다랗고 단단한 손가락을 잠시 뺐다가 더욱 깊숙이 찔러 넣으며 내 귓불을 깨물었다.

"왜요. 왜 불렀어요, 나?"

그의 축축한 혀가 귓바퀴를 느릿하게 핥는다.

"그만……."

떨리는 손이 그의 가슴을 밀어 냈다. 가슴에 닿은 손을 입술로 가져가 삼키듯 입 맞춘 그가 보다 더 세게 손가락을 움직이며 단호히 말했다.

"그만은 안 돼요."

"그럼…… 아!"

배 안을 휘젓는 것으로도 모자라 그 위에 자리 잡은 동그랗고 여린 살점을 툭 건드리자 발끝에 전류가 퍼지는 것만 같은 느낌에 몸이 휘어졌다. 더운 입술이 귓불을 깨물고 뺨을 스쳐 입술 위로 내려앉는다.

"다른 거."

입술을 맞붙인 채 그가 손가락을 보다 빠르게 움직였다. 희미하던 열기가 입구를 드나드는 그의 속도만큼이나 빠르게 짙어지고 있었다. 아랫배가 딱딱하게 굳는다. 몸이 꼬이고 심장이 터져 버릴 것만 같았다. 맞붙은 입술 사이로 아아, 우는 듯한 소리가 흘러나와 그의 입 안으로 빨려 들어갔다.

"그만하라는 말만 빼고 다 들어줄게요."

입술을 소리 나게 쪽 빨아 당기며 그가 나른한 눈빛으로 날 내려다본다. 울 것 같은 표정으로 올려다보자 그가 "미안해요."라고 나직이 말하더니 내 손을 끌어 그의 다리 사이로 가져갔다.

믿기 힘들 정도로 뜨겁고 단단한 기운이 옷 너머로 생생하게 느껴졌다. 시작했을 때보다도 더욱 짙어진 눈동자에서 참기 버거운 욕망이 고스란히 전해졌다.

"지금 그만두는 건 나한텐 고문이나 마찬가지예요. 그러니까 조금만 참아 줘요, 인희 씨."

말을 끝냄과 동시에 그가 내 몸을 위로 홱 끌어 올렸다. 그러곤 입고 있던 셔츠의 단추를 하나둘 풀기 시작했다. 셔츠를 벗자 운동으로 탄탄하게 다져진 매끈한 상반신이 눈앞에 모습을 드러냈다.

햇빛 아래 몸을 푸는 나른한 육식동물처럼 천천히 내게로 다가온 그가 마지막으로 몸을 가리고 있던 팬티마저 벗겨 냈다. 더운 열기로 일렁이는 시선이 부끄러움에 타버릴 것 같은 몸을 뜨겁게 훑어 내렸다. 견딜 수 없는 창피함에 손등을 올려 눈을 가려 버리자, 그가 곧바로 손을 끌어 내리며 똑바로 눈을 마주쳐 왔다.

"가리지 마요. 그럼 내가 인희 씨 얼굴을 볼 수 없잖아."

그렇게 말한 뒤 그는 다시금 입을 맞추었다. 촉, 촉, 질척하게 타액이 뒤엉키는 입맞춤 사이로 바지를 벗어 내리는 마찰 소리가 생생하게 들려왔다. 그의 단단하고 매끄러운 가슴이 내 말랑한 살을 짓눌렀다.

조금 전 손 아래에서 느껴지던 뜨겁고 거센 기운이 어느새 다리 사이로 묵직하게 자리를 잡았다. 허벅지 안쪽을 무겁게 찌르는 생생한 감각에 다리 사이가 찌릿했다. 머리카락을 부드럽게 쓸어 넘기며 어지럽게 입을 맞추던 그가 손을 내려 그의 것을 쥐었다. 그러곤 입구를 찾듯 천천히 다리 사이로 파고들었다.

그의 것이 미끄덩하게 밀려들어와 내 습한 곳에 닿았다. 짐작조차 되지 않는 낯선 경험을 앞둔 채 아플 정도로 조여드는 그곳으로 그의 것이 끼워 맞추듯 들어왔다. 흡, 하고 빠르게 숨을 마셨다. 허벅지 안쪽에서 경련이 이는 듯했다.

"힘 빼요."

딱딱하게 굳은 허벅지 안쪽을 부드럽게 매만지며 그가 부탁하듯 중얼거렸다. 두려운 눈으로 올려다보자 그가 다정하게 머리를 쓸어 넘기며 이마에 입을 맞췄다.

"천천히 할 테니까."

그러곤 서서히 내 다리를 벌리며 입술을 삼켰다. 아랫입술을 살살 핥던 그의 혀가 매끄럽게 입 안으로 들어오는가 싶더니, 이윽고 입구에 머물러 있던 그의 혀만큼 뜨거운 기운이 좁은 입구를 뚫고 느리게 파고들었다.

"아!"

생전 느껴 보지 못한 낯선 감각이 날카로운 통증이 되어 다리 사

314

이를 갈았다. 날카로운 통각에 몸이 들렸다. 손을 들어 다급하게 그의 가슴을 밀어 냈다. 하지만 그저 잠시 움직이기를 멈췄을 뿐 물러서지 않은 그가 가슴에 닿은 내 손을 붙잡았다.

다리 사이를 기점으로 몸이 둘로 나뉘는 듯한 아찔한 고통에 몸이 파르르 떨렸다. 그가 붙잡은 내 손을 끌어 내리며 고통을 참느라 질끈 깨물고 있는 입술을 느릿하게 핥았다.

"조금만."

고통에 일그러진 채 간신히 뜨고 있는 눈에 그의 얼굴이 들어왔다. 거칠게 한마디를 뱉은 그가 나 못지않게 고통스러운 듯 눈매를 구겼다. 하아, 뜨거운 숨을 길게 몰아쉬는 소리가 고요한 방 안에 울려 퍼졌다.

"조금만 참으면 곧 괜찮아질 거예요."

안 된다고, 참기엔 너무 아프다고 도리질 치는 내 뺨에 입을 맞추며 그가 꽉 조여든 내 허벅지를 눌렀다. 그러곤 이번엔 좀 전보다 더 빠르고 힘 있게 안쪽으로 파고들었다.

다리 사이가 빠듯하게 채워지는 낯선 부피감과 함께 아악! 비명과도 같은 소리가 날카롭게 입술 사이로 빠져나왔다. 들려 있던 머리가 뒤로 젖혀지며 눈물이 났다. 언젠간 한 번은 겪어야 할 고통이라지만 겸허히 받아들이기엔 그 고통의 강도가 너무 셌다. 그에게 붙잡혀 있던 손을 빼내 있는 힘껏 그를 밀어 내는 날 그가 다시금 붙잡았다. 눈물이 주르륵 흐르는 눈매 끝으로 그의 입술이 닿았다.

"미안해요. 미안."

"아, 파요. 아……."

"알아요. 아는데…… 미안해요."

그가 젖은 눈매에 촉촉 입을 맞추었다. 멈춰 달라고 애원해 보지만 그는 그저 미안하다는 말만 애타게 중얼거릴 뿐이었다. 그러곤 멈출 수 없는 그의 욕망에 내 몸을 적응시켜 가려는 듯 천천히, 느리게 허리를 움직이기 시작했다.

낯선 침입에 온몸에 들어간 힘을 빼지 못하고 바르르 떨 때마다 그의 입술이 이마로 콧등으로 뺨으로 입술로 수없이 내려앉았다. 그럼에도 다리 사이를 아찔하게 가로지르는 날카로운 통증은 도무지 나아질 기미가 보이지 않았다. 나는 거의 울다시피 그에게 매달려 애원했다.

"제발, 서 대리님. 제발⋯⋯."

울먹이는 나의 뺨에 그의 손이 닿았다. 그가 조심스러운 손길로 젖은 뺨을 매만지며 안타까운 얼굴로 날 내려다본다. 멈출 줄 모르고 흐르는 눈물 앞에서 아무것도 해 줄 수 없다는 사실에 그 또한 마음 아픈 듯 더운 손끝으로 눈물을 닦아 내며 재차 입을 맞춰 주었다.

나는 눈물로 뭉그러진 시야에 그의 얼굴을 담아냈다. 끝날 것 같지 않던 아픔이 좀 덜하다 싶었더니, 그가 내 안에 자신을 묻은 채 움직임을 멈추고 있었다. 들뜬 욕망을 다스리듯 이를 악문 채 참고 있는 그의 얼굴이 나 못지않게 힘겨워 보였다.

그 모습이 눈물로 얼룩진 시야로 들어오자 그를 받아들이고 있던 내내 날카롭던 통증이 차차 잦아드는 것 같았다. 온몸을 바짝 조이던 긴장감 또한 느슨해졌다.

조금 전 그가 한 말처럼 이 상태에서 그만두자는 것은 그에겐 고문이나 다름없는 일인 것 같았다. 먼저 그를 자극한 것도, 그에게 참지 말라 했던 것도 나였다. 그러니 그로 인해 파생된 고통 또한 나

스스로 감당해야 옳았다. 날 위해 인내하는 그를 보며 결심이 서자 몸 안 가득 휘돌던 두려움이 조금씩 옅어졌다.

나는 줄곧 그를 밀어 내기만 하던 손을 뻗어 그의 **뺨**을 감싸 쥐었다. 움직이기를 멈춘 채 이를 악물고 있던 그가 두 눈을 크게 떴다. 그로부터 발산된 더운 열기가 손바닥을 타고 온몸으로 퍼져 나갔다. 경직되어 있던 몸이 노곤한 열기에 서서히 풀어졌다.

"참아 볼게요. 참을 테니까…… 대신에 빨리, 해 줘요."

그의 눈동자가 흔들리며 검게 일렁였다.

"알았어요."

그의 **뺨**을 감싸 쥔 내 손을 맞잡으며 그가 몸을 숙였다. 다시 한 번 가벼이 입맞춤을 한 그가 고개를 내려 가슴을 한껏 베어 물었다. 까슬한 혀의 돌기가 딱딱하게 곤두선 유두 끝을 뜨겁게 휘감았다. 동그란 가슴을 손안 가득 그러쥐며 그가 멈추고 있던 몸을 천천히 움직이기 시작했다.

옅어진 통증이 다시금 허리 아래를 가로질렀다. 하지만 처음처럼 죽을 만큼 고통스러운 정도는 아니었다. 아니, 정확히는 이상했다. 아프면서도 그 이상으로 야릇한 통증이 젖은 입구를 반복적으로 드나드는 마찰과 함께 조금씩 아랫배 속으로 열기를 채워 넣는 것 같았다.

옅어진 통증 사이로 서서히 커지는 묘한 감각에 배 안이 간질거렸다. 나는 최대한 소리를 참아 내려 입술을 질끈 깨물었다. 하지만 그가 가슴을 쥐어짜듯 주물거리던 손가락 사이로 유두를 끼워 넣고 자극적으로 비트는 바람에 앙다문 잇새로 내 것이라 믿기 힘든 소리가 빠져나왔다.

"훗."

317

나도 모르게 낸 소리에 화들짝 놀라 입을 막았다. 그러자 그가 손을 뻗어 입을 틀어막은 내 손을 거둬 냈다. 당황스러운 얼굴로 올려다보는 날 빤히 바라보며 그가 또 한 번 가슴을 세게 움켜쥔 채 허리를 움직였다. 마주하고 있는 눈동자가 불에 타들어 가는 심지처럼 검었다.

단단하고 뜨거운 그의 것이 예민한 내벽을 느릿하게 쓸며 깊숙이 안으로 들어온다. 느린 움직임에 비해 올려 치는 힘이 거세서 몸이 난파하는 배처럼 덜컹, 흔들렸다. 다리 사이를 가르고 들어온 그 느낌이 아프면서도 묘하게 찌릿했다. 또 한 번 올려 치는 힘에 눈이 질끈 감겼다. 젖은 호흡이 목구멍 사이로 거칠게 빠져나왔다. 너무 느려서, 애가 탈 정도로 느려서 더 이상했다. 배가 타들어 갈 것 같은 기이한 감각에 참다못해 입술을 뗐다.

"빨리하신다고……."

"빨리해 줬으면 좋겠어요?"

그가 붙잡고 있던 손을 잡아 올려 손바닥에 입을 맞추었다. 그의 축축한 혀끝이 손바닥을 느릿하게 핥았다. 그 덥고 습한 감각에 문득 소름이 일어 손을 빼려하자 이번엔 더 세게 자신에게로 끌어당기더니 푸른 힘줄이 돋아난 손목을 핥기 시작했다.

눈을 마주친 채로 연한 살갗을 핥으면서, 그가 또 한 번 허리를 튕겼다. 아랫배 깊숙이 찔러드는 아찔한 통증이 이상하리마치 야릇한 자극이 되어 몸 곳곳으로 퍼져 나갔다.

이상하다. 이건, 정말이지, 너무, 이상했다.

"아……."

도저히 그를 보고 있을 수 없어 차라리 눈을 감아 버렸다. 하지만 침대 위에 단둘뿐인 이 밤, 악마보다도 더 사악한 이 남자가 그걸 허락할 리 없었다. 그는 더운 손안에 담긴 말랑한 가슴을 보란 듯 힘주어 쥐며 또 한 번 거세게 내 안으로 파고들었다.

"앗!"

"물었어요. 빨리해 줬으면 하냐고."

부드럽지만 고압적인 어조로 그가 속삭였다. 눈을 떠 바라보자 그가 손목 안쪽을 핥던 입술을 서서히 팔 안쪽으로 미끄러트렸다. 살이 더 연해질수록, 그의 혀끝이 옮겨 닿는 곳의 자극이 진해졌고, 그때마다 내 것이 아닌 소리들이 목구멍을 긁고 삐져나왔다.

"말해 봐요. 뭘 원하는지."

팔꿈치 안쪽을 부드럽게 핥으며 그가 다시 한 번 느릿하게 내 안으로 파고들었다. 손이 닿을 수 없는 배 깊숙한 곳에 간질거리는 느낌이 뜨겁게 퍼져 나가자 몸이 진저리를 쳤다. 조금 전까지만 해도 아파서 눈물이 났다면, 지금은 이 낯설고 야릇한 감각이 버거워서 눈물이 났다. 더는 버틸 수가 없었다.

"빨리…… 빨리요."

참다못해 재촉하듯 말했다. 말을 뱉기 무섭게 그가 내 팔을 끌어당겼다. 그러곤 숨결을 앗아 갈 것처럼 거칠게 입을 맞추었다. 덥고 습한 혀가 내 입 안을 샅샅이 훑었다.

여유 없이 입 안을 휘젓는 혀만큼이나 거칠게 다리 사이를 가르는 그의 몸짓에 그의 아래에 놓인 몸이 속절없이 흔들렸다. 이러다가 몸이 부서져 버릴 것만 같아, 반사적으로 손을 들어 그의 목을 휘감았다.

등허리를 훑고 내려온 손이 그의 움직임에 맞춰 들어 올려진 엉덩이로 닿았다. 손안 가득 엉덩이를 움켜쥐며 그가 빠르게 허리를 움직였다. 처음의 고통이 믿기지 않을 정도로 아찔한 쾌감이 그의 움직임만큼이나 빠르게 아랫배로 몰려들었다.

거세게 몰아치는 행위에 행여나 그를 놓칠세라 다리를 들어 그의 허리에 휘감으며 본능적으로 엉덩이를 흔들었다. 젖은 입구로 긴박하게 드나드는 마찰 소리, 살과 살이 부딪히는 소리, 맞닿은 입술 사이로 수도 없이 부서지는 호흡 소리가 습기 가득한 공기 사이로 어지럽게 퍼져 나갔다.

뜨거운 열기를 품은 불덩이가 배 안을 가득 채우고 있는 것 같았다. 아찔하게 몰아치는 그로 인해 터질 것처럼 팽창한 불덩이에 균열이 생기기 시작한다. 그리고 더는 견디지 못할 것 같다 느낀 순간.

"아아!"

뜨거운 물이 아랫배로 확 퍼져 나갔다. 하얀 빛이 눈앞에서 아찔하게 부서졌다. 그와 나 주변을 에워싼 시공간이 어그러지고, 몸이 공중으로 분해되는 것만 같았다. 흐느낌에 가까운 소리가 크게 벌어진 입 밖으로 울음처럼 흘러나왔다. 그를 안은 팔에 파르르 힘이 가해졌다. 거의 동시에 참고 있던 열정을 토해 낸 그가 내 몸을 으스러트릴 듯 끌어안았다.

거친 그의 숨소리가 귓전을 축축하게 할퀴었다. 빈틈없이 꼭 끌어안은 몸이 횟횟했다. 가쁜 숨이 조금씩 진정되고 더운 몸이 서서히 가라앉자 어그러져 있던 시공간 또한 제자리를 찾아 돌아왔다. 그와 함께 방에 들어온 순간부터 까맣고 잊고 있었던 창밖의 빗소리가 더운 귓속을 가득 메웠다.

눈앞에 암막이 드리워진 듯 눈이 감기며 잠이 쏟아졌다. 나는 귓전을 데우는 젖은 숨소리와 그 주변으로 흩어지는 시원한 빗소리에 귀를 기울인 채 잠 속으로 서서히 빠져들었다.

*　*　*

주말이었지만 몸은 놀랍도록 정확했다. 눈을 뜨자 정확히 아침 6시 반을 가리키고 있는 시곗바늘이 눈에 들어왔다. 화들짝 놀라 몸을 일으키자 허리 위에서 느껴지던 낯선 무게감이 툭— 하고 침대 위로 떨어졌다. 동시에 옆에서 곤히 잠들어 있는 서 대리의 얼굴이 시야에 잡혔다.

"아."

그제야 벗은 몸이 인식되며 간밤의 일이 머릿속을 스쳤다. 첫 번째 정사 이후 집요하게 날 괴롭히던 그로 인해 몇 번을 꿈과 현실의 경계에서 헤매었다. 덕분에 완전히 잠이 깨어서도 여전히 정신이 혼몽했다. 아직도 지난밤의 일이 꿈만 같았다. 하지만 그러기엔 눈앞에 있는 남자의 모습과 아랫배를 뻐근케 하는 아릿한 감각이 너무도 선명했다.

지독한 사람.

나는 뻐근한 배를 어루만지며 세상모르는 표정으로 잠들어 있는 그를 노려보았다. 여태 대체 어떻게 참고 지낸 건지. 그의 아래서 그만하라며 울듯이 애원하던 내 부탁에도 집요하게 날 탐하던 그의 모습이 주마등처럼 눈앞을 스쳤다.

간밤, 자신이 참고 있는 것이 어디까지인지 아느냐고 물었던 남자는 그 답을 내게 정확히 일러 주기라도 하듯, 잠을 자는 것도 잊은 채 끝없이 날 안고 참아 온 욕망을 풀어 냈다.

비교적 조심스럽고 부드러웠던 첫 정사와는 달리 이후로 이어진 두어 번의 정사는 거칠고 집요했으며, 또한 야했다. 잠에 취해 몸을 비트는 내 다리 사이로 얼굴을 묻어 오던 그의 모습이 문득 머릿속에 떠올라 얼굴이 달아올랐다. 날 안으며 내 귓가에 대고 속삭이던 야한 말들도 함께 떠올랐다. 나는 아침부터 더워지는 몸을 털어 내며 재빨리 침대에서 벗어났다.

조심성 없이 침대에서 내려오는 바람에 내 무게감을 받은 매트리스가 다소 흔들렸지만 늦은 새벽까지도 날 괴롭혔던 남자는 무척이나 피곤한 듯 곤한 잠에 빠져 있었다.

얄미운 남자를 한껏 흘겨본 뒤 돌아서자 간밤에 일들이 얼마나 정신없이 이루어졌는지 알려 주기라도 하듯 아무렇게나 널브러진 옷과 속옷들이 어지럽게 시야를 채웠다. 화끈거리는 뺨을 달래며 나는 재빨리 옷가지들을 주워서 화장실로 들어갔다.

"하아."

아침부터 쿵쿵 뛰는 심장을 가라앉히려 호흡을 가다듬곤 고개를 들었다. 그러자 흐트러진 모습으로 거울 앞에 서 있는 내 모습이 눈에 들어왔다. 가슴 언저리부터 시작해 몸 곳곳에 남겨진 간밤의 흔적을 발견하곤 얼굴이 빨갛게 달아올랐다. 다행히 옷으로 교묘하게 가려질 정도이긴 했지만, 그래도 당혹스럽긴 매한가지였다.

나는 땀과 그의 체취에 젖은 몸을 시원하게 씻은 뒤 옷을 갈아입고 나와 그가 잠든 침실로 다시 돌아왔다. 그는 인기척도 느끼지 못한 채 여전히 곤히 잠들어 있었다. 방 안을 짙게 가린 암막 커튼 사이로 희미하게 들어온 빛이 그의 얼굴 위로 닿았다. 빛을 느낀 듯 인상을 찌푸리는 그를 내려다보다 빛 사이로 손을 뻗었다. 희미하던 빛마저 완전히 차단되자 더욱 평온해진 얼굴로 잠든 그가 색색 숨소리를 냈다.

밖에서 보면 그저 한없이 냉정하고 사무적이고 무뚝뚝할 것 같은 사람인데, 이렇게 곤히 자고 있는 모습을 보니 언뜻 장난기로 똘똘 뭉친 소년 같기도 했다. 물론 소년이라 치기에는 지나치게 성숙하긴 했지만.

나는 침대 위에 손을 얹고 턱을 괸 채 잠든 그를 빤히 바라보았다. 어젯밤, 이 남자와 살을 섞고 온기를 나누었다는 것이 눈앞에 있는 그를 보면서도 쉬이 믿기지 않았다.

그와의 연애에 있어 간밤의 일은 겨우 시작에 불과하다는 것을 알지만, 그럼에도 왠지 하룻밤 사이에 연애의 끝까지 달려와 버린 기분이 들었다.

그에게 내 모든 것을 내보이고, 나 또한 그의 모든 것을 들여다본 느낌. 이런 사람은 내 인생에 있어 그가 처음이자 마지막일 것만 같은 느낌. 어쩌면, 내겐 그가 처음이라서 더욱 이렇게 느끼는 것일지도 몰랐다.

겨우 한 번 잠자리를 가진 상황에 내가 이런 생각까지 하고 있는 걸 알면, 아마 부담스러워하겠지.

나는 자꾸만 깊어지는 그에 대한 마음을 애써 추슬렀다. 그러곤 주인이 잠든 방에서 주인이 깰 때까지 뭘 하면 좋을지 골똘히 생각하다 고개를 들었다.

"!"

좀 전까지만 해도 곤히 자고 있던 그가 두 눈을 뜬 채 날 바라보고 있었다. 너무 놀라 고개가 벌떡 세워졌다.

"저……."

마음의 준비도 없이 맞닥뜨린 상황에 당혹스러움을 감추지 못한 입에서 말이 헛나갔다. 잠에서 막 깬 듯 두 눈을 나른하게 뜬 그가 그런 날 바라보며 빙긋 웃었다.

"잘 잤어요?"

다른 때보다 낮게 가라앉은 음성이 기분 좋은 감도로 귓가에 감겨 왔다. 좀 전의 나처럼 손으로 턱을 괸 그가 그윽한 눈길로 날 바라보았다. 어쩐지 얼굴이 달아올라 그의 시선을 피해 얼굴을 숙였다.

"네."

스스로가 느끼기에도 지나치게 딱딱한 대답이 어색하게 입 안을 빠져나왔다. 남자와 하룻밤을 보낸 것도, 이른 아침부터 잠자리에서 남자를 보는 것도 처음이라 어찌해야 할지 답이 서질 않았다. 창피한 마음에 얼굴을 붉히며 이리저리 눈동자를 굴리다가 이 민망한 상황을 피할 수 있을 만한 방책으로 겨우 한 가지가 떠올라 입을 열었다.

"일어나셨으니까 아침 드셔야죠? 집에 뭐 요리할 만한 거 있는지 한번 볼까요?"

그렇게 말하곤 줄행랑치는 느낌이 다분히 묻어나는 몸짓으로 몸을 돌렸다. 하지만 나보다 재빠른 손이 한 걸음 내딛기도 전에 내 손을 붙잡았다.

"아침부터 뭐 그렇게 분주해요?"

그가 붙잡은 손을 끌어당기더니 날 침대 위로 앉혔다. 차마 눈을 마주치지 못하는 날 보며 피식 웃더니, 굵은 엄지손으로 습관처럼 입술을 매만진다. 별거 아닌, 그저 습관에 불과한 행동인데도 왠지 모르게 얼굴이 달아올랐다.

자고 일어난 탓에 머리가 헝클어져 내추럴한 그는 단정한 슈트 차림일 때보다 훨씬 더 섹시해 보였다. 별게 다 야해 보이고, 별게 다 섹시해 보인다. 밤새 음란마귀에 빙의되기라도 한 건가.

"아니. 그냥. 간밤에 신세도 졌는데 아침이라도 차려 드려야지 싶어서."

"신세?"

그가 내가 한 말을 되짚듯 따라 읊었다. 뒤늦게 실수를 했다 싶어 다급히 둘러댔다.

"그게. 제가 서 대리님 집에서 신세 진 거나 마찬가지니까."

당혹스러운 얼굴로 주저리주저리 변명을 늘어놓는 날 잠자코 바라보던 그가 이내 유쾌하게 웃었다. 자고 일어나서도 조금도 붓지 않은 늘씬한 눈매가 하현달처럼 곱게 휘었다.

"같이 밤을 보내 놓고 그걸 신세라고 표현하다니, 재밌네요."

"웃지 마세요. 쑥스러워서 그런 거잖아요."

투정부리듯 말하며 얼굴을 숙였다.

"알아서 웃은 건데요. 인희 씨 그러는 모습이 귀여워서."

머리를 괴고 모로 누운 채 그가 지그시 날 바라보았다. 마주하고 있지 않은데도 그의 시선이 생생하게 느껴졌다. 겨우 골반만 가리도록 이불을 덮은 채 내 쪽을 바라보고 있는 모습이 묘하게 유혹적이었다. 곧게 뻗어 오는 눈빛의 온도에 몸이 녹아 버릴 것만 같아 차마 고개를 들 수가 없었다.

"그나저나 아침 안 드실 거예요? 뭐라도 드시긴 드셔야."

"그렇죠. 먹긴 먹어야죠."

나는 이때다 싶어 그의 말을 잽싸게 물었다.

"뭐 드시고 싶으신데요?"

"먹고 싶다고 하면 다 해 주려구요?"

그가 피식 웃으며 내게 물었다. 어째 되묻는 뉘앙스가 좀 수상했다. 날 바라보는 눈빛도 뭔가 순수하지 않았다. 맹수 앞에 놓인 초식 동물처럼, 본능적으로 불안감을 느낀 몸이 주저하듯 침대에서 일어났다.

"뭐, 제가 할 수 있는 선에선."

스멀스멀 그에게서 멀어지던 몸이 돌연 다가온 손길에 붙잡혀 획 당겨졌다. 그와 어느 정도 거리를 두고 있던 몸이 순식간에 침대 위로 눕혀졌다. 그런 내 위로 그의 몸이 민첩하게 내려앉았다. 여전히 벗은 채인 그의 몸이 눈앞에 훤히 드러났다. 차마 쳐다볼 수가 없어서 재빨리 고개를 돌리며 몸을 비틀었다.

"지금 뭐 하시는."

"내가 먹고 싶다고 하면 뭐든 다 해 준다면서요."

그가 버둥거리는 내 양팔을 꽉 누르며 말했다. 지나치게 가까워진 그의 숨결이 앙다물린 입술 위를 핥듯 번져 갔다. 포박하듯 양팔을 붙잡은 채 그가 닿을 듯 가까운 거리에서 느긋한 표정으로 날 내려다보고 있었다. 간밤에 겪은 일이 파노라마처럼 머릿속을 스쳐 지나갔다. 나는 방어막을 치듯 턱을 세우며 그를 향해 외쳤다.

"그게 지금 이 상황이랑 무슨 관계가 있는데요?"

"그야 당연히 관계가 있죠."

그가 나른하게 중얼거리며 더욱 가깝게 내게로 몸을 숙였다.

"내가 먹고 싶은 건."

더운 손길이 내 뺨을 느릿하게 쓸어내렸다.

"인희 씨니까."

귀를 의심케 하는 야한 말에 얼굴이 더는 붉어질 수 없을 정도로 달아올랐다. 역시 불길한 예감은 한 번을 그냥 지나친 적이 없었다. 나는 다급히 시선을 피하며 그의 품에서 빠져나가기 위해 몸을 비틀었다. 하지만 완고하게 내 몸을 내리누른 남자는 내가 그의 품에서 벗어나는 것을 한 치도 용납하지 않았다.

"더 이상은 안 돼요. 어젯밤에도 세 번이나 하셨으면서!"

힘으로는 그를 이길 수 없기에 말로써 대적하자, 단 한 번도 말로는 져 준 적이 없는 남자가 이번 역시 능글거리는 말로 허를 찔렀다.

"어젯밤은 어젯밤이고. 인희 씨는 어제 밥 많이 먹었다고 오늘은 안 먹고 그러나?"

그가 유려한 입매를 짓궂게 말아 올린 채 날 향해 물었다. 뭐라 반박이 불가능하도록 뻔뻔스럽게 받아치는 그의 말에 순간 어이가 없어졌다. 그가 자신의 말이 틀렸으면 어디 한번 대답해 보라는 듯 고개를 갸웃했다. 어찌나 뻔뻔스러운지, 대꾸할 의욕조차 나지 않았다. 어차피 내가 이 상황에 어떤 말을 한대도, 그는 절대 날 놓아주지 않을 터였다.

"욕심쟁이."

나를 향해 빤히 내리닫는 그의 시선을 외면하며 핀잔하듯 중얼거렸다. 그러자 거침없이 다가온 손길이 턱 끝을 붙잡은 탓에 다시 시선이 그에게로 되돌아갔다.

"말했잖아요. 나 욕심 많은 놈이라고."

그는 내 원망 어린 목소리에도 조금도 민망해하지 않는 표정으로 그렇게 말했다. 더욱 낮게 몸을 숙여 나와의 간격을 좁힌 그가 나른한 미소와 함께 유혹적으로 속삭인다.

"후회해도 늦었어요. 이런 날 선택한 게 바로 인희 씨니까."

더 이상 빼도 박도 못할 말로 마지막 쐐기를 박으며, 그가 내 턱을 당겨 입을 맞추었다. 하지 말라고 하면서도 완강하게 그를 밀어내지 못한 나는 결국 마지못한 척 그의 입술을 받아들이며 눈을 감았다. 그리고 곧 이불이 희미하게 새어 들어오는 아침 햇살로부터 우리를 감췄다.

무더위의 여름날처럼 뜨겁고 끈적한 아침이었다.

* * *

뜨겁던 주말이 끝나고 다시 치열한 월요일을 맞이한 기념으로 오늘 저녁은 그와 고기를 먹기로 했다. 사람은 자고로 단백질을 섭취해야 힘이 나는 법이었다.

퇴근 준비를 마치고 언제나처럼 사람들의 눈을 피해 회사 주차장 뒤쪽에서 몰래 접선을 한 우리는 그의 차를 타고 내가 평소 자주 가던 고깃집으로 향했다. 딱히 맛이 있다기보다는 회사와 좀 떨어진 곳에 있는지라, 선택한 곳이었다. 아직 비밀 연애 중인 우리는 이렇듯 사람들의 눈에 닿지 않을 만한 장소를 골라 몰래 데이트를 하곤 했다.

"뭐 드실 거예요? 월급 들어온 기념으로 오늘은 제가 쏠 테니까 마음껏 드세요."

그의 앞에 젓가락과 숟가락을 가지런히 내려놓으며 말했다. 그가 장난스럽게 손을 비비며 날 바라보았다.

"인희 씨가 쏜다니까 왠지 더 많이 먹어야 될 것 같은 기분인데."

"뭐, 오늘 고기 값 계산하고 제 통장 바닥나면 그 이후론 서 대리님한테 빌붙으면 되죠."

"그래요? 그럼 진짜 많이 먹어야겠네. 통장 완전히 바닥나면, 나중엔 나랑 같이 살 수도 있다는 거잖아요."

예고도 없이 훅 치고 들어오는 그의 말에 당혹감이 스쳤다.

"무슨. 말이 또 왜 그렇게 돼요?"

"왜? 그럼 안 돼요?"

그가 능청스럽게 되물으며 메뉴판으로 시선을 돌렸다. 하룻밤을 같이 보내고 나니, 안 그래도 뻔뻔하던 남자가 한층 더 능구렁이가 되어 있었다. 이런 농담을 서슴없이 주고받는 건 그와 내 사이가 그만큼 가까워졌다는 의미이기도 했다.

하지만 아직은 그런 농담이 익숙지 않은 난 기분이 좋으면서도 뭐라 받아쳐야 할지 몰라 지금처럼 당황하곤 했다. 고기를 굽기도 전인데 벌써부터 불판 앞에 있는 양 얼굴이 홧홧했다. 나는 얼음물이 담긴 유리잔으로 더운 뺨을 식혔다.

"여기 차돌박이 2인분이랑 갈매기살 2인분이요."

그가 손을 들어 고기를 시켰다. "술 한잔할래요?"라고 묻는 그의 말에서 왠지 모를 흑심이 묻어나서 오늘은 안 마시겠다고 단호히 거절했다. 아쉬운 기색으로 "마시고 우리 집에 가도 되는데."라고 중얼거리는 그의 말에 역시나 내 예상이 틀리지 않았음을 깨달으며 못 말리겠다는 듯 고개를 저었다.

고기가 나오길 기다리는 동안 옆 테이블에서 풍겨 오는 진한 고기 굽는 냄새에 급격하게 허기가 지기 시작했다. 궁금한 입을 달래려 반찬으로 나온 양파 장아찌를 아삭아삭 씹고 있을 때였다.

"벌써 사람 많은 것 좀 봐요. 그래도 다행히 저기 자리 하나 있네."

드르륵 문 열리는 소리와 함께 어디서 많이 듣던 목소리가 불현듯 귓가에 닿았다. 나는 장아찌 하나를 젓가락으로 집어 든 채 고개를 갸우뚱하다가 속으로 '에이, 설마.' 하며 확인하듯 고개를 돌렸다. 그리고 곧, 눈에 들어온 익숙한 얼굴에 두 눈을 의심하고 말았다.

"얼른 이리로 와요. 나 배고파 죽겠단 말이에요."

"알았어요. 주연 씨 배고프니까 일단 고기부터 시켜요."

"야호! 이게 얼마 만의 고기냐!"

발랄한 말투의 여자가 벽에 붙은 메뉴판을 바라보며 싱글싱글 웃고 있었다. 그랬다. 지금 저 뒤에서 발랄하게 웃고 있는 저 여자는 다름 아닌, 내 하나뿐인 베프 최주연이었다.

"여기, 주문이요!"

주연이 마음을 정했는지 종업원을 향해 손을 번쩍 들었다.

"여기 항정살 2인분이랑요."

"야, 최주연."

"어?"

신나서 주문을 하던 주연이 자신을 부르는 목소리에 두 눈을 크게 뜨고 주변을 두리번거렸다. 무심결에 주연을 부른 나는 서 대리와 함께라는 사실을 뒤늦게 깨닫곤 재빨리 몸을 돌렸다. 하지만 때는 이미 늦어 버렸다.

"설마…… 인희 너니?"

날 알아본 주연이 돌아선 내 얼굴을 들여다보며 말했다. 굳은 듯이 선 채 날 바라보는 주연을 의아한 표정으로 올려다보던 남자가 내 쪽으로 느릿하게 고개를 돌렸다. 이윽고 맞닥뜨린 주연만큼 익숙한 얼굴에 내 눈이 터질 듯 동그래졌다.

"임 대리님?"

주연 또한 내 뒤에 앉은 남자의 얼굴을 보고 입을 떡 벌렸다.

"서 대리님?"

고기 굽는 냄새와 사람들의 수다 소리로 시끌벅적한 고깃집에서, 그렇게 우리의 비밀 연애가 첫 번째로 발각되었다.

19장

새벽음

뜨겁게 달아오른 불판 위에서 고기가 지글지글 타고 있었다. 늦은 저녁 시간, 고깃집에 앉아 있는 손님들은 너 나 할 것 없이 소란스 러웠다. 하지만 동그란 테이블에 마주 보고 앉아 뾸쭘한 표정을 짓 고 있는 우리 자리만큼은 마치 주변 사람들과 다른 세계에 있는 것 처럼 차분했다.

"어떻게 또 여기서 이렇게 만나네요. 목도 타는데 한 잔들 하실까 요?"

평소 회식 자리에서 진행을 도맡아 하는지라 습관처럼 진행병이 도진 임 대리가 어색한 침묵을 깨고 소주잔을 머리 높이까지 쳐들었 다. 예기치 않게 합석을 하게 된 주연과 난 눈치를 살피듯 서로를 바라보다가 마지못해 잔을 들었다. 짠, 하고 소주잔 네 개가 경쾌하 게 부딪혔다.

"너, 어떻게 된 거야?"

나는 소주잔을 입에 가져다 대며 맞은편에 있는 남자들에게 들리 지 않을 정도의 목소리로 주연에게 속삭였다. 주연이 잔을 입에 가져다 대며 힐끔 날 쳐다본다.

"너야말로 어떻게 된 건데?"

"내가 먼저 물었다. 넌 충분히 추측 가능하지만, 난 지금 완전 황당하거든?"

내 단호한 말에 주연이 우물쭈물 망설이다 입을 열었다.

"지난번에 말한 취중키스가 임 대리님이었어."

주연에게로 향한 눈이 커졌다. 왜 여태 말 한마디 없었느냐는 물음을 굳이 말로 옮기지 않아도 알아들은 주연이 내게서 눈길을 피했다. 이미 예상은 했지만 사실이라니, 놀라지 않을 수 없었다.

"기회 봐서 얘기해야지 했는데 네가 요즘 통 시간을 안 내 줬잖아."

그러고 보니 요 근래 주연이 계속해서 퇴근하고 차 한잔하자 했던 것이 불현듯 뇌리를 스쳤다. 주연이 대뜸 눈을 흘기며 내게 물었다.

"너야말로 요즘 들어 퇴근하기 무섭게 집에 간다 그러고. 안 그래도 집에 무슨 꿀단지를 숨겨 놨나 했더니, 그 꿀단지가 서 대리님이었니?"

나는 헛기침과 함께 손에 들고 있던 소주잔을 벌컥 들이켰다. 입이 쓰다.

"왜 불똥이 그리로 튀어?"

"야, 말은 바로 해야지. 너보다 내가 더 서운하거든? 진전 생기면 꼭 말하라니까 이렇게 될 때까지 여태 입 꾹 다물고."

서운함을 내비치는 주연의 말에 괜스레 머쓱해져서 얼른 고기 한점을 싸 주연에게로 내밀었다.

"자, 아 해 봐. 아까 들어오면서부터 배고프다고 난리던데. 일단 너 배부터 채우자. 취중키스의 전말은 나중에 듣기로 하고."

"괜히 지 할 말 없으니까."

한참을 눈이 돌아갈 듯 흘겨보던 주연이 못 이기는 척 쌈을 받아먹었다. 나는 못내 서운해하는 주연의 눈치를 살피며 샐샐거렸다. 그래도 쉽게 사그라지지 않는 주연의 시선을 피해 잠시 남자들 쪽으로 고개를 돌렸다. 나와 주연 못지않게 이 상황이 의외일 서 대리와 임 대리는 생각보다 덤덤한 얼굴로 이야기를 주고받고 있었다. 졸지에 더블데이트를 하고 있는 상황이 남자들에겐 그다지 놀라운 일이 아닌가? 의아해하고 있던 때였다.

"인희 씨랑 태호랑 이렇게 된 줄은 몰랐네요. 역시 서태호 칼 한 번 뽑으면 추진력 대단하다니까."

임 대리가 서 대리의 어깨를 탁 치며 묘한 미소를 보냈다. 말하는 뉘앙스가 마치 이전부터 서 대리의 마음을 알고 있다는 듯이 들렸다. 설마.

"임 대리님도 알고 계셨어요? 서 대리님이 저를……."

"당연히 알고 있었죠. 그래서 제가 지난번 처총회 때……."

"조용히 하고 얼른 고기나 먹어라."

막 입을 열려던 임 대리의 입으로 서 대리가 불판에서 구워 올린 고기 몇 점을 한꺼번에 욱여넣었다. 동시에 고기에 틀어막힌 임 대리의 입에서 외마디 비명소리가 빠져나왔다.

"아, 으어!"

"어머!"

미처 식지 않은 고기가 뜨거웠는지 임 대리가 입에 담긴 고기를 왈칵 뱉어 냈다. 맞은편에 앉아 있던 주연이 소스라치게 놀라 음료수를 건넸다. 건네받은 음료수를 얼른 마시며 임 대리가 불난 입에 빠르게 손부채질을 했다.

순식간에 난리가 벌어진 상황에 못지않게 당황해 있던 난 임 대리가 어느 정도 진정된 것 같자 상황을 이 지경으로 만든 서 대리에게로 따갑게 눈총을 주었다. 그러자 그가 시치미를 떼는 표정으로 시선을 피하며 음료수를 들이켠다. 대체 뭘 숨기려고 저런 건가 싶어 그에게로 닿은 두 눈에 의구심이 잔뜩 실렸다.

"어디 좀 봐요. 괜찮아요, 수현 씨?"

"아, 난 괜찮아요. 주연 씨."

걱정스러운 얼굴로 상태를 살피는 주연을 보며 임 대리가 입을 부여잡은 채 웃어 보였다. 쏜살같이 옆으로 다가가 임 대리의 얼굴을 들여다보는 주연과 그런 주연을 보고 웃고 있는 임 대리는 둘도 없이 다정한 연인 사이로 보였다.

그러고 보니 서로 직함이 아닌 이름으로 부르고 있었다. 그새 서로 호칭까지 바꿔 부르는 사이가 되었나 보다. 둘을 보자 그간 딱히 의식하지 못했던 호칭 문제가 새삼 머릿속에 떠올랐다.

그를 정식으로 만나기 시작한 지도 꽤 시간이 흘렀지만, 회사 생활이 익숙해서 그런지 꽤 친밀해진 지금까지도 여전히 그를 '서 대리님'이라 부르고 있었다.

그런데 우리와 마찬가지로 사내 커플인 주연과 임 대리가 서로를 이름으로 부르는 모습을 보자 묘한 압박감이 밀려들었다. 그야 어차피 지금도 날 이름으로 부르고 있으니 상관없지만…… 이제라도 호칭에 변화를 주어야 하나 싶어 고민이 되었다.

어디 한번 해 볼까. 태호……씨?

으. 생각만 해도 온몸이 간지러워졌다. 그래도 언제까지 서 대리님이라 부를 수는 없으니 적당한 호칭을 찾아봐야 할 것 같긴 했다.

그러다 문득 언젠가 그가 했던 말이 귓가에 맴돌았다.

'서 대리님 말고 태호 오빠 어때요?'

동시에 양팔 위로 오싹 소름이 돋는다. 나는 손을 들어 양팔을 벅벅 긁었다. 차라리 '태호 씨'가 낫지 '태호 오빠'는 절대 안 될 말이었다. 목에 칼이 들어온대도 그건 못 한다. 나는 쉽사리 소름이 가라앉지 않는 팔을 긁으며 생각했다. 그냥 이대로 죽을 때까지 서 대리님이라 부르고 싶다고.

그럴 수만 있다면, 정말 그러고 싶었다.

* * *

술자리는 적당한 선에서 마무리되었다. 당분간 사내에는 서로의 연애를 비밀에 부치기로 동맹 아닌 동맹을 맺은 뒤 고깃집에서 나와 커플끼리 찢어졌다. 평소 차를 다른 사람에게 맡기는 걸 좋아하지 않는 그는 오늘 역시 금주를 하곤 날 차에 태워 내 집 앞까지 왔다.

나 역시 많이 마신 건 아니지만 다소 술기운이 돌아 머리 좀 식힐 겸 간단하게 산책을 하기로 했다. 손을 맞잡고 걷다 보니 동네 한 바퀴는 금세 끝이 났다.

아쉬운 마음에 술이 덜 깼다는 핑계로 한 바퀴 더를 외쳤다. 그가 싱긋 웃으며 잡은 손에 더욱더 단단하게 깍지를 낀다. 어느새 그와 손을 잡고 걷는 이 시간이 일상처럼 익숙해져 버렸다.

"언제 봐도 이 동네는 너무 외진 것 같아요."

그가 인적이 드문 주변을 돌아보며 말했다.

"아무리 생각해도 인희 씨 혼자 살기엔 너무 위험해. 이참에 그냥 우리 집으로 들어오는 건 어때요? 우리 집에 방 많은데."

그가 입꼬리를 살며시 말아 올리며 능청스럽게 말했다. 보내오는 눈빛이 늑대의 그것과 똑 닮아 있다.

요즘 나한테 가장 위험한 건 이 동네가 아니라 서 대리님 당신이 거든요.

어림없는 소리라는 듯 대답도 않고 고개를 돌렸다. 그러자 그가 "세입자가 인희 씨라면 내가 특별히 가장 큰 방을 내어 줄 수도 있는데."라며 또 한 번 너스레를 떨었다. 회사에선 차갑기 그지없는 저 얼굴에서 둘만 있으면 어쩜 저런 능청이 흘러나오는 건지. 정말이지 야누스 같은 남자였다.

"그나저나 조금 전 고깃집에서 그건 뭐예요?"

걷다가 문득 좀 전에 임 대리와 있었던 일이 떠올라 그에게 물었다.

"뭐요?"

"임 대리님이 뭐라고 하려니까 얼른 고기로 입막음 하셨잖아요."

"아, 그거."

그가 잠시 아차 싶은 표정을 짓는가 싶더니 이내 포커페이스로 돌아왔다.

"아무것도 아니에요."

나는 고개를 갸우뚱 기울여 미심쩍은 눈초리로 그의 얼굴을 빤히 올려다보았다.

"아무것도 아닌 게 아닌 것 같은데. 지난번 우리 오빠 때처럼 제가 모르는 뭔가가 있는 거 아니에요?"

"그런 게 또 뭐가 있겠어요."

그가 어깨를 으쓱했다. 암만 봐도 수상쩍은데 쉽게 입을 열 것 같지 않았다. 궁금하긴 했지만 처총회를 언급하는 걸로 보아 대충 짐작되는 바가 있었기에 크게 신경이 쓰지 않기로 했다. 나는 한참을 뚫어져라 바라보다가 포기하듯 몸을 세웠다.

"아무리 생각해도 낚인 것 같단 말이야."

"뭐가요?"

"나 말이에요. 서 대리님이 촘촘하게 쳐 놓은 덫에 보기 좋게 걸려든 느낌이랄까."

턱을 매만지며 심각한 얼굴로 말하는 날 보곤 그가 하하, 웃더니 굳이 부정하지 않으며 물었다.

"그래서 후회돼요?"

"아니요."

나는 단호히 답하며 가로등 불빛이 노랗게 내려앉은 길을 따라 묵묵히 걸음을 옮겼다.

"오히려 그 반대라는 게 문제죠. 갈수록 좋아지니."

그가 걸음을 멈추고 날 바라보았다.

"그게 왜 문제예요? 갈수록 좋아지면 좋은 거 아닌가?"

"글쎄요. 뭔가 속을 알 수 없는 능수능란하고 영악한 남자한테 걸려든 것 같은데, 이미 너무 깊숙이 빠져 버린 상태라 알면서도 빠져나올 수가 없으니 문제라면 문제 아니겠어요?"

내게로 향한 그의 시선을 뒤로한 채 하늘을 올려다보며 발걸음을 옮겼다.

"나 모르게 한 행동들이 하나하나 밝혀져도 괘씸하긴커녕 귀여워 보이니 이 정도면 중증이죠."

진심이었다. 처음엔 워낙 속내를 알 수 없는 남자라 믿지 않으려 했는데, 그런 와중에도 자꾸만 그에게로 끌리는 이 마음이 당혹스럽고 조심스러웠다. 하지만 하나둘 알게 되는 진실 속에서 그가 이만큼이나 날 좋아해 줬구나 하는 생각이 들자 오히려 그가 점점 더 좋아지고 있었다.

그게 좋으면서도 한편으로는 조금 불안하기도 했다. 내 마음은 점점 커져 가는 반면, 그의 마음은 거기서 멈춰 있거나 혹은 줄어들어 버릴까 봐. 하지만 무엇이든 끝까지 가 보기 전엔 아무것도 속단할 수 없다.

나는 낮에 비해 비교적 시원한 밤공기를 흠뻑 들이마셨다. 별 하나 제대로 보이지 않는 서울 하늘도 그와 함께 걸으며 보니 그저 예쁘게만 보였다. 별 없이도 충분히 맑은 밤하늘을 가만히 올려다보고 있는데, 그가 내 팔을 붙잡아 돌렸다.

"오늘 정말로 혼자 잘 거예요?"

나누던 얘기와 전혀 상관없는 그의 물음에 나는 당혹스러운 표정으로 그를 바라보았다.

"갑자기 얘기가 왜 그리로 튀어요?"

"그런 말 듣고 나니까 집에 보내기 싫어져서요."

날 바라보는 눈동자가 검은 밤하늘과 구분이 안 될 정도로 짙었다. 마치 잠시 마음에 품었던 불안감을 정면으로 반박이라도 하듯 덥고 습한 시선이었다. 직접적인 단어 선택 없이도, 내게로 뻗어 오는 그 눈빛만으로도 그의 말이 의미하는 바가 고스란히 전해져서 절로 숨이 막혔다. 나는 술기운을 불식시키고도 남을 만큼 달아오른 얼굴을 허공으로 돌렸다. 그러곤 그에게 붙잡힌 팔을 빼냈다.

"오늘은 안 돼요."

"왜요?"

피한 얼굴 앞으로 다가서며 그가 물었다. 매번 느끼는 거지만 그의 목소리는 분명 조용하고 나직한데 귓가에 닿을 때마다 그 울림이 커서 묘한 기분을 안겨 주었다. 며칠 전 침대 위에서 속삭이던 나른한 저음이 불현듯 떠올라 아랫배가 벌써 딱딱해진다.

음란해, 주인희. 나는 애써 그의 시선을 피하며 집 쪽으로 걸어갔다.

"오늘 퇴근 무렵에 김 부장님이 주신 일이 몇 가지 있어서 내일 좀 바빠요. 아침에 평소보다 좀 일찍 출근해야 할 수도 있고."

"그럼 지금이라도 우리 집으로 갈까요?"

그가 뜬금포로 내 말을 받아쳤다. 당황한 얼굴로 고개를 돌리자 그가 특유의 능글능글한 미소와 함께 유혹하듯 속삭였다.

"우리 집이 인희 씨 집보다 회사에서 더 가까운데."

"글쎄, 오늘은 안 돼요."

나는 단호히 고개를 내저으며 집 앞으로 향하는 걸음에 속도를 붙였다. 하지만 나보다 보폭이 큰 그는 거뜬히 내 걸음을 따라붙었다.

"왜 안 돼요? 거리도 가까워서 출근 시간도 단축될 텐데?"

"아, 글쎄."

집요한 그의 말에 참다못해 말했다.

"내일 할 일도 많은데, 서 대리님이랑 있으면 다음 날이 너무 피곤하단 말이에요."

그렇게 말하곤 얼굴이 더는 달아오를 수 없을 만큼 뜨거워졌다. 그와 눈을 마주치고 있지 않은데도 심장이 터질 것만 같았다. 내 말의 의미를 알아들은 그가 낮게 웃더니 돌연 내 손을 붙잡았다. 그러곤 눈을 마주치며 은근한 어조로 내게 말했다.

"너무 피곤하지 않게 하면 되잖아요."

"그렇게 말씀하셔 놓곤 매번 약속 어기시면서."

"내가 그랬나요?"

그가 모르겠다는 듯 능청스럽게 되물었다. 아무튼 얄미워. 가늘게 뜬 눈으로 슥 흘겨보다가 그에게 붙잡힌 손을 빼내며 그를 떠밀었다.

"얼른 가세요. 집에 도착하시면 12시 되겠어요."

"한 번 하고 나면 쉬워질 줄 알았는데, 그것도 아니네요."

하고 나면이라니. 어떻게 저런 말을 저토록 아무렇지 않은 얼굴로 서슴없이 할 수 있는 것인지. 젠틀하고 서늘한 마스크와는 매치되지 않는 야한 말에 내가 기함한 표정을 지었다.

"대체 여태 어떻게 참으셨어요?"

"그래서 매번 내가 말했잖아요. 미치겠다고."

"으, 변태."

나는 고개를 절레절레 흔들며 핸드백에서 열쇠를 꺼내었다. 하하, 웃은 그가 민망해하는 기색도 없이 천연스럽게 말했다.

"이왕이면 늑대라고 해 주지. 변태는 어감이 좋지 않은데."

"늑대는 어감이 너무 약해서요. 색골 좋네요, 색골."

음절 하나하나에 힘을 주어 그의 면전에 대고 외쳤다. 그러곤 막 문을 열려는데 그가 내 손에서 돌연 열쇠를 빼앗더니 집 문을 열었다.

"지금 뭐 하시는…… 엄마야!"

예상 밖의 그의 행동에 두 눈을 크게 뜨고 그를 돌아본 순간, 몸이 갑자기 공중으로 붕 떠올랐다. 정신을 차리고 보자 그가 나를 품에 안아 들어 올리고 있었다. 장난스럽게 휜 눈동자와 눈이 마주쳤다.

"기왕 색골 소리 들은 거 색골 노릇 한번 제대로 해 볼까 해서요."

"네?"

그 말을 끝으로 그가 일말의 망설임도 없이 집 안으로 들어섰다.

"안 돼요! 내려 주세요!"

나는 주변에 사는 사람들이 들을세라 차마 있는 힘껏 소리도 지르지 못한 채 그의 품에서 벗어나려 발버둥을 쳤다. 하지만 그 정도에 내려 줄 사람이 아니었다. 내 거친 반항에도 꼼짝도 않은 그가 성큼 거실로 들어서 침대가 있는 방 쪽으로 걸음을 옮겼다. 당혹스러운 얼굴로 그의 가슴을 쳐 냈다.

"서 대리님, 정말 이러시기예요?"

"먼저 가만히 있는 사람 자극한 게 누군데요."

자극이라니? 나는 생사람 잡는 그의 말에 어이없다는 얼굴로 그를 바라보았다.

"제가 언제요?"

"듣기 좋은 말들로 살살 구슬려 놓고 그냥 내빼는 게 말이나 돼요? 게다가 누구보다 점잖은 날더러 색골이라니. 억울해서 가만히 있을 수가 있나."

방까지 거침없이 들어온 그가 날 침대 위에 사뿐히 내려놓았다. 기가 막혀 뭐라 받아칠 생각조차 못 하는 사이, 그가 침대 옆에 놓인 스탠드의 불을 켜며 내게로 다가왔다. 방 안 가득 차 있던 어둠이 희미한 스탠드 불빛에 서서히 밀려났다. 재킷을 벗어 아무렇게나 던져 놓는 그의 모습에 심장이 쿵 뛰어올랐다. 나는 다급히 숨을 들이마시며 얼른 몸을 뒤로 뺐다.

"안 돼요, 정말. 저희 집은 방음도 잘 안 된단 말이에요. 길 옆이라 사람들도 지나다니고."

갑갑하게 목을 조이던 넥타이를 풀어 던지고 셔츠 단추를 하나 풀어낸 그가 망설임 없이 침대 위로 올라왔다. 무릎으로 기어 천천히 다가오는 그의 모습에 숨이 멎을 것만 같았다.

"그건 인희 씨가 잘 조절하면 되잖아요."

"그, 그걸 어떻게 조절해요! 서 대리님이 그렇게 무지막지하게……."

"무지막지하게?"

어느 틈에 코앞까지 다가온 그가 내가 하는 말을 나른하게 따라 읊으며 내 다리 사이로 들어왔다. 놀라서 반사적으로 엉덩이를 뒤로 빼자 입꼬리를 올리며 마치 먹잇감을 몰아가듯 천천히 범위를 좁혀 온다. 황급히 시선을 돌려 그를 피했다.

"못 참게……."

"못 참게."

어느새 침대 끝에 다다랐는지 그를 피해 물러서던 등이 침대 헤드에 닿았다. 더 이상 도망칠 곳이 없다는 것을 안 그가 블라우스 아랫단으로 손을 뻗어 왔다. 스커트 안에 단정하게 찔러 넣어져 있던 블라우스가 들춰지고 그 사이로 그의 손길이 닿았다. 손끝에 바늘이라도 박힌 듯 그의 손이 닿기 무섭게 살갗이 따끔했다. 몸이 바싹 움츠러든다. 입 안이 바짝 탔다.

"절…… 괴롭히시니까."

"아, 그래요?"

그가 나직이 웃으며 내 목덜미로 고개를 숙였다. 그러곤 느릿하게 목 언저리를 핥는다. 그 감촉에 급히 숨을 삼켰다. 그는 고개를 내려 쇄골 부근에 입을 맞추며 아직 단추가 채워져 있는 블라우스의 가슴 부근으로 얼굴을 옮겼다. 가슴이 타는 것만 같았다.

"내가 인희 씨를 어떻게 괴롭혔더라."

그가 다리 사이로 몸을 꽉 끼워 오며 블라우스 단추를 하나둘 풀어냈다. 허리선을 더듬듯 쓸어내리는 손길이 불에 달구어진 듯 뜨거웠다. 나는 견디다 못해 파르르 떨리는 손끝으로 이불을 꽉 움켜쥐었다. 블라우스 속으로 파고들어 척추 마디마디를 짚고 올라간 손이 능숙하게 브래지어 후크를 풀었다. 하나, 둘 풀러진 단추 사이로 드러난 가슴 위에 그의 입술이 닿았다. 그의 열기가 닿은 살갗들이 모조리 녹을 것만 같았다.

"서 대리님."

그는 느슨해진 브래지어를 끌어 올리곤 딱딱하게 선 유두 끝을 가만히 깨물어 당겼다. 훗, 하고 짧은 신음이 터져 나왔다. 희미한 스탠드 불빛에 휩싸인 사위가 열기에 들뜬 시야 속에서 뿌옇게 뭉그러졌다.

"그거 말고 이름으로 불러 줘요."

축축한 혀끝으로 곧게 선 유두를 천천히 감아올리던 그가 고개를 들어 날 바라본다. 어둠 속에서도 선명하게 빛나는 욕망 어린 눈동자가 심장을 뜨겁게 파고들었다.

"서태호. 내 이름으로."

저런 눈으로 날 바라볼 때마다 배 아랫부분에서 후드득 나비가 날아오르는 느낌이 든다. 시트를 그러쥐고 있는 손을 잡아 입을 맞추며 그가 재촉하는 눈빛으로 날 바라보았다. 조금 전 식당에서 혼자서 속으로 되뇔 때에는 죽어도 못 할 것 같던 말이 그의 눈빛을 마주하자 이끌리듯 천천히 입 밖으로 꺼내어졌다.

"태호…… 씨. 아!"

그가 고개를 숙여 딱딱하게 부푼 가슴을 입 안 가득 베어 물었다. 그러곤 이 끝으로 자근자근 유두를 씹는다. 아릿한 통증에 눈이 왈칵 감겼다. 지난번에도 느꼈지만 유독 그쪽이 예민한 것 같았다. 시트에 맞닿은 엉덩이가 저절로 비틀어졌다.

"다시."

손가락 하나가 치마 사이로 미끄러지듯 들어왔다. 팬티를 무릎까지 끌어 내린 뒤 젖을 대로 젖은 그곳으로 그의 손이 닿는다. 손을 흠뻑 적실 듯한 미끈거리는 감촉을 만족스럽게 느끼는가 싶더니, 이내 손끝에 힘을 실어 자극적으로 찔러 올렸다. 몸이 무너지듯 반으로 접혔다.

"태호 씨."

그의 어깨에 얼굴을 묻은 채로 우는 소리가 흘러나왔다. 그가 목덜미에 입술을 묻은 채 손을 더욱 깊숙이 찔러 넣었다. 찔걱찔걱, 음란한 소리가 조용한 방 안에 축축하게 울려 퍼졌다. 터져 나올 것 같은 신음을 삼키려 입술을 깨물자, 그가 아랫입술을 자극적으로 물어 당겼다.

"그렇게 하지 마요. 인희 씨 아프잖아."

"하지만 안 그러면."

"안 그러면?"

똑바로 눈을 맞춘 채 예민한 곳을 자극하며 그가 나른하게 내 말을 되뇐다. 습하고 열기 어린 곳에 단단한 손가락을 뿌리까지 찔러 넣은 채로 그가 유영하듯 천천히 움직였다. 멀미가 일 것처럼 울렁이는 느낌에 허벅지가 팽팽하게 당겨졌다.

"소리가……."

"그럼 이렇게 하면 되지."

그가 턱 끝을 잡아당겨 입을 맞추었다. 입술을 포갬과 동시에 더욱 자극적으로 다리 사이를 찔러 드는 느낌에 참지 못한 신음이 가쁘게 터져 나왔다. 맞닿은 그의 입 안으로 내 가쁜 숨소리가 고스란히 빨려 들어갔다. 더 큰 자극을 바라는 몸이 재촉하듯 그의 손을 타고 흔들렸다.

입술을 쭉 빨아 당긴 그가 몸을 휘젓던 손을 빼내곤 벨트 버클을 풀었다. 그의 거친 욕망이 다리 사이로 기민하게 파고들었다. 침대 헤드에 기대어 있는 등허리를 넓은 손으로 단단하게 받치며 그가 다시 한 번 입을 맞췄다. 동시에 그가 끼워 맞추듯 내 안으로 파고들었다.

"아!"

떨어진 입술 사이로 짧게 신음이 빠져나왔다. 고개가 맥없이 그의 어깨 위로 무너졌다. 깊게 삽입한 뒤 잠시 움직임을 멈춘 그가 귓불을 물어 당기며 나른하게 중얼거렸다.

"인희 씨 소리 너무 큰데. 옆방에도 들리겠어요."

그러곤 마치 확인이라도 시켜 주듯 다시 한 번 허리를 쳐올렸다. 몸이 반사적으로 왈칵 조여들었다. 터질 것 같은 소리를 간신히 참아 내자, 고요해진 방 안으로 그와 내 것이 아닌 희미한 소음이 벽을 타고 흘러들었다. 옆방에서 들려오는 TV 소리였다.

아차 싶어 숨을 급히 멈추자 그가 미간을 희미하게 구긴 채 낮게 한숨을 뱉으며 고개를 들었다.

"못 참겠으면 그냥 지금이라도 우리 집으로 갈까요?"

열기에 휩싸인 시선이 그 또한 참기 힘들다고 말하고 있는 것 같았다. 지금이라도 그의 집으로 간다니. 이런 상황에 그런 게 가능할 리가 없었다. 그 또한 그걸 알면서 묻고 있는 것이다. 나는 그의 어깨를 부여잡은 채 고개를 내저었다.

"태호 씨가 살살하면."

"난 살살은 못 할 것 같은데."

그렇게 말하며 그가 알려 주듯 다소 힘 있게 반복적으로 허리를 쳐올렸다. 웃, 웃, 하고 억눌린 신음소리가 흘러나왔다. 배 깊숙한 곳 어딘가를 찔러 누르는 그의 열기가 너무도 선명해 몸이 뒤틀렸다. 그만하라고 몸서리치자 더욱 짓궂게 허리를 놀린 그가 날 안아 그의 다리 위로 올렸다.

그의 몸 위로 올라선 탓에 본의 아니게 그의 얼굴 바로 앞에 드러난 젖가슴을 한껏 베어 물며 그가 열기 어린 시선으로 날 올려다보았다. 반쯤 풀린 나른한 눈매가 묘하게 야릇했다. 아찔한 자극 속에서도 간신히 참고 있는 소리가 그의 더운 눈빛에 금방이라도 터져버릴 것만 같았다. 이대로는 참기 버거워 그의 어깨를 짚고 있던 손을 올려 입술을 틀어막았다.

"그렇게 참는 건 싫은데."

내 허리를 단단하게 부여잡은 채 가슴 끝을 빨며 그가 말했다. 골반을 틀어쥐던 양손으로 허리선을 쭉 훑어 올라오더니 그의 몸짓에 맞춰 음란하게 흔들리는 가슴 양쪽을 손안 가득 그러쥔다. 짓이길 듯 꽉 움켜쥔 가슴을 모아 그 사이에 얼굴을 묻으며 그가 계속해서 허리를 움직였다. 몸이 그의 위에서 믿기 힘들 정도로 야하게 물결쳤다. 울 것처럼 흐느끼며 그의 정수리 위로 얼굴을 묻었다. 집요하게 가슴을 빨고 핥으며 그가 속삭였다.

"그냥 우리 집에서 살래요? 나랑?"

마치 프러포즈와도 같은 말에 두 눈을 커다랗게 뜨고 그를 내려다보았다. 쥐고 있던 가슴을 놓으며 허리를 단단하게 받쳐 안은 그가 다소 거칠게 허리를 쳐올린다. 방심하던 찰나 이루어진 급습에 앗, 하고 신음이 터져 나왔다. 화들짝 놀라 입술을 가리자 그가 당황한 날 보며 짓궂게 웃었다.

"우리 집은 방도 많고 방음도 잘돼서 지금처럼 안 참아도 될 텐데."

열기에 휩싸여 있던 눈빛이 그를 원망하는 눈빛으로 바뀌었다.

"응큼해."

"응, 나 응큼해요. 아마 당분간은 쭉 응큼할 것 같은데."

그가 천연덕스럽게 받아치며 가슴 윗부분에 붉은 키스마크를 새겼다. 그러곤 목 뒤로 손을 뻗어 자신을 노려보는 내 얼굴을 끌어당겼다. 맞붙은 입술 사이로 그가 은밀하게 속삭였다.

"그러니까 다음번부터는 안전하게 우리 집으로 가요. 그래야 인희 씨도 마음껏 소리 낼 수 있으니까."

그는 그 말을 끝으로 더는 내 입에서 어떤 반박의 말도 나올 수 없도록 내 입술을 집어삼켰다. 한층 농밀해진 키스와 함께 그의 몸이 더욱 뜨겁고 깊게 내 안으로 파고든다. 거칠게 몰아치는 자극 속에서 환희에 들뜬 몸이 폭풍우에 휩쓸려 난파하는 배처럼 어지럽게 흔들렸다. 참지 못하고 쏟아져 나오는 소리들이 그의 입 안으로 뜨겁게 빨려 들어갔다. 열기에 하얗게 타 버린 머릿속으로 빨간색 경고등이 깜박인다.

아무래도 이 악마 같은 남자를 만난 지금이 내 스물여섯 인생 최고의 위기인 것만 같다고.

온몸이 타 버릴 것만 같은 흥분 속에서 나는 야릇한 불안감을 느끼며 그렇게 그에게 잠식당해 갔다.

* * *

"어제 끝나고 잘 들어갔어?"

화장실에 사람이 없는 걸 확인한 주연이 립스틱을 덧칠하며 물었다. 이른 시간이라 다행히 사람이 없었다. 어제 본의 아니게 서로의 비밀 연애를 공유하게 된 터라 어쩐지 어색했다.

"잘 못 들어갈 건 뭐 있어."

"도중에 둘이 어디로 샌 건 아니고?"

괜스레 뜨끔해서 힐끗 주연을 바라보았다.

"그러는 넌?"

주연이 멋쩍은 표정으로 웃었다. 불현듯 간밤의 일이 떠올랐다. 집요하게 탐하던 손길, 살갗 위로 뜨겁게 내려앉던 입술, 그리고 그의 강요에 의해 숱하게 불렀던 그의 이름까지.

아, 주인희. 정말이지 변태 같아.

쓸데없이 상기된 기억을 지워 내다 나는 어제 주연과 못다 했던 얘기가 문득 생각나 슬며시 운을 뗐다.

"어젠 임 대리님도 있어서 자세히 못 물어봤는데, 두 사람 대체 어떻게 된 거야?"

"말했잖아. 그 취중키스가 임 대리님이었다고."

"그니까, 그 키스맨이 임 대리님인 건 어떻게 알아낸 거냐고."

"어떻게 알아내긴. 현장 검거밖에 더 있어?"

"현장 검거?"

무슨 소리냐는 듯 되묻자 주연이 바르던 립스틱 뚜껑을 닫으며 입을 열기 시작했다.

"얼마 전에 부서 사람들 몇 명 모여서 회사 앞 선술집에서 술 한 잔했거든. 그때 혹시 싶어서 술 대신 물을 마셔 놓고 완전 꽐라 된 척했는데, 그날 글쎄. 수현 씨가 날 집 앞에 바래다주더니 키스를 하지 뭐야. 취한 줄 알았던 내가 키스 끝나고 두 눈 똑바로 뜨고 자길 쳐다보니까 어찌나 놀라던지."

남의 연애담을 듣는 재미가 쏠쏠했다. 흥미진진한 눈길로 주연을 바라보며 재촉하듯 물었다.

"그래서?"

"들어보니까 내가 신입사원으로 입사했을 때부터 마음에 두고 있었대나 어쨌대나. 암튼 보는 눈은 있어 가지고."

"근데 왜 여태 말 안 했대? 차라리 첫 키스 했을 때 솔직하게 밝히지."

"그 첫 키스가 실은."

잠시 뜸을 들이던 주연이 들고 있던 립스틱을 파우치에 넣으며 민망한 듯 말했다.

"수현 씨가 아니라 내가 했대."

"뭐?"

"회식 끝나고 내가 많이 취한 것 같길래 걱정돼서 집 앞까지 바래다줬는데, 내가 대뜸 수현 씨 얼굴을 붙잡더니 키스하더라는 거야."

"대박, 최주연."

상상하던 것과는 다른 뜻밖의 사실에 놀란 나와 달리 주연이 뻔뻔스러울 정도로 천연덕스러운 표정을 지었다. 얘는 그런 짓을 해 놓고 민망하지도 않은 모양이었다.

"요 근래 너무 굶어서 그랬나 어쨌나."

주연이 입을 떡 벌린 채 바라보고 있는 내 시선을 대수로울 것 없다는 듯 받아들이며 어깨를 으쓱했다.

"암튼 그래 놓고 내가 기억을 못 하니까 민망할까 봐 아무 말도 못 하고 혼자 끙끙 앓았다나 봐."

"너도 진짜 대단하다."

엄지를 척 들어 올리며 박수를 쳤다. 진심 존경스러웠다. 나 자신이 지나치게 보수적인 것일 수도 있지만, 주연은 정말 내 상상 이상으로 개방적인 여자였다.

"근데 귀엽지 않냐? 여태 나한테 아무 말도 못 하고 혼자 그 맘고생을 했다는 게?"

"귀엽기만 하냐? 안쓰럽진 않고?"

"안쓰럽기도 하지. 암튼 그래서 만나 보기로 했어. 뭐 그만하면 인물도 나쁘지 않고, 뭣보다 내 앞에서 쩔쩔매는 게 귀여워서."

서 대리만 영악하고 악랄한 줄 알았더니. 말도 못 하고 끙끙 앓는 상대를 보며 즐거워하는 주연을 보자, 절로 서 대리가 떠올랐다. 젖은 손을 휴지로 닦아 내며 고개를 절레절레 흔들었다.

"악마가 따로 없네. 완전 여자 서태호야."

"서 대리님이 왜?"

"그냥 그렇다고."

젖은 휴지를 휴지통에 버리고 화장실을 빠져나왔다.

"뭔데? 서 대리님이 뭘 어쨌는데?"

"아, 글쎄. 아무것도 아니라고."

괜한 말을 한 탓에 주연이 잽싸게 따라붙으며 집요하게 물어 왔다. 귀찮은 표정으로 뿌리치며 사무실로 향하다가 복도 자판기에서 음료수를 뽑고 있던 안 대리와 마주쳤다.

"어? 두 사람 일찍 출근 했네."

일명 사내 찌라시 코난이자 헌터라 불리는 안윤주 대리. 그녀에게 뭐 하나라도 꼬투리가 잡히는 날엔 비밀이란 없다 하여 붙여진 별명이다. 서 대리에 대해 끈질기게 묻던 주연도 그녀의 등장과 동시에 반사적으로 입을 다물었다.

"아, 오셨어요. 안 대리님."

"여름 다 지났는데 왜 이렇게 더운지 몰라. 자기들도 음료수 좀 마실래?"

"주시면 저희야 감사하죠."

자기 것을 포함해 음료 캔 세 개를 뽑은 안 대리가 나와 주연에게 다가와 하나씩 건넸다. 인사와 함께 음료수를 받아 들고 막 캔을 따려는데 안 대리가 물었다.

"근데 두 사람 무슨 얘기를 그렇게 재밌게 하고 있었어?"

"네?"

"좀 전에 보니까 두 사람 아주 신난 것 같던데. 뭐 재밌는 일 있었어?"

웬일로 음료수를 다 사 주나 했더니 어김없이 발동한 모양이었다. 코난의 직감. 호기심 가득한 눈길로 우리를 바라보는 시선에 나와 주연은 어색한 표정으로 서로를 번갈아 보았다. 그나마 나에 비해 대처에 능숙한 주연이 태연한 얼굴로 그런 안 대리의 말을 받아쳤다.

"아, 별거 아니에요. 그냥 이런저런 얘기하다 보니까."

"무슨 얘긴데. 나도 좀 알자."

"진짜 별거 아니에요. 하하."

알아서 쉴드를 치는 주연 덕에 나는 입을 꾹 다문 채 음료수를 들이켰다. 괜스레 목이 탄다. 낮말은 새가 듣고, 밤말은 쥐가 듣는다고. 이래서 항상 사람은 입을 조심해야 되는 법이다. 더 졸라 대기전에 이거 마시고 빨리 사무실로 들어가야지. 새삼 조상들이 남긴 속담의 중요성을 되새기고 있는데, 안 대리가 말했다.

"그나저나 인희 씨 요즘 갈수록 예뻐지네? 혹시 연애해?"

픕, 막 들이켠 음료수가 입 밖으로 뿜어져 나왔다. 옆에 있던 안 대리와 주연이 깜짝 놀라 내게로 다가왔다.

"어머. 인희 씨 괜찮아?"

"야, 괜찮아?"

"아, 괜찮아요. 빈속에 탄산을 마셨더니 속이 좀 놀랐나 봐요."

"그래? 아무리 그래도 그렇지. 옷은 괜찮아? 안 갈아입어도 되겠어?"

"아니요. 옷은 안 젖고 턱에만 살짝 묻었어요. 죄송한데 저 화장실에 좀 다녀올게요."

수선을 떠는 안 대리에게 어색하게 웃어 보이며 황급히 화장실 쪽으로 몸을 돌렸다. 도둑이 제 발 저리다더니, 내가 딱 그 꼴이었다. 얼굴이 화끈거린다.

"야, 주인희. 같이 가!"

더 이상 억측이 난무하기 전에 자리를 떠야지 싶어 화장실로 도망치듯 가는 날 주연이 뒤따라왔다.

"으이구, 숙맥. 그냥 한번 해 본 소리일 텐데, 무슨 반응이 그렇게 격하냐? 아무리 눈치 없는 사람이라도 대번에 알아차리겠다."

음료수 때문에 얼룩덜룩해진 옷을 휴지로 닦아 주며 주연이 핀잔했다. 스스로 생각해도 민망해서 나는 대꾸도 않고 묵묵히 손만 씻었다. 안 그래도 눈치가 귀신인 사람인데, 아무리 뒤늦게 둘러댔다 한들 곧이곧대로 믿고 있을 것 같지 않았다. 아마 앞으로 조금만 수상쩍은 기운이 포착되어도 물고 늘어지려 들 것이다.

피곤하게 됐네.

물기에 젖어 차가워진 손으로 뜨거운 이마를 말없이 쓸어내리고 있는데, 주연이 말했다.

"그러지 말고 이참에 그냥 공개하는 건 어때? 서 대리님이랑 연애하는 거."

"뭐?"

나도 모르게 새된 소리가 빠져나왔다.

"어차피 언젠간 다 알 게 될 거 굳이 숨길 필요 있어? 사칙에 사내 연애 금지 조항이 있는 것도 아니고. 혹시 생길지 모르는 골치 아픈 일들 방지하는 차원에서라도 그냥 공개하는 게 편할 수도 있잖아."

"미쳤니? 그러는 너야말로 임 대리님이랑 연애 중인 거 회사 사람들한테 밝힐 수 있어?"

"못 밝힌 건 뭐 있어? 우리가 못 할 연애 하는 것도 아닌데."

어이없다는 듯 되묻는 말에 주연이 뭐 어떠냐는 듯 어깨를 으쓱했다. 단순해도 어쩜 이리 단순할 수 있는 것인지. 앞일 생각 않고 속 편한 주연이 부러울 지경이었다.

물론, 사내 연애 커플의 말로가 다 나쁜 것은 아니다. 알콩달콩 연애를 하다가 결혼까지 골인하는 바람직한 예도 분명 존재했다. 하지만 그러기 전까지 둘을 예의주시하는 사람들의 시선을 숱하게 감당해야 하고, 혹시 좋지 않은 결과를 맞이했을 때는 회사 생활이 끝날 때까지 비참한 구설수를 달고 가야 하는 것이 바로 사내 연애였다.

그와 내가 앞으로 어떻게 될지. 어느 정도로 발전할지 알 수는 없지만, 시작한 지 얼마 안 된 둘의 관계를 벌써부터 회사 사람들에게 오픈해 좋을 것이 없었다. 득보다는 실이 많을 가능성이 컸다.

"밝히고 싶음 너나 밝혀. 난 그냥 이대로가 편하니까."

딱 잘라 내 생각을 피력하곤 휴지를 뽑아 손을 닦았다.

"넌 불안하지도 않니? 안 그래도 인기 많은 서 대리님이랑 연애하면서."

주연이 두 눈을 가늘게 뜬 채 한참을 쳐다보더니 물었다.

"지난번 총무팀 수지라는 애도 그렇고, 서 대리한테 흑심 품고 있는 여자들이 한둘이 아닌데. 그냥 이대로 솔로인 채로 놔둬도 괜찮겠어?"

그러고 보니 그런 문제도 있었다. 주연의 말에 잠시 잊고 있던 사실이 뒤늦게 떠올랐다. 서 대리가 지극히 평범한 나와 달리 사내에서 인기가 하늘을 찌르는 인기남이라는 사실이.

그래도 따가운 눈총과 시기 어린 시선을 받는 것보다는 조금 애는 타더라도 남 시선 신경 쓰지 않고 살 수 있는 이편이 더 낫다 결론지으며 나는 심드렁하게 답했다.

"사람 좋다는 걸 어쩌겠어. 그러다 서 대리님이 넘어가면 별수 없는 거고."

"호오. 그건 어디서 나온 자신감이야?"

"자신감이 아니라 말 그대로 내가 이래라저래라 할 문제가 아니라는 거야."

"하기야. 어제 서 대리님 눈빛 보니까 불안할 필요 없긴 하겠더라."

갑작스레 어제의 일을 운운하는 주연의 말에 어리둥절한 표정으로 고개를 들었다.

"그게 무슨 소리야?"

"아주 너한테 제대로 빠진 눈빛이던데. 미어터질 듯이 쌈 싸 먹는 네 입 보면서도 귀여워 어쩔 줄을 모르는 표정이더라."

"귀엽긴 무슨."

괜스레 민망함이 몰려와서 얼른 고개를 돌렸다.

"대체 방법이 뭐니? 얼음남 서태호를 그 정도로 빠지게 한 비법이. 알고 보니 마성의 매력녀? 팜므파탈?"

"쓸데없는 소리 하기는."

이게 아주 놀리는 데 재미를 붙였나. 쑥스러운 표정으로 눈을 피하며 화장실을 빠져나왔다.

"근데 아닌 게 아니라 요즘 너 묘하게 분위기가 달라지긴 했어. 안 대리님이 괜한 소릴 하는 게 아니라니까."

민망해하는 날 알아차린 주연이 까르르 웃으며 잽싸게 따라 나왔다. 이럴 땐 자고로 포커페이스를 유지해야 한다. 대꾸를 않으며 사무실 쪽으로 걸음을 옮기는데, 금세 옆으로 따라붙은 주연이 귓가에 대고 은밀하게 속삭였다.

"혹시, 잤어?"

"뭐?"

포커페이스를 유지하겠다 다짐한 것도 잠시. 당황스러움을 감추지 못한 표정이 순식간에 무너졌다.

"호오. 잤구나."

"무, 무, 무슨 소릴 하는 거야! 지금!"

얘가 진짜 못 하는 소리가 없다. 흥분한 나머지 사람들 시선도 괘념치 않으며 목소리를 높이고 말았다. 그러자 그런 내 반응에 오히려 확신을 얻은 주연이 피식 웃으며 앞서 걸어 나갔다.

"단순한 것. 한 번을 못 숨기네."

"숨기긴 뭘 숨겨! 미쳤니, 진짜?"

"아서라. 더 이상은 묻지 않으마."

"글쎄, 아니라니까!"

아니라는 내 외침에도 불구하고 주연은 이미 제멋대로 결론을 내린 듯했다. 계속된 내 외침에도 주연은 도무지 자신의 확신을 바꿀 생각이 없어 보였다.

"네가 지금 무슨 생각을 하든, 아니야! 아니라고!"

얄밉게 사무실 안으로 들어서는 주연의 뒤를 재빨리 따라붙으며 연거푸 말했다. 내 애처로운 외침에도 꿋꿋하게 앞서 걷던 주연이 빙글 몸을 돌려 날 바라본다. 그러더니 얄미운 얼굴을 내 코앞으로 바싹 붙이며 말했다.

"근데 생각보다 빠르네, 주인희. 벌써 거기까지 가다니. 이거 완전 LTE 급인데."

얼굴이 더는 빨개질 수 없을 정도로 화르르 달아올랐다.

"너 대체 무슨, 아니라고오!"

아니라고 외쳐 보지만 돌아오는 것은 그저 혼자만의 메아리일 뿐이었다.

매일이 살얼음판 같은 사내 연애.

감당할 역량을 갖추지 못한 채 시작된 연애가 여러 면에서 점점 내 목을 조여 온다.

* * *

하루 종일 주연의 놀림을 듣고 있느라 일이 손에 잡히질 않았다. 덕분에 나는 어제 퇴근 무렵에 김 부장님으로부터 받은 일을 여태 처리하지 못해 혼자 끙끙 앓고 있었다. 일부러 다른 날보다 일찍 출근했음에도 불구하고 업무 진행 상태는 여태 제자리였다. 다들 퇴근한 사무실에 홀로 앉아 있는 지금도 속도가 안 나긴 마찬가지였다.

이러다 오늘 안에 끝내고 퇴근할 수는 있으려나. 파일을 들여다보느라 뻐근한 고개를 좌우로 풀고 있는데 불현듯 등 뒤에서 인기척이 느껴졌다. 이 시간에 올 사람이 없는데……. 누구지 싶어 막 돌아보려던 찰나 익숙한 음성이 귓가에 닿았다.

"일은 잘돼 가요?"

이젠 굳이 돌아보지 않아도 누군지 알 수 있는 목소리의 주인, 서 대리였다.

"어? 사무실엔 어떻게 오신 거예요? 오늘 부장님이랑 남직원들 다 같이 식사 있다고 하지 않았어요?"

"식사 자리만 참석했다가 몰래 빠져나왔어요. 다른 사람들은 다들 2차 갔고."

오늘은 한 달에 한 번씩 기획팀 남직원들끼리 정기적으로 모이는 회식이 있는 날이었다. 때문에 어차피 데이트하기도 글렀고, 모처럼 맘 푹 놓고 일에 집중해야겠다 생각하던 참이었는데.

"여자 친구가 혼자 남아 야근하는데 맘 편하게 앉아 술을 마실 수가 있어야 말이죠. 아직 밥 안 먹었죠?"

뜻밖의 등장에 어리둥절해 있는 내게로 빙긋 웃어 보인 그가 오른손에 들고 있던 종이가방을 책상 위에 내려놓았다.

"요 앞에서 초밥 사 왔는데. 먹고 해요."

"전 괜찮은데."

"어서요. 시간이 몇 신데 여태 굶고 있어요. 배고프겠다."

망설이는 내 앞에 초밥이 담긴 상자와 미소장국을 꺼내 놓으며 그가 말했다. 그러곤 다 먹기 전까진 절대 물러서지 않을 표정으로 옆자리에 앉았다.

굳이 이렇게까지 하지 않아도 되는데. 어안이 벙벙하기도, 한편으론 생각지 못한 그의 마음 씀씀이가 감동적이기도 해서 나는 한참을 미동 없이 눈앞의 음식들만 내려다보고 있었다. 그러다 채근하듯 나무젓가락을 건네는 그 때문에 결국 마지못해 손을 움직였다.

말없이 초밥 하나를 입에 담는 날 그가 뿌듯한 표정으로 바라보고 있는 게 느껴졌다. 누군가에게 사랑을 받고 있다는 것이 이런 기분인가. 가슴 한편이 뭉클했다. 사내 연애의 위험 부담 때문에 온종일 답답했던 마음이 예상치 못한 그의 등장에, 그의 배려에 한결 풀리는 것 같았다. 조금 두려워도 불편해도. 그와 함께라면 견딜 만하지 않을까 라는 생각이 문득 들었다.

"식사하시면서 술도 한잔하신 거예요?"

간지러운 생각에 잠겨 있다가 코끝을 스치는 희미한 알코올 냄새를 느끼곤 그에게 물었다.

"아, 소주 몇 잔. 취할 정도는 아니구요. 나한테서 술 냄새 많이 나요?"

그가 냄새를 맡으며 걱정스러운 어투로 말했다. 얼른 손사래를 쳤다.

"아니요, 아주 조금."

"어쩌지. 술 냄새까지 나면 인희 씨가 집중하기가 쉽지 않을 텐데."

"그 정도는 아니에요. 근데 그보다도 서 대리님 얼굴이 너무 피곤해 보여서. 좀 쉬셔야 되는 거 아니에요?"

오늘따라 유독 피곤해 보이는 그의 얼굴을 살피며 물었다. 그러자 그가 두 눈을 가늘게 떴다.

"또 그러네."

"네?"

"어제부로 호칭 정정하기로 하지 않았나?"

"아."

그의 말에 잊고 있던 사실이 뒤늦게 떠올랐다. 괜스레 얼굴이 붉어졌다.

"습관처럼 굳어서 쉽게 안 바뀌네요, 그게."

"어젠 충분히 잘하던데. 아주 자연스럽게."

의자 등받이에 나른하게 몸을 기대며 그가 말했다. 냉방 중인 공기와는 다르게 더워진 시선이 내게로 뻗어 오는 게 느껴졌다. 간밤에 애타게 그의 이름을 불렀던 기억이 머릿속을 가득 채운다. 그의 이름을 부르는 와중에도 수없이 몸 안으로 파고들었던 그의 열기가 생생하게 되살아나 몸을 데웠다. 호흡이 나도 모르게 가빠졌다. 집요하게 따라붙는 시선에 마른침이 목구멍을 타고 넘어간다. 외면하듯 그의 눈을 피했다.

"그야 어젠 서 대리님이 워낙 짓궂게 강요를 하시니까."

"내가 얼마나 짓궂었는데요?"

"몰라서 물으세요?"

"글쎄요. 잘 모르겠는데……."

그가 느른하게 말끝을 늘이더니 의자에 기대고 있던 몸을 숙여 애써 시선을 피하고 있는 나와 눈을 맞추었다. 흐릿한 알코올 향이 섞인 그의 체취가 코끝을 흠뻑 적신다. 그러곤 물었다.

"간밤에 내가 어땠는지, 인희 씨가 알려 줄래요?"

당혹스러운 표정으로 고개를 들자 얄밉게 휘어 있는 눈동자가 그런 날 재미있다는 듯 바라보았다. 얼어 있는 날 보고 하하, 웃은 그가 숙인 몸을 바로 세우며 말했다.

"너무 그렇게 겁먹지 말아요. 아무리 급하대도 회사에서 인희 씨를 덮치거나 하진 않을 거니까."

정말이지 짓궂은 남자였다. 어느 순간 화끈해진 뺨을 양손으로 어루만지며 얄밉다는 듯 노려보았다. 잡아먹을 듯한 시선에도 장난스럽게 웃던 남자가 하늘 위로 두 팔을 쭉 뻗었다.

"그나저나 좀 피곤하긴 하네요. 술 한잔했더니 몸이 노곤해져서 그런가. 아직도 많이 남았어요?"

"아니요. 거의 다 해 가요. 앞으로 1시간 정도? 있음 마무리될 것 같긴 한데. 피곤하시면 먼저 가 보셔도 돼요. 저는 택시 타고 들어가도 되니까."

"늦은 밤에 어디 여자 혼자 택시를 타고 들어가요."

그가 단호하게 답했다. 그래도 아직 끝나려면 시간이 좀 필요한데, 집에 가선 정말로 손대기 힘들 것 같고. 피곤한 기색이 역력한 그의 낯을 살피다가 망설인 끝에 말했다.

"아니면 잠깐 눈이라도 붙이실래요?"

"그래도 돼요?"

아닌 게 아니라 정말 피곤이 몰려오는지 그가 마른세수를 하듯 손바닥으로 얼굴을 쓸어내렸다.

"옆에 있어 주는 게 어디에요. 제가 다 되면 깨울 테니까 한숨 주무세요."

"그럼 잠깐만 눈 감고 있을게요."

말을 꺼내기 무섭게 그가 긴 다리를 쭉 뻗어 책상 위에 올리더니 팔짱을 낀 채 쓰러지듯 눈을 감았다. 눈을 감고 얼마 지나지 않아 새근새근 규칙적인 숨소리가 들려왔다. 나는 먹다 남은 초밥 상자를 옆에다 치워 놓고 그를 바라보았다.

아무도 없는 늦은 밤의 사무실. 이렇게 피곤한 와중에도 내가 걱정돼서 여기까지 와 주었구나. 쓰러지듯 곤히 잠든 그를 한참 동안 바라보다가 여름이긴 하지만 냉방 중이라 혹시 추울 수도 있겠다는 생각에 책상 아래 접어 넣어 놓은 담요 한 장을 꺼내었다. 그러곤 그의 가슴 부근에 가만히 덮어 주었다.

담요가 닿자 그가 살짝 몸을 뒤척인다. 항상 단정하던 머리카락이 이마 위로 살짝 흐트러졌다. 조심스럽게 손을 뻗어 흐트러진 머리카락을 쓸어 넘겼다. 스치는 손끝에 그의 체온이 닿았다.

따뜻해진 시선이 그의 얼굴 위로 머물렀다. 미동 없이 감긴 눈꺼풀에서 그 가운데 자리한 매끄러운 콧날로. 다음은 규칙적으로 숨을 뱉는 입술로. 차례대로 움직이는 시선을 따라 입술이 옮겨 간다.

어디서 그런 대담함이 나온 것인지. 이끌리듯 천천히 몸을 숙여 잠들어 있는 그의 입술에 입을 맞추었다. 잘게 흔들리는 호흡. 심장이 두근거렸다. 여름밤처럼 따뜻한 그의 체온을 맞닿은 입술 사이로 느끼며 나는 다시 천천히 몸을 세웠다.

곤히 잠든 터라 눈치채지 못했는지 그는 세상모르는 평온한 얼굴을 한 채 여전히 눈을 감고 있었다. 의도치 않은 도둑 키스를 해 놓곤 뒤늦게 민망함이 밀려들었다.

자는 사람을 상대로 대체 뭐 하는 짓인지. 오늘 한 이 키스는 죽을 때까지 비밀이다.

나는 수줍은 뺨을 두 손으로 매만지며 자리로 돌아와 앉았다. 그러곤 다시 일에 몰두하기 시작했다.

하지만 그땐 미처 알지 못했다. 세상에 비밀은 없다는 사실을. 세상에도 없는 비밀이 하물며 이 좁은 사무실엔 더욱 없을 수가 없다는 것도. 깜박이는 CCTV 아래서 나는 그렇게 아무것도 모른 채, 내일이면 모두가 알게 될 혼자만의 비밀을 만들고 있었다.

낮말은 새가 듣고, 밤말은 쥐가 듣는다. 그리고 회사에서 하는 말과 행동들은······.

20장
비밀이란 없다

늦은 밤까지 컴퓨터 앞에 앉아 있었더니 목이며 어깨가 뻐근했다. 그래도 야근이라도 한 덕에 때맞춰 일을 마무리 지을 수 있었다. 어제는 하루 온종일 일에 쫓기듯이 촉박하게 시간을 보냈었는데, 오늘은 그나마 여유를 즐기며 편하게 보낼 수 있겠구나. 나는 힘없는 손으로 어깨를 툭툭 치며 좀처럼 다스려지지 않는 피곤함을 달래고 있었다.

"좋은 아침."

때마침 출근한 사람들이 너도나도 좋은 아침을 외쳤다. 제발 좋은 아침이 되기를. 웃는 낯으로 사람들의 인사를 받은 뒤 서랍 속에서 어제 미리 출력해 둔 파일을 꺼내었다. 이것만 무사통과되면 일단 오늘 하루는 복잡한 일거리로부터 해방이었다.

"혹시 어제 내 책상 위에 둔 실적 파일 본 사람 있나?"

누락된 건 없는지 파일을 살피던 중 때마침 출근한 부장님의 목소리가 귓전에 닿았다. 난처한 표정을 지은 부장님이 어수선한 몸짓으로 책상을 뒤지고 있었다.

"이거 큰일이구만. 당장 오전에 상무님께 보고해야 하는데."

"따로 저장해 놓으신 거 없으세요, 부장님?"

막 커피 한 잔을 타 들고 탕비실에서 나오던 윤 대리가 그런 부장님을 보고 옆으로 다가갔다.

"저장이야 해 두었네만 또 하나하나 사인을 받아야 해서. 시간도 촉박하고."

"어제 마지막으로 파일 보신 게 언제신데요?"

"퇴근 전에 분명 여기 어디다 뒀던 것 같은데."

"그럼 시간대도 어느 정도 좁혀지니까 CCTV 한번 돌려서 확인해 보시죠."

"아, 그 생각을 못 했구만. 역시 똑똑해, 윤 대리. 머리가 파딱파딱 잘 돌아가."

"하하, 부장님께서도 별말씀을."

"일찍 왔네, 주인희."

윤 대리와 김 부장 간에 오가는 대화 사이로 낭랑한 목소리가 파고들었다. 언제나처럼 활력이 넘치는 주연이 상큼한 표정으로 자리에 앉아 있었다.

"어제 남아서 야근한다더니. 일은 다 마쳤어?"

"간신히 겨우겨우 마쳤다. 피곤해 죽을 것 같아."

주연의 말에 또다시 잊고 있던 피곤함이 몰려와 뻐근한 눈꺼풀을 손끝으로 꾹꾹 눌렀다.

"별일 없음 나가서 커피 한잔하지, 그래."

"이거 부장님한테 제출하고."

말 나온 김에 보여 드리고 완전히 털어 버리자 싶어서 파일을 주섬주섬 챙겨 자리에서 일어났다. 주연의 말대로 커피라도 한잔해야지 이대로는 쉽게 정신이 나지 않을 것 같았다.

"한 살, 두 살 나이가 들다 보니 바로 1분 전 일도 자꾸 깜빡깜빡
한다니까."

"부장님만 그러시겠습니까. 젊은 사람들도 깜빡할 때가 많은데."

컴퓨터를 들여다보며 윤 대리와 도란도란 이야기를 주고받는 김
부장님 앞으로 다가갔다. 뭘 찾는 중인지 두 사람 모두 컴퓨터 모니
터를 뚫어져라 살펴보고 있었다. 나는 큼, 하고 조심스레 인기척을
내었다.

"저, 부장님."

"어, 주인희 씨."

"이거 그저께 말씀하신 통계 자료인데요."

"아. 양이 꽤 많았을 텐데 생각보다 일찍 정리했네. 수고했어, 주
인희 씨."

평소 같으면 있는 자리에서 검토부터 했을 텐데 뭐가 바쁜지 부
장이 두말 않고 흔쾌히 파일을 받아 들었다. 어찌됐든 일단은 통과
다.

"살펴보시고 혹시 수정할 사항 있으면 다시 불러 주세요."

나가서 주연이랑 커피라도 한잔해야지. 부장님의 뒤통수에 대고
인사를 한 뒤 자리로 돌아가려던 찰나였다.

"어? 이건……."

믹스 커피를 홀짝이며 마우스를 딸깍거리고 있던 윤 대리가 놀란
소리를 뱉어 냈다. 내게 받은 파일을 잠시 뒤적이고 있던 김 부장이
그 소리에 모니터로 고개를 돌렸다.

"왜 그래, 윤 대리? 벌써 찾았나?"

"아니, 그게 아니라."

"뭔데 그래?"

어쩐지 호기심을 불러일으키는 두 사람의 반응이 자리로 돌아가려던 발걸음을 붙잡았다. 두 사람의 시선은 영상이 재생되고 있는 모니터로 박혀 있었다. 나는 무슨 일인가 싶어 두 사람의 시선이 고정되어 있는 모니터로 힐끔 눈을 돌렸다. 그때, 컴퓨터 앞에 앉아 있던 두 사람의 시선이 느릿하게 내게로 옮겨 왔다. 빤히 바라보는 시선이 어쩐지 민망했다.

"아니. 리액션이 하도 격해서서 혹시 뭐가 있나 하고. 죄송합니다."

눈치를 살피다 결국 어색하게 인사를 하고 재빨리 돌아섰다. 뭐 못 볼 거라도 봤나, 사람 무안하게 뭘 저렇게들 정색을 하고 난리람. 불퉁스러운 표정으로 자리로 가려는데, 불현듯 들려온 부장님의 목소리가 날 멈춰 세웠다.

"잠깐만, 주인희 씨."

"네?"

"이 화면 속에 있는 여직원. 혹시 주인희 씨 아닌가?"

화면 속 여직원이라니.

"저요?"

어리둥절한 얼굴로 서 있다가 뭘 말하는 건가 싶어 부장님 앞으로 발걸음을 돌렸다. 그리고 이윽고 마주하게 된 화면에 나는 그만 얼어 버리고 말았다.

"이, 이, 이게……."

등 뒤에 식은땀이 쫙 솟았다. 모니터로 향한 눈동자가 어지럽게 흔들렸다. 그들이 말하는 화면 속 여직원은 바로 나였다. 사방이 컴컴한 영상 속에서 희미하게 불빛이 새 나오고 있는 컴퓨터를 등지고 서선, 의자에 기댄 채 잠들어 있는 서 대리에게 몸을 굽혀 입을 맞추고 있는 저 여자는 내가 분명했다. 아니, 두말할 나위 없는 나였다. 눈이 빠르게 컴퓨터 모니터를 벗어나 사무실 천장에 붙은 CCTV로 향했다. 빨갛게 깜박이는 CCTV의 불빛이 머릿속에 경고등을 울린다. 맙소사.

"이거 주인희 씨 맞지?"

"맞네. 어제 주인희 씨 남아서 야근 했었잖아."

"여기 이 남직원은 서태호고."

"아니. 그게."

할 말이 없었다. 손끝 발끝이 차갑게 얼어붙었다. 감지 않았는데도 눈앞이 깜깜하고 아무 생각도 나질 않았다.

"왜들 그래요?"

"무슨 일 있어요?"

"뭔데, 뭔데?"

정신이 나가 있는 사이, 수상한 낌새를 눈치챈 주변인들마저 호기심을 가지고 몰려들었다. 워낙에 순식간이라 미처 어찌 손써 볼 도리조차 없었다. 그리고.

"어머, 세상에."

"대박."

동시에 여기저기서 터져 나오는 탄성. 그 탄성은 곧 시선이 되어 일제히 내게로 몰려들었다. 쉽사리 눈앞의 상황을 받아들이지 못한 머리가 지끈거렸다.

"왜 그래? 무슨 일……."

뒤늦게 이상함을 감지한 주연이 부장님 쪽으로 다가오다가 하던 말을 멈췄다. 문득 나만큼이나 당황한 주연의 얼굴이 시야로 들어왔다. 두 눈이 질끈 감겼다. 나는 그길로 뒤도 돌아보지 않은 채 사람들로부터 몸을 돌렸다.

"인희야. 야, 주인희!"

미쳤다. 정말이지 미친 거다. 사내에 CCTV가 있다는 사실도 망각하고 저런 일을 벌이다니. 여태 그렇게나 조심해야 된다고 다짐해 놓고. 때늦은 후회와 파도처럼 밀려드는 창피함에 눈앞이 핑핑 돌았다. 입사 이후로 딱히 돌려 본 적이 없었기에 생각지 못했다 하더라도, 이미 벌어진 상황 앞에선 그 어떤 것도 변명이 될 수 없었다.

내 경솔함이, 안일함이, 무지함이 나와 서 대리 모두를 난처하게 만들었다. 사람들의 당혹스러운 표정과 추궁하듯 옮겨 오던 시선이 계속해서 등 뒤로 따라붙는 것만 같았다. 당장 어디로든 도망가고 싶어 무작정 발길이 닿는 대로 뛰고 있던 그때였다.

"인희 씨."

손목이 돌연 붙잡혔다. 놀란 눈동자에 서 대리의 얼굴이 들어왔다. 그 옆에 선 임 대리의 얼굴도 보였다.

"아침부터 어딜 그렇게 바쁘게 가요? 무슨 일 있어요?"

"야, 주인희! 다짜고짜 도망부터 치면 어떡해!"

날 뒤따라 나온 주연의 목소리가 등 뒤에서 들려왔다. 잠시 주연에게로 눈길을 돌린 그가 의아한 기색이 깃든 시선으로 날 내려다보았다.

"도망? 인희 씨가 도망칠 일이 있어요?"

차마 떨어지지 않는 입술을 질끈 깨물며 두 눈을 감고 말았다.

"야, 이게 그냥 무작정 도망친다고 될 일이니! 아…… 서 대리님도 계셨네요."

뒤늦게 서 대리를 알아본 주연이 난처한 듯 말끝을 흐렸다. 눈을 감고 있는데도 주연과 그 앞에선 서 대리의 표정이 머릿속에 그려지는 것 같았다. 입이 바짝 타고 얼굴이 화끈거렸다.

"왜 그래요? 무슨 일인데요?"

"그래요. 주연 씨 무슨 일이에요?"

재차 묻는 그의 앞에서 도무지 입이 떨어지지 않았다. 주연 또한 선뜻 말을 꺼내지 못하고 있었다. 좀 전엔 그저 당혹스럽고 창피했는데 그마저 이 상황을 알게 된다 생각하자 지금껏 느끼던 감정이 배가 되어 온몸을 뒤덮었다.

이럴 때 둔갑술이라도 할 줄 안다면 두더지가 되어 땅굴이라도 파 숨어 들어가고 싶었다. 황당한 생각인 걸 알지만, 이미 그조차 판단이 안 될 정도로 나는 제대로 이성을 찾을 수 없는 상태였다.

"대체 무슨 일이 있었길래 그래요? 두 사람 다 나한테 말 안 할 거예요?"

뭔가 수상쩍은 낌새를 알아차린 그가 답답한 듯 말했다. 말할 수 없었다. 죽어도 내 입으론 말 못 한다. 재촉하는 물음에도 꿀 먹은 벙어리처럼 아무 말도 하지 않자 기다리다 못한 그가 이내 한숨을 뱉었다.

"일단 들어가요. 무슨 일이 있었는지 가 보면 알겠지."

"전 안 들어가요."

내 손목을 잡고 사무실 쪽으로 걸음을 옮기려는 서 대리의 손을 다급히 뿌리쳤다. 나는 당황한 얼굴로 돌아보는 그를 피하듯이 고개를 돌려 버렸다.

"아니, 못 들어가요."

"인희 씨."

"못 가겠어요. 도저히. 죄송해요, 서 대리님."

울먹이는 목소리로 그에게 말했다. 그가 그런 날 영문을 모르겠다는 표정으로 바라보았다. 그러다 그에게서 한 발짝 떨어진 내 손목을 다시 붙잡았다. 놀라 뒤로 물러섰지만 그의 힘이 더 셌다.

"무슨 일인지는 모르겠지만 그렇게 도망만 쳐서는 답 안 나와요, 인희 씨. 그러니까 들어가요."

"안 돼요."

"따라와요."

"서 대리님!"

회사 사람들이 우리 둘의 연애를 알게 된 것도 문제였지만, 어제 남몰래 한 입맞춤을 서 대리에게 들키는 것 역시 그것 못지않게 큰 문제였다. 하지만 이런 사정을 알 리 없는 그는 못 가겠다고 통사정하는 나를 반강제로 끌고 사무실로 향했다. 사무실 앞에 다다른 그가 일말의 망설임도 없이 문을 열었다.

"어? 저기 왔네. 왔어."

"뭐야, 둘이 같이 들어오는데?"

문이 열리기 무섭게 사람들의 시선이 일제히 우리 쪽으로 향했다. 부담스러울 정도로 날아드는 시선을 견딜 수 없어, 숨듯 그의 뒤로 물러섰다. 하지만 그가 붙잡고 있는 손을 놓아주지 않는 통에 그 이상 도망칠 수도 없었다. 소란스럽게 수군거리던 사람들이 함께 들어온 우리를 보곤 선뜻 말을 꺼내지 못한 채 서로 눈치만 살폈다. 사무실 내에 어색한 침묵이 찾아들었다. 모두가 어색한 가운데 홀로 태연한 서 대리가 나직이 입을 열었다.

"아침부터 사무실이 소란스럽네요. 무슨 일 있습니까?"

대놓고 묻는 서 대리의 말에 사람들이 단체로 꿀 먹은 벙어리가 되어 날 바라보았다. 정말이지 죽고 싶었다. 농담이 아니라, 그것은 지금 내가 느끼는 이 기분을 설명할 수 있는 최적의 표현이었다.

"왜들 그러세요? 제가 알면 안 되는 일이라도 있습니까?"

눈치만 살피는 사람들을 향해 그가 또 한 번 태연하게 물었다.

"다들 쉬쉬하시는 것 같은데, 무슨 일인지 저도 좀 알죠."

돌연 내 손을 놓은 그가 모니터 주변에 모여 있는 사람들 쪽으로 유유히 걸어 나갔다. 화들짝 놀라 그를 붙잡았다.

"서 대리님."

"있어 봐요."

붙잡는 손을 단호히 물리친 그는 자신에게 집중된 사람들의 시선을 뒤로한 채 모니터 앞으로 다가갔다. 차마 눈 뜨고 못 볼 상황에 두 눈이 질끈 감겼다. 긴장으로 손발이 오그라들고, 심장이 터질 것만 같았다.

"아니, 아침에 김 부장님께서 급히 찾을 서류가 있는데 어디다 뒀는지 도통 기억이 안 난다고 하셔서 말이야. 그래서 CCTV를 돌려보는 중이었는데. 글쎄. 하하. 이런 장면이 떡 하고 나오질 뭐야."

드디어 그가 모니터의 영상을 확인했는지, 민망한 듯 말문을 열고 있는 윤 대리의 목소리가 들려왔다. 그러더니 물었다.

"주인희 씨랑 서 대리 같은데. 서 대리도 알고 있었어?"

윤 대리의 물음에도 서 대리는 한참 동안 말이 없었다. 당혹스러워하고 있을 그를 떠올리자 차마 눈을 뜰 수가 없었다. 3초가 마치 3년처럼 느껴졌다. 한참의 침묵 끝에 그가 입을 열었다.

"아니요. 몰랐는데요."

그가 대답하기 무섭게 여기저기서 수군거리는 소리가 들려오기 시작했다.

"뭐야. 그럼 서 대리 몰래 주인희 씨가 기습 키스한 거야?"

"웬일이니. 짝사랑이라도 하고 있었던 거야, 뭐야?"

"얌전한 고양이가 부뚜막에 먼저 올라간다더니. 이거 성추행 아니니?"

꽉 그러쥐고 있는 두 손이 파들거렸다. 죄인처럼 고개를 숙이고 있는데 별의별 말들이 다 들려왔다. 이대로 도망쳐 나가 버릴까. 확 어디 올라가 뛰어내려 버릴까, 온갖 생각을 다 하고 있던 그때였다.

"간밤에 있었던 저 일에 대해선 몰랐던 게 맞는데."

수군거리던 사람들의 목소리가 서 대리의 담담한 음성 뒤로 잦아들었다.

"공교롭게도 다른 건 잘못 짚으셨네요. 짝사랑한 쪽은 주인희 씨가 아니라 저거든요."

감고 있던 눈이 번쩍 뜨였다. 다시금 찾아든 소란스러움이 사무실을 뒤흔들었다.

"대시를 한 것도 저구요. 그리고 이젠 더 이상 짝사랑도 아닙니다."

귀를 의심케 하는 그의 말에 커진 눈 크기를 줄일 생각도 하지 못하고 고개를 들었다. 그러자 이 어지러운 소란스러움 중에서도 한 치의 흔들림도 없는 곧은 눈빛이 날 향해 뻗어 왔다. 놀란 나와 두 눈을 맞춘 채 그가 담담히 말했다.

"저희 둘, 지금 연애하는 중이거든요. 내 말 맞죠, 주인희 씨?"

그가 동의를 구하듯 고개를 살짝 숙이며 날 바라보았다. 순간, 창피함을 비롯한 모든 감정이 머릿속에서 씻은 듯이 지워졌다. 다정한 미소와 함께 날 바라보고 있는 그의 얼굴만이 내 시야를, 머릿속을 가득 채웠다.

여전히 주변은 소란스러웠고, 사람들의 시선은 부담스러울 정도로 우리에게 향해 있었다. 그럼에도 그런 것들은 더 이상 문제가 되지 않을 정도로, 내 모든 신경이 그에게로 집중되어 있었다. 머릿속이, 마음이 온통 그로 가득 찬다. 눈앞에 놓일 상황을 수습할 생각조차 하지 못한 채 그만 바라보고 있던 사이, 어지러운 분위기를 진정시킨 건 다름 아닌 임 대리였다.

"자자, 두 사람 민망하게 너무들 그렇게 집중하진 마시고 이제 그만 일들 하셔야죠? 아침 조례 시작할 때도 된 것 같은데. 안 그렇습니까, 부장님?"

"아, 뭐. 그래야지……."

임 대리가 눈짓하며 묻자 부장이 마지못해 답했다. 그와 함께 컴퓨터 앞에 서서 웅성거리던 사람들이 못 이긴 척 각자의 자리로 돌아갔다. 그러고도 나는 한참 동안 정신을 차리지 못한 채 미동 없이 그 자리에 서 있었다. 저만치 먼 곳에서 날 바라보고 있던 서 대리가 비스듬히 입매를 말아 올리며 그의 자리로 돌아갔다. 멍하니 선 내 팔을 툭 친 주연이 그제야 정신을 차린 내 귓가에 대고 나직이 속삭였다.

"서 대리님, 나이스."

두 뺨이 발갛게 달아오르며 심장이 뛴다. 아침부터 무섭게 몰아친 폭풍우가 거짓말처럼 잠잠해졌다. 둘만의 비밀스럽던 연애가 끝나고, 새로운 연애가 요란스럽게 막을 올렸다.

＊　＊　＊

하루 종일 사무실은 고요하면서도 떠들썩했다. 눈치를 살피느라 대놓고 수군거리진 않았으나 고요했고, 그러면서도 나와 서 대리가 안 보인다 싶으면 우리 둘에 대해서 너도나도 한 마디씩 하느라 떠들썩했다.

나완 아무런 상관없는 연예인의 스캔들만 터져도 하루 종일 시끄러운 게 사람들인데, 하물며 바로 주변에 있는 동료의 일이니 오죽할까 싶어 이해는 되었다. 그럼에도 하루아침 사이에 달라진 그 분위기에 좀처럼 마음이 편해지질 않아서 홀로 비상계단에 앉아 남몰래 한숨을 쉬고 있었다.

"그러다 땅 꺼지겠네."

무겁게 내쉬는 한숨 사이로 끼어든 목소리에 고개를 들었다. 내가여기 있는 건 또 어떻게 안 건지. 신출귀몰한 서 대리가 빙긋 웃으며 날 내려다보고 있었다. 시원한 음료수 캔을 내 앞에 건넨 그가비상계단에 쪼그려 앉은 내 옆으로 자리를 잡고 앉았다.

"뭐가 그렇게 심각해요?"

"지금 심각하지 않게 생겼어요? 너도나도 태호 씨랑 내 일로 수군거리고 난리인데."

그에게 불만을 토로할 일이 아니라는 걸 알면서도, 나도 모르게불퉁스러운 말이 튀어나왔다. 따지자면 내 책임이 큰데 애꿎은 그에게 응석을 부리고 있었다. 적반하장이었다.

"나랑 연애한다는 게 그렇게 수심이 가득할 일인가?"

"그런 게 아니라."

속상한 어투로 말하는 그의 목소리에 당황해서 고개를 들었다. 그러다 나직이 한숨을 쉬며 다시금 반대편으로 고개를 돌렸다.

"잘 알지도 못하는 제3자들이 우리에 대해서 이러쿵저러쿵 얘기하는 게 속상하니까 그렇죠."

"그러게 누가 나 몰래 키스하랬어요?"

생각지 못한 그의 말에 얼굴이 확 붉어졌다.

"그건."

"그러게 그 좋은 걸 왜 몰래 해요? 이왕 할 거면 대놓고 해야지."

당황하던 것도 잠시. 장난스러운 그의 말에 어이없는 표정을 짓고 말았다.

"이 와중에 농담이 나오세요?"

"농담 아닌데. 말 나온 김에 지금 다시 해 봐요."

"다시 해 보라니. 뭘요?"

"어제 한 키스요."

그렇게 말하며 마시던 음료수를 옆에 내려놓은 그가 능청스러운 표정으로 내게 바싹 얼굴을 붙여 왔다.

"잘 알지도 못하는 제3자들은 다 봤는데, 정작 당사자는 기억에도 없다는 게 말이 되나. 그러니까 다시 해 봐요."

"아, 됐거든요! 아무튼 못 말려!"

귀까지 빨개져선 그를 밀어 내는 날 보곤 그가 하하, 소리 내어 웃었다. 조용한 비상계단 안에 내 날카로운 목소리와 그의 기분 좋은 웃음소리가 한데 섞여 메아리쳤다. 화끈거리는 뺨을 매만지며 불만스럽게 중얼거렸다.

"누군 걱정돼 죽겠는데 끝까지 놀리기나 하시고."

"뭐가 그렇게 걱정스러운데요?"

"몰라서 물으세요? 회사 사람들이 태호 씨랑 나 연애 중인 거 다 알게 됐는데, 이제 어딜 가든 우리 둘을 놓고 수군거릴 거 아니에요."

"그게 왜 걱정할 일인데요."

속 편한 얼굴로 그가 말했다. 진심인가 싶어 돌아보자 그가 음료수를 들이켜며 태연하게 말했다.

"난 오히려 잘됐다 싶은데. 더 이상 남들한테 들킬까 봐 전전긍긍할 필요 없어 편하고, 내 마음대로 인희 씨한테 표현해도 되니까 그건 그것대로 좋고. 물론, 몰래 하던 연애가 주는 스릴이야 덜 하겠지만."

살짝 휘어진 눈꼬리로 가만히 날 내려다보며 그가 장난스럽게 웃었다. 예고도 없이 공개 연애를 하게 돼 부담스러워하는 날 배려한 말이라는 걸 알고 있었지만, 그럼에도 불편한 마음은 도무지 편해지질 않았다.

"그런 거 말고요."

나는 그가 준 음료수 캔을 두 손으로 꼭 쥔 채 고개를 숙였다.

"이젠 뭐든 더 조심해야 하잖아요. 가는 곳마다 사람들이 주시하고 있을 테고. 쟤네들 연애는 잘하고 있는지, 둘이 다투진 않았는지, 혹시 헤어진 건 아닌지. 일거수일투족을 감시하려 들 텐데. 그리고 그러다 만약에, 우리 둘 사이가 잘못되기라도 한다면……."

"왜 벌써부터 그런 걸 걱정해요."

자꾸만 애먼 곳으로 뻗어나가는 생각의 가지를 꺾듯 그가 말했다.

"벌써부터가 아니라."

"인희 씨는 어떤 일을 시작할 때 매번 그렇게 끝부터 생각해요? 알 수 없는 미래에 대해 사서 걱정부터 하기보단, 그냥 지금 놓인 상황을 즐기고 행복해하면 안 되겠어요?"

사서 걱정을 하고 있는 건 아니었다. 다만, 상황이 상황이다 보니 현실을 따지지 않을 수 없었던 것뿐이었다.

"그건 그렇지만."

"아니면 내가 그렇게 인희 씨한테 확신을 못 줬나? 언젠간 끝날 사이라 여길 정도로."

당혹스러운 얼굴로 그를 올려다보았다.

"그런 게 아니구요."

"그런 거 아니면 그냥 나 믿고 따라와요."

장난기 가득하던 눈빛이 어느새 단단하게 바뀌어 있었다. 확고한 다짐이 깃든 눈동자로 날 바라보며 그가 약속하듯 내게 말했다.

"나 절대 인희 씨 불편할 상황 같은 거 만들지 않아요. 인희 씨가 나로 인해 힘들어할 일도, 우리 둘에 대해 다른 사람들이 안 좋은 말을 옮길 일도 절대 없을 거예요. 인희 씨만 변하지 않는다면. 물론, 변하게 두지도 않을 거지만."

그가 한 마지막 말에서는 묘한 소유욕 같은 것이 느껴지기도 했다. 내 마음이 변하도록 내버려 두지 않을 거라는 확고한 신념, 자신감. 그것이 그 어떤 말보다도 절절한 고백이 되어 내 가슴으로 박혀 왔다.

변할 리가 없었다. 이렇게 근사한 남자를 두고, 그런 것이 가능할 리 없었다.

"아무래도 제가 전생에 나라를 구했나 봐요."

좀 전까지 불안함에 떨던 표정을 벗어 던지며 그를 올려다보았다. 뜬금없는 내 말에 그가 무슨 뜻이냐는 듯 고개를 기울였다. 다소 간지럽지만, 꾹 참아 내며 수줍게 말했다.

"그랬으니까 태호 씨 같은 남잘 만났죠."

그가 여름 볕처럼 화사하게 웃었다.

"그 생각 앞으로도 절대 변하지 않게 해 줄게요."

그 말을 끝으로 그가 고개를 숙여 내게 입을 맞추었다. 부드럽고 뜨거운 그의 체온이 입술을 통해 온몸으로 번져 간다. 유리창을 통해 새 들어온 따사로운 햇살이 해사하게 우리 위로 내려앉았다. 온종일 몸 안을 잠식하던 불안감이 잦아들고, 따스한 온기가 몸과 마음을 채워 갔다. 조심스레 그의 입맞춤을 받아들이며 듬직한 그의 팔을 가만히 붙잡았다.

여전히 불안하지만, 두렵지만…… 이토록 단단한 그와 함께라면 이 위험 요소 가득한 사내 연애도 충분히 해 볼 만하지 않을까.

여름 땡볕에 단단하게 불린 몸을 따뜻한 가을볕 아래서 곱게 물들여 가는 감처럼, 설익었던 우리의 연애도 서로를 향한 믿음과 신뢰로 더욱 여물어 가고 있었다.

21장

비밀은 없다니까

발 없는 말이 천 리를 간다고 했던가.

소문은 삽시간에 회사 전체로 퍼졌다. 그간 말로만 들었던 서 대리의 인기를 실감케 하듯 평소 교류조차 없었던 타 부서 사람들까지도 우리의 일을 알고 수군거렸다. 개중엔 인기남인 서태호의 여친이 궁금해 부서 사무실을 몰래 기웃거리는 이들도 있었다.

덕분에 사내에서 딱히 존재감이 없었던 나는 '서 대리의 여자' 라는 칭호까지 얻어 가며 하루아침에 사내의 유명인 중 한 사람이 되었다.

평소 가깝게 지내던 측근들은 뒤통수를 맞았다며 다소 황당해하면서도 진심 어린 축하를 아끼지 않았다. 사내 연애의 부담을 알기에 짓궂게 놀리기보단 티내지 않고 배려해 주는 사람들도 있었다.

물론 모두가 같은 마음은 아니기에 노골적으로 시기 질투를 하는 이들도 있었다. 복도를 지나갈 때면 따가운 눈총을 보낸다든지, 얌전한 고양이가 부뚜막에 먼저 올라간다는 흔한 관용구를 써 가며 들으란 듯 험담을 한다든지.

썩 유쾌한 경험은 아니었으나 뾰족한 수는 없었다. 사람들의 시선
이 불편하다 하여 그와의 연애를 끝낼 수도 없으니 말이다. 공개 연
애로 인한 불편함보다도 그와의 관계가 주는 즐거움과 만족감이 훨
씬 컸으니, 다소 힘들더라도 그 또한 내가 감내해야 하는 나만의 몫
이었다.

어차피 모든 것은 시간이 해결해 준다. 비록 지금 당장은 소란스
럽더라도 이 또한 시간이 지나면 곧 잦아들 것이다. 아니면, 그러기
전에 내가 익숙해지든지.

주변인들의 반응이야 이미 예상한 바이기에 마음먹기에 따라 언
젠가는 익숙해질 일이었지만, 정작 복병은 따로 있었다.

쪽.

자료실에서 부장님께 받은 오더지에 적힌 서류들을 찾아 뒤적이
고 있던 나는 오른쪽 뺨에 기습처럼 닿았다 떨어지는 더운 감촉에
화들짝 놀라 고개를 돌렸다. 화등잔만 해진 눈동자에 여유롭게 미소
짓고 있는 익숙한 얼굴이 들어왔다. 비밀 연애가 들통이 나자 이젠
숨길 것도 없이 대놓고 나를 당혹스럽게 만들고 있는 남자, 바로 서
태호였다. 나는 화끈거리는 뺨을 어루만지며 시야를 가로막고 있는
그의 뒤편을 재빨리 살폈다.

"누가 보기라도 하면 어쩌시려고."

"그래서 보는 사람 없는 거 다 확인하고 한 건데."

큰 키로 자료대 너머를 내다보며 그가 능청스럽게 어깨를 으쓱했
다. 도저히 말로는 이겨 먹을 수가 없었다. 뾰로통하게 노려보자 그
가 미워할 수 없도록 살갑게 웃었다.

"그러게 왜 전화를 안 받아요."

주머니를 뒤적여 액정을 확인하자 그의 이름이 뜬 부재중 전화가

3통이나 찍혀 있었다.

"진동으로 돼 있어서 몰랐나 봐요."

"외근 갔다가 막 사무실 들어왔는데 자리에 없어서 한참을 찾았 잖아요. 어렵게 찾아 놓고 보니 반가워서 도저히 참을 수가 있나."

"핑계는."

새침하게 노려보다 핏, 하고 웃고 말았다. 붉어진 얼굴을 감추려 자료대 쪽으로 고개를 돌렸다.

"근데 오자마자 저는 왜 찾으신 거예요?"

"뻔히 알면서도 매번 그렇게 당연한 걸 묻는 이유는, 알지만 직접 내 입을 통해 듣고 싶어서 그러는 건가?"

자료대에서 파일을 꺼내고 있는 내 손에서 가만히 그것을 가로채 며, 그가 나직이 속삭였다.

"보고 싶어서. 그거 밖에 더 있어요?"

그러곤 이번엔 입술 위로 짧게 입을 맞추었다. 둘만의 연애가 예 기치 않게 공개된 뒤 오히려 남들 눈치 살피지 않아도 되니 더 편해 진 거 아니냐 했던 그는 자신의 말을 증명하기라도 하듯 사람들 앞 에서 서슴없이 내게 말을 걸고 때때론 지금처럼 대담하게 애정 표현 을 하기도 했다.

물론 스킨십은 때와 장소를 가려서 했다. 그래도 워낙 사람들 눈 이 무서운지라 눈치를 안 보려야 안 볼 수가 없었다. 지난번 CCTV 사건도 있어서 더욱 그랬다.

"자꾸 이러심 제가 태호 씨 피해 다닐 거예요."

그의 손에 들린 파일을 홱 낚아채며 몸을 돌렸다.

"지금 협박하는 거예요?"

"협박이 아니라 경고예요."

부장님께 받은 오더지에 시선을 고정시킨 채 다음 자료대 쪽으로 발걸음을 옮겼다.

"섭섭하네. 인희 씨 당 떨어졌을 것 같아서 달달한 커피까지 사 들고 왔는데."

보폭이 큰 걸음으로 내 앞을 가로막은 그가 손에 들고 있던 테이크아웃 잔을 내밀며 장난스럽게 웃었다.

"이번 한 번만 좀 봐주지. 안 돼요?"

대놓고 애교를 부리는 것도 아닌데, 순간 마음이 약해졌다. 다른 사람들과 있을 땐 웃는 일조차 흔치 않은 남자가 내 앞에서만큼은 헤플 정도로 쉬워지고 다정해지니, 그 의외성이 주는 감동을 도무지 당해 낼 재간이 없었다.

"이번 한 번만이에요."

못 이긴 척 커피를 받아 들곤 그를 지나쳐 걸었다. 소리 없이 웃던 그가 그런 내 뒤로 조용히 따라오더니 손에 들린 오더지를 가져갔다.

"인희 씨는 앉아서 떨어진 당 보충하고 있어요. 몇 개 안 되니까 나머진 내가 찾을게요."

여태 외근 나갔다 와서 피곤할 텐데. 됐다고 사양했지만 그가 자료실 안쪽 의자에 날 앉히는 바람에 하는 수 없이 그에게 맡길 수밖에 없었다.

오더지에서 파일명을 확인한 그가 자료대 상단에 적힌 안내표를 따라 걸음을 옮겼다. 파일이 빽빽하게 찬 자료대 사이로 그의 얼굴이 드문드문 눈에 들어온다. 자료를 찾아 움직이던 그의 눈이 파일이 빠진 틈새로 그를 바라보고 있던 나와 마주쳤다. 싱긋 짓는 웃음에 가슴이 설렌다. 쑥스러운 듯 고개를 떨구고 빨대를 쪽

빨아들였다.

어색하게 허공을 보다가 다시 아닌 척 그가 있는 쪽으로 눈길을 돌렸다. 자료실 벽면에 작게 난 창틈 사이로 새어 들어온 빛이 그의 얼굴을 비춘다. 이목구비가 조화롭게 자리한 얼굴에 음영이 지자 윤곽이 평소보다 더욱 또렷하게 드러났다.

매끈한 이마부터 그 아래로 쭉 뻗은 반듯한 콧대. 쌍꺼풀 없이도 길고 유려한 눈매와 가끔은 차갑게 보일 정도로 이지적인 입술 선까지. 넋을 놓고 감상하고 있는 눈앞의 그는 어느 것 하나 흠잡을 것이 없을 정도로 잘난 남자였다. 게다가 남부러울 것 없는 다정함까지 갖춘. 그야말로 살면서 흔히들 경험하는 평범함 속에서도 특별한 남자였다.

평범 중에 평범을 달리는 내겐 어찌 보면 과분한 남자이기도 했다. 그런 남자에게 매번 받기만 하는 것 같아 미안하면서도, 그로써 그의 마음을 매 순간 확인받는 것 같아 행복하기도 했다. 이 과분하게 행복한 연애가 손끝에 잡힌 눈처럼 갑자기 사라지진 않을까 문득 불안하다가도, 아낌없이 주는 그를 보면 다시 불안감이 찾아들기도 한다. 참으로 이기적인 마음이었다.

"오늘 다녀오신 외근, M사 계약 건 때문이셨죠? 계약은 잘되셨어요?"

"알잖아요. 주인희 씨 남자 친구, 자타가 인정하는 능력자인 거."

자신만만한 표정으로 답한 그가 파일들을 모아 한 팔에 들곤 내쪽으로 걸어왔다.

"알죠. 그런 남자가 내 남자라는 것도."

"내 남자……."

득의양양한 표정으로 그렇게 받아치자, 그가 나른하게 따라 읊으며 날 바라보았다. 그러곤 웃었다.

"듣기 좋은데요, 그 표현."

가을로 향해 가는 따사로운 햇살처럼 화사한 그의 미소가 시야를 가득 채운다. 나는 자리에서 일어나 그를 마주 보고 섰다. 평소보다 가깝게 다가서자, 이젠 익숙해진 그의 체취가 부드럽게 코끝을 간질인다.

"방금 그 립 서비스는 당 떨어진 날 위해 사 온 커피에 대한 보답이에요. 그리고 이건."

하던 말을 멈추고 그의 목 뒤로 손을 뻗은 뒤, 까치발을 세우며 고개를 올렸다. 입술에 닿는 부드러운 감촉과 함께 쪽, 하고 공기가 울린다. 한 팔 가득 파일을 들고 선 그가 놀란 표정으로 날 내려다보았다.

"나 대신 파일을 찾아 준 수고에 대한 팁."

잠시 굳은 듯이 서 있던 그가 곧 유려한 입매를 느슨하게 당겼다.

"매번 말하지만, 그 정도론 턱없이 부족하다니까."

능글맞은 늑대로 금세 돌변한 그가 파일을 들지 않은 반대편 손으로 내 허리를 휘감아 안았다. 그러곤 지체 없이 고개를 숙여 입을 맞춘다. 더운 체온이 몸 주변을 감싸고, 농밀한 호흡이 입 안으로 밀려든다. 여유가 사라진 그의 팔에서 파일들이 떨어져 바닥을 뒹굴었다. 마치 바스러지는 낙엽처럼 그의 품에 와락 안겼다.

어디선가 깜박이며 우리를 주시하고 있을 CCTV의 존재가 문득 떠올랐지만, 애먼 걱정이나 하고 있게 내버려 두지 않는 그로 인해 그 또한 곧 연기처럼 머릿속에서 사라지고 말았다.

과연 이 연애가 언제까지 지속될 수 있을까. 믿기지 않는 행복만큼 매 순간 두려웠지만 언젠가 그가 했던 말처럼 지금 이 순간을 즐기는 수밖에 없었다.

　모든 연애가 그러하듯 우리의 연애 또한 모두가 생각하는 이상적인 결말로 향하지 않을 수도 있다. 쉽게 종잡을 수 없는 인생사처럼 연애의 끝 또한 이럴 것이다, 라고 확신할 수도 없었다. 그럼에도 연애를 하는 것은, 그 자체가 주는 행복이 불확실한 미래로 인한 두려움보다 훨씬 크기 때문일 것이다.

　서로 사랑하고 또 사랑받는 즐거움에, 알 수 없는 미래에 대한 두려움 따위 던져 버리게 되는 것이겠지.

　눈앞의 행복에 눈이 먼 듯이 오늘도 나는 그렇게, 그와 연애를 한다.

* * *

　공개 연애는 생각보다 편했다. 초반 며칠만 떠들썩했지, 불편할 정도로 집중되던 사람들의 시선은 점차 바쁜 현실에 젖어 잦아들었다. 시기 질투하던 사람들 또한 이젠 그만 체념하고 제 일에 몰두하기 시작했다. 덕분에 나는 걱정했던 것과는 달리 딱히 주변 눈치를 살피지 않은 채 회사 생활을 이어 나갈 수 있었다.

　그 외에도 편한 것을 나열하자면 한둘이 아니었지만, 대표적으로 가장 편한 것이 있다면 데이트 장소 선정에 있었다. 사람들의 눈을 피하느라 데이트 장소를 고르는 데 골머리를 앓지 않아도 된다는 것이 공개 연애의 가장 큰 장점 중 하나였다.

　무더운 여름이 지나고 선선한 가을이 오면서 본격적인 야구의 계절이 시작되었다. 스포츠에 크게 관심이 있는 편은 아니었지만, 만년 꼴찌를 면하지 못했던 구단이 웬일로 가을 야구를 치르게 된 터라 들뜬 마음으로 경기장을 찾았다. 평소 야구를 좋아했던 그도 오늘의 나들이를 흔쾌히 반겼다.

"저쪽인가 봐요."

각자 응원하는 팀이 다른 그와 나는 서로 다른 색깔의 응원도구를 들고 자리를 찾아 들어갔다. 주말이라 사람이 몰릴 것을 대비해 일찍 경기장에 왔음에도 불구하고 이미 관중석은 꽉 차 있었다. 다행히도 그가 미리 예약을 해 둔 덕에 경기 모습이 한 눈에 들어오는 목 좋은 자리에 앉을 수 있었다.

항상 영화관이나 카페, 아니면 근처 공원 산책처럼 한정적인 데이트만 즐겨 왔었는데 이렇게 탁 트인 야구장에서 데이트를 하게 되자 기분이 색달랐다. 비밀 연애를 할 때였다면 상상도 못 할 일이었다.

회사 사람이라도 마주칠까 봐 전전긍긍하지 않아도 되니, 이럴 땐 공개 연애가 좋은 것 같기도 했다.

"춥진 않아요?"

다소 쌀쌀해진 날씨에 비해 단출한 옷차림을 한 나를 보며 그가 걱정스러운 듯 물었다. 아닌 게 아니라 낮인데도 살갗에 닿는 바람의 기운이 꽤 쌀쌀했다.

"괜찮아요. 아직 햇빛 쨍쨍한데요 뭐."

"그러지 말고 이거라도 걸치고 있어요."

그가 입고 있던 겉옷을 벗어 내 어깨에 둘렀다. 됐다고 사양했지만 그의 고집이 더 셌다. 괜찮다는데도 굳이 그런다며 툴툴거리면서도 입가로 번지는 미소는 어쩔 수가 없었다. 연애는 이렇듯 지극히 사소한 것에서도 웃음과 기쁨을 주곤 한다.

곧 경기가 시작하려는 모양인지 정면의 대형 전광판에 오늘의 라인업이 떴다. 국기에 대한 경례가 이루어지고 주위가 좀 안정이 될 무렵, 갑자기 사람들의 환호성이 터졌다. 유독 남자들의 함성이 크다 했더니, 경기장 한쪽에서 멀리서 보기에도 늘씬한 체형의 여자가 구단 마스코트의 에스코트를 받으며 등장하고 있었다. 아마도 오늘의 시구자인 듯싶었다. 누군데 이렇게들 난리야. 카메라에 얼굴이 잡히질 않아 경기장 쪽을 내려다보고 있을 때였다.

"은채원이네?"

평소 연예인에는 관심도 없을 것 같던 남자가 말했다. 귀를 의심케 하는 들뜬 목소리에 의아한 시선으로 고개를 돌렸다. 마운드 위로 올라서는 여자에게서 한순간도 시선을 떼지 못하고 있는 서 대리의 얼굴이 눈에 들어왔다. 그리고 때마침 전광판에 시구자의 얼굴이 떴다.

시구자는 요즘 한창 인기리에 방영 중인 드라마 '푸른 별 여우'에 출연하고 있는 인기 여배우, 은채원이었다. 전광판을 통해 그녀의 얼굴을 확인한 난 다소 황당함이 깃든 시선으로 옆에 앉은 남자를 바라보았다.

"뒷모습만 보고 은채원인지 어떻게 알았어요?"

연예인엔 관심도 없을 것 같은 남자가 여배우의 이름을 알고 있다는 것도 의외였지만, 그런 그가 카메라에 얼굴이 잡히기도 전에 멀리서 잡힌 뒷모습만 보고 감탄하듯 그 이름을 뱉었다는 사실이 더 큰 의외였다.

"아. 요즘 TV에 자주 나오잖아요."

추궁이 깃든 눈으로 바라보는 내 시선을 뒤늦게 감지한 그가 머쓱한 표정을 지었다. 둘러대는 말이며 표정이 참으로 어색했다.

"아, 그래요. 여자 연예인에 관심이 있으신 줄은 미처 몰랐는데, 참 의외시네요."

어설프기 짝이 없는 그 변명에 눈을 더욱 가늘게 뜨고 그렇게 말했다.

"딱히 관심이 있었던 건 아닌데, 드물게 분위기 있는 스타일이라 기억에 남아서."

그가 시선을 피하며 둘러대듯 대꾸했다. 차라리 평소처럼 능청을 부렸다면 그냥 그런가 보다 하고 말았을 텐데, 대놓고 어색한 반응을 보이자 왠지 모르게 열이 뻗쳤다.

드물게 분위기 있는 스타일? 그러니까, 그래서 지금 은채원이 본인 이상형이라도 된다 이거야?

시선을 외면한 채 딴청을 부리는 그를 한참 동안 노려보다가 정면으로 고개를 돌렸다. 그러곤 전광판에 비친 은채원의 얼굴을 뚫어져라 바라보았다.

우아하고 기품 있는 외모에 탁월한 연기력까지 갖추고 있어 '푸른 별의 여신'이라 불리는 그녀가 보정 하나 없이도 자체 발광하는 우윳빛 피부를 뽐내며 화사하게 웃고 있었다. 저 미소가 왠지 옆에 앉은 남자를 향한 것만 같아 문득 화가 치밀었다.

"시구하러 와선 왜 저렇게 이쁜 척이야. 꼭 저런 애들이 시구는 또 엉망으로 하더라."

괜한 트집을 잡아 가며 들으란 듯 투덜거렸다. 옆에 앉은 그가 힐끗 내 눈치를 살피는 것 같았으나 개의치 않았다. 경기를 관람하면서 맥주 안주로 먹으려고 사 온 오징어를 꺼내어 화풀이하듯 질겅질겅 씹고 있던 그때였다.

늘씬한 팔을 쭉 뻗고 느른하게 몸을 푸는가 싶던 은채원이 마치 방금 내가 한 말을 듣기라도 한 듯 완벽한 포즈로 공을 던졌다. 바람에 흩날리는 긴 머리카락을 뒤로한 채 빠르게 날아간 공이 정확히 스트라이크 존으로 꽂혔다.

"와!"

"은채원! 은채원!"

완벽한 투구 폼에 완벽한 제구력, 놀랄 만한 실력을 자랑한 그녀의 시구에 우레와 같은 박수가 쏟아졌다. 동시에 옆에 있던 남자에게서도 짤막한 감탄사가 튀어나왔다.

"잘하네."

오징어를 씹다 말고 그에게로 홱 고개를 돌렸다. 잘하네, 라는 그 한마디가 어쩐지 내 귀에는 '얼굴도 예쁜데 시구까지 잘하네.' 라는 말로 들렸다. 질투심에 이글이글 타오르는 눈빛을 뒤늦게 알아차린 그가 짧게 헛기침을 했다.

"아니, 그냥. 잘한다구요."

"누가 뭐랬나요. 드물게 분위기 있는 은채원이나 실컷 감상하세요."

조금 전 그가 했던 말을 그대로 되풀이하며 배배 꼬인 말투로 말했다. 그러곤 비닐봉지에 담겨 있던 캔 맥주를 마저 꺼내어 땄다. 시구를 마친 뒤 손을 흔들며 퇴장하는 은채원에게서 시선을 돌린 그가 캔 맥주를 따고 있는 날 보곤 놀란 얼굴로 물었다.

"벌써 마시려구요?"

"그냥 좀 목이 타서요."

싸늘하게 대꾸하곤 거품이 올라온 맥주를 단숨에 들이켰다. 전광판에 박힌 시선에 독기가 어렸다.

그렇게나 은채원이 좋단 말이지? 평소엔 나 이외의 다른 여자한텐 관심조차 없는 것처럼 그렇게 목석처럼 굴어 놓곤, 푸른 별 여신 은채원이 그렇게나 좋단 말이지?

날카롭게 목구멍을 스치는 맥주를 연거푸 들이켜며 무섭게 불타오르는 질투심을 가까스로 잠재우고 있는데 불현듯 풋, 하고 바람 빠지는 소리가 들려왔다. 심기를 건드는 그 소리에 자동적으로 눈이 돌아갔다. 그러자 고개를 숙인 채 반듯한 이마를 문지르며 웃고 있는 그의 얼굴이 눈에 들어왔다. 뭐야, 또. 기분 나쁘게.

"갑자기 왜 웃으시는 거예요?"

"귀여워서요."

"누가요?"

"누구긴 누구예요. 당연히 인희 씨죠."

고른 치아를 드러내며 그가 날 보고 환하게 웃었다. 귀엽다니. 뭐야, 갑자기? 뜬금없는 멘트에 영문도 모른 채 낯이 뜨거워졌다. 화끈거리는 뺨을 매만지며 선뜻 대꾸를 않자 그가 장난스러운 표정으로 날 바라보며 물었다.

"왜요. 내가 또 은채원이라고 할까 봐요?"

"뭐예요?"

"야구장 데이트도 한 번쯤 해 볼 만하네. 인희 씨가 질투하는 걸 다 보고."

질투. 정곡을 콕 찔려 움찔한 나는 변명을 하려다가 이어진 그의 말에 더는 말을 잇지 못하고 입을 다물고 말았다.

"은채원은 우리 친척 동생 놈이 워낙 좋아해서 알고 있는 거예요. 그 녀석이 은채원 광팬이거든. 뒷모습만 보고도 누군지 알았던 건 백넘버 위에 적힌 이름 때문이고."

느긋하게 자초지종을 설명한 그가 싱긋 웃으며 날 돌아보았다.

"그러니까 괜한 질투 같은 거 하지 말아요. 내 눈엔 인희 씨가 그 어떤 여자 연예인들보다 백만 배 쯤은 더 예쁘니까."

"질투한 거 아니거든요."

아니라고 하면서도 이미 인정해 버린 얼굴이 고구마처럼 붉게 달아올라 있었다. 현실 속에 있는 여자도 아니고, TV에서나 보는 연예인을 상대로 질투를 했다는 사실이 민망하기 짝이 없었다. 그도 말은 저렇게 하고 있지만 속으론 분명 어이없어 하고 있을 것이다. 민망함이 쉽게 가시질 않아 애써 시선을 피하고 있는데 그가 내 쪽으로 불쑥 얼굴을 들이대며 눈을 맞춰 왔다.

"정말? 정말 아니에요?"

"아, 글쎄. 아니라니까 자꾸 왜 그러세요."

"그래요? 난 인희 씨가 내 앞에서 다른 남자 연예인 잘생겼다고 하면 당연히 질투 날 것 같은데. 좋아하는 사이에 질투하는 거야 당연한 거 아닌가?"

팔짱을 낀 채 느른하게 몸을 기대며 그가 말했다. 살짝 고개를 들어 흘깃 그를 바라보았다. 이렇게까지 말했는데 이젠 그만 인정하라는 듯 그가 살짝 미소 지었다.

영악한 남자. 매번 느끼는 거지만 천년 묵은 능구렁이를 앉혀 놓은 듯 능글맞은 저 남자에게 있어 나는 한 입 거리도 안 되는 먹잇감에 지나지 않음이 분명했다. 도무지 당해 낼 재간이 없다.

"그래, 맞아요, 맞아. 질투한 거 맞다구요. 이제 됐어요?"

연애란 사람을 참 여러모로 유치하게 만드는구나. 인정하고 보니 더 민망해져서 그를 피해 홱 고개를 돌렸다. 낮은 웃음소리가 달아오른 귀 끝을 긁는다.

"귀엽다니까, 정말."

"사람 민망하게 그만 놀리시고 이거 들고 응원이나 하세요."

폼을 보아하니 그대로 뒀다간 경기가 진행되는 내내 놀려 댈 것 같아서, 옆에 내려놓은 응원 도구들을 들어 그의 손에 얼른 쥐여 주었다. 여전히 입가에 웃음기가 가시지 않은 그가 마지못한 척 응원 도구를 흔들었다. 민망함을 떨쳐 버리려 필요 이상으로 격렬하게 응원도구를 흔들고 있던 난 조금 전 그가 했던 말이 문득 떠올라 흘 깃, 그의 얼굴을 바라보았다.

분명히 그랬었지. 그 어떤 여자 연예인보다도 내가 백만 배는 더 예쁘다고.

유치하다, 민망하다, 하면서도 어느새 입꼬리는 어설픈 위장조차 하지 못한 채 히죽 올라가 있었다. 연애는 참으로 유치하고, 또 유치 했다.

경기는 꽤 긴장감 넘치게 진행되었다. 엎치락뒤치락하며 안타와 홈런을 주고받는 통에 어느 팀이 최종적으로 승리를 거둘 것인지 끝 까지 예상치 못하게 했다. 양쪽 투수들에게는 안 된 일이었지만, 여 기저기서 점수가 빵빵 터져 주니 관람하는 입장에선 한 눈 팔 틈 없 어 지루하지 않은 경기였다.

경기 도중 돌아오는 브레이크 타임에는 관중들을 위한 다양한 볼 거리 이벤트가 진행되었다. 주로 집에서 TV로만 경기를 시청했던지 라 모르는 사람들이 한마음 한뜻이 되어 응원을 하고 이벤트를 즐기 는 모습이 생소하고도 즐거웠다.

그다지 구단에 대한 팬심이 높지 않았던 나도, 이 자리에 있으니 불현듯 응원 욕구가 상승하는 것 같았다. 응원단장의 구호에 맞춰 콧등에 땀이 맺히도록 응원하기를 한참.

"그러다 목쉬겠어요."

그런 나를 옆에 앉아 바라보던 그가 걱정스러운 표정으로 캔 맥주를 건네 왔다.

"나도 모르게 신이 나서."

"인희 씨 좋아하는 거 보니 나도 좋네요. 그래도 좀 쉬엄쉬엄해요."

헤헤, 웃으며 그가 건네는 캔 맥주를 받아 들었다. 서늘해진 가을 날씨도 잊을 정도로 열성적으로 응원에 임한 몸을 시원한 캔 맥주로 가라앉히며 잠시 숨을 돌리고 있는데, 전광판에 분홍색 화면이 뜨더니 끈적한 노랫소리가 들려왔다.

"자, 이번에는 야구장의 묘미! 키스 타임이 돌아왔습니다!"

진행자의 목소리가 울려 퍼짐과 동시에 여기저기서 휘파람과 들뜬 함성이 쏟아졌다. 이번 이벤트는 말로만 들었던 키스 타임인 모양이었다. 다른 어떤 이벤트보다도 뜨거운 반응에 관중석이 떠들썩했다.

"자, 우선 첫 번째 커플, 만나 볼까요!"

관중석을 어지럽게 돌아다니던 카메라가 진행자의 멘트와 함께 곧 다정하게 앉아 있는 한 커플을 클로즈업했다.

얼굴이 잡히기 무섭게 여기저기서 "키스해!"라는 요구가 쏟아졌다. 이렇게 공개적인 장소에서 키스라니. 정말 하려나? 말로만 들었지 실제로 본 것은 처음인지라 신기하다는 듯 지켜보고 있는데 대형 스크린에 비친 모습에 잠시 민망해하던 두 사람이 곧 서로의 얼굴을 붙잡으며 주저 없이 입을 맞추었다.

"오오, 화끈하네요!"

대담한 두 사람의 모습에 여기저기서 환호성과 박수가 터져 나왔다. 시킨다고 정말로 하는구나. 민망한 한편 숨기지 않고 서로에 대한 애정을 드러내는 커플의 모습을 조금은 부러운 듯 바라보고 있던 그때였다.

"자, 여세를 몰아 두 번째 커플을 만나 보겠습니다!"

다음 커플을 찾아 헤매던 화면이 익숙한 얼굴에서 불현듯 움직임을 멈추었다. 설마. 화면에 비친 얼굴을 확인하곤 당혹스러운 표정으로 옆에 앉아 있는 그를 바라보았다. 마찬가지로 놀란 표정을 짓고 있는 그가 화면에서 눈길을 돌리더니 내게 말했다.

"아무래도, 두 번째 커플이 우리인 모양인데요?"

"네?"

"키스해! 키스해!"

미처 상황 파악을 마칠 틈도 없이 재촉하는 함성이 귓가를 쩌렁쩌렁하게 울렸다. 귀 끝까지 빨개진 얼굴을 양손으로 가리며 얼른 고개를 내저었다.

"어떡해. 이거 거부 못 해요?"

"글쎄요. 나도 이런 일은 처음이라."

그가 민망한 듯 내게 말했다. 이 난관을 대체 어찌해야 하나. 난처한 표정으로 주변 눈치를 살피고 있던 그때였다.

"근데 굳이 거부할 이유 있어요?"

돌연 태도를 바꾼 그가 애써 얼굴을 가리고 있던 내 손을 아래로 끌어 내렸다. 무슨 소리인가 싶어 두 눈을 크게 뜨고 바라보자 당혹감이 걷힌 여유로운 얼굴이 시야를 가득 채웠다. 이윽고 커다란 두 손이 내 양 뺨을 부드럽게 감싸 쥐었다.

"이렇게 멍석까지 깔아 줬는데 못 하면, 서태호 체면이 말이 아니지."

그와 동시에 비스듬히 고개를 숙인 그가 주저하는 내 입술에 입을 맞추었다. 놀란 두 눈이 감을 생각조차 하지 못하고 분주하게 깜박였다. 미처 다물지 못한 입술 사이로 따스한 그의 숨결이 부드럽게 밀려들었다. 주변에서 환호성이 터지고 감탄사가 쏟아져 나왔다.

"대단합니다! 뜨거운 사랑의 열기가 여기까지 다 전해지는 것 같네요!"

듣는 것만으로도 민망한 진행자의 멘트가 귓전을 때렸다. 뜨거운 입맞춤을 끝으로 붙잡고 있던 얼굴을 놓아준 그가 얼굴이 빨개진 채 할 말을 찾지 못하는 나를 보곤 부드럽게 미소 지었다. 우리의 뜨거운 키스를 만인 앞에 생중계하던 카메라가 세 번째 커플을 찾아 움직이고 나서야 뒤늦게 정신이 들어 얼른 얼굴을 가렸다.

"뭐, 뭐 하시는 거예요! 사람들 다 보는 앞에서."

"다들 하라는데 그럼 어떡해요. 뭐…… 평소에 안 했던 것도 아니고."

그가 능청스럽게 어깨를 으쓱하며 대꾸했다. 얼굴을 가리고 있는 손가락 사이로 그를 날카롭게 흘겨보았다. 노려보는 시선에도 아랑곳 않은 그가 태연자약한 표정으로 맥주를 내밀었다.

"맥주 한 캔 더 줘요?"

얄밉긴 한데, 당최 밉지가 않다. 한참을 흘겨보다가 결국 마지못한 척 맥주를 받아 들었다.

"저 혼삿길 막히면 태호 씨가 책임져요."

"기꺼이."

눈부시도록 근사하게 웃으며 그가 답했다. 잠시 멈췄던 경기가 어느새 재개되고 있었다. 높고 푸른 가을하늘이 머리 위를 환하게 드리운다. 만물이 익어 가는 계절, 가을이다.

연장전까지 이어진 경기는 결국 상대팀의 끝내기 안타로 막을 내렸다. 아쉽긴 했지만, 매년 최하위권에서 놀던 팀이 가을 야구까지 와 선전을 한 것에 박수를 보내며 경기장을 빠져나왔다. 경기장 내는 복잡할 것 같아서 경기장 바깥 도로 쪽에 주차를 해 놓은 차 쪽으로 걸어가고 있는데 불현듯 전화벨이 울렸다.

핸드백에서 막 핸드폰을 꺼내려던 찰나, 전화가 끊겼다. 누군가 싶어 액정을 확인했다. 언니였다. 방금 걸려 온 전화 이외에도 꽤 여러 통의 전화가 부재중으로 찍혀 있었다. 발신인도 제각각이었다. 사람들이 웬일로 이렇게나 전화를. 어리둥절한 표정으로 화면을 확인하고 있는데, 다시금 전화벨이 울렸다. 또 언니였다.

"여보세요."

"인희 너 지금 어디야?"

전화를 받기 무섭게, 언니가 다짜고짜 안부도 묻지 않고 위치부터 물어 왔다. 이 여자가 왜 이래? 당혹스러운 언니의 반응에 다소 황당한 표정을 짓고 있다가 막 입을 열려던 그때였다.

"나? 나 여기 지금."

"너 지금 야구 경기장이야?"

"언니가 그걸 어떻게 알아?"

"어떻게 알긴! 좀 전에 TV에 네 얼굴이 대문짝만하게 나왔으니까 알았지."

주차된 차를 찾아 걷던 발이 그 자리에서 우뚝 멈추어 섰다. 내 옆에서 함께 걷던 그도 잠시 걸음을 멈추고 의아한 표정으로 날 내려다보았다. 조금 전 전화기 너머로 들려온 언니의 목소리가 귓속에서 왕왕거렸다. 불길한 생각이 머릿속을 스친다.

설마. 설……마.

"언니 지금 어딘데? 혹시 아버지도 같이 계셔?"

"아버지만 계시게. 할머니에 인하 내외까지. 온 가족이 모여 있다, 지금."

눈이 질끈 감겼다. 이마가 뜨거워지며 감고 있는 눈앞이 핑핑 돌았다.

"왜 그래요?"

전화기를 붙든 채 대꾸 없이 서서 눈을 감고 있는 내게 그가 걱정스러운 목소리로 물었다. 그때, 언니가 말했다.

"잠깐만. 아버지께서 너 좀 바꿔 달라셔."

아버지, 라는 말에 감고 있던 두 눈이 번쩍 뜨였다.

"인희냐."

안 된다고 말할 틈도 없이, 전화기 너머에서 아버지 목소리가 들려왔다. 차마 입이 떨어지질 않아 네, 라는 대답조차 뱉질 못했다. 침묵하고 있는 내게 아버지가 예의 차분한 목소리로 나긋나긋하게 말씀하셨다.

"이번 명절엔 바쁘더라도 시간 내서 본가에 좀 들르거라. 기왕이면 옆에 있는 그 친구도 같이."

"······네, 아버지."

한참의 침묵 끝에 마지못해 그렇게 답하곤 전화를 끊었다.

"대체 왜 그러는데요?"

영문도 모른 채 옆에 서서 지켜보고 있던 그가 답답한 듯 물어 왔다. 울상인 얼굴로 허공을 보다가 두 손을 들어 얼굴을 덮었다.

"얼굴 좀 가릴걸······."

"왜, 누가 봤대요?"

금세 상황파악을 마친 영민한 그가 놀란 표정으로 내게 물었다. 할 말을 잃은 나는 원망 어린 얼굴로 그를 쏘아보다가 뿌리치듯 앞서 걸어 나갔다. 조금 전 너머에서 들려왔던 아버지의 차분한 목소리가 서늘한 가을바람과 함께 귓전을 스친다.

옆에 있는 그 친구도 같이. 그 친구도.

그렇게, 시작은 분명 비밀스러웠던 우리의 연애가 회사를 넘어 만천하에 공개되었다.

22장
사소한 연애

시간은 더디게 갔으면 할수록 빠르게 흐른다. 야구장 데이트 이후로 눈만 한 번 깜박한 것 같은데 어느새 추석이 코앞에 다가와 있었다. 그가 워낙 집요하게 묻는 바람에 아버지와의 통화 내용을 마지못해 전달하긴 했지만, 막상 날짜가 다가오자 이게 과연 잘하는 짓인지 망설여졌다.

"정말…… 저희 집에 같이 가실 거예요?"

짧아진 해의 길이만큼이나 어둑해진 퇴근길. 차 안을 채운 차분한 라디오 소리 사이로 조심스럽게 입을 열었다.

"오라시는데 가야죠."

그가 담담하게 답했다.

"꼭 와야 된다고 하신 건 아닌데."

"그럼 가지 말까요?"

내 애매한 발언에 그가 직설적으로 물어 왔다. 짧은 말 속에 어린 망설임을 느낀 듯했다. 선뜻 대답을 하지 못하자 그가 포용적인 태도로 말했다.

"인희 씨 생각을 말해 봐요. 난 인희 씨가 하자는 대로 할 테니까."

잠시 말하기를 주저하다가 고민 끝에 말문을 뗐다.

"아니. 아시다시피 저희 집이 워낙 보수적이잖아요. 같이 집에 갔다가 태호 씨한테 괜한 부담만 줄까 봐⋯⋯."

"괜한 부담이란 건 어떤 걸 말하는 거예요?"

"뭐 뻔하잖아요. 둘이 어떤 사이냐. 앞으론 어떻게 할 생각이냐."

"인희 씬 어떻게 할 생각인데요?"

"네?"

"앞으로 나랑 어떻게 하고 싶냐구요."

대화를 하는 내내 줄곧 정면을 바라보고 있던 그가 힐긋 시선을 보내며 내게 물었다. 기습적인 물음에 순간 머릿속이 까매졌다.

"그야."

"연애만 하고 싶어요?"

"그럴 리가요."

단호하게 고개를 저었다.

"그게 아니면요?"

뭐라고 답해야 하나. 고민하다가 뭔가 또 그의 페이스에 휘말리고 있는 것 같아서 정신을 차리고 물었다.

"무슨 생각으로 그렇게 꼬치꼬치 캐물으시는 거예요?"

"인희 씨 생각이 어떤지 알아야 나도 다음 일을 추진할 수 있을 것 같으니까요."

"다음 일이라는 게 뭔데요?"

"연애의 다음이 결혼밖에 더 있어요?"

만약 운전대를 잡고 있는 게 그가 아니라 나였다면 그 순간 나는 바로 브레이크를 밟았을지도 모른다. 당혹스러움을 감추지 못한 채 그를 바라보자, 그가 그런 내 반응이 더욱 충격이라는 듯 말했다.

"나랑 연애만 할 생각은 아니었다는 사람 반응이 뭐 그래요? 섭섭하네."

"아니, 그게."

물론 그와 연애를 하면서 결혼에 대해 전혀 생각해 보지 않은 건 아니었다. 연애의 끝 그 어딘가에서 어쩌면 그와 결혼할 수도 있겠지, 하고 생각했던 적은 종종 있었다. 하지만 그것이 막상 상대의 입을 통해 귀에 닿자 다가오는 느낌이 사뭇 달랐다.

상상 속에서만 존재하던 것이 그의 목소리를 타고 현실감을 부여받았다. 그러면서도 한편으로는 현실감 없게 느껴지기도 했다. 결혼, 이라는 단어를 떠올릴 때면 비정상적이다 싶을 만큼 두근거리던 나와는 달리 너무도 담담한 남자의 모습 때문인 듯했다.

그도 그럴 것이 조금 전 '결혼'이라는 심각한 주제를 입에 올린 남자라 치기에 그는 너무도 담담했다. 말은 섭섭하다, 하면서도 핸들을 돌리고 있는 옆모습은 여유롭기 그지없었다. 때문에 혹시 또 장난을 치고 있는 건 아닌가 하는 생각이 들었다. 그가 그런 걸 가지고 농담을 할 부류의 사람이 아니라는 걸 잘 알면서도.

"계속 그렇게 대답 안 하고 있을 거예요?"

"네?"

"말했잖아요. 인희 씨 생각에 따라 다음 일을 추진할 생각이라고."

"아……."

잠시 숨을 고르다가 망설인 끝에 솔직하게 입을 열었다.

"저는 태호 씨가 너무 아무렇지도 않게 결혼이라는 중대사를 입

밖에 꺼내길래."

"인희 씨 보기엔, 내가 정말 아무렇지도 않아 보여요?"

잠시 말을 멈춘 그가 천천히 고개를 돌려 나와 눈을 마주쳤다.

"나 지금 무지 긴장하면서 인희 씨 대답 기다리는 중인데. 모르겠어요?"

바라보는 눈길이 뜨겁고도 습했다. 여유롭다 단정 지었던 것이 무색할 정도로 진지하면서도 간절한 표정이었다, 그는. 순간 나도 모르게 호흡을 멈췄다.

"자, 잠깐 요 앞에 차 좀 세워 주세요."

외마디 외침과도 같은 내 말에 그가 도로 갓길에 차를 멈춰 세웠다.

"세워 달라니까 세우긴 했는데, 갑자기 왜."

"이대로 계속 가다간 심장이 터져 버릴 것 같아서요."

그렇게 말하며 나는 얼른 손을 들어 가슴 위로 얹었다. 그러지 않으면 심장이 금방이라도 갈비뼈를 뚫고 튀어나와 버릴 것만 같았다.

"왜요?"

"몰라서 물으세요?"

고르지 못한 호흡을 길게 뱉어 내다가 그에게로 시선을 돌렸다.

"좋아하는 남자가 눈앞에서 진지하게 결혼을 얘기하는데 아무렇지 않을 여자가 어디 있어요."

정말이었다. 심장이 처음 결혼이라는 단어를 귀에 담았을 때보다도 더욱 가열찬 속도로 뛰고 있었다. 쿵쿵, 울리는 심장 박동 소리가 차 전체를 뒤흔드는 것만 같았다. 결혼 이야기를 꺼내고도 너무나 담담한 그의 모습에 장난일지도 모른다 생각하고 있었는데, 그런 내 생각을 단번에 뒤집는 그의 진지한 눈빛에 좀 전엔 미처 느끼지 못한 감동이 배가 되어 몰아쳤다.

때문에 쉽사리 진정되지 않는 가슴을 가까스로 눌러 앉히며 평정을 찾으려 애쓰고 있는데, 그가 물었다.

"지금 그 말, 인희 씨도 나와의 결혼에 대해 어느 정도는 고려하고 있다는 뜻으로 받아들여도 돼요?"

길게 뱉어 내던 호흡을 멈추고 그를 바라보았다. 나직이 물음을 던진 그는 조심스러운 표정으로 내가 대답하기를 기다리고 있었다. 가을밤처럼 깊고 검은 눈동자가 마주한 시선을 통해 가슴으로 스며든다. 몰아붙이지 않고 내가 다가오기를 기다리는 그 모습이 더없이 진정성 있게 느껴져 가슴이 뛰었다.

"어느 정도가 아니라 꽤요."

두 눈을 똑바로 뜨고, 그만큼이나 진지하게 답했다.

"꽤 고려 중이에요, 지금."

긴장감이 역력하던 얼굴이 뒤늦게 내 말의 의미를 파악하고 안도하듯 한숨을 내쉬었다. 조금은 편해진 얼굴로 그가 물었다.

"그 고려가 결정으로 바뀌기까지는 얼마나 걸릴까요?"

"그건 태호 씨 하는 거 봐서요."

"내가 어떻게 해야 되는데요?"

"그걸 저한테 물으시면 어떡해요? 목마른 사람이 우물을 찾는 법이라고, 방법은 스스로 찾아야지."

새침한 내 대답에 그가 두 눈을 가늘게 떴다.

"너무 도도한 거 아니에요?"

"허락하는 순간 어떻게 될지 모르는데 이럴 때 도도해야지 언제 또 도도해지겠어요."

"이거, 역대급 프러포즈라도 준비하지 않으면 쉽게 안 넘어올 기센데."

"세상에. 그럼 프러포즈도 없이 오케이 받으시려고 했던 거예요, 지금?"

"그거였어요?"

"여자로 태어나 근사한 프러포즈 받고 싶은 건 당연한 거 아니에요?"

두 눈을 동그랗게 뜨며 그를 향해 너스레를 떨었다. 내 능청스러운 반응에 그가 피식 웃었다. 말은 이렇게 하고 있지만, 실은 이미 반 이상 넘어간 거나 다름없다는 것을 그도 알고 있을 것이다. 그러면서도 날 위해 속아 준 그가 기다란 손가락 끝으로 오른쪽 관자놀이를 긁으며 말했다.

"당장 오늘부터 머리 싸매고 연구해야 되는 거 아닌가 모르겠네."

"어떤 프러포즈 준비하실지 기대하고 있을게요."

입매를 슬그머니 말아 올리며 그를 바라보았다. 얄밉다는 듯 흘겨보던 그가 이내 내 왼손을 붙잡아 부드럽게 깍지를 꼈다. 그의 따스한 체온이 맞닿은 손바닥을 통해 온몸으로 퍼져 나간다. 바람 끝이 제법 선선해진 가을이었지만, 그와 함께하는 이 밤은 그 어떤 여름보다도 따뜻했다. 상대의 사소한 반응조차 크게 다가와, 온 마음을 뜨겁게 적셔 가는…… 깊은 가을밤이다.

* * *

한 손에는 고기, 한 손에는 과일 바구니를 들고 대문 앞에 선 그의 표정은 참으로 비장했다. 긴장되는지 넥타이를 한 목을 답답한 듯 쭉 빼던 그가 그 못지않게 긴장한 얼굴로 서 있는 내게 나지막이 물었다.

"나 어때 보여요?"

"어색해 보이세요."

"그렇게나 어색해요?"

"네."

내 짤막한 대답 뒤로 삐걱, 하고 마찰음이 따라붙었다. 우리 둘은 너 나 할 것 없이 반응하듯 문 쪽을 바라보았다. 굳게 닫혀 있던 목재 문이 열리고 언니가 나타났다.

"안녕하십니까."

"먼 길 오시느라 피곤하시겠네요. 얼른 들어오세요."

예의를 갖춰 인사하는 그를 반갑게 맞이하며 언니가 안채 쪽을 가리켰다. 앞서 들어가는 그의 뒤를 민망한 표정으로 따라 걸었다. 우리 둘이 안으로 들어오자 문을 잠그고 뒤따라온 언니가 팔꿈치로 내 어깨를 툭 쳤다.

"주인희, 보기보다 능력 있네. 저런 훈남이랑 연애를 다 하고."

아직 시작도 하기 전인데, 벌써부터 뺨이 화끈거렸다.

"놀리지 마."

"놀리는 게 아니라 부러워서 그러는 거지. 우리 예비 제부 아주 훤칠하네."

"예비 제부는 무슨. 다른 가족들은?"

민망한 마음에 괜히 더 퉁명스럽게 답하다, 문득 잊고 있던 존재가 떠올라 주변을 두리번거렸다.

"할머니께선 근처 노인정에 마실 가셔서 아마 저녁 시간은 되어야 들어오실 거야. 인하는 스케줄 빼기 힘들어서 내일이나 온다나 봐."

주인하 그 인간이 있었으면 지금 언니가 하는 것과는 비교도 안 되게 놀려 댔을 텐데. 이걸 그나마 다행이라 해야 하나. 그리 생각하던 찰나였다. 무의식적으로 향한 시선 끝에 마루 위에 서 계신 아버지의 모습이 들어왔다. 나보다 먼저 아버지를 발견한 그가 90도로 허리를 숙였다.

"안녕하십니까, 아버님."

"먼 길 오느라 고생했네. 어서 들어오게."

점잖게 그의 인사를 받은 아버지께서 마루 위에 놓인 찻상 앞으로 걸어가셨다. 딱 보기에도 긴장한 티가 역력한 그가 후— 하고 길게 숨을 뱉었다. 답지 않게 긴장한 모습이 낯설면서도 어쩐지 귀여웠다. 아버지와의 첫 대면 끝에 한숨 돌린 그가 내 옆에 서서 끊임없이 장난말을 던지고 있는 언니에게로 들고 온 과일바구니와 고기를 건넸다.

"저, 이거 별건 아닙니다만 빈손으로 오기가 뭐해서."

"아이 참, 제부도. 그냥 오시지 뭐 이런 걸 다."

"언니!"

제부라는 민망한 호칭에 핀잔하듯 외치자 익살스럽게 눈짓을 보낸 언니가 그에게서 건네받은 것들을 들고 부엌으로 들어갔다. 제부라니. 못 말린다, 정말. 부엌 문 뒤로 사라진 언니를 잠시 흘겨보다가 아버지가 계신 마루로 눈길을 돌렸다. 선뜻 발이 떨어지지 않아 망설이듯 발끝을 내려다보고 있을 때였다.

"이리 앉게. 인희도 들어와야지."

어느 틈에 들어간 것인지, 그와 아버지가 찻상을 사이에 둔 채 서로를 마주 보고 앉아 있었다. 그제야 정신이 들어 부리나케 신발을 벗고 마루 위로 올라섰다. 잠시 망설이다 그의 옆자리에 조심스럽게 엉덩이를 붙였다.

부엌에 들어간 언니가 다과상을 내오기 전까지, 서로를 마주 보고 앉은 세 사람 사이에는 어색한 정적이 흘렀다. 워낙 과묵한 분이니 딱히 어색하다 여길 일도 아니었다. 차라리 내가 먼저 무슨 말이라도 해야 되나. 아버지께 그에 대해 소개를 하는 것이 우선인가. 잠시 고민하고 있는 사이, 말없이 앉아 푸른빛이 도는 다기에 찻물을 우리던 아버지께서 그의 앞에 놓인 잔에 가만히 차를 따랐다.

"초면도 아니니 말은 편하게 해도 되겠지?"

"네, 아버님."

"우리 큰놈 고등학교 친구이자 인희 직장 상사라고 들었는데."

"네. 그리고 현재는 인희 씨 남자 친구이기도 합니다."

남자 친구. 옆에서 듣고만 있는데도 벌써부터 낯이 뜨거웠다. 분명 집 안으로 들어설 때만 해도 긴장한 기색이 역력했었는데, 막상 아버지와 마주 앉자 그는 어느새 본연의 태연하고 당당한 모습으로 돌아가 있었다.

주눅 든 기색 하나 없이 대답을 이어 가고 있는 그 모습에 되레 옆에 있는 내가 더 긴장이 되었다. 조심스럽게 잔을 채우던 아버지께서 다기를 내려놓고 고개를 드셨다.

"얼마 전에 우연찮게 봐서 알고 있네."

얼굴이 불에 덴 것처럼 화르륵 달아올랐다. 민망함에 차마 고개가 들어지지 않아 어지럽게 주변만 살폈다. 잔을 들어 천천히 차향을 음미하시던 아버지께서 나직이 말문을 여셨다.

"그래서. 앞으로 둘이 어쩔 셈인가?"

그와 함께 집에 들르라고 말씀하신 순간부터 예상했던 질문이 아버지의 입을 타고 흘러나왔다. 숨 돌릴 틈도 없이 닥친 부담스러운 상황에 난처함을 감추지 못한 표정으로 서둘러 입술을 뗐다.

"아버지, 그건."

"바람직한 방향으로 발전해 나가려고 합니다."

미처 내가 말을 마저 꺼내기도 전에 그가 먼저 말했다. 아버지에게로 향했던 시선이 그에게로 돌아갔다.

"바람직한 방향?"

"연애하는 이들에게 있어서 가장 바람직한 방향이요. 인희 씨 동의 없이 혼자서 결정 내릴 수는 없는 일이라 함부로 입에 올리긴 그렇지만, 일단 제 생각은 그렇습니다."

그가 진지하게 자신의 생각을 밝혔다. 때마침 과일을 내오던 언니가 두 눈을 크게 뜨고 나와 그를 번갈아 바라보았다. 잠시 말씀이 없으시던 아버지께서 느리게 시선을 움직여 내게로 향했다.

"이 친구 생각은 이렇다는데, 인희 네 생각은 어떠냐?"

"네? 전⋯⋯."

마루 위에 있는 세 사람의 시선이 나란히 날 향해 있었다. 어쩐지 숨이 찼다. 무릎 위에 내려놓은 손을 가만히 움켜쥐다 조심스럽게 말문을 열었다.

"제 생각도 태호 씨랑 같아요."

마른침이 꼴깍, 목구멍을 타고 내려갔다. 움켜쥐고 있는 손안이 축축했다. 그렇게 대답해 놓곤 쉽사리 정면을 볼 용기가 나질 않아 한참을 바닥만 바라보았다. 이 어색한 상황을 대체 어떻게 탈출해야 할까. 민망하고도 막막한 마음에 침묵만 지키고 있을 때였다.

"어떻게 될지는 앞으로 두고 보면 알게 되겠지."

아버지의 담담한 음성이 귓전에 닿았다. 딱히 승낙이라 단정 지을 수는 없었지만, 거기엔 어느 정도 허용의 뉘앙스가 담겨 있었다. 마치 시험 결과를 기다리는 수험생처럼 반듯한 자세로 앉아 있던 그가 그제야 딱딱하게 굳어 있던 어깨에서 힘을 풀었다. 그러곤 천천히 고개를 돌려 날 바라보았다.

맞닿은 시선 사이로 묘한 기류가 흘렀다. 설핏 웃음이 났다. 나는 쑥스러운 표정으로 고개를 떨구었다. 그에게도, 나에게도 부담을 주지 않는 선에서 대화를 마무리 지은 아버지가 조금은 근엄함을 떨쳐 버린 말투로 그에게 물으셨다.

"그나저나 중요한 손님을 불러 놓고 대접이 소홀했구만. 술은 좀 할 줄 아는가?"

나는 술이라는 말에 화들짝 놀라 고개를 들었다.

"아버지. 태호 씨는 오늘 운전하고 서울로."

"많이는 못합니다만."

그가 조용히 내 말을 가로막았다.

"평소엔 실수하지 않을 정도로 조절해서 마십니다."

다시 서울로 올라가 봐야 하는 사람이 어쩌려고 저러나 싶어 걱정스러운 얼굴로 바라보았다. 그러자 걱정하는 바를 모르지 않을 아버지께서 작정이라도 한 듯 권위적으로 말씀하셨다.

"평소엔 그러더라도 오늘은 좀 더 마시게. 어떤 실수를 하는지 보려고 마시자는 거니까. 인영아, 가서 술상 좀 내 오거라."

"네, 아버지."

말없이 우리를 지켜보며 찻상 위에 과일을 내려놓던 언니가 흐뭇한 미소와 함께 부엌으로 갔다. 그리고 어찌 말릴 틈도 없이 술자리가 시작되었다.

해가 지기도 전부터 시작된 술자리는 달이 뜨고서야 끝이 났다. 말씀은 그렇게 하셨지만 무리하게 술을 권하진 않은 터라 그도 다행히 많이 취한 것 같진 않았다. 하지만 음주운전을 시킬 수도 없는 노릇이기에, 결국 그는 오늘 오지 않은 오빠의 방에서 하룻밤을 묵기로 하였다.

"이 방이에요."

그를 데리고 방 안으로 들어서자 옅은 술 냄새가 온돌방의 훈훈한 공기를 타고 은은하게 퍼져 나갔다. 딱히 취해 보이진 않는데…… 그래도 혹시 몰라 걱정스러운 얼굴로 그를 살폈다.

"괜찮으세요? 혹시 안 좋으면 꿀물이라도."

갑작스레 당겨진 몸이 빨려 들어가듯 그의 품에 안겼다. 알코올 향과 섞여 한층 짙어진 그의 체향이 몸 주변을 뜨겁게 에워쌌다. 다행히 방문은 닫힌 상태였지만 장소가 장소인지라 심장이 덜컹거렸다.

"저, 태호 씨. 누가 들어오기라도 하면 어쩌려고."

"잠깐만."

그를 밀어 내려던 몸짓이 귓바퀴를 스치는 숨결에 우뚝 멈춰 섰다.

"잠깐만 이러고 있을게요. 하루 종일 긴장하고 있다가 풀려서 그런지 갑자기 취기가 몰려와서."

품 안에 담긴 몸을 더욱 끌어안으며 그가 내 어깨 위로 얼굴을 묻었다. 목덜미에 닿는 체온이 평소보다 더 뜨거웠다. 그의 가슴팍에 닿아 있던 손이 짧은 망설임 끝에 아래로 떨어졌다.

"긴장하셨었어요?"

"그럼 긴장하지, 안 해요? 다른 사람도 아닌, 인희 씨 아버님 앞인데."

"전혀 몰랐는데."

집 안으로 들어서기 전에야 조금 긴장한 듯 보였지만, 정작 아버지 앞에선 떨리는 기색 하나 없이 대응하기에 역시 실전에 강한 스타일이구나, 하고 생각했었다. 그런데.

"그야 티를 안 냈으니까. 첫 대면에 나약한 모습부터 보여 드릴 순 없잖아요."

그 역시 못지않게 긴장하고 있었구나. 조금 전 보였던 그 모습처럼, 마냥 태연한 것만은 아니었구나. 그런 생각이 들자 어쩐지 가슴이 벅찼다.

"고마워요. 힘든 자리였을 텐데."

"고마우면 말로만 그러고 있지 말고 좀 안아 주지."

그가 더욱 깊숙이 날 끌어안으며 응석을 부리듯 말했다. 아버지와 할머니, 언니가 멀지 않은 곳에 있다는 사실에 어쩐지 조심스러워져서 선뜻 움직이지 않던 손이 그의 어울리지 않는 응석에 결국 졌다는 듯 그의 등으로 향했다. 넓고 단단한 등이 손바닥에 닿았다. 그냥 이렇게 말없이 안고 있는 것만으로도 안심이 되는, 믿음직한 등이었다.

"근데 아까 한 말, 진심이에요?"

그가 낮게 가라앉은 목소리로 내게 물었다. 무슨 말인가 싶어 "네?" 하고 고개를 들자 그가 품에 안고 있던 날 잠시 떼어 냈다. 웃음기 걷힌 표정으로 날 내려다보며 그가 말했다.

"인희 씨 생각도 나와 같다던 말이요."

"아……."

조금 전 아버지 앞에서 했던 말이 뒤늦게 생각나 다시금 얼굴이 붉어졌다. 빤히 내리 닿는 시선을 피해 고개를 돌렸다.

"그럼 그 상황에서 어떻게 아니라고 해요."

"단지 그것뿐이에요?"

되묻는 음성엔 실망감이 어려 있었다. 눈동자가 자꾸만 바닥으로 향했다. 술을 마신 건 그인데, 어째서인지 내 얼굴이 더 빨갛게 달아오르는 것 같았다. 결국 눈을 맞추지 못한 채, 퉁명스럽게 답하고 말았다.

"그것뿐이겠어요? 당연히 내 진심도 섞여 있는 거지."

"지금 그 말."

내 어깨를 붙잡고 고개를 숙인 그가 민망함에 애써 그를 피하고 있는 나와 눈을 맞추었다. 그러곤 확인하듯 내게 물었다.

"고려에서 결정으로 넘어왔다는 걸로 받아들여도 돼요?"

심장이 두근두근 고동쳤다. 다음으로 이어질 내 대답을 기다리며 심각할 정도로 진지하게 빛나고 있는 검은 눈동자가 시선을 사로잡았다. 벅찰 정도로 뛰는 가슴을 그가 알아챌 것 같아 조마조마했다.

사실 들켜도 상관은 없었지만, 어쩐지 끝까지 도도하고 싶었다. 화려한 프러포즈 없이도 이미 일찌감치 넘어가 버린 내 마음이 야속해서. 날 이렇게 만든 그가 얄미워서.

"뭐, 편하실 대로."

와락 당기는 힘과 함께 몸이 다시 한 번 그의 품에 안겼다. 그의 품에 갇힌 탓에 눈앞이 깜깜했다. 빠르게 뛰는 심장 소리가 갇힌 품 안에서 둥둥 울려 퍼졌다. 내 것이라 치기엔 느껴지는 감이 가까우면서도 멀었다. 듣고도 잠시 의심했지만…… 이 소리는 분명 그의 것이었다.

매사에 태연하고 여유롭던 남자의 심장이 귀염성이라곤 하나 없는 내 사소한 한마디에 이렇듯 믿기 힘들 정도로 거칠게 뛰고 있었다.

그렇게나 좋을까. 난 내 진심을 알면서도 괜한 자존심에 솔직하게 표현할 수 없었는데, 그런 나와 달리 있는 그대로 감정을 드러내는 그를 보자 잠시 치기 어렸던 마음이 어쩐지 무색해졌다.

나는 뒤늦게나마 내 마음을 표현하듯 양팔을 뻗어 그를 안았다. 그의 너른 어깨가 양팔 가득 담긴다. 품 안으로 더욱 깊게 끌어당기는 힘과 함께 그와 내 심장이 완벽히 맞닿았다.

누가 더하고 덜한지 재고 따질 필요도 없이, 맞닿은 두 개의 심장은 같은 속도로 뛰고 있었다. 심장이 정상치를 벗어난 채 달리고 있는데도 어쩐지 마음이 편안했다. 그와 함께이기에 온전히 누릴 수 있는 평안함이었다.

"나 취한 것 같다고 진심에도 없는 소리 하는 건 아니죠?"

내 여린 목덜미에 얼굴을 묻으며 그가 말했다.

"내일 일어나서 그런 말 한 적 없다고, 취해서 잘못 기억하는 거라고 발뺌하면 안 돼요."

"발뺌 같은 거 안 해요."

발뺌할 이유가 없었다. 손에 잡힐 듯 다가온 행복 앞에서 더 이상의 망설임은 사치일 뿐이었다.

"사랑해요. 인희 씨."

그가 나를 양팔 가득 안은 채 나직이 속삭였다. 수없이 마음을 나누면서도 단 한 번도 가벼이 입 밖으로 꺼내지 못했던 말이 그의 입술을 통해 먼저 내 귀에 닿았다. 연인 관계에 있다면 누구나 주고받는 흔하디흔한 한마디였지만, 그 사람이 다름 아닌 그이기에 특별해지는 한마디이기도 했다.

"나도, 사랑해요."

뱉는 소리 하나하나에 힘을 주어 내 마음을 읊었다. 사랑, 그 흔한 단어가 그와 내 입술을 통해 의미를 부여받고 서로의 가슴 위에 특별하게 피어난다. 그와 나누는 소소한 것들이, 그가 내게 주는 사소한 마음이, 그의 것이기에 더 이상 사소하지 않은 밤이다.

만월의 달처럼 꽉 찬 밤이었다.

* * *

다음 날 아침. 일찍 일어나 화단으로 나갔다. 여름에서 가을로 바뀐 계절을 따라 화단을 채운 빛깔도 바뀌어 있었다. 생전에 꽃을 좋아했던 엄마는 계절이 바뀔 때마다 계절에 맞는 예쁜 꽃을 볼 수 있도록 일 년 내내 꽃밭을 관리하곤 했다.

엄마가 돌아가신 지금은 아마 아버지께서 그 역할을 대신하고 있는 듯했다. 돌아가신 엄마께 못다 한 얘기를 전하듯, 매일매일 꽃들을 바라보며 시간을 보내고 있는 거겠지.

나는 화단 중앙에 흐드러지게 핀 황하코스모스 앞으로 걸음을 옮겼다. 평상시 주변에서 흔히 보던 분홍, 빨강색이 아닌 오렌지 빛의 코스모스가 이른 아침 햇살을 받아 생기 있게 빛나고 있었다. 곱게 물든 은행잎처럼 노오란 빛깔이 가을과 참 닮았다. 오랜만에 아침부터 꽃을 보자 기분이 더 상쾌해지는 것 같았다.

"일찍 일어났구나."

불현듯 등 뒤에서 느껴진 기척에 몸을 세웠다. 아버지께서 한 손엔 물통, 한 손엔 작은 모종삽을 든 채 화단으로 걸어오고 계셨다.

"일어나셨어요. 어젯밤에 과음하신 것 같던데."

"과음이랄 것까지야. 그 친구는 간밤에 잘 잔 것 같더냐."

"글쎄요. 아직 못 봐서……. 아마 잘 잤을 거예요."

아버지와 그에 대해 이야기를 나누는 것이 어쩐지 쑥스러워서 화단으로 눈길을 돌렸다.

"그새 꽃이 많이 피었네요."

"그러게 말이다. 크게 신경 안 쓰고 때맞춰 물만 잘 주어도 금세 이렇게 자라더구나."

물통에 길어 온 물을 넓게 뿌리며 아버지께서 말씀하셨다. 물기를 머금은 푸릇한 화초들이 해사한 빛깔을 튕겨 낸다. 크게 신경 쓰지 않아도, 때맞춰 물을 주는 것만으로도 잘 자란다는 아버지의 말씀이 어쩐지 꽃만을 두고 하시는 말씀은 아닌 것 같아 가슴 한구석이 아렸다.

"그 때를 맞춘다는 게 힘든 거죠."

생기롭게 피어난 꽃들을 바라보며 나직이 말했다. 뭐든 그 시기라는 것이 중요한 법이었다. 한 번 지나가 버린 시간은, 기회는, 뒤늦게 후회해 본들 다시 우리 곁으로 돌아오지 않으니까. 사소한 관심일지라도 그것이 제때에 상대에게 닿아야 비로소 싹을 틔우고 꽃을 피우는 법이었다.

"그것도 그렇지."

아버지의 쓸쓸한 음성이 이른 아침 서늘한 가을바람에 실려 귓전을 적셨다. 햇빛을 받아 검게 그을린 손등이 눈에 들어왔다. 눈이 시리다.

"서태호라는 녀석 말이다."

곧은 허리를 숙이고 화단 군데군데 오른 잡초뿌리를 걷어 내시던 아버지가 조심스레 입을 여셨다.

"더 두고 봐야 알겠지만 한 입 갖고 두말할 성격은 아닌 것 같더

415

구나. 네 일에 내가 이래라저래라 할 입장은 못 된다만, 아무튼 내가 받은 느낌은 그랬다."

"왜 이래라저래라 할 입장이 못 되세요."

허리를 숙인 채 잡초를 뽑아내고 있던 아버지가 느릿하게 고개를 들었다.

"당연히 그러실 수 있죠. 제 아버지신데."

나는 정말 오랜만에 아버지와 온전히 시선을 맞춘 채 내 진심을 전했다. 이젠 조금은 편해지실 수 있도록. 엄마에 대한 마음은 아마 평생 아버지 가슴에 빚처럼 남아 있을 테지만, 나에 대한 죄책감과 무거운 마음이나마 덜어 내실 수 있도록.

"그렇게 말해 주니 고맙구나."

아버지께서 웃으셨다. 가을볕에 검게 탄 얼굴이, 그 낯빛과는 상관없이 환하게 빛났다. 선선한 가을바람이 우리 사이를 스친다. 주홍빛 코스모스가 바람결에 한들거렸다. 오랜 시간 닫혀 있던 가슴속에 켜켜이 쌓인 묵은 먼지가 바람에 실려 날아갔다. 따스한 가을이다.

아버지를 따라 텃밭을 매고, 아침에 싸 먹을 상추쌈을 바구니에 담아 부엌으로 걸음을 옮겼다. 삐걱, 문이 열리는 소리에 돌아보자 때마침 잠에서 깬 그가 방에서 나오고 있었다. 우리 집 마당에서 이른 시간 그를 마주치자 기분이 묘했다.

"간밤엔 잘 잤어요?"

"술기운에 완전히 골아 떨어졌네요."

그가 아직도 잠이 덜 깬 듯 양손을 올려 마른세수를 했다. 다소 부스스한 모습인데도 어쩐지 지저분해 보이거나 미워 보이지 않았다. 손에 든 바구니를 발견한 그가 궁금한 얼굴로 물었다.

"이건 뭐예요?"

"아버지께서 가꾸시는 텃밭에서 따온 것들이에요."

"아, 싱싱하네요."

"그쵸. 수건 가져다 드릴 테니까 씻고 나오세요. 과음했는데 해장하셔야죠."

"인희 씨가 직접 끓일 거예요?"

"저 보기보다 요리 잘해요."

"이거, 믿어도 되는 건가?"

장난스러운 그의 말에 잠시 흘겨보다가 이내 웃고 말았다. 그가 양팔을 쭉 뻗어 올리며 기지개를 켠다. 그러곤 청명하고 높은 가을 하늘을 올려다보며 말했다.

"유난히 기분 좋은 아침이네요."

그의 눈부신 미소가 타는 듯한 태양빛과 함께 내 시야로 쏟아진다. 그와 함께하는 지극히 일상적인 것들에 가슴이 벅찼다. 꼭 특별하지 않아도, 요란하지 않아도, 충분히 설레고 즐거운 하루다.

* * *

명절을 앞두고, 그리고 명절을 거치면서 우리 관계에 크고 작은 일들이 있었지만, 상황은 생각처럼 빠르고 정신없이 변하지는 않았다. 다만 이전과 좀 달라진 점이 있다면 이제는 좀 더 확신을 가지고 둘이 함께할 미래에 대해 구체적으로 설계를 할 수 있게 되었다는 것. 어찌 보기엔 극히 사소한 것 같지만, 어떤 의미로는 굉장히 큰 변화이기도 했다.

여름이 끝나고 어느 정도 날씨가 선선해지자 사내 체육 대회가 돌아왔다. 임직원들 간의 단합을 위해 봄과 가을이면 어김없이 추진되는 연중행사 중 하나였다. 경기가 좋을 때는 단체 워크샵과 함께 다양한 이벤트를 포함하여 성대하게 이루어졌는데, 올해는 상황이 상황이다 보니 부서 별로 쪼개어 비교적 간소하게 행사가 치러졌다.

말이 체육 대회였지, 남녀노소 모두가 부담 없는 선에서 두루 참여하는데 그 의미가 있었기에 종목들은 대체로 쉽고 단순했다. 림보, 공 담기, 터널 통과하기와 같이 경기라기보다는 게임에 가까운 종목들로 행사가 진행되었다.

첫 번째 종목은 림보였다. 11월 초라는 시기에 맞게 다소 쌀쌀한 날씨였으나, 다들 유연함을 뽐내며 어렵지 않게 림보를 통과했다. 딱 한 사람 윤 대리를 제외하고.

목만 살짝 숙여 줘도 통과할 만한 높이에서 어디가 불편한 사람처럼 끙끙 앓던 윤 대리는 결국 림보를 통과하지 못하고 그 자리에 대(大)자로 뻗어 눕고 말았다. 덕분에 여기저기서 큰 웃음이 터졌다. 지난번 CCTV 사건으로 인해 조금은 얄미운 감정이 남아 있던 터라, 어쩐지 쌤통이었다.

비교적 쉬운 종목으로 구성이 되긴 했지만, 그렇다고 체육대회의 하이라이트인 주경기들까지 모두 제외된 것은 아니었다. 가벼운 종목들이 진행되는 중간에 배구, 농구, 축구와 같은 경기들이 알차게 진행되었다.

서 대리는 그중 축구에 참여할 예정이었다. 넓은 잔디밭에서 여기저기로 흩어져 각자 맡은 종목을 소화하던 사람들은 메인 이벤트인 축구가 시작되자 어김없이 응원석으로 몰려들었다.

"이번 체육 대회에선 누가 또 빛을 발하려나."

운동하는 남자에 대한 기대감과 로망으로 똘똘 뭉친 여직원들이 들뜬 얼굴로 자리를 잡고 앉았다.

"왜, 지난 봄 경기 때 물류팀 김현수가 막판에 헤딩으로 역전골 넣어서 완전 스타 됐었잖아요."

"맞아. 덕분에 한동안 여직원들 사이에서 김현수 멋있다고 난리 였지."

"남자는 뭐니 뭐니 해도 운동한 뒤 땀방울 흘릴 때가 최고 섹시한 법이야."

"것도 남자 나름이지. 나이 드신 김 부장님이 땀 빼면서 다가온다 고 생각해 보세요."

"그건 땀이 아니라 육수고."

옆자리에 앉은 윤진 씨의 단호한 발언에 여기저기서 웃음이 터져 나왔다.

"뭐가 그렇게 재밌어?"

막 테니스 경기를 마친 주연이 깔깔거리는 여직원들을 살피며 옆 자리에 와 앉았다.

"윤진 씨가 웃기는 소리를 해서. 그나저나 경기는 어쨌어?"

나는 더운 듯 이마에 맺힌 땀을 닦아 내는 주연에게 손에 들고 있 던 생수 한 병을 건넸다.

"말도 마. 홍보팀 샤라포바 때문에 극성스러운 남자 팬들이 하도 소리를 질러 대는 통에 귀가 떨어져 나가는 줄 알았다니까. 당최 집 중이 되어야 말이지."

"그래서 결론은, 졌다?"

"애초에 상대가 안 되는 게임이었어."

주연이 명쾌하게 패배를 인정하며 벌컥벌컥 생수를 들이켰다.

"그나저나 아직 시작 안 했네?"

"중복으로 뛰는 사람들도 있으니까 경기가 좀 늦어지나 봐. 근데 오늘 임 대리님도 선수로 뛰나?"

경기장 중간에 있는 임 대리를 발견하곤 주연에게 물었다. 스포츠 타월로 목 뒤를 쓱 훔쳐 내며 주연이 답했다.

"아니, 수현 씨는 심판. 선수로 뛰는 건 서 대리님 아니야?"

"아마도."

"긴장되겠는데, 주인희."

"태호 씨가 뛰는데 내가 왜 긴장을 해?"

주연의 말에서 풍기는 묘한 뉘앙스에 미심쩍은 눈길을 보냈다. 그러자 주연이 아차 싶은 표정으로 뒤늦게 수습했다.

"아니, 뭐. 그런 게 있어."

"뭔데?"

"인희 씨."

뭔가 수상해서 추궁하려 들던 그때, 등 뒤에서 기척이 느껴졌다. 돌아보자 그새 축구 유니폼으로 갈아입은 그가 내 뒤에 서 있었다.

"나 이제 경기장 쪽으로 가려는데, 내 소지품 좀 대신 챙겨 줄래요?"

"아, 알겠어요."

그가 건네는 핸드폰과 종이 백을 받아 들어 앉은 자리 아래 내려놓았다. 예전 같으면 이렇듯 옆으로 다가와 말을 거는 것만으로도 주변이 소란스러워졌을 텐데, 이젠 사람들도 익숙해질 대로 익숙해진 터라 우리 둘의 사소한 대화에 크게 집중하지 않았다. 그만큼 공공연한 사이가 되었다는 증거였다.

"근데 옷을 왜 이렇게 얇게 입고 있어요. 감기라도 들면 어쩌려고."

그가 걱정스러운 얼굴로 말했다. 조금 쌀쌀하긴 했지만 추울 정도는 아니라서 괜찮다고 말하려는데 내려놓은 종이가방에서 외투를 꺼낸 그가 내 어깨에 그것을 둘러 주었다.

"이거라도 걸치고 있어요."

조금 전까지만 해도 딱히 관심을 두지 않던 사람들이 다정한 그의 모습에 어머, 어머, 하고 소란을 떨었다. 별일 아닌데도 덩달아 얼굴이 달아올랐다. 빨개진 얼굴을 감추려 고개를 돌리려는데 그가 어깨에 둘러 준 옷깃을 단단하게 여미며 내게로 얼굴을 숙여 왔다. 그러곤 뜨거워진 내 귓가에 대고 나직이 속삭였다.

"이따 축구할 때, 한눈팔지 말고 잘 봐요."

뭘 잘 보라는 거지. 당부하듯 건네는 말에 의아함이 실린 눈으로 그를 바라보았다. 유려한 입매를 당기며 근사하게 미소 지은 그가 손을 흔드는 것을 끝으로 경기장 쪽으로 뛰어갔다. 옆에 앉아 상황을 지켜보던 같은 부서 여직원들이 너나할 것 없이 핀잔을 던져 왔다.

"어머, 세상에. 냉미남 서 대리한테 저런 다정한 면이 있었을 줄이야."

"그러니까 말이에요. CCTV 사건 때 이미 눈치는 챘었지만, 볼 때마다 적응 안 되네."

"인희 씨, 대체 비결이 뭐야?"

놀리는 뉘앙스가 다분한 말들에 회피하듯 고개를 돌렸다. 그러자 그냥 넘어갈 리 없는 안 대리가 귓가에 대고 장난스럽게 속삭였다.

"이러다 올해 안에 국수 먹는 거 아니야?"

"무슨 말씀이세요."

당황한 얼굴로 안 대리를 돌아보았다.

"왜. 서 대리 하는 거 보니까 아주 가능성 없는 것도 아닌데."

"그니까. 결혼 생각 없는 사람이 저렇게 공표하듯이 드러내 놓고 연애를 하겠어요?"

"너무 다들 김칫국부터 마시는 거 아니에요?"

"우리가 마시게 될 게 김칫국인지 국수인지 두고 보면 알게 되겠지."

여기저기서 키득키득 웃음소리가 들려왔다. 민망함을 미처 감추지 못하고 붉어진 두 뺨을 감싸 쥐었다.

"우리 순진한 인희 너무들 놀리시네. 다들 그만하시고 경기에 집중하세요."

옆에서 보다 못한 주연이 그런 날 대신해 상황을 수습했다. 덕분에 분위기는 좀 잠잠해졌지만, 쉽사리 민망함이 가시지 않아 애꿎은 생수를 들고 벌컥벌컥 들이켰다. 이젠 어느 정도 공개 연애에 익숙해졌다고 생각했는데, 그럼에도 가끔 이렇게 민망함이 들고 쑥스러워지는 건 어쩔 수가 없었다.

경기는 박진감 넘치게 진행되었다. 각 부서에서 운동 좀 한다는 사람들이 모인 터라 쉽게 골이 터지지는 않았다. 금방 골문 앞까지 갔다가도 수비수의 철벽 방어에 다시 원점으로 돌아가기를 반복했다.

쉴 새 없이 점수가 터지는 것보다도, 이리저리 공이 오고 가며 두 팀 간에 팽팽하게 맞서는 경기가 훨씬 긴장되고 재미있었다. 이러다 승부차기까지 가는 건 아닌가, 생각하던 찰나. 상대팀 공격수로부터

공을 가로챈 서 대리가 수비진을 뚫고 빠르게 골문 앞으로 돌진했다.

그리고 바로 그때였다.

"까아!"

"서태호! 서태호!"

그의 날렵한 발끝에서 빠르게 날아간 공이 상대팀의 골 안으로 정확하게 들어갔다. 여기저기서 함성과 박수가 쏟아졌다.

"야, 서 대리님 짱 멋지다!"

앉아서 경기를 지켜보던 나와 주연도 그 모습을 눈에 담자마자 반사적으로 몸을 일으켰다. 같은 팀 선수들이 너 나 할 것 없이 양 팔을 들고 그에게로 달려들었다.

뜨겁게 내리 쬐는 가을 햇빛 아래서 동료들의 축하를 받으며 환하게 웃던 그가 응원석 쪽으로 고개를 돌렸다. 비록 거리감은 좀 있었지만 축하하는 마음을 전하려 박수를 치고 있는데, 나에게 시선을 고정시킨 채 가쁜 숨을 가다듬던 그가 갑자기 두 손을 머리 위로 번쩍 들어 올렸다.

갑작스러운 그의 행동에 사람들의 시선이 집중되었다. 그리고 동시에 경기장 중앙에서 심판을 보고 있던 임 대리와 또 다른 남직원 한 명이 커다란 플래카드 양 끝을 손에 쥐고 그의 뒤로 일사분란하게 움직였다.

대체 뭘하려는 거지. 의아한 표정으로 바라보고 있던 바로 그때.

"인희야!"

그의 쩌렁쩌렁한 목소리가 경기장 가득 울려 퍼졌다. 그에게로 향해 있던 사람들의 시선이 일제히 내게로 옮겨 왔다. 당황한 얼굴로 주변을 바라보다가 다시금 그에게로 시선을 옮겼다. 그 사이 활짝 퍼진 플래카드가 그의 등 뒤로 길게 펼쳐졌다. 플래카드에 새겨진 커다란 문구가 먼 거리에서도 또렷하게 시야를 파고들었다.

《이제 그만 결혼하자, 주인희!》

손이 반사적으로 입으로 향했다. 서늘한 바람에 쓸린 양 뺨이 새빨갛게 달아올랐다. 직접 보고도 믿기지 않는 광경에 어떤 소리도 나오지 않았다. 요란하게 뛰는 심장 소리만이 눈앞에 벌어진 상황에 있는 힘껏 반응할 뿐이었다.

"주인희! 오빠 그동안 많이 참았다! 그만 튕기고 오빠랑 결혼하자!"

하늘 높이 뻗어 올린 두 손으로 머리 위에 커다란 하트를 만든 채 그가 외쳤다.

"오빠가 너 죽을 때까지 행복하게 해 줄게!"

타오르는 태양처럼 환하게 빛나는 그의 당당한 미소가 시야를, 가슴을 뜨겁게 채웠다. 주변을 살피며 민망함을 가라앉히기 바빴던 가슴속으로 형용할 수 없는 감동이 물밀듯이 밀려들었다. 뭐라고 해야 할지 선뜻 입이 떨어지지 않아 바라만 보고 있는데, 옆에 서서 상황을 지켜보던 주연이 내 등을 떠밀었다.

"뭐 해, 빨리 가 보지 않고. 어제 수현 씨가 서 대리님 프러포즈 돕겠다고 나랑 고기 먹기로 한 것도 제치고 갔단 말이야."

어쩐지 경기 시작 전에 알 수 없는 말을 하더라니. 역시나 미리 알고 있었던 모양이었다.

미리 귀띔이나 해 주지. 갑작스러운 상황에 야속한 마음이 들어 살짝 흘겨보자 주연이 재촉하듯 어깨를 툭 쳤다. 엉겁결에 떠밀리듯 경기장으로 들어선 나는 사람들의 환호성을 뒤로한 채 천천히 그의 앞으로 다가갔다. 어떤 때보다도 환한 그의 얼굴이 가까워지는 거리만큼 눈부시게 시야를 채웠다. 가슴 가득 차오른 부푼 감동을 애써 숨긴 채 그에게 말했다.

"한마디 말도 없이 이게 뭐예요. 혹시나 골 넣는 순간에 내가 자리라도 떴음 어쩌려고."

"그러게 내가 한눈팔지 말고 잘 보라고 했잖아요."

그제야 경기 시작 전 그가 했던 말이 머릿속에 떠올랐다. 이마 위로 송골송골 맺힌 땀방울마저 멋진 그가 장난스럽게 두 눈을 휘며 말했다.

"이제 어떡할 거예요? 이번에야 말로 혼삿길 제대로 막힌 것 같은데."

"어떡하긴 뭘 어떡해요. 태호 씨가 책임져야지 별수 있나."

"조금 전에 내가 그렇게까지 말했는데, 아직도 태호 씨예요?"

"그러고 보니까 누구 맘대로 오빠예요?"

조금 전 경기장 한복판에서 외쳤던 말이 뒤늦게 생각나 정색하며 물었다. 능청스럽게 표정을 다잡은 그가 눈썹 끝을 지그시 올리며 내게 말했다.

"내가 오빠 맞잖아요. 인희 씨 중학교 때 담장 사이에 두고 마주쳤던, 첫사랑 그 오빠."

"그 오빠가 내 첫사랑이었다고 누가 그래요?"

"난 그때 마주친 그 여중생이 내 첫사랑이었는데. 인희 씬 아니에요?"

정말이지 약았다. 도무지 할 말 없게 만드는 그를 얄밉다는 듯 흘겨보고 있는데, 뒤에서 불현듯 재촉 어린 음성이 들려왔다. 플래카드를 든 채 오만상을 찌푸리고 있는 임 대리였다.

"어이, 두 사람. 진솔한 대화도 좋지만, 언제까지 우리를 들러리 세워 놓을 작정이야? 내 팔 떨어지면 두 사람이 책임질 건가?"

"그 정도에 팔이 떨어지면 하자가 있어도 단단히 있는 거지. 분위기 깨는 소리 그만하고 내가 아까 줬던 거나 이리 내 봐."

불만스럽게 중얼거리는 임 대리를 향해 차갑게 쏘아붙이며 그가 손을 내밀었다. 저걸 확, 하고 손을 한 번 쳐들더니 임 대리가 주머니 속에서 무언가를 꺼내어 그에게 건넸다.

잠시 뜸을 들이는가 싶던 그가 훅, 숨을 몰아쉬며 고개를 들었다. 또 뭘 들고 와서 사람을 놀라게 하려나. 긴장하고 있는 내 앞으로 그가 작은 상자 하나를 내밀었다. 그 안에는 빛을 받아 영롱하게 빛나는 반지 한 쌍이 담겨 있었다.

"명색이 프러포즈인데 그래도 구색은 갖춰야 할 것 같아서."

그가 쑥스러운 표정으로 그렇게 말하더니 굳은 듯이 서서 그를 바라보고 있는 날 향해 해사하게 웃었다.

"어때요? 내 프러포즈. 기대보단 못할지도 모르지만, 내 나름대로 머리 쓴다고 쓴 건데."

한참 동안 말을 잇지 못하다가 벅찬 가슴을 가까스로 억누르며 입을 열었다.

"기대보다 못하긴. 충분히 기대 이상인걸요."

"그럼 이제, 진짜로 고려에서 결정으로 넘어오는 건가?"

"그걸 말이라고요."

내 주저함 없는 흔쾌한 답변에 그가 활짝 웃으며 날 끌어안았다. 더운 체온이 온몸을 감쌌다. 그를 적신 습한 땀 냄새마저 향기롭게 느껴졌다. 나는 두 팔을 들어 그의 너른 등을 꼭 안았다. 여기저기서 휘파람 소리가 날아들고, 박수갈채가 쏟아졌다.

요란스러운 환호성 뒤로 "거봐, 내가 조만간 국수 먹을 것 같다 그랬지?"라고 외치는 안 대리의 음성이 들려왔다. 사람들의 진심 어린 축하 속에서, 그렇게 우리의 사소한 연애가 막을 내렸다.

* * *

아침이 온지도 모를 정도로 방 안을 검푸르게 드리운 암막 커튼을 열어젖히자 눈부신 봄 햇살이 방 안으로 하얗게 밀려들었다. 창을 활짝 열어 실내 공기를 정화시킨 뒤 욕실로 가 씻은 뒤, 재빨리 머리부터 말리곤 주방으로 건너갔다.

분주하게 움직여야 간신히 시간을 맞출 수 있는 바쁜 아침 시간. 갓 구운 토스트와 달걀 프라이, 향긋한 커피 한 잔. 최대한 간편하게 한 끼 식사를 준비하곤 안쪽 방으로 걸음을 옮겼다. 여느 때와 다를 바 없는 평범하고 소소한 하루의 시작이지만, 지금까지와 다른 점이 있다면.

"이제 그만 일어나세요. 벌써 7시예요."

"아, 좋은 아침."

눈 뜨자마자 입을 맞추고, 기분 좋은 아침 인사를 주고받을 수 있는 상대가 생겼다는 사실이다.

막 눈을 떠 부스스한 모습마저도 여전히 멋진 그가 이제 그만 일어나라 재촉하는 내게로 두 팔을 뻗더니 그대로 날 침대 위로 끌어당겼다. 허리를 끌어안던 손이 자연스레 옷 속으로 파고들자 화들짝 놀라 그를 밀어 냈다.

"이러다 또 늦겠어요."

"좀 늦으면 어때. 한창 깨가 쏟아지는 신혼인 거 회사 사람들도 다 알 텐데."

그가 잠에 취해 낮게 가라앉은 목소리로 그렇게 말한 뒤 바삐 말리느라 조금은 축축한 머리카락에 얼굴을 묻어 왔다. 덥고 습한 숨결이 목덜미를 간질인다. 등허리를 훑으며 기민하게 올라온 손이 주저 없이 가슴을 움켜쥐었다. 그러고는 뜨거운 입술이 쇄골 위로 내려앉았다. 이대로 가만히 있다간 또 어젯밤의 힘겨웠던 여정이 되풀이될 것 같아 늦기 전에 그를 제지했다.

"다 아니까 문제인 거죠. 또 하루 종일 얼마나 놀림을 받으라고. 그만하고 빨리 일어나세요. 이 혈기왕성한 변태 오빠 씨."

완력으론 그를 당해 낼 수 없기에 재빨리 침대에서 벗어나 적정 거리를 유지하며 그렇게 외쳤다. 오른손으로 삐딱하게 턱을 괸 채 그가 못마땅한 표정을 지었다.

"오빠라는 호칭은 그런데 갖다 붙이라고 있는 게 아닌데."

"그럼 다른 데 갖다 붙일 수 있게끔 진짜 오빠답게 행동하시든지요."

빨간 혀를 빼꼼 내밀며 얄밉게 받아치곤 방문 쪽으로 몸을 돌렸다. 막 방 밖으로 벗어나려는데 어느 틈에 내 뒤로 다가온 그가 와락 날 안아 들었다.

"기왕 변태 오빠 소리 들은 거, 어디 한번 진짜 변태답게 굴어 볼까."

그러곤 뭐 하는 거냐고, 당장 내려놓지 못하겠냐며 고래고래 외치는 날 안은 채 침대 위로 쓰러졌다. 완강히 발버둥 쳐 봤지만 소용없었다. 단호한 입술이 말문을 가로막고, 뜨거운 체온이 열병처럼 온몸을 잠식했다.

눈부시게 쏟아지는 아침 햇살 아래서, 나는 결국 항복하듯 "태호 오빠."를 부를 수밖에 없었다.

세상의 모든 연애가 거창하고 특별한 것을 계기로 시작되지는 않는다. 한없이 사소한 것이 그 사람과 함께라는 이유로 특별하게 느껴지는 순간, 바로 그 순간 연애는 시작된다.

평범하기 이를 데 없는 사소한 것조차 특별하게 만들어 주는 것. 그것이 바로 연애다.

그래서 나는, 우리는 연애를 한다.

사소하지만, 그러기에 더욱 특별한 둘만의 연애를.

—The end

작가 후기

처음부터 끝까지 소소하고도 심심한 글을 인내심을 가지고 따라와 주신 독자분들께 진심으로 감사드립니다.

사실 연애라는 것이 그렇습니다. 세상 누구나 하는, 흔하디흔한 것이 바로 연애인데, 그것이 너이고 나이기에 특별해지는 것이겠지요.
거창하진 않지만, 그 자체만으로 충분히 특별한. 사소하다면 사소하고, 그러기에 더욱 특별한 연애 이야기를 그려 보고 싶었는데 읽으시는 분들께 과연 어떻게 전달이 되었을지 모르겠습니다.

로설에 흔히 등장하는 재벌남, 금수저남이 아닌 평범하기 이를 데 없는 두 사람의 이야기를 써 내려가면서 나름 고민도 많았고 생각도 많았습니다. 그 흔한 악조조차 등장하지 않는지라 자칫하면 너무 심심한 글이 되지 않을까 걱정도 많았습니다.

과연 이 이야기가 마지막까지 소신 있게 진행될 수 있을까 걱정이 많았었는데, 다행히도 여러 고마우신 분들의 응원 덕에 부족하나마 끝을 맺을 수 있었습니다. 연재하는 동안 주셨던 과분한 응원과 격려 모두 너무나 감사드립니다.

연재글 마무리를 코앞에 두고 마음이 바빠서 가끔 아들을 방치할 때가 있었는데, 무책임한 엄마에게서 우리 아들을 안전하게 지켜 준 꼬마 펭귄 뽀로로에게도 감사 인사를 전합니다.

뽀로로와 많은 시간 동고동락하며 꿋꿋하게 버텨 준 우리 이쁜 아들에게도, 글 쓴다는 명목하에 커피를 달고 산 엄마 때문에 배 속에서 이미 카페인을 과다 섭취해 버린 우리 둘째에게도 늦었지만 사과의 인사를 보냅니다. 둘째는 아마 지금쯤이면 세상 밖으로 나와 엄마와 함께 이 책을 보고 있을지도 모르겠네요.

그리고 글을 쓰는 내내, 지치고 힘들 때마다 함께 파이팅 하며 이 끌어 준 내 사랑 채은 씨에게도 이 자리를 빌려 감사 인사를 건넵니다. 그대가 있어, 연재하는 내내 행복했고 힘이 되었습니다. 이 글의 절반은 그대가 써 준 것이나 다름없다오. 알라뷰.

개인적인 사정으로 인해 수정하는 내내 편집자님의 마음을 불편하게 해 드렸는데 그럼에도 계속해서 제 사정을 살피시며 배려해 준 담당 편집자 미연 님께도, 그 밖의 다향 편집자님들께도 다시 한 번 감사 인사드립니다.

5년 만에 다시 펜대를 잡은 만큼, 부족함과 아쉬움이 많이 남는 글입니다만, 모쪼록 읽으시는 분들께서 이 글과 함께하는 내내 연애의 기분을 만끽하셨길 바라며 저는 이만 물러가겠습니다.

사
소
한
연
애

초판 2쇄 찍음 2016년 7월 13일
초판 2쇄 펴냄 2016년 7월 19일

지은이 | 김유나
펴낸이 | 정 필
펴낸곳 | (주)뿔미디어

출판등록 | 2002년 9월 11일 (제1081-1-132호)
주소 | 경기도 부천시 원미구 소향로 17, 303(두성프라자)
전화 | 032)651-6513 / 팩스 | 032)651-6094
E-mail | dahyangs@naver.com
블로그 | http://blog.naver.com/dahyangs
홈페이지 | http://bbulmedia.com

값 9,000원

ISBN 979-11-315-7077-7 03810